일러두기

1. 번역에 쓰인 원전은 2013년 중국 장강문예출판사에서 출간한 '이월하 문집' 제1판을 사용했다.
2. 맞춤법과 띄어쓰기는 한글 맞춤법과 외래어 표기법에 따랐다.
3. 한자는 우리말로 표기하고, 꼭 필요한 경우에만 괄호 속에 원음을 병기해 이해하기 쉽도록 했다.
   예 : 다이곤多爾滾(도르곤)
4. 인명과 지명은 우리말로 표기했다. 단, 이미 굳어진 표현은 원지음을 존중했다.
   예 : 나찰국羅刹國(러시아). 이후에는 '러시아'로 표기
5. 본문 중의 괄호 안에 뜻을 풀이한 것은 모두 옮긴이의 설명이다.

【제왕삼부곡 제1작】

중국 최고지도부가 선택한 최고의 역사소설

강희대제 4

康熙大帝

얼웨허 역사소설

홍순도 옮김

더봄

강희대제 4권

개정판 1판 1쇄 발행   2015년 6월 28일
개정판 1판 4쇄 발행   2020년 3월 30일

지은이   얼웨허(二月河)
옮긴이   홍순도
펴낸이   김덕문

펴낸곳   더봄
등록번호   제399－2016－000012호(2015.04.20)
주소   경기도 남양주시 별내면 청학로중앙길 71, 502호(상록수오피스텔)
대표전화   031－848－8007   **팩스**   031－848－8006
전자우편   thebom21@naver.com
블로그   blog.naver.com/thebom21

ISBN 979-11-86589-04-5 04820
ISBN 979-11-86589-00-7 04820(전12권)

책값은 뒤표지에 있습니다.

사냥을 나선 강희제
만주족은 청나라 건국 이후 만주어, 기마, 활쏘기 등을 잊지 말 것을 거듭
강조하였다. 특히 강희제 말기 승덕(열하)에 피서산장을 건립하면서 사냥터인
'목란위장'木蘭圍場를 만든 후부터는 매년 가을 대규모 몰이사냥을 벌였다.

효강장황후孝康章皇后
순치제의 세 번째 황후(추존)로, 강희제의 생모이다. 성姓은 동가佟佳씨다.
여기서 '가'는 만주족과 한족의 통혼을 금지하는 법의 예외로,
특별히 만주족이 된 여성에게 붙이는 글자였다. 다시 말해 그녀는 원래
동씨 성을 가진 한족이었다.

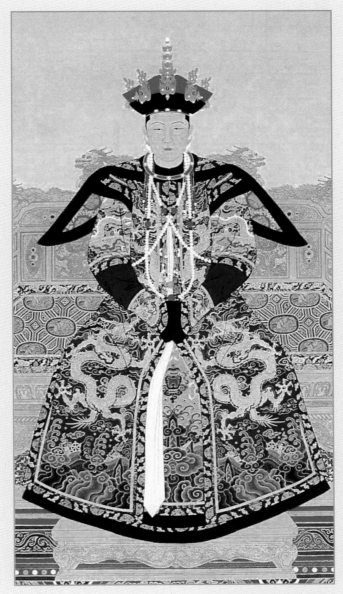

효성인황후孝誠仁皇后

보정대신輔政大臣 색니索尼의 손녀딸로, 숙부는 순치제의 고명대신인 색액도色額圖다.
성은 혁사리赫舍里씨. 황후 간택 당시 효장문황후는 황제를 보호해 줄 수 있는 집안의
딸인 점을 감안했다고 한다. 1674년에 윤잉胤礽을 낳고 산후욕으로 붕어하였다. 강희제는
황후의 죽음을 슬퍼하여 만주족의 전통을 깨고 윤잉을 바로 황태자에 책봉하였다.

2부 삼번三藩의 난

1장

죄인과 선비

점심 무렵이었다. 한 척의 관선官船이 서서히 천진天津 부두를 향해 들어서고 있었다. 배는 살을 에는 삭풍을 가르고 휘몰아치는 폭설을 헤치며 오고 있었다. 눈을 뒤집어쓴 뱃사공은 마치 눈사람이 된 듯했다. 그가 얼마 후 육중하고 두꺼운 면으로 된 장막을 젖히면서 선실로 들어와 큰 소리로 외쳤다.

"천진에서 북경 조양문朝陽門으로 가는 수로가 완전히 얼어붙었어요. 육로를 통해 북경으로 들어가는 수밖에 없습니다."

배에는 모두 네 사람이 타고 있었다. 가장 신분이 고귀한 사람은 조주潮州(지금의 광동廣東성에 위치한 지역)의 지부知府인 부굉렬傅宏烈이었다. 그는 북경 말을 쓰는 두 명의 서무관書務官과 동행하고 있었다. 다른 한 사람은 젊은 거인擧人(지방 시험인 향시鄕試 합격자. 그 다음이 진사進士)이었다. 짙고 선명한 팔자눈썹이 인상적인 사람이었다. 그는 주위 사람들은 거의 의식하지 않은 채 편하게 다리를 꼬고 앉아 흥미로운 표정으로 천진 부두의 설경雪景을 감상하고 있었다. 여기저기 기운 탓에 까칠하고 뻣뻣해 보이는 낡은 두루마기를 입은 그의 옷매무새는 상당히 후줄근해 보였다. 그러나 어딘가 모르게 비범함이 넘쳐흘렀다. 기력이 쇠잔해 보일 뿐 아니라 피곤한 기색의 맞은편 부굉렬과는 사뭇 대조적인 모습이었다.

젊은 거인은 자字가 창昌이었다. 형문荊門(지금의 호북湖北성 지역)이 고향으로, 주배공周培公이라는 사람이었다. 그가 부굉렬과 같은 배를 타고 북경으로 가는 것에는 다 이유가 있었다. 과거시험을 보기 위해 북경으로 향하던 도중 돈이 떨어졌다. 할 수 없이 덕주德州(지금의 산동山東성 일대)에서 글을 써서 팔아 입에 풀칠을 했다. 그러다 잠시 그곳에 들러 산책을 하던 부굉렬의 눈에 띄었다. 그리하여 자연스럽게 그의 배려로 천진행 배에 오를 수 있었다. 두 사람은 8일 동안 동행하면서 시국에 대해 열띤 토론을 벌였다. 또 흘러간 역사나 시에 대해서도 흥미진진하게 담소를 나눴다. 그를 통해 의기투합한 그들은 나이와 신분을 따지지 않는 사이로까지 발전할 수 있었다.

육로를 통해 북경으로 들어가야 한다는 뱃사공의 말에 부굉렬이 잔뜩 이마를 찌푸린 채 뭔가를 고민했다. 그러자 주배공이 말했다.

"육로로 가면 또 그 나름대로 재미가 있지 않겠어요? 옛사람들은 당나귀를 타고 눈을 맞으면서 검문劍門을 지난다고 했잖아요. 우리는 말을 타고 천진의 관문을 통과하니까 이 역시 대단히 시적이고 멋있는 일이잖아요?"

부굉렬은 육로로 가야 한다는 말에 실망한 기색이 역력한 두 명의 서무관을 곁눈으로 바라보면서 씁쓸한 웃음을 지었다. 이어 안주머니에서 10냥은 족히 돼 보이는 은전을 꺼내 주배공에게 주었다.

"배공, 우리는 여기서부터는 동행하지 못할 것 같군. 큰 보탬은 안 되겠지만 아쉬운 대로 이거라도 받아두게. 마음 같아서는 많이 도와주고 싶지만 나도 여의치가 않네. 미안하군."

"동행하지 못한다니요?"

주배공이 의아해하면서 물었다. 그러자 부굉렬이 한숨을 내쉬면서 억지웃음을 지어 보였다.

"걱정을 할 것 같아 내가 얘기를 하지 않은 것이 있네. 내가 비록 항주장군杭州將軍(청나라 때 설립된 전국 14개의 주둔군을 지휘하던 장군 중 한 명. 항주장군은 지금의 절강浙江성을 관할했음)의 호화로운 배에 타고 있으나 사실은 형부刑部로 압송돼 가는 죄인이네. 아마 배에서 내리면 형구刑具를 쓰고 쇠고랑을 찬 채 쇳소리를 내면서 걸어가야 할 거야. 나는 자네에게 그런 꼴을 보여주고 싶지는 않네."

"예?"

주배공이 깜짝 놀라 외마디 비명을 내질렀다. 8일 동안 동행하면서 많은 얘기가 오갔어도 부굉렬이 그런 말을 전혀 내비치지 않았으니 주배공이 놀란 것은 당연했다. 더구나 부굉렬을 압송해가는 두 명의 서무관들도 그를 깍듯이 예우하지 않았던가. 주배공은 이 중년의 지부가 북경으로 승진해 올라가는 줄로만 알고 있었다.

한동안 뒤통수를 맞은 느낌에 사로잡혀 있던 주배공이 다그쳐 물었다.

"왜 죄인이 된 거죠?"

"사실입니다."

주배공의 물음에 옆의 서무관이 대신 대답했다. 그가 말을 이었다.

"우리 두 사람은 형부아문刑部衙門의 서무관입니다. 이번에 특명을 받고 부 어르신을 압송해 북경으로 가는 길입니다. 부 어르신은 삼번三

藩을 제거해야 한다는 상주문을 올려 평서왕 오삼계가 눈엣가시처럼 생각하는 분이에요. 그러다 평남왕 상가희에게 붙잡혀 들어갔어요. 원래는 광주廣州 현지에서 처형당할 위기에 처했었죠. 그래도 다행히 조정에서 특명을 보내 형부와 대리시大理寺(청나라의 대법원에 해당하는 기관) 합의하에 최종 결정을 한다고 하면서 북경으로 불러올렸어요. 이 배는 보군통령아문步軍統領衙門의 도해圖海 장군이 특별히 보내주신 것이고요."

"아우!"

부굉렬이 화가 나서 가쁜 숨을 몰아쉬고 있는 주배공을 바라보았다. 동행하는 내내 오삼계에 대한 비난을 서슴지 않던 주배공이 자신의 마음을 너무나도 잘 이해한다고 생각하는 듯한 어조였다.

"자네는 글도 잘 쓰고 병법兵法에 대해서도 탁월한 견해를 가지고 있는 박식한 인재야. 그건 내가 정말 인정하고 있어. 앞으로 나라에서는 자네와 같은 인재를 많이 필요로 할 거야. 그러니 어떤 경우에라도 자포자기하지 말고 항상 노력하기를 바라네. 생각 같아서는 추천서라도 써주고 싶네만 내 처지가 처지 아닌가. 그랬다가 오히려 자네에게 불똥이 튈 것 같아서 말이야."

"좋습니다."

주배공이 은전을 부굉렬 앞으로 가볍게 밀어냈다. 깊고 맑은 눈매가 인상적이었다.

"팔 일 동안 동행하면서 같이 했던 순간들을 저는 영원히 잊지 못할 거예요. 저를 진심으로 대해주신 은혜 역시 절대 잊지 않고 기회가 주어진다면 반드시 갚을 것을 약속드려요. 그러나 이 돈은 받을 수 없네요. 아무래도 저보다 대인께서 더 필요하실 테니까요."

부굉렬은 진심어린 주배공의 말에 깊은 감명을 받았다. 바로 눈시울을 붉히면서 나직한 목소리로 말했다.

"나도 이 돈이 더 이상 필요하지 않을 것 같네."

주배공은 한 치 앞도 가늠하기 어려운 부꽝렬의 처지를 알 것 같았다. 또 북경행에 좋은 일보다는 나쁜 일이 더 많을 것이라는 사실 역시 어느 정도 예상할 수 있었다. 때문에 더 이상 입을 열 수가 없었다. 선실에는 갑자기 무거운 침묵이 흘렀다. 잠시도 쉬지 않고 몰아치는 눈 내리는 소리만이 단조롭게 들려왔다. 주배공은 곧 침착함을 되찾았다. 창 밖을 뚫어지게 쳐다보는가 싶더니 부꽝렬에게 말머리를 돌렸다.

"도해 어르신과 대인은 오랜 지기이신가요?"

"그렇지도 않네. 원래는 잘 몰랐다네."

부꽝렬이 덧붙였다.

"두 해 전인가 그가 파면당해 조주로 온 적이 있어. 그때 1년 동안 같이 지냈지. 참으로 배짱이 두둑하고 대단한 사람이었지. 또 우리는 둘 다 오육일과 호형호제하는 사이라는 공통점이 있었어. 그래서 오육일이 광동 총독으로 부임한 다음 그 사람을 구문제독 겸 보군통령아문을 관장하는 책임자로 추천해준 거지. 그 사람은 북경으로 돌아간 지 얼마 되지도 않았어."

부꽝렬이 또다시 깊은 한숨을 내쉬면서 말을 이었다.

"세상일이라는 것은 정말 알다가도 모르는 거야. 그 천하의 오육일이 광주에 도착하자마자 병으로 갑자기 세상을 떠났으니까 말이야. 만약 그 형님만 있었더라도 나 역시 이처럼 비참한 신세는 되지 않았을 거야."

주배공은 진지하게 부꽝렬의 말을 들었다. 그러다 눈을 깜빡이면서 갑자기 웃음을 터뜨리더니 몸을 숙인 채 부꽝렬에게 말했다.

"제 생각에 부 대인의 걱정은 기우가 아닌가 싶어요! 황제께서는 남달리 현명하세요. 절대로 부 대인과 같은 어질고 착한 사람을 가볍게 처형하지는 않을 거예요. 의외로 좋은 일이 생기면 생겼지 불행한 일은 없을 거예요!"

부굉렬이 주배공과 교류한 시간은 고작 8일이었다. 때문에 주배공의 성격에 대해 완전히 알 수는 없었다. 그러나 다소 직설적인 면은 있어도 절대 망언을 일삼는 사람은 아니라는 확신은 어느 정도 할 수 있었다. 게다가 오삼계, 상가희, 경정충의 할거에 대한 주배공의 독특한 시각은 탁월했다. 군사와 경제 분야에 대한 시각 역시 그랬다. 부굉렬은 그의 말이 사지로 떠나는 자신에 대한 단순한 위로 차원의 말이 아니라는 사실을 미뤄 짐작할 수 있었다.

"글쎄? 어쨌든 자네의 투시력이 놀랍기는 하군!"

"부 대인, 제가 예상한 것이 당연한 결과라고 할 수 있는 게……."

주배공이 책상을 손가락으로 가볍게 치면서 말을 이어나갔다.

"대인께서 그러셨잖아요? 황제가 최근 조서를 내려 삼번의 우두머리들을 북경으로 부르셨다고요. 제 생각에는 죄를 묻는다면서 부 어른을 북경으로 부른 것과 이게 분명히 무슨 연관이 있을 것 같네요."

주배공은 자신이 말을 하는 사이에도 부굉렬과 두 서무관이 시선을 주고받는 것을 눈치챘다. 그러나 그에 아랑곳하지 않고 다시 입을 열었다.

"한 나라에 두 명의 군주가 있을 수는 없습니다. 천심天心과 민심民心, 국정國情이 바로 그것을 입증하고 있지 않습니까. 지금 삼번은 안하무인 격으로 조정을 위협해오고 있어요. 그러니 그들의 종말은 뻔하지 않겠어요? 황제는 분명히 삼번을 진압하기로 결심했다고 생각합니다."

주배공의 말에는 자신감이 넘쳤다. 윗몸도 한껏 뒤로 젖혀 보였다. 이때의 그는 땡전 한 푼 없는 가난한 거인이 아니라 조정의 중신 같았다. 마치 화급한 정국을 논하는 것 같았다.

"자고로 조정에서 철번을 하는 방법은 세 가지 정도가 있었죠. 예컨대 한나라의 고조高祖는 한신韓信을 붙잡기 위해 몰래 운몽택雲夢澤으로 유람하는 계략을 꾸몄죠. 또 한나라 문제처럼 칠국七國의 난을 평정하기 위해 일전을 불사한 경우도 있었고요. 이뿐만이 아닙니다. 송宋나라 태조太祖는 장군들을 연회에 불러 모아 술 한 잔씩을 마시게 한 다음 병권을 내놓으라고 했죠. 지금 조정에서 삼번의 왕을 동시에 북경으로 부른 걸로 봐서는 아마 이런 맥락에서 해법을 찾으려고 하는 것 같네요."

부굉렬은 주배공의 말이 일리가 있다면서 연신 머리를 끄덕였다. 그러다 갑자기 입을 열었다.

"하지만 황제폐하께서 분명히 밝히셨다고! 형부와 대리시에서 함께 의논을 한 후에 엄벌에 처한다고 말이야. 때문에 그리 간단하게 끝날 것 같지는 않네! 전한前漢 때 철번을 주장한 조착晁錯도 잘못되지 않았는가?"

"그래 봤자 한 번 죽지 두 번 죽겠습니까!"

주배공이 껄껄껄 웃음을 터트렸다.

"가만히 보니 부 대인께서는 너무 긴장을 하신 탓인지는 몰라도 약간 순진하신 데가 있는 것 같군요! 대인께서는 이미 광주에서 극형을 선고받았어요. 그렇다면 바로 그곳에서 처형을 하면 되지 굳이 북경으로 오라고 한 다음 더 큰 죄를 묻는다는 것이 말이 돼요? 솔직히 죽이는 것보다 더 큰 벌이 어디 있겠어요? 모르기는 해도 황제폐하께서는 이번에 부 대인을 구해주시려고 광주에서 빼내 오신 것이 분명해요. 잘하면 더 높은 관직에 앉을지도 모르겠네요!"

"그래도 황제폐하께서 철번을 하지 않으신다면요?"

서무관 중 한 명이 주배공의 자신만만한 말에 약간의 거부감을 느끼는 듯했다. 도저히 못 참겠는지 갑자기 부굉렬과 주배공의 대화에 끼어들었다. 어조가 퉁명스러웠다.

"국가의 재정 수입이 은자 삼천칠백만 냥이잖아요……."

주배공은 서무관의 태도 따위는 아랑곳하지 않겠다는 듯 머리를 번쩍 쳐들면서 말을 이었다.

"그 가운데 오삼계가 혼자 구백만 냥을 가져가고 있어요. 상가희와 경정충도 각각 오백오십만 냥씩 가져가고요. 세상에 이런 도둑놈들이 어디 있어요? 만약 대인 댁의 노비가 그런다면 가만히 놔두시겠어요? 이한 가지만 봐도 도저히 용서할 수가 없죠."

주배공이 말을 마치자마자 탁자 위에 놓여 있던 식은 차를 단숨에 들이켰다.

"부 대인, 며칠 동안 같이 있으면서 좋은 말씀과 도덕적인 학문을 감명 깊게 들었습니다. 평생 다시 없는 행운이었습니다. 제가 헤어지기 전에 드릴 말씀이 있는데, 받아들여주실 의향이 있으신지요?"

부굉렬이 주배공의 진지한 말에 황급히 손을 맞잡으면서 들어올렸다.

"말해보게!"

"부 대인은 풍채로 보나 재능으로 보나 진짜 앞으로 크게 되실 분입니다. 또 일거수일투족에서 묻어나는 됨됨이도 보통이 아니시니, 분명히 제 말이 현실로 나타날 것이라고 생각합니다."

주배공이 그답지 않게 아부조로 운을 뗀 다음 말을 이었다.

"하지만 성격이 너무 외골수인 것 같네요. 지나치게 정에 약한 것도 같고요. 자칫하면 친구한테 뒤통수를 맞을 수도 있어요. 앞으로 그 점을 각별히 조심하시기를 바랍니다."

주배공의 말은 아부조의 태도와는 달리 따끔했다. 거두절미한 직설적인 충고이기도 했다. 부굉렬은 주배공의 당부에 영문을 모르겠다는 표정으로 물었다.

"그건 또 왜?"

주배공이 대답했다.

"부 대인께서는 철번을 주장하는 상주문을 은밀히 올렸을 텐데, 오삼계가 그걸 어떻게 알았을까요? 이상하잖아요!"

부굉렬이 주배공의 말에 한참 동안 침묵하다 머리를 저었다.

"비밀이라고는 해도 네댓 명은 알고 있지. 그중 왕사영汪士榮이라는 친구가 오삼계 밑에서 일하고 있기는 해. 그러나 그럴 사람이 아니야, 나와는 의형제를 맺은 사이야. 그가 설마……."

"하기야 부 대인께서 왕사영이라는 사람을 입에 침이 마르도록 칭찬하시는 것을 듣기는 했죠. 그러나 저는 한 번도 만난 적이 없으니 뭐라고 할 말은 없네요."

주배공이 시원스럽게 웃으면서 다시 말을 이었다.

"군자가 가져야 할 처세의 도리는 안으로 충만함을 추구하는 것이지 결코 밖으로 드러내는 것은 아니죠. 곧은 가운데 더욱 곧다고 주장하는 자도 믿지 말고, 어지니 어질지 않으니 하는 자도 방비하라는 얘기를 명심하셨으면 해요. 아무려나 오늘 이렇게 헤어지면 언제 다시 만날지 모르겠네요. 밥 한 끼의 은혜를 천금으로 갚을 날을 기약하면서 여기에서 작별인사를 드려야겠네요. 부 대인 부디 건강하세요!"

말을 바친 주배공이 돌아서서 선실을 나섰다. 부굉렬이 황급히 달려 나오면서 그를 불렀다.

"배공, 배공……. 이 은전은 가지고 가야 하지 않겠나……."

밖으로 나온 주배공은 끊임없이 목 안으로 날아드는 눈꽃을 피해 몸을 한껏 움츠렸다. 광풍이 순간적으로 휘몰아쳐 그의 두루마기 자락을 높이 휘감아 올렸다. 그러나 그는 의연할 뿐이었다. 그가 은자 주머니를 들고 뒤쫓아 오는 부굉렬과 서무관들을 향해 공손히 두 손을 맞잡고 인사를 올리면서 말했다.

"부 대인, 그러지 말고 들어가십시오. 두 분도 추운데 들어가시고요. 다음 기회에 뵙겠습니다."

부굉렬은 단호하게 은자를 거절하고 돌아서는 주배공의 모습이 눈보라 속으로 완전히 사라질 때까지 멍하니 바라보았다. 이어 두 명의 서무관들에게 말했다.

"형구를 채워주게. 우리도 떠나야 하지 않겠나!"

배에서 내린 주배공은 다시 길거리에서 붓글씨를 써서 파는 생활을 했다. 또 사람들을 상대로 점괘도 봐주면서 여비를 마련하였다. 이렇게 해서 그가 북경에 도착한 것은 정월 14일이 됐을 때였다. 천신만고 끝에 북경에 도착한 그의 눈에 처음 들어온 것은 잿빛 성곽이었다. 그는 가슴이 뛰면서 흥분을 금할 수가 없었다.

그의 집안은 원래 명문세가였다. 그러나 어지러운 정국 속에서 몰락하고 말았다. 그래서 너무나 일찍 차가운 세태에 수없이 부대끼면서 살아왔다. 게다가 그의 나이 겨우 다섯 살 때인 순치 7년에는 온 나라를 공포의 도가니로 몰아넣었던 역병으로 인해 부모님을 잇따라 여의기까지 했다. 이뿐만이 아니었다. 땅을 비롯한 재산마저 작은아버지에게 모두 빼앗기고 말았다. 남은 것은 고작 조상 대대로 물려받은 세 무더기의 책 외에는 없었다.

유모인 공어멈이 주씨周氏 가문에서 그를 보살펴주지 않을 것이라고 생각한 것은 크게 이상할 것이 없었다. 그를 불쌍히 여긴 유모는 주배공을 자신의 슬하에 거두기로 했다. 물론 그녀에게 넉넉하게 살 길이 있었던 것은 아니었다. 결국 그녀는 어쩔 수 없이 큰아들을 군대에 보내는 선택을 했다. 아들이 먹을 양식으로 그를 키운 것이다. 더구나 온갖

궂은일을 해가면서 공부까지 시켰다. 다행히 그는 남달리 영특했다. 15세 때는 한비자韓非子를 비롯해 관자管子, 묵자墨子, 노자老子, 귀곡자鬼谷子 등의 사상들을 전부 다 공부했다. 또 중국 역사서인《24사》史를 비롯해《태공음부》太公陰符,《기문둔갑》奇門遁甲,《손자병법》孫子兵法 등의 경전과 사서들을 가볍게 독파했다.

기구한 운명으로 이어진 이들 모자간의 정은 남다를 수밖에 없었다. 공어멈이 영특하고 경우가 바른 그를 출세시키기 위해 온갖 노력을 다 기울인 것은 그래서 너무나 당연했다. 길쌈을 해서 번 돈으로 그가 여기저기 다니면서 유학을 하도록 힘껏 밀어줬다. 이처럼 거의 10년을 밖에 나가 공부한 결과 그는 강희 8년에 부시府試를 통과할 수 있었다. 이어 향시鄕試에도 합격했다. 이때 공어멈은 완전히 백발이 성성한 할머니가 돼 있었다.

주배공은 거인이 된 다음 더 이상 공부해야겠다는 생각을 접었다. 날로 노환이 깊어가는 공어멈에게 조금이나마 효도를 하고자 고향으로 돌아왔다. 그는 고향에서 자신이 쓴 시문詩文들을 가지고 평소 안면이 있던 지인들을 찾아다니면서 일자리를 부탁했다. 그러나 이름 높은 스승의 천거도 없는 데다 워낙 평범한 거인이었던 탓에 일자리를 구하기란 쉽지 않았다.

그러던 어느 날이었다. 공어멈이 어디에서 들었는지 아들이 과거에 응시하는 것을 포기하고 일자리를 구걸하고 다닌다는 소문을 듣게 됐다. 아니나 다를까, 그녀는 불같이 화를 냈다.

"이 못난 녀석아! 나는 너 하나 공부 시키려고 네 형까지 군대에 보냈어. 지금까지 지지리 고생만 했다고. 그런데 너는 10년 동안이나 밖에 나가서 공부를 해놓고, 겨우 거인이 됐다고 공부를 포기해? 대장부가 학문에 뜻을 뒀으면 큰물에서 놀아야지! 옛말에 학문과 무예를 익혀 제

왕에게 팔아먹는다는 말이 있어. 하지만 너는 지금 뭘 하는 거야? 효도 하고 싶으면 관직을 봉한다는 황제의 명령을 받고 와. 북경에 들어가 황제에게 받아오라는 말이다!"

주배공은 공어멈의 말을 되새기면서 북경의 성곽을 응시했다. 순간 가슴이 세차게 떨리는 것을 느꼈다. 멀리 바라보이는 성곽은 지고지존의 분위기를 풍기고 있었다.

사실 그는 자신에게 꽤 도움이 될 수도 있는 비장의 무기를 가지고 있었다. 그것은 바로 산동山東에서 강학講學을 하던 오차우가 좌도어사左都御使인 명주에게 보내는 추천장이었다. 그는 추천장의 수신인인 명주가 이미 이부상서吏部尙書(내무부 장관에 해당)로 진급했다는 사실을 알고 있었다. 하지만 추천장이 가질 수 있는 엄청난 위력이나 자신에게 줄 도움에 대해서는 그다지 기대를 하지 않았다. 심지어 곰곰이 생각해보지도 않았다. 그는 대신 한나라 때의 맹장이었던 한신韓信의 고사를 계속 떠올렸다. 한나라 유방劉邦의 휘하에 들어가기 전에 회음淮陰(지금의 강소江蘇성 일대)에서 파락호 생활을 하던 한신은 장량張良과 상당한 친분이 있었다. 당시 자신을 유방에게 추천하는 장량의 추천장도 가지고 있었다. 하지만 그는 그 추천장에 의지하지 않았다. 묵묵히 유방을 위해 공을 세웠다. 유방은 그의 공로를 인정하지 않을 수 없었다. 나중에는 대장군으로 승진시켰다. 그제야 그는 장량의 추천장을 유방 앞에 꺼내 보여줬다. 주배공은 자신도 한신처럼 자립하는 공신이 되리라고 다시 한번 굳게 다지고 또 다졌다.

주배공은 전대纏帶(여행시 돈이나 물건을 넣어 휴대하기 편리하도록 만들어진 자루)를 만져봤다. 고향을 떠나기 전에 공어멈이 한 땀 한 땀 기워 만든 전대였다. 비록 볼품은 없었으나 그에게는 보물과 같은 물건이었다. 그 역시 그걸 무슨 보배 다루듯 했다. 전대 속에는 많은 돈이 들어

있지는 않았다. 고작 나한전羅漢錢 세 개와 강희동전康熙銅錢 30여 개만
이 들어 있을 뿐이었다.

'이 돈으로 절약하고 절약하면 사흘은 버틸 수 있어. 그러나 삼월에
있을 과거시험일까지는 아직 두 달이나 남았어. 이거 어떻게 하나?'

주배공은 돈 문제에 신경이 쓰이자 은근히 걱정이 됐다. 그는 한참을
생각하다 절을 찾아가 염치불구하고 한 끼 얻어먹는 것이 낫겠다는 판
단을 내렸다. 그의 발길은 자연스레 법화사法華寺로 향했다.

때는 마침 정월 대보름이었다. 곳곳에서 명절 분위기가 물씬 풍기고
있었다. 강희 8년인 당시는 어디나 할 것 없이 풍년이 들었다. 오배가 권
지로 강탈한 땅들이 갱명전更名田이라는 이름으로 분배된 탓에 백성들
의 생활도 한결 윤택해져 있었다. 이뿐만이 아니었다. 알필륭이 무호蕪
湖와 소주蘇州, 항주杭州 일대에서 수백만 섬의 식량을 운하를 통해 북경
으로 운송해왔기 때문에 해마다 흉년이 들었던 직예와 산동에서도 쌀
을 아주 싼 값에 살 수 있었다. 물가가 안정되면서 태평성대가 찾아오자
백성들은 덩실덩실 춤을 추면서 대낮처럼 환하게 밝힌 화등花燈 아래에
서 연 며칠 동안이나 먹고 마시고 즐겼다.

과거시험을 보기 위해 전국에서 올라온 열몇 명의 거인들과 운하가
얼어 불통되는 바람에 미처 강남으로 돌아가지 못한 소금장수들이 머
무르고 있던 법화사도 마찬가지였다. 서로 경쟁적으로 한턱씩 내는 바
람에 흥청망청 먹고 마시는 것이 일상이 돼 있었다. 그야말로 청정해야
할 도량이 순식간에 술과 고기 천지가 됐다고 해도 과언이 아니었다. 주
배공은 이런 꼴불견의 분위기가 너무 싫었다. 자존심도 같이 휩쓸리는
것을 허락하지 않았기에 홀로 절 밖으로 나왔다. 북경의 겨울 풍경을 마
음껏 감상하고 싶은 생각도 없지 않았다.

거리는 시끌벅적했다. 어디나 할 것 없이 구름 같은 인파가 눈에 들어

왔다. 그중에서도 사자탈을 쓴 채 우스꽝스러운 동작을 하는 사람들이 그의 눈에 유난히 확 들어왔다. 하나같이 광장 가운데에서 경쟁적으로 실력을 뽐내고 있었다. 용등龍燈을 높이 쳐든 채 춤을 추면서 거리를 누비는 젊은이들의 용등놀이 역시 볼만했다. 뿐만이 아니었다. 알록달록한 종이배인 한선旱船을 이용해 춤을 추는 뱃놀이 역시 절정을 향해 치닫고 있었다. 사람들은 징소리를 비롯해 북소리, 꽹과리 소리 등이 무질서하게 울려 퍼지는 와중에도 너 나 할 것 없이 목청을 높여가면서 대화를 나누고 있었다. 아이들이라고 빠질 이유가 없었다. 구경거리를 쫓아 우르르 몰려다니다가 발길에 채여 넘어지면 울고불고 야단이 나기도 했다. 그리고 밀고 당기면서 티격태격하는 말다툼 소리, 오랜만의 볼거리에 깔깔대는 여인네들의 웃음소리도 곳곳에서 들려오고 있었다. 한마디로 거리는 온통 축제 분위기에 들떠 있었다.

대개 명절이면 여인네들은 남정네들보다 더욱 바빴다. 이때도 그랬다. 성황묘城隍廟에 가서 향을 피우고 시주를 하면서 만복을 비는 여인네들이 있는가 하면 관음암觀音庵으로 달려가 아들을 낳게 해달라고 머리를 조아리는 여인들도 있었다. 또 호랑이나 사자와 같은 짐승의 이빨을 숯불에 태우면서 집안의 평화를 기원하는 여인도 있었다.

주배공은 배고픔도 잊은 채 곳곳의 풍성한 볼거리에 정신이 팔렸다. 급기야 자신도 모르게 인파에 섞여 정양문正陽門까지 밀려가고 말았다. 그곳에서 그는 평소 보지 못한 놀라운 광경을 목격했다. 몇백 명은 충분히 될 것 같은 여인네들이 눈물이 그렁그렁한 채 저마다 헝클어진 머리를 하고 겹겹의 인파 속으로 들어가려고 경쟁을 하고 있었던 것이다. 심지어 어떤 여인은 엎치락뒤치락하면서 물샐틈없이 둘러싼 사람들 사이를 비집고 들어가다 밀려나와 신발까지 잃어버렸는데도 굳이 다른 한 짝의 신발을 벗어들고 다시 비집고 들어가려 하고 있었다. 정말 인상적인 모습이었다.

도대체 이 여자들은 무엇 때문에 이렇게 악을 바락바락 쓰면서까지 한사코 안으로 비집고 들어가려고 하는 것일까? 주배공은 그 이유가 궁금했다. 급기야 옆에 있는 노인에게 슬며시 물어보았다.

"어르신, 이 여자들은 지금 도대체 뭐 하는 겁니까?"

"정양문에 구리로 만든 대못이 박혀 있죠. 그걸 만지면 복이 온다고 지금 저러는 겁니다."

"한꺼번에 일곱 번을 만지면 그 가족은 일 년 내내 무사하게 된다더군요……."

주배공은 노인의 말에 어이가 없어 피식 웃음을 흘렸다. 차갑고 반들반들한 구리 대못 하나가 그토록 큰 위력이 있다는 말인가! 당연히 그는 정양문 구리 대못의 비밀에 대해 전혀 모르고 있었다. 자고로 동서고금을 막론하고 여자들은 자신의 남편과 아이들을 위한 일이라면 뭐든지 서슴지 않았다. 지금도 더하면 더했지 못하지 않았다. 여인네들은 구리 대못을 서로 만져보겠다고 악다구니를 하며 몸싸움을 벌이고 있었다. 그러다 인파 속에서 밀려나와 땅에 퍼져 앉아 우는 여자도 보였다. 또 침을 튀기면서 욕설을 퍼붓는 여자도 있었다. 일곱 번을 만져보지 않고는 집에 가지 않겠노라고 공공연하게 선포하고는 아이를 남에게 맡겨놓고 팔소매를 걷어붙인 채 뛰어드는 여자도 있었다……. 정말 가관이 따로 없었다. 주배공은 한심하다는 듯 여인네들을 바라보다 웃으면서 말했다.

"황제의 대문이 부서지겠군요! 이렇게 하지 않고 한 사람씩 줄을 서서 만져보면 어두워지기 전에 모두 끝날 텐데 말입니다."

"그러게 말입니다. 전에는 그렇게 했다고 하더군요."

노인이 한심하다는 어투로 주배공의 말을 받았다.

"그러나 올해는 사정이 좀 달라졌어요. 평남왕과 정남왕이 이 문으로 입궁을 하게 된다고 하네요. 그러면 계엄령을 발동할 가능성이 높죠. 당연히 만져볼 기회가 줄어들게 될 테니, 그래서 저 야단들이죠."

평남왕은 광동의 상가희, 정남왕은 복건의 경정충을 일컬었다.

"삼번을 불렀다고 하던데요. 그런데 왜 둘뿐이죠?"

주배공은 자신도 모르게 부굉렬을 떠올리면서 물었다. 걱정이 앞서고 있었다. 그가 가슴을 졸이면서 다시 물었다.

"평서왕은 오지 않나요?"

"그건 잘 모르겠네요. 아파서 드러누웠다는 얘기가 있더군요."

노인이 머리를 흔들었다. 주배공이 뭔가를 다시 물으려던 찰나였다. 갑자기 사람들이 술렁거렸다. 17~18세쯤 돼 보이는 소녀가 울면서 한 중년 여인과 밀고 당기면서 몸싸움을 벌이고 있었다. 중년 여인은 여유가 있었다. 소녀가 악을 쓰고 쫓아오자 껄껄 웃음을 터뜨렸다.

"사람들이 많으니 조금 부딪치고 할 수도 있는 것 아닌가. 그런 걸 가지고 뭘 그래?"

옆의 사람들은 중년 여인의 말이 끝나기도 전에 둘을 말리려고 다가갔다. 바로 그때였다. 소녀가 돌연 무서운 기세로 중년 여인에게 달려들었다. 이어 그녀의 머리에 씌어져 있던 두건을 낚아채듯 벗겨내면서 큰 소리로 외쳤다.

"만지기는 어디를 만져? 이 더러운 자식아!"

소녀의 말이 끝남과 동시에 놀라운 상황이 사람들 앞에 펼쳐졌다. 중년 여인은 여자가 아니라 까까머리 남자였던 것이다. 중년 여인으로 변장해 여자를 추행하다 들킨 것이 분명했다. 사람들은 놀라움을 금치 못했다.

"그 자식 붙잡아서 이름이 뭔지 물어봐요."

주배공이 목의 핏줄이 불끈 솟을 만큼 흥분하면서 소리를 내질렀다. 옆에서 지켜보다 자신도 모르게 화가 치민 것이다.

"어떤 놈이 까부는 거야?"

정체가 드러난 사내가 험상궂은 얼굴을 한 채 목을 비틀어 보이면서 주배공을 쳐다봤다. 그러더니 바로 성큼성큼 다가와서는 징그러운 웃음을 흘렸다.

"이 자식이 죽으려고 환장을 했나! 저 아이를 알아? 내가 누군 줄이나 알고 그런 소리를 하는 거야?"

주배공이 열 손가락을 따다닥 소리가 나도록 꺾으면서 냉소를 흘렸다.

"네 녀석이 누구인지는 알고 싶지 않아. 그러나 그런 비열한 짓을 일삼는 자는 개돼지보다 못한 것 아닌가?"

"흥!"

사내가 험상궂은 표정을 지어보이면서 얼굴을 돌렸다. 그러더니 한패거리인 듯한 자들을 획 둘러보면서 말했다.

"이 거지 같은 자식이 누구를 가르치려고 들어? 나는 그 이름도 고명하신 이친왕理親王의 집안 전체를 관리하는 유일귀劉一貴야. 한마디로 왕부王府(왕의 저택)의 총관總管이지. 그러니 살고 싶으면 조용히 꺼지라고! 이 계집애는 나한테 서른 냥이나 빚을 졌어. 내 마음대로 못할 것이 뭐 있겠어? 길에서 만지는 것이 싫다면 집으로 모셔야지. 여봐라 이 계집애를 끌고 가자!"

자칭 유일귀라고 말한 사내가 씨부렁거리면서 떠나려는 순간이었다. 주배공의 주먹이 그의 얼굴을 사정없이 가격했다. 그의 얼굴은 순식간에 시뻘겋게 부어올랐다. 주먹 자국도 선명하게 났다. 그러자 그의 부하들이 벌떼처럼 몰려와 주배공을 에워쌌다. 이어 발로 걷어차고 주먹으로 때리기 시작했다. 옆에 있던 소녀는 너무 놀란 나머지 어쩔 줄을 몰라 했다. 그저 발만 동동 굴렀다. 주배공은 싸우는 와중에도 소녀를 향해 고함을 치는 것을 잊지 않았다.

"어서 도망가지 않고 뭐 해요?"

"가기는 어디를 가, 이년아!"

주배공의 말에 유일귀가 여전히 얼얼한 듯 얼굴을 감싸 쥔 채 소리를 질렀다.

주배공은 혼자서는 상황을 감당하기가 어렵다는 판단을 내렸다. 동시에 개구리처럼 폴짝 뛰면서 밖으로 냅다 도망을 치기 시작했다. 하지만 상대는 만만치가 않았다. 발악을 하면서 바짝 쫓아왔다. 그는 다시 20여 명에 이르는 유일귀의 부하들에게 포위당하고 말았다. 뒤이어 허리 부분을 심하게 걷어차였다. 그는 순간 눈앞에 불꽃이 날아다니는 것 같은 어지럼증을 느끼면서 땅에 쓰러졌다. 유일귀의 부하들은 기다렸다는 듯 쓰러진 그를 향해 사정없이 발길질을 해대기 시작했다.

"그만 두지 못해!"

바로 그때였다. 천둥과도 같은 고함소리가 어디에선가 들려왔다.

"이 머저리 같은 놈들, 그만 두라니까!"

유일귀의 부하들은 공격을 멈추고 소리 나는 쪽으로 고개를 돌렸다. 이를 악물면서 외치는 소리가 너무 컸던 탓이었다. 소리를 지른 주인공은 얼굴에 구레나룻이 시커멓게 난 웬 군관軍官이었다. 그가 사람들 사이를 비집고 성큼성큼 걸어오더니 한 손을 허리춤에 대고 다른 한 손으로는 유일귀를 가리키면서 물었다.

"너, 도대체 어디에서 굴러먹다 온 개뼈다귀야! 왜 네 마음대로 사람을 때리고 그러는 거야?"

유일귀는 군관의 물음에 대답을 하지 않았다. 대신 부하에게 눈짓으로 신호를 보냈다. 부하는 그의 신호에 따라 군관의 뒤에서 갑작스럽게 공격을 가했다. 그러나 군관은 만만치 않았다. 마치 뒤통수에도 눈이 달린 것처럼 휙 돌아서더니 오히려 졸병의 두 팔을 뒤로 꺾어 잡아챘다. 이어 앞으로 끌어당기는가 싶더니 얼굴에 퉤! 하고 침을 뱉었다. 그게 끝이 아니었다. 이를 악문 채 졸병을 힘껏 떠밀어버렸다. 졸병은 거꾸러질 듯 앞으로 달려가더니 두 명의 동료를 차례로 들이받고는 그들과 한 덩어리가 돼 먼발치에 쓰러졌다. 유일귀는 상대가 만만치 않다는 걸 알았다. 그가 다시 손짓을 보냈다. 이번에는 공격 신호가 아니었다. 후퇴 신호였다. 유일귀의 부하들은 마치 신호를 기다렸다는 듯 걸음아 날 살려라! 하고 줄행랑을 놓기 시작했다.

주배공은 옷에 묻은 먼지를 툭툭 털면서 일어났다. 그러자 군관이 껄껄 웃었다. 주배공은 그제야 그를 눈여겨봤다. 순간 그의 눈빛이 반짝 빛났다. 곧 그의 입에서 비명과 같은 탄성이 터져 나왔다.

"형님, 형님이었군요!"

주배공의 말에 군관도 깜짝 놀랐다. 눈을 비비면서 주배공을 쳐다보던 그는 곧 상대가 누군지 알아본 듯 두 팔을 한껏 벌리면서 달려와 주배공을 으스러지게 껴안았다.

"너 같은 책벌레가 어떻게 된 거냐? 여기에는 웬일로 왔어? 우리가 만나지 못한 세월이 자그마치 십 년이구나!"

군관이 호탕하게 웃으면서 주배공을 반겼다. 하지만 그것도 잠시였다. 그의 눈에서는 이내 눈물이 구슬처럼 흘러내렸다.

군관은 다른 사람이 아니었다. 군문에 투신한 지 10년이나 되는 공 어멈의 아들 공영우龔榮遇였다. 그는 이때 이미 섬서陝西성 평량平凉이라는 곳의 성문령城門領(성문을 지키는 총책임자)이 돼 있었다. 정말 기가 막힌 형제간의 만남이라고 할 수 있었다. 주배공은 이내 정신을 가다듬고 자신의 근황에 대해 간단하게 설명했다. 공영우는 끊임없이 눈꺼풀을 껌벅거리면서 흐르는 눈물을 참았다. 그러나 곧 속이 상한 듯한 어조로 물었다.

"어머니는 잘 계시냐? 건강은 괜찮으시고?"

"어머니 건강은 괜찮으세요."

주배공이 공영우와 어깨를 나란히 한 채 거닐면서 덧붙였다.

"이제는 노환이 오셨죠, 뭐. 눈도 침침하시고……."

주배공이 말을 하다 말고 갑자기 걸음을 멈췄다. 이어 화가 난 어투로 공영우에게 따지듯 물었다.

"형도 보니까 이제는 관직이 사품四品에 이르렀네요. 그런데 왜 여태 어머니를 뵈러 오지 않은 거죠?"

주배공의 질책에 공영우가 머리를 숙인 채 깊은 한숨을 내쉬었다. 곧 그의 입에서 변명만은 아닌 것 같은 말이 튀어나왔다.

"군대에 들어간 뒤 처음에는 광서廣西에 있었어. 그러다 다음에는 운남雲南으로 발령이 났어. 또 다음에는 섬서陝西로 갔고. 그러니 안정이 될 수 있었겠어?"

"그러면 이번에는 무슨 일로 북경에 왔어요?"

"내가 모시는 왕王 제독이 섬서에서 막락莫洛 총독과 와이격瓦爾格 장군한테 치여서 못 살겠다지 뭐야. 그래서 내륙 쪽으로 들어올 수 없을까 해서 북경에 알아보러 온 거지."

"왕 제독이라뇨? 별명이 독수리라고 소문난 그 사람을 말하는 건가요?"

주배공이 물었다.

"그래 맞아! 바로 그 독수리 왕보신王輔臣이야."

"막락이라는 사람은 청렴하다고 소문이 자자하던데요?"

주배공이 잠깐 생각에 잠겼다가 다시 말을 이었다.

"그러나 도량은 넓지 못한가 보죠? 사람을 대단히 피곤하게 만든다고 하더군요!"

주배공이 말을 하다 말고 엉덩이를 어루만졌다. 조금 전 심하게 발길에 채인 곳이 아직도 얼얼했다.

"만주족들은 하나같이 그 모양 그 꼴이야. 우리 한족들만 재수없게 당하는 거지 뭐!"

공영우는 가슴속에 적지 않게 불만이 쌓인 듯했다. 은근히 볼멘소리를 하면서 발치에 놓여 있던 돌을 힘껏 걷어찼다. 그러다 한참 후에 다시 입을 열었다.

"독수리 왕보신은 나쁜 자식이야. 양다리를 걸치고 있다고. 욕심을 부릴 걸 부려야지. 조정에서 실컷 얻어먹으면서도 성에 차지 않는지 오삼계한테 빌붙는 것 좀 봐. 아마 역겨워 못 견딜 거야. 또 오삼계도 다 한통속들이야. 하나는 똥 묻은 개, 하나는 겨 묻은 개야. 이제는 나도 비열한 자식들을 섬기기가 힘들어! 그렇지만 나는 지금 오삼계의 아들 오응웅吳應熊의 집에 머무르고 있어. 우리 거기 가서 같이 잘까?"

"에이, 싫어요, 싫어!"

공영우의 말에 주배공이 재빨리 두 손을 저었다.

"형님도 며칠 신세지는 건데 나까지 가면 안 되죠. 나는 털털해서 그런 까다로운 귀족들하고는 같이 있을 수 없어요."

두 사람은 때로는 웃으면서 때로는 울음을 감추거나 툴툴거리면서 계속 얘기를 나눴다. 그리고 취선루聚仙樓로 가서 오랜만에 형제간의 회포를 풀었다. 공영우는 헤어지면서 주배공에게 50냥짜리 은표를 억지로 건넸다. 두 사람은 이어 왕보신이 섬서로 돌아가기 전에 다시 한 번 더 만나기로 하고 아쉬운 작별인사를 나눴다.

2장
목숨을 버려 의로움을 좇다

　강희가 부굉렬의 도움을 얻기 위해 그를 북경으로 불러올렸을 것이라는 주배공의 추측은 틀리지 않았다. 강희는 이를테면 조광윤趙匡胤(송宋나라 태조太祖)의 석전탈병席前脫兵(지방 할거를 방지할 목적으로 높은 관직과 많은 녹봉을 주는 조건을 내세워 막강한 권력을 가진 장군들의 병권을 인수한 것을 말함) 고사를 모방하기 위해 삼번을 동시에 불렀을 뿐 아니라 일을 처리하는 과정에서 부굉렬을 적극적으로 활용하려고 했던 것이다. 하지만 주배공은 이 모든 전략의 틀을 짠 주인공이 자신에게 추천서를 써준 오차우라는 사실은 전혀 알지 못했다. 하기야 북경에서 산 적이 없던 그로서는 양주의 명사 오차우가 강희 원년에 치러진 과거시험에서 《권지난국론》으로 황제의 주목을 끈 데 이어 스승까지 지냈다는 사실을 알 리가 없었다. 또 관직을 버리고 나올 때 그가 강희에게 《철번방략》撤藩方略초안을 작성해줬다는 사실을 모르는 것은 더 말할 필요가 없었다.

그러나 오삼계가 북경에 오지 않는 바람에 '석전탈병'이라는 강희의 계획은 실행에 옮겨지지 못했다. 강희는 당초 치밀하고 노련한 세 사람과 보이지 않는 혈전을 벌일 준비를 단단히 하고 있었다. 때문에 계속 가슴을 졸였다. 하지만 화살처럼 팽팽하게 조였던 마음은 오삼계가 오지 않았다는 말에 바로 풀어져 버렸다. 화가 치미는 것을 어쩔 수가 없었다. 그러나 애써 참으면서 표정을 부드럽게 하고서는 아버지 대신 나온 오삼계의 아들 오응웅을 건청궁에서 접견했다. 그런 다음 병석에 누웠다는 아버지의 약값에 보태라고 특별히 은전을 하사했다. 약까지 전한 것은 물론이었다. 그는 마음에도 없는 일을 하자 몸도 마음도 개운치 않았다.

　하지만 화가 난다고 후속 조치를 취하지 않을 수는 없는 일이었다. 정월 16일, 강희는 미리 북경에 와 있던 상가희와 경정충에게 입궁해 건청궁에서 접견을 기다리라는 명령을 내렸다. 얼마 후 그의 승여乘輿(임금이 타는 수레)는 건청문을 지나고 있었다. 그는 승여에 앉은 채 노란 비단 휘장의 한 모퉁이를 걷어 젖히고 밖을 내다봤다. 샛노란 꽃무늬가 있는 예복을 입은 상가희와 경정충이 땅바닥에 엎드린 채 머리를 조아리고 있는 모습이 한눈에 들어왔다. 그는 가벼운 한숨과 웃음을 동시에 터뜨리면서 큰 소리로 말했다.

　"멀리서 오느라고 고생이 많았겠군. 어서들 일어나게!"

　강희가 승여를 세우고는 훌쩍 뛰어내렸다. 그런 다음 붉은 돌계단 아래에 엎드려 있는 두 사람을 한 손에 한 사람씩 잡아 일으켜 세우고는 껄껄 웃었다.

　"이렇게 일찍 올 줄은 몰랐는 걸! 어떤가? 북경이라는 곳이 살만한가? 날씨가 광동이나 복건에 비하면 많이 추울 테니 옷을 많이 껴입어야 할 거야."

강희는 씩씩한 걸음으로 정대광명전正大光明殿을 향해 걸어갔다. 상서
방의 측근 대신들인 색액도와 웅사리, 의정왕 걸서와 일등공신인 알필
륭 등은 각 부서의 대신들을 거느린 채 일찌감치 궁전 입구에서 대기
하고 있었다. 색액도 등은 강희가 다가오자 일제히 무릎을 꿇었다. 그러
다 강희와 상가희, 경정충 등이 안으로 들어가자 자리에서 일어나 줄지
어 따라 들어갔다.

"그래, 어디에 머물고 있는가?"

강희가 상가희와 경정충이 자리에 앉기를 기다렸다 물었다. 황제로서
의 여유를 보여주기 위해 찻잔을 들어서 차도 한 모금 마셨다. 그제야
그의 눈에 강희 3년 이후로 6년 만에 처음 보는, 두 왕의 모습이 자세히
들어왔다. 그는 둘을 천천히 훑어봤다.

상가희는 우선 눈빛이 흐리멍텅해 보였다. 몸동작 역시 예전처럼 날렵
해 보이지 않았다. 아니 둔한 느낌을 준다고 하는 표현이 옳을 듯했다.
그러나 나이가 한창 때인 경정충은 달랐다. 예나 지금이나 별로 변한 것
이 없어 보였다. 딱 벌어진 가슴을 쭉 펴고 부리부리한 시선을 강희에게
보내는 모습은 여전히 멋있고 힘이 넘쳤다. 강희의 물음에 경정충이 의
자에서 몸을 움찔거린 다음 애써 웃음을 지어 보였다.

"상가희는 아들 집에 머물고 있사옵니다. 또 소신은 동생 집에서 신세
를 지고 있사옵니다."

강희가 알겠다는 듯 머리를 끄덕였다. 당연했다. 경정충의 동생 경성
하耿星河, 상가희의 셋째 아들 상지례尚之禮, 오응웅 등 세 사람은 하나같
이 태종의 딸들과 정략적 결혼을 한 탓에 항렬로는 모두 강희의 고모
부뻘이 되었으니까. 이들은 모두 북경의 액부부額駙府(황제의 사위인 액부,
즉 부마의 저택)에 머물면서 별다른 직책은 가지고 있지 않았다. 게다가
오응웅을 제외한 두 사람은 술 한잔에 취해 별 볼 일 없는 시나 읊으라

면 읊는 식의 풍류만 알았지 정치에 대해서는 전혀 관심이 없었다. 웅사리의 표현대로라면 "진晉나라 사람의 풍류는 조금 갖췄는지 몰라도 한漢나라 관리의 위풍은 전혀 없다"는 말이 딱 들어맞는 사람들이었다. 그러나 오응웅은 완전히 차원이 달랐다. 겉 다르고 속 다른 사람이었다. 물정에 어두운 척하면서 실속은 다 챙기는 노련한 정객이기도 했다. 암암리에 북경 밖에 있는 제독, 순무들과 광범위하게 인맥을 형성하고 있었을 뿐 아니라 운남 쪽과 편지 왕래도 잦았다.

강희가 경정충의 말을 듣고는 한참 동안 생각에 잠겼다. 얼마 후 그가 옆에서 대기 중이던 양심전 총관태감 소모자에게 지시를 내렸다.

"두 액부의 집에 각각 은 삼백 냥씩을 보내주라고 내무부에 전하라."

강희가 미소를 지으면서 두 사람에게 말했다.

"그대들이 통이 무척 크다는 사실은 짐이 잘 알고 있네. 황제가 고작 은 삼백 냥이 뭐냐고 쩨쩨하다고 흉보지 말게. 두 액부는 인품도 나무랄 데 없고 재주 역시 남다른 것으로 알고 있네. 짐이 몇 년 후에는 크게 중용할 생각이네."

강희가 또다시 껄껄 웃었다. 솔직히 말해서 "두 액부 경성하와 상지례의 인품이 나무랄 데 없다"는 말은 다른 뜻으로 해석이 가능했다. 이를 테면 "오응웅은 돼먹지 않았다"라는 의미로 말이다. 눈치 빠른 경정충은 강희의 말에 아무런 반응을 보이지 않았다. 그러자 상가희가 나섰다.

"폐하께서는 별 말씀을 다하시옵니다. 소인들은 폐하의 삼백 냥이 다른 사람의 삼만 냥보다 더 값지고 소중하다고 생각하옵니다. 소인들의 체면을 세워주기에 충분하옵니다. 소인이 이번에 북경에 와서 아들 지례에게 들으니 폐하께서는 매일 새벽녘에야 잠자리에 드신다고 하더군요. 그렇게 매사에 적극적이고 열심히 정무를 보신다고 들었사옵니다. 소인이 주제넘게 할 말은 아니라고 생각하옵니다만 폐하께서는 부디 지금부터라도 건강을 챙기셨으면 하옵니다! 지금은 젊으시니까 건강을 염두에 두지 않고 일하시겠사오나 소인의 나이 정도 되면 여러 징후들이 나타날 수 있사옵니다. 억만 백성의 아버지이신데 건강하셔야 하지 않겠사옵니까!"

"짐이라고 해서 일찌감치 두 다리를 뻗고 잠자리에 들고 싶지 않겠는가? 하지만 할 일이 산더미처럼 쌓여 있으니 어쩔 수 없더군."

강희가 힘과 정력이 물씬 느껴지는 눈빛을 창밖의 눈 덮인 궁원宮院으로 돌렸다. 그런 다음 다시 천천히 덧붙였다.

"요즘 러시아 귀신들이 우리의 동북 변경을 호시탐탐 노리고 있어. 작년에는 끝내 목성木城까지 침입해 점령했다고. 동시에 천여 명에 이르는 무고한 우리 백성들을 죽였어. 이놈들이 얼마나 악랄하고 비인간적인 줄 아는가? 죽은 시체들을 모아놓고 불을 싸질렀다고 하는 거야. 어디 그뿐인가. 어린아이를 구워먹기도 했다는군! 또 서북 지역은 더하면 더했지 못하지 않아. 진짜 호락호락하지 않다고. 갈이단噶爾丹(청나라 준갈이부準噶爾部의 수령)이라는 자는 도대체 무슨 배짱으로 조정의 허락도 없이 독립을 획책하는지 모르겠어. 또 서장西藏(티벳)의 상결桑結(최고 종교 지도자)과 결탁해 동으로 쳐들어와서는 몽고의 남북을 삼켜버리려고 하고 있잖아. 이건 분명한 현실이야. 두 사람 모두 한족 역사에 정통한 사람들이니 짐이 군이 길게 말을 하지 않아도 무슨 뜻인지 잘 알 것이라고 믿네. 상황이 이런데, 짐이 어떻게 두 다리를 쭉 뻗고 잘 수 있겠나."

강희가 다시 깊은 한숨을 내쉬면서 말을 이었다.

"더구나 황하黃河와 회하淮河는 작년 가을에만 해도 서른네 곳에서 제방이 터졌어. 오죽했으면 하남河南 순무아문巡撫衙門에 흙이 한 치도 넘게 쌓였겠어. 이십만 명도 넘는 백성들이 유랑걸식 길에 올랐다고 하니……."

강희가 고통스러운 표정으로 머리를 저었다. 더 이상 말을 잇지 못했다.

"폐하!"

색액도가 문전에 엎드려 있다 갑자기 무릎걸음으로 강희에게 다가갔다. 그런 다음 큰 소리로 아뢰었다.

"러시아의 사신인 거라이니가 곧 귀국을 한다고 하옵니다. 그 전에 폐하를 뵙고 싶다고 전해왔사옵니다."

"그 사람 지금 어디 있나?"

"오문 밖에서 기다리고 있사옵니다."

"들어오라고 해! 어떤 작자인지 한번 보는 것도 나쁘지는 않겠지!"

강희가 큰 소리로 말했다.

"예, 폐하!"

색액도가 머리를 조아리면서 자리에서 일어났다. 이어 뒷걸음질을 해서 밖으로 나갔다.

"폐하께서는 성대한 의식을 거행해 위엄을 보이실 필요가 있다고 생각하옵니다. 이런 자에게는 우리 대청제국의 범접 못할 위력을 확실하게 과시해야 한다고 생각하옵니다."

색액도가 물러가자 웅사리가 머리를 조아리면서 말했다. 강희가 잠시 웅사리의 말을 음미하더니 곧 이를 악물었다.

"내가 뭐가 아쉬워서 그렇게 하겠어! 지금 이 상태로도 충분해!"

강희의 말이 끝남과 동시에 곧 멀리서 "러시아 사신은 입궁하라!"라는 소리가 잇따라 들려왔다. 모두의 눈길은 일제히 소리나는 쪽으로 향했다. 마치 옥수수대처럼 깡마른 체구의 사내가 긴 그림자를 질질 끌면서 건청문으로 들어서는 모습이 보였다. 마치 바람에 날려갈세라 위태로운 자세로 주위를 두리번거리는 모습이 그야말로 가관이었다.

그는 주위의 시선에도 아랑곳하지 않았다. 눈이 휘둥그레진 채 연신 입을 크게 벌리고는 여기저기 두리번거리느라 그야말로 여념이 없었다. 몽유병 환자가 따로 없었다. 하기야 눈앞에 펼쳐진 풍경이 그를 그렇게 몰아가고 있기는 했다. 황금과 백은으로 도배된 장식품이나 정교하고 절묘한 동방의 예술품들이 그야말로 황홀경에 빠지게 했으니 말이다. 게다가 구름과 용무늬로 새겨진 큰 기둥을 비롯해 눈이 시릴 정도로 빛나는 금 항아리들과 세 발 솥, 보석처럼 반짝이는 옥 여의, 가격을 매길수 없을 것 같은 다양한 도자기들 역시 하나같이 그의 시선을 빼앗고 있었다. 급기야 그는 진귀하기 이를 데 없는 그것들을 눈 딱 감고 하나만 훔쳐 본국으로 가져갈 수 있다면 하는 엉뚱한 생각을 하기에 이르렀다. 그러면 유럽에서 내로라하는 부자가 되는 것은 식은 죽 먹기보다 쉬울 터였다……. 그러나 거라이니의 순간적인 터무니없는 상상은 곧 깨져버렸다. 자금성 특유의 삼엄한 경계와 위엄이 그를 짓누른 탓이었다.

사실 그럴 만도 했다. 우선 오문에서부터 두 줄로 쭉 늘어선 황제의 친병親兵들이 예사롭지 않았다. 마치 그 자리에 붙박힌 듯 모두들 허리춤에 장검을 지르고 있었다. 또 어전시위들은 마치 신상神像을 연상케 하듯 표정 하나 없는 굳은 얼굴을 한 채 검을 찬 허리춤에 손을 얹고 꼿꼿하게 서 있었다. 추호의 흐트러짐도 없는 모습이었다. 그뿐만이 아니었다. 도저히 크기를 헤아리기 어려운 궁전의 양 옆에는 관모 위에 갖가지 깃털을 꽂은 수십 명의 중신들이 숨을 죽인 채 꿇어앉아 있었다. 게다가 궁전 앞에 있는 구리 학과 금으로 된 거북의 입에서는 향연香煙이 계속 뿜어져 나오면서 조용히 실내를 감돌고 있었다. 궁전 안의 엄숙함을 더해 주기에 전혀 부족함이 없었다.

거라이니는 황홀경에 빠져 안으로 들어섰다. 처음 보는 광경에 눈이 완전히 뒤집힐 지경이었다. 급기야 궁전의 문 언저리에 이마를 심하게 부

덮치고 말았다. 그는 잠깐 쓰러질 것처럼 허우적거리다 겨우 자세를 바로잡았다. 이어 민망한 상황을 만회하기 위해 일부러 어깨를 으쓱하면서 두 손을 펴보이고는 따라 들어온 색액도에게 한어로 말했다.

"각하, 이제부터 나는 어떻게 해야 합니까?"

놀랍게도 거라이니의 한어는 보통 수준이 아니었다. 장내에 있던 대신들을 비롯한 사람들은 자신들도 모르게 깜짝 놀라 서로 번갈아 쳐다봤다.

"우리 대청제국의 예절을 따르면 되겠습니다. 우리 대청제국의 황제폐하께 삼궤구고三跪九叩로 친견 인사를 올리도록 하세요!"

색액도가 차가운 어조로 대답했다. 거라이니는 색액도의 말에 순순히 따랐다. 강희는 하마터면 웃음을 터뜨릴 뻔했다. 노란 머리에 움푹한 눈의 파란 눈동자를 한 코 큰 서양 사람이 연미복 차림의 짧은 팔소매를 제법 그럴싸하게 휘둘러대면서 인사법을 흉내내는 모습이 너무 우스꽝스러웠던 것이다. 강희는 그가 인사를 끝마치기를 기다렸다 입을 열려고 했다. 그 순간 거라이니가 자리에서 일어나면서 큰 소리로 열변을 토하기 시작했다.

"오, 위대한 보거더 칸博格德汗(중국 황제라는 의미)! 이토록 신비스럽고 사람의 영혼을 사로잡는 아름다운 궁전에서 폐하를 알현하게 돼 무한한 영광으로 생각합니다! 지고지존하신 제정 러시아의 차르 폐하인 미하일로비치를 대신해 폐하에게 숭고한 경의를 표하는 바입니다."

거라이니는 말을 마치자마자 두 팔을 쫙 벌린 채 강희에게 다가왔다. 마치 끌어안을 듯한 자세였다.

그러나 강희는 미동도 하지 않았다. 그저 그림처럼 자리에 꼿꼿하게 앉아 위엄어린 눈매로 매섭게 거라이니를 노려볼 뿐이었다. 거라이니는 강희에 기세에 기가 죽었는지 주춤하면서 걸음을 멈췄다. 그 어떤 경박한 행동도 용납하지 않겠다는 강희의 표정은 그야말로 무서울 정도로 담담했다.

거라이니는 잠시 대책없이 서 있었다. 이어 어쩔 수 없다는 듯이 어깨를 으쓱하면서 웃음을 흘렸다.

"우리는 반가움을 이런 열정에 담아 표현합니다. 반면에 중국인들은 열정을 자연미 속에 융화시키는 아주 탄복할 만한 절제의 미덕이 있는 것 같군요. 영국인들도 못 따라갈 대단히 신사적인 면입니다. 그래야죠. 아무래도 귀국에 와 있으니 귀국의 예법을 지켜 말씀 올리는 것이 예의라는 생각이 듭니다."

거라이니는 말을 마치자마자 바로 무릎을 꿇었다. 강희가 천천히 입을 열었다.

"여보시오, 거라이니! 무슨 일로 짐을 보자고 했는가?"

"제가 보거더 칸을 만나뵈려고 한 것은……."

거라이니가 조심스럽게 운을 뗐다.

"다름이 아니라 아무르(한자 표현은 아목이阿穆爾) 지역에서 일어난 일들에 대해 양해를 구하고 싶었기 때문입니다. 보거더 칸께서 아무르 지역과 관련해 현명한 선택을 해주셨으면 해서 말입니다."

거라이니가 입에 올린 아무르는 바로 흑룡강黑龍江 일대를 말했다. 강희는 순간 실소를 터뜨렸다.

"흑룡강 지역은 자고로 우리의 영토야. 러시아와 무슨 상관이 있다고 그러는가? 짐에게 무엇을 어떻게 양해를 하라는 것인가?"

"당연합니다."

거라이니가 강희의 말에 어깨를 으쓱해 보이면서 말을 이었다.

"저는 폐하의 말씀을 부인하고 싶은 생각은 없습니다. 그러나 어마어마한 대청제국의 영토로 볼 때 그쪽은 아주 보잘것없는 지역에 불과하죠."

거라이니가 새끼손가락을 꺼내 보이면서 손가락 끝부분을 가리켰다. 적당한 한어가 생각이 나지 않는 모양이었다.

"하지만 우리나라 입장에서는 다릅니다. 대단히 쓸모가 많은 매력적인 땅입니다. 우리는 유럽인들과 무역을 해서 가죽을 들여와야 합니다. 아시겠습니까? 또 귀국은 변경의 안정이 필요하고요……."

거라이니가 말을 채 끝맺기도 전이었다. 강희가 약간 화가 난 듯 차갑게 쏘아붙였다.

"당신 말이 조금 이상하군. 욕심이 나는데 안 주면 빼앗기라도 하겠다는 뜻 같은데, 그렇지 않은가?"

강희는 "그렇지 않은가?" 하는 마지막 말의 음성을 의도적으로 한껏 올렸다. 그래서인지 그의 목소리는 건청궁 정전 안에 메아리쳤다.

"아니…… 아니……, 그게 아니라……."

난데없는 강희의 일갈에 거라이니가 당황하면서 말까지 더듬었다. 뛰어난 말재주를 자랑하는 것으로 유명한 그답지 않았다. 그러나 그는 무슨 말을 어떻게 해야 할지를 몰라 잠시 주눅 든 모습을 보였다. 하지만 곧바로 당당한 어조로 강하게 밀어붙였다.

"폐하께서는 흥분하시지 말고 제 말을 끝까지 들어주시기 바랍니다. 저는 우리 제정 러시아 황제의 명령을 받고 온 만큼 우리 황제의 뜻을 그대로 전달하겠습니다. 폐하께서는 쓸모없는 황무지와 같은 아무르를 내놓으십시오. 그러면 우리 제정 러시아 황제께서 은총을 내리실 겁니다. 각별한 관심도 보이실 거고요. 그게 백배는 더 유리하다고 생각합니다. 반드시 그렇게 해야만 폐하께서는 국내 정세의 안정과 평화를 도모할 수 있습니다."

"정말 웃기는 소리를 하는군!"

강희가 여러 대신들을 둘러보면서 말을 이었다.

"우리나라는 지금 태평성대를 누리고 있어. 더 이상의 안정과 평화를 도모할 필요가 있는가? 또 설사 우리 대청제국에 무슨 일이 있다고 치자고. 우리 집안일에 당신들이 끼어드는 건 말이 안 되지 않아?"

"저는 폐하의 외신外臣이라고 할 수 있습니다. 그런 만큼 직언도 가능할 것으로 생각합니다. 귀국의 남쪽 지역에서는 지금 몇 명의 왕들이 전무후무한 반란을 꿈꾸고 있지 않습니까? 그건 세 살짜리 코흘리개도 다 아는 사실이죠."

거라이니는 여유만만했다.

"하하하하!"

강희가 갑자기 목을 뒤로 젖히면서 크게 웃었다. 이어 상가희와 경정충을 가리키면서 거라이니에게 물었다.

"당신은 이 사람들을 아는가?"

거라이니는 강희가 가리킨 두 사람을 힐끔 쳐다봤다. 그런 다음 어깨를 으쓱했다.

"만나볼 수 있는 영광이 없었습니다."

"이 사람들이 바로 당신이 조금 전에 말한 '반란을 꿈꾸는' 왕들이오."

강희가 득의양양하게 말을 이었다.

"우리 군신들은 이렇게 한자리에 앉아 있어. 더 이상 어떻게 친한 모습을 보여주면 되겠는가?"

"예?"

강희의 말에 거라이니는 쇠망치로 뒤통수를 한 대 얻어맞은 것처럼 몸을 움찔하더니 식은땀을 흘리기 시작했다. 색액도가 상가희와 경정충이 왔다는 말을 입 밖에 내지 않았기 때문에 상황을 전혀 모르고 있었던 것이다. 그가 창백하게 질린 얼굴을 한 채 혼잣말 하듯 내뱉었다.

"그냥 소문이 그렇게 났더군요……. 보거더 칸과 두 분의 왕께서는 양해해 주시기 바랍니다. 그러나……."

거라이니의 얼굴은 거의 울상이 돼 있었다. 하지만 그의 얼굴에는 이내 또다시 혈색이 돌았다.

"폐하께 한 가지 사실만은 일깨워드리고 싶습니다. 우리 막강하기 이를 데 없는 제정 러시아는 전투 잘하기로 유명한 장군을 이미 파견해 아무르 지역에 주둔시킨 상태입니다. 귀국의 말 중에 '순응하는 자는 흥하고, 역행하는 자는 망한다'는 것이 있지 않습니까? 잘 생각하십시오."

거라이니의 말은 완전 협박이었다. 강희는 그의 말이 끝나기 무섭게 탁자를 부서져라 내리쳤다. 이어 자리에서 내려와 거라이니에게 손가락질을 했다.

"가서 당신의 황제 미하일로비치에게 꿈 깨라고 전해! 우리 대청제국에서는 당신들이 오매불망하는 내란이 절대 일어나지 않을 거야. 설사 일어난다고 해도 우리는 한 발에 싹을 밟아버릴 수 있을 만큼 막강해. 까불지 말고 처신 잘 하라고 전하라고! 그러지 않고 설칠 경우에는 언젠가 무릎 꿇고 싹싹 비는 수가 생길 거야. 오늘 당신이 저지른 무례함은 처형감이야. 머리를 궁전의 정문에 내걸어 일벌백계로 본보기를 보일 수도 있어. 그러나 우리 두 나라는 서로의 사신을 죽이지 않는다는 맹약을 맺은 바 있어. 그러니 내가 목숨만은 살려주지. 여봐라!"

"예, 폐하!"

강희의 명령이 떨어지자마자 위동정과 낭심, 목자후, 소륜素倫 등이 우렁차게 대답했다. 그들은 거라이니의 무례함에 화가 나서 그렇지 않아도 손이 근질근질하던 참이었다.

"이자를 역관驛館으로 데려가도록 하라."

강희가 거라이니를 등진 채 차가운 어조로 또 명령을 내렸다.

"내일 점심 전까지 반드시 북경을 떠나도록 하라. 흥! 주둔만 하면 다야? 까불면 지난번처럼 송화강松花江 변에서 끽소리 못한 채 죽은 그 망할 스체파노프의 전철을 밟도록 만들겠어."

강희와 거라이니의 치열한 외교적 설전은 드디어 막을 내렸다. 그러나 강희는 끓어오르는 분노를 좀체 삭일 수가 없었다. 숨죽이고 있는 대신들을 오랫동안 노려본 것은 바로 그 때문이었다.

"폐하!"

경정충이 좌중의 사람들 중에서 가장 먼저 입을 열었다. 강희의 무거운 시선을 주체할 수가 없었던 것이다.

"러시아가 이토록 안하무인격으로 나오는데, 폐하께서는 왜 군대를 동원해 토벌하지 않으시옵니까? 저들을 그냥 내버려두실 것이옵니까?"

"짐에게도 그럴 수밖에 없는 이유가 있네!"

강희가 찻잔의 뚜껑을 손가락으로 튕겼다. 그런 다음 상가희를 힐끔 쳐다보았다.

"오배의 난정 때문에 나라 전체가 피폐해졌어. 아직 원기를 회복하지 못해서 비실비실하고 있다고 할 수 있지. 그런데 갑자기 그쪽으로 군대를 동원하면 병력이나 군량미를 확보하는 것이 쉽지 않아. 무리가 따를 수밖에 없어. 꼭 승리한다는 보장이 없을 바에야 섣불리 파병하는 것은 재고하는 것이 맞지 않겠나?"

상가희와 경정충은 지금 건청궁에서 발생한 모든 일들이 철번과 관련이 있다는 사실을 모르지 않았다. 그야말로 거울 보듯 분명했다. 남방에서는 남명南明의 영력제永曆帝가 세상을 떠난 후 더 이상 전쟁이 없었다. 삼번의 왕들은 그저 수십 만 명의 대군을 이끌고 하는 일 없이 국고나 축내면서 떡하니 자리만 잡고 있을 뿐이었다. 반면에 국력은 북방의 외적들을 방어하기에 충분치 못했다. 두 사람은 이 모든 것을 다 알고 있었다. 하지만 너무나 민감한 사안이라 말을 아끼지 않을 수 없었다. 또 상가희의 경우는 병권을 진작에 큰아들인 상지신에게 빼앗긴 상황이라 더욱 처지가 난감했다. 경정충의 경우도 크게 다르지 않았다. 다른 두 번이 합친 것보다도 병력이 훨씬 많은 오삼계의 눈치만 봤다. 오삼계도 모르는 척하는데 자신이 잘난 척하고 나설 이유가 없다고 생각한 것이다.

"하고 싶은 대로 하고 살라지 뭐!"

한참 잠자코 있던 강희가 난데없이 뼈 있는 말을 툭하고 던지고는 웃었다. 그럼에도 상가희와 경정충은 여전히 아무런 반응을 보이지 않았다. 강희는 은근히 화가 치밀었다. 더 이상 두 사람이 먼저 입을 열 때까지 기다릴 수만은 없다고 생각했다. 그가 불타는 시선으로 둘을 노려보았다.

"짐이 이번에 삼번을 부른 것도 이 일을 상의하기 위해서야. 그러나 오삼계는 아프다는 평계를 대고 오지 않았어. 그러니 삼번 가운데 반만 온 셈이라고 할 수 있군. 웃기네, 정말! 짐이 아무려면 그까짓 러시아 놈들을 못 이기겠나?"

사실 강희는 "웃기네. 짐이 아무려면 홍문연鴻門宴(초楚나라의 항우項羽가 유방劉邦을 죽이기 위해 마련한 연회)이라도 열려고 한 줄 아나?" 하고 말하려고 했다. 하지만 아무래도 속마음을 들킬 것 같아 러시아 놈들이라는 단어를 급작스럽게 들먹였다.

"소인은 북경으로 오기 전에 운남에 가서 오삼계를 만나보았사옵니다. 오삼계는 진짜 눈병을 앓고 있었사옵니다. 설날 전에는 학질에 걸렸다고도 하더군요. 아프다는 평계로 조정에 안 나온 것은 다른 특별한 생각이 있어서 그런 것이 아니옵니다."

상가희가 쓸쓸한 표정으로 강희에게 대신 변명을 했다.

"그런 얘기는 그만 하지."

강희가 길게 한숨을 내쉬었다.

"어떻게 하다 얘기가 이런 방향으로 흘렀는가? 짐의 본심을 오해하지는 말라고. 짐은 아직 철번을 할 계획이 없어. 설사 철번을 하더라도 정정당당하게 할 거야. 짐은 사람을 진지하게 대하지, 토사구팽하는 짓 따위는 하지 않아. 먼저 마음을 바르게 가져야 천하를 다스릴 수 있으니까 말이야. 삼번이 짐을 배신하지 않는 한 짐 역시 삼번에 미안한 짓은 결코 하지 않을 거야. 이 점 명심하라고. 그대들도 피곤할 테니 오늘은 이만 돌아가게."

다음 날 오후였다. 강희는 사복 차림을 한 채 형부아문을 찾았다. 그리고는 대청에 앉아 차를 마시면서 부굉렬에 대한 심문 결과를 기다렸다. 위동정을 비롯해 낭심, 목자후, 노새 등 네 명의 일등 시위들은 언제나처럼 강희를 따라왔다. 하지만 강희가 생각이 많은 듯 보이자 입을 꾹 다문 채 조용하게 서 있기만 했다.

얼마 후 갑자기 밖에서 키가 큰 한 무관이 종종걸음으로 들어와서는 가쁜 숨을 몰아쉬었다. 이어 강희의 맞은편 의자에 털썩 주저앉더니 불안한 기색으로 창밖을 두리번거렸다. 그가 곧 머리를 돌려 강희를 보면서 말했다.

"이봐, 당신들 당관堂官은 언제 온다고 했나?"

무관이 말을 토해놓기 무섭게 기절할 듯이 놀랐다. 강희가 와 있으리라고는 꿈에도 생각하지 못한 모양이었다.

"아, 폐하시군요! 폐하!"

"도해, 자네구만!"

도해의 얼굴은 사색이 돼 있었다. 그래서인지 벌벌 떨면서 무릎을 꿇는 것조차 잊어버렸다. 강희가 그런 도해를 보면서 웃음을 머금었다.

"자네는 구문제독부에나 있지 형부아문에는 무슨 일로 쏘다니는가?"

그제야 도해가 부랴부랴 무릎을 꿇었다. 이어 쏟아지는 식은땀을 훔칠 겨를도 없이 정신없이 아뢰었다.

"폐하, 형부아문에서는 지금 부굉렬을 심문하고 있사옵니다. 아, 그게 아니라 소인은 오정치吳正治를 좀 만나려고……"

도해는 완전히 횡설수설했다. 갈팡질팡하며 동문서답을 했다.

"자네와 오정치는 어떤 사이인가? 부굉렬과는 또 무슨 관계가 있나?"

강희는 너무나 당황해 더듬거리면서 어쩔 줄 몰라 하는 도해의 태도가 우스웠다. 급기야 너털웃음을 참지 못했다.

"오정치가 부굉렬을 심문하고 있어. 자네가 거기에 무슨 볼일이 있는가 말이야. 구문제독의 힘이 여기까지 미칠 정도는 아닌 것 같은데?"

"예, 폐하! 소인이 죽을죄를 지었사옵니다. 그러나 오육일이 생전에 부아무개는 충신이라고 했사옵니다. 그래서 하도 궁금해 저도 모르게 여기까지 찾아왔사옵니다."

도해가 변명 아닌 변명을 하면서 연신 머리를 조아렸다.

"어서 일어나 저쪽에 가서 서 있게!"

강희가 짐짓 놀리듯 덧붙였다.

"명색이 장군이라는 사람이 임기응변에 그렇게 약해서야 되겠는가? 자네와 오정치가 법사아문法司衙門의 골방에서 노닥거리다가 짐에게 된통 혼나게 될 것이 겁나지도 않은가?"

"소인은 부굉렬과 그 어떤 은원관계가 없사옵니다. 또 소인은 철번을 주장하지도 않사옵니다. 정견 역시 그 사람과는 다르옵니다."

도해는 말을 하면서 천천히 안정을 되찾아갔다. 그러나 시커먼 얼굴에 핏발이 솟아올라 가볍게 떨리는 것은 어쩌지 못했다.

"부굉렬이 상소를 올려 정국을 논한 것은 모두 나라를 위한 일인 줄로 알고 있사옵니다. 그의 말이 정당하다면 폐하께서 알아서 보듬을 것이고, 부당하다면 버릴 것으로 생각하옵니다. 소인 생각에는 ……."

강희가 도해의 말을 잘랐다.

"됐네! 가서 전하게. 짐이 부굉렬을 만나야겠다고 말일세."

"예?"

도해가 의외라는 듯 반문했다. 그러나 이내 무표정한 강희의 얼굴을 바라보고는 "예, 폐하!" 하고 황급히 대답하고는 밖으로 뛰쳐나갔다.

부굉렬은 얼마 후 도해를 따라 들어왔다. 그의 발에는 40근은 충분히 될 것 같은 무거운 족쇄가 채워져 있었다. 그래서 걸을 때마다 육중한 쇳소리가 나면서 비틀거렸다. 그러나 그의 얼굴은 막 잠에서 깬 어린아이의 얼굴처럼 너무나도 평온했다. 아니 해맑았다. 이때 형부상서刑部尚書(법무부 장관에 해당)인 오정치와 만주족과 한족 시랑侍郎들은 안으로 들어오지 않았다. 황제의 명령이 있기 전에는 들어올 수가 없었으므로 밖에서 머리를 조아린 채 인사를 올리고는 한편으로 물러나 있었다.

"부굉렬!"

강희가 가슴께의 옥 목걸이를 만지작거리면서 땅바닥에 엎드려 있는 부굉렬에게 물었다.

"지금 이 시간, 이 자리에서 자네는 무슨 생각을 하고 있는가?"

"죄인은 지금……."

부굉렬이 몸을 움찔했다. 전혀 생각조차 못한 강희의 물음 탓이었다. 그가 머리를 들어 강희를 일별하고 나서 대답했다.

"이 자리는 명나라 때부터 줄곧 나라의 죄인에 대한 형을 집행하는 곳이었사옵니다. 여기에서 죽음까지의 거리는 고작 한 발짝이라는 사실도 잘 알고 있사옵니다. 또 죄를 저지른 무수한 범인들이 죽어갔사옵니다. 물론 그 중에는 억울하게 누명을 쓴 채 죽은 애국지사들도 있을 것이옵니다. 소인은 그래도 다행히 죽어가는 마당에 폐하의 용안을 뵙게 돼 진정을 토로할 수 있게 됐사옵니다. 기회를 주신다면 죽어도 여한이 없겠사옵니다."

"무슨 할 말이 있는가?"

강희가 안색을 바꾸었다.

"자네는 지부知府밖에 안 되는 지위에 있으면서 주제넘게 정국에 대해 이러쿵저러쿵 망언을 일삼았어. 게다가 군신 사이를 이간질시켰어. 그렇다면 죽어 마땅한 죄를 지은 것이 아닌가?"

강희의 목소리는 높지 않았다. 하지만 무게는 천근만근이었다. 도해와 위동정 등은 등골이 오싹했다.

"폐하께서 지금 하신 말씀은 정확하지 않사옵니다."

부굉렬이 마지막 결심을 한 듯 항변했다. 부리부리한 눈매로 강희를 바라봤다. 좌중의 사람들은 약속이나 한 듯 하나같이 숨을 죽였다. 곧 부굉렬이 다시 입을 열었다.

"나라의 흥망에는 하찮은 필부도 책임이 있사옵니다. 오삼계와 상가희 부자는 횡포를 부리고, 나라의 정책에 역행하는 짓을 일삼고 있사옵니다. 그것을 소인은 두 눈 똑바로 뜨고 봐 왔사옵니다. 만약 이 모든 것을 보고도 못 본 척하면 어떻게 되겠사옵니까? 제 한 몸은 살 수 있겠사오나 군주를 기만한 죄를 벗을 수는 없사옵니다. 그래서 용기를 내어 진언을 올렸는데, 정국에 대해 망언을 퍼뜨린 죄를 물으시니……. 소인은 진언을 올렸으니 육신의 죽음은 면치 못할 것이옵니다. 그러나 물러나면 마음이 죽사옵니다. 폐하께서는 몸이 죽는 것과 마음이 죽는 것 중 어느 쪽이 낫다고 생각하시옵니까? 폐하의 현명한 판단을 바라옵니다."

강희는 부굉렬의 말을 듣는 순간 저 높은 허공에서 추락하는 듯한 느낌을 받았다. 동시에 '사생취의'捨生取義라는 말이 번개처럼 뇌리를 스치고 지나갔다. 이렇게 강직한 충신을 지금에야 발견했다는 아쉬움이 드는 것은 더 말할 것이 없었다. 마음이 찢어질 듯 아팠다.

그는 더 길게 생각할 필요가 없다는 생각으로 소리 높여 오정치를 불렀다. 오정치는 기다렸다는 듯 "예, 폐하!" 하는 소리와 함께 엎어질 듯 한걸음에 달려 들어와 무릎을 꿇었다. 그가 미처 제대로 옷자락을 여미기도 전에 강희의 말이 터져 나왔다.

"부굉렬 사건을 어떤 식으로 마무리를 지으려고 하는가?"

"허리를 잘라 두 토막 내기로 했사옵니다."

오정치가 미리 준비라도 한 듯 거침없이 대답했다.

"조금 가벼운 형벌은 안 되겠는가?"

"폐하께 아뢰옵니다. 소인은 법대로 죄를 물었을 따름이옵니다."

오정치가 덧붙였다.

"하지만 감형하거나 가벼운 형벌을 내리는 것은 폐하의 은혜이옵니다. 그러시다면 그에 따르겠사옵니다."

"음, 그러면……, 그러면 죽여라!"

강희가 마치 무거운 바위에 짓눌린 듯 가쁘게 숨을 몰아쉬었다. 그런 다음 부굉렬을 힐끔 쳐다보면서 다시 말을 이었다.

"자네가 방금 한 말들은 참 좋은 말들이었어. 짐이 자네의 의사를 존중해주지. 나를 인정머리 없는 악랄한 군주라고 원망하지는 말게. 조정에서도 나름대로의 어려운 점이 있다는 것을 알아야 하네. 마지막으로 할 말이 있는가? 짐이 호부에 특별히 지시해 자네의 노모와 어린 자식들은 잘 보살피도록 하겠네."

강희는 말을 하면서도 부굉렬에게 시선을 떼지 않았다.

"죄인은 드릴 말이 없사옵니다."

부굉렬은 마지막까지 잘 참는 듯했다. 하지만 노모와 자식 얘기가 나오자 그예 억지로 울음을 참는 모습을 보였다. 그가 땅에 엎드려 공손히 삼궤구고의 대례를 올린 다음 떨리는 목소리로 아뢰었다.

"성은이 망극하옵니다."

부굉렬이 몸을 일으켰다. 그런 다음 도해와 오정치를 향해서도 깊숙하게 절을 했다. 얼굴은 눈물을 꼭꼭 누르고 있었다.

"오형, 도형, 나는 이만 가보겠소이다!"

부굉렬은 말을 마치자 육중한 쇳소리가 나는 발걸음을 대청 밖으로 옮겼다. 머리를 번쩍 든 채였다.

"멈춰라!"

강희의 고함소리는 바로 그 순간에 들렸다. 곧이어 강희가 얼굴이 시뻘겋게 달아오른 채 대뜸 대청 밖으로 쫓아나갔다. 이어 번쩍이는 강렬한 눈빛으로 오정치를 노려보면서 큰 소리로 명령을 내렸다.

"부굉렬의 죄명을 깨끗하게 없애라!"

강희의 말이 떨어지자 두 명의 관리가 번개처럼 부굉렬에게 달려갔다. 그런 다음 그의 손과 발에 채워져 있던 쇠고랑과 족쇄를 풀어줬다. 강희가 말없이 다가가더니 부굉렬의 어깨를 부여잡았다.

"좋았어. 자네는 진짜 대장부야! 짐이 탄복했어. 자네 같은 충신을 죽였다가는 짐이 걸桀(중국 고대 하왕조夏王朝 최후의 왕)이나 주紂(중국 상商나라의 마지막 왕) 같은 폭군이 되지 않겠나!"

부굉렬은 갑작스런 돌발 상황에 깜짝 놀라서 멍하니 서 있을 수밖에 없었다. 그는 한참 후에야 상황을 파악한 듯했다. 바로 무릎을 꿇으면서 대성통곡을 하기 시작했다.

"우선 북경에 머물러 있도록 하게."

강희가 부굉렬을 일으켜 세웠다. 또 그의 어깨에 묻은 먼지도 털어주고는 나직이 덧붙였다.

"북경에 자네 친구들이 적지 않게 관리로 일하고 있다는 사실을 알고 있어. 주국치朱國治도 북경으로 발령을 냈네. 우선 그 사람들 집에서 머물면서 건강이 좀 좋아지기를 기다리게. 무슨 상의할 일이 있거나 하면 도해를 통해 상주문을 올리게. 짐이 자네를 중용할 거야. 관직을 높여서 광서廣西로 내려보낼 생각이네. 할 수 있겠지?"

부굉렬이 우렁차게 대답했다.

"폐하께서 이처럼 믿어주시는데, 소인이 어찌 마다하겠사옵니까!"

3장
관서關西의 독수리

강희 9년의 봄은 유난히도 늦게 찾아왔다. 용이 머리를 쳐든다는 2월 2일이 지났음에도 자금성 궁전 안에 쌓인 눈들은 여전히 녹지 않고 있었다. 또 청동 항아리 모서리에는 살얼음이 얼어 있었다. 날씨는 건조하고 추웠다.

양심전 총관태감인 소모자는 강희의 아침수라를 시중들고는 건청궁의 서각西閣으로 향했다. 강희가 밤새 훑어보고 정리해놓은 상주문이 들어 있는 상자를 가지러 간 것이다. 그가 상자를 가지고 돌아왔을 때 강희는 이미 나가고 없었다. 육궁六宮 도태감都太監인 장만강이 후문侯文, 고민高民 등 일단의 태감들을 데리고 마당을 쓸고 있는 모습만 보일 뿐이었다. 그들은 곳곳의 먼지를 털면서 탁자와 의자 등을 걸레로 닦고 있었다. 소모자 역시 팔을 걷어붙이고 청소를 도왔다. 얼마 후 그가 장만강에게 물었다.

"장 공공, 폐하께서는 어디로 가셨어요?"

"넷째 공주四公主께서 소릉昭陵에서 오셨다는 소식을 들으시고 너무 기쁜 나머지 교자轎子(가마)도 마다한 채 그냥 뛰어가셨네. 지금쯤은 아마 저수궁儲秀宮에 도착하셨을 걸!"

장만강이 벼루를 가져다 먹을 갈면서 대답했다. 넷째 공주는 정남왕定南王 공우덕孔友德의 딸 공사정孔四貞의 호칭이었다. 원래 그녀는 아버지와 함께 살았다. 그러다 정남왕이 세상을 떠난 다음 태황태후에 의해 궁으로 들어왔다. 소마라고와 마찬가지로 태황태후의 딸처럼 큰 것이다. 당연히 그녀 역시 강희가 커 가는 것을 보면서 궁에서 생활했다. 그녀는 평소 성격이 활달하고 강했다. 그러나 순치황제가 붕어한 후로는 이상하게 의기소침해졌다. 나중에는 우울증 증세까지 보였다. 태황태후는 그녀의 우울증을 치료하기 위해 각별한 노력을 기울였다. 급기야는 장군의 딸이자 출중한 무예실력을 자랑하던 그녀를 일등 시위로 임명해 순치황제의 능인 소릉을 지키는 책임자로 보냈다. 이후 그녀는 9년 동안 북경에 한 번도 오지 않았다. 그러다 갑자기 돌아왔으니 강희가 반가워할 수밖에 없을 터였다.

소모자는 이런 자초지종을 전혀 몰랐다. 그래서 다소 엉뚱한 말을 했다.

"하기야 이런 기회에 폐하께서는 조금 쉬셔야 해요. 작년 오월에 오배를 생포하고 나서 지금까지 매일 열네 시간 이상 정신없이 바쁘게 일하셨잖아요. 사람 만나고 상주문을 읽는 것 뿐만 아니라 붓글씨 연습도 했죠. 또 산수문제도 풀어야 했고요. 게다가 요즘은 더욱 시간에 쫓겨 새벽에도 일어나 계신 것 같았어요. 그 정도 되면 몸이 강철로 만들어졌다고 해도 버티기가 힘들죠."

"입에다 침이나 바르고 말해!"

장만강이 매끌매끌한 턱을 만지면서 오리소리를 방불케 하는 특유의 카랑카랑한 목소리로 말을 이었다.

"우리가 폐하께 자네의 사탕발림 같은 말을 전해드릴 것이라고는 기대도 하지 말라고. 참, 그건 그렇고 세상은 알다가도 모르겠어. 작년 이맘때 천하의 오배가 찍소리 한 번 못 내보고 잡혔잖아! 그때 속이 시원하던 것을 생각하면 지금도 진짜 후련해! 자, 이제 먹은 다 갈아놓았지? 그러면 모처럼 재미있게 놀다오시게. 누구도 가서 먹을 다 준비해 놓았다는 말은 하지 말고. 설사 나중에 욕을 얻어먹더라도 말이야!"

"장 공공! 또 누구를 욕보이게 하려고 그래요!"

소모자가 얼굴을 익살스레 찌푸려 보이면서 덧붙였다.

"지난번에도 폐하께서 큰 소리 한 번 내니까 장 공공께서 말 한마디 못하고 꽁꽁 얼어붙은 적이 있었잖아요. 그때 내가 놀라서 방귀를 뀌지 않았더라면 아마 된통 혼이 났을 걸요?"

소모자의 방귀 사건은 지난 해 8월에 있었던 일이었다. 당시 산동 순무로 있던 우성룡于成龍이 치하治河 총독으로 발령이 나 강희를 알현하게 됐다. 그런데 시간이 새벽녘이었다. 이때 장만강과 소모자는 강희가 전날 일 때문에 늦게 잠자리에 든 것을 알고 깨우지를 않았다. 두 시간 더 자도록 배려한 것이다. 그러나 우성룡이 누구던가. 봉강대리封疆大吏(순무나 총독과 대등한 고위 관직)를 역임한 조정의 중신이 아니던가. 그런 그를 태감 주제에 푸대접을 해서 밖에서 기다리게 했으니 난리가 날 수밖에 없었다. 아니나 다를까, 뒤늦게 자리에서 일어난 강희 역시 화가 머리끝까지 나서 분초를 다투는 군국대사軍國大事를 그르치는 날에는 목이 달아날 것을 각오하라는 불호령을 내렸다.

바로 그때 소모자가 놀란 나머지 방귀를 뀌고 말았다. 강희가 억지로 웃음을 참으면서 정색을 하고는 물었다.

"자네 지금 뭐했나? 속이 불편한가?"

그러자 소모자가 황급히 머리를 조아리면서 대답했다.

"소인이 목이 달아날지도 모를 죄를 지었다고 하시니 그만 이 친구도 놀란 모양입니다. 주책맞게도 허락 없이 튀어나왔네요."

소모자는 말을 마치자마자 또다시 줄방귀를 뀌었다. 순간 강희는 더 이상 못 참겠다는 듯 웃음을 터뜨렸다.

장만강도 그날 일을 떠올리자 웃음을 참지 못하겠는지 미소를 지었다.

"자식, 아무튼 인물은 인물이야! 생긴 것도 네모반듯하게 복스럽게 생기기도 하고. 아까운 인재가 이런 곳에서 청소나 하면서 썩어가다니. 그건 그렇고 어서 가서 일 봐! 벌써 오시午時가 지났어!"

소모자가 장만강의 말에도 여전히 히죽히죽 웃다 머리를 돌려 시계를 봤다. 진짜 막 오시를 넘어서고 있었다. 강희가 밖에서 올라오는 상주문을 읽어야 하는 시간이었다. 소모자는 그제야 큰일났다면서 머리를 주먹으로 쥐어박고는 저수궁을 향해 달려가기 시작했다.

예상대로 저수궁은 한바탕 떠들썩한 분위기에 휩싸여 있었다. 우선 태황태후가 황후인 혁사리의 집에서 자주 사용하는 부드러운 의자에 앉아 있었다. 또 그 밑에는 차례로 귀비貴妃인 유호록鈕祜祿씨를 비롯한 여러 궁녀들이 비단 수건을 손에 받쳐들고 서 있었다. 강희 역시 태황태후의 뒤에서 토닥토닥 등을 두드려주고 있었다. 또 아랫목에는 출가인인 소마라고와 저수궁의 주인인 황후 혁사리씨가 자리를 잡고 있었다. 그러나 공사정은 달랐다. 멀리에서 온 손님이라고 대접을 받아 그런지 태황태후의 맞은편에 앉아 차를 마시고 있었다. 그녀는 태황태후의 말에 귀를 잔뜩 기울이고 있었다.

"너는 몇 년 만에 모습을 보여줬어. 하지만 다른 사람이 보기에는 어

던지 몰라도 내 눈에는 변한 것이 하나도 없는 것 같아."

태황태후가 말을 이었다.

"여자가 평생 일만 하고 시집도 안 가면 되겠어? 말도 안 되지. 내가 데리고 있는 애들 중에서 유독 너하고 소마라고만 유난을 떨어. 잘난 척하는 것을 보면 어떨 때는 진짜 공주보다 더하지. 소마라고는 지금은 비록 머리는 길렀어도 이미 보살이 됐어. 하지만 너는 스무 살도 넘은 처녀인데 아직 시집 갈 생각을 하지 않아. 그래서야 되겠어? 자기 친딸은 다 시집보내고 수양딸은 평생 부려먹으려고 끼고 돈다고 사람들이 뒤에서 손가락질을 하는 것을 보고 싶어서 그러는 거야?"

태황태후가 일부러 눈을 흘기면서 기분 좋게 웃었다. 그러다 허겁지겁 들어서는 소모자를 보고 물었다.

"왜 그러나? 또 자네 주인을 불러다 혹사를 시킬 셈인가?"

소모자가 농담을 던지는 태황태후 앞에 무릎을 꿇고는 웃는 얼굴로 대답했다.

"소인은 감히 상상조차 못할 일이옵니다. 모든 일정은 폐하께서 친히 정하신 것이옵니다!"

"오늘은 괜찮아! 넷째 공주가 모처럼 왔어. 고모와 조카가 코 맞대고 조금 더 있게 내버려둬!"

태황태후가 손을 저으면서 말했다. 소모자가 머리를 조아리고는 다시 일어나 공사정에게 다가갔다. 곧 무릎을 꿇은 그의 입에서는 아부조의 말이 줄줄이 튀어나왔다.

"소모자가 넷째 공주님께 인사 올립니다. 소마라고 이모한테 넷째 공주님과 친자매 사이처럼 친하게 지낸다는 얘기를 많이 들었습니다. 그런 의미에서 머리를 몇 번 더 조아려 저의 반가운 마음을 전하겠습니다!"

소모자는 역시 인물이었다. 순식간에 공사정까지 이모로 만들어버린 것이다. 소모자를 처음 보는 공사정은 머리를 갸웃거렸다.

"이 사람은 황제의 곁에서 일하는 총관태감입니다."

황후가 웃으면서 덧붙였다.

"세상에서 둘째가라면 서러울 아부꾼이자 깜찍이죠. 소마라고 대사의 목숨도 구해준 아주 약삭빠르고 교활한 여우 같은 사람이라니까요. 그러니 저 사람한테 안 당하려면 각별하게 조심하셔야 해요!"

황후의 말은 신랄했으나 악의와는 상당한 거리가 있었다. 공사정을 포함한 좌중의 사람들은 크게 웃음을 터트렸다.

"손연령孫延齡은 정남왕이 데리고 있던 사람이죠. 정말 명석하고 똑똑한 사람이에요. 몇 번 만난 적이 있죠. 나이에 비해 점잖고 예의가 바르더라고요. 아주 그만이에요."

강희가 아부를 떨 듯 웃어 보이면서 공사정에게 말했다.

"할마마마께서도 그 사람을 찍으셨다니, 정말 하늘이 점지해준 잘 어울리는 한 쌍이 될 것 같아요. 한번 만나보세요!"

소모자는 좌중의 대화 내용이 아주 낯설었다. 처음에는 갈피를 잡지 못했다. 그러나 금세 내용을 파악할 수 있었다. 여럿이 모여 공사정을 공우덕의 부장部將이었던 손연령에게 시집을 보내려는 작전을 벌이고 있었던 것이다. 그는 자신도 모르게 씨익 웃으면서 결혼을 약속한 사이인 황후 뒤의 궁녀 묵국墨菊을 힐끔 쳐다봤다. 그러나 그녀는 이내 새침한 표정을 지으면서 고개를 돌려버렸다.

"태황태후마마와 폐하, 황후마마께서 입이 닳도록 말씀하시는 것이 다 저를 위해서라는 것은 알아요."

공사정이 말을 끊은 채 잠시 생각에 잠겼다. 그러다 한숨을 내쉰 다음 다시 말을 이었다.

"제가 더 이상 고사하는 것은 너무 건방지고 주제 파악을 못하는 것이라고 생각을 해요. 그래요……. 그러면…… 모든 분들의 의사에 따르도록 하겠어요. 아버지께서 돌아가신 후로 태황태후마마께서 저를 길러주셨는데…….”

“바로 그거야!”

태황태후는 공사정이 다시 순치황제와의 옛일을 끄집어낼까봐 다급하게 그녀의 말허리를 잘라 버렸다.

“그렇지, 내가 길렀지. 친딸처럼 말이야! 황제, 내 생각에는 사정이를 화석和碩공주로 봉하는 것이 어떨까 싶소. 황제 생각은 어떻소?”

“할마마마께서 그렇게 생각하신다면 이 손자가 반대할 이유가 없죠. 아니, 진작에 그랬어야 했는데!”

강희 역시 크게 기뻐했다.

“소모자, 잘 들었는가? 넷째 공주가 자신보다 지위가 조금 낮은 사람에게 시집 가는 만큼 혼수는 누구보다 넉넉하게 해줘야 하네!”

태황태후가 소모자에게 당부하듯 지시했다.

“예, 태황태후마마! 소인이 알아서 잘 하겠습니다. 다른 사람들에게 해주는 것에서 은 오천 냥을 더 추가하도록 하겠습니다.”

소모자가 황급히 대답했다.

“만 냥 추가야!”

강희가 고쳐 말했다.

“예, 만 냥 추가요!”

옆에서 가만히 듣고만 있던 소마라고 역시 이때만큼은 가만히 있지 않았다.

“지금 이 시간만큼은 출가인 신분을 잠시 잊고 넷째 언니에게 우스갯소리를 한마디 해야겠네요. 보통 다른 여자들은 남편의 신분이 귀한 탓에 영화를 보는데, 언니는 반대네요. 부인의 신분이 귀해 남편이 영화를 보게 됐네요."

"벌써 시간이 다 됐군!"

강희가 밝은 얼굴로 태황태후 가까이 다가가 깊이 고개를 숙였다. 물러가겠다는 의사 표시였다.

"양심전에 가서 오늘 내로 꼭 답을 줘야 하는 상주문 몇 건을 처리해야 하니 손자는 그만 물러가겠습니다. 오늘은 섬서 제독 왕보신도 접견해야 해요. 내일은 손연령을 만나야 하고요……."

강희의 말이 채 끝나기도 전이었다. 궁 밖 서남쪽 방향에서 갑자기 소울음 같은 소리가 들려오기 시작했다. 소리는 더욱 커지면서 가까이 다가왔다. 깜짝 놀란 좌중의 사람들이 술렁대는 사이에 궁전 전체가 미약하게 흔들리기 시작했다. 그러더니 커다란 궁등宮燈들이 마치 그네를 타듯 좌우로 위태롭게 움직였다. 창문 역시 금방 박살이라도 날 듯 심하게 흔들리면서 요동을 쳤다.

"이게 무슨 일입니까?"

소모자가 외마디 소리를 질렀다. 순간 유호록씨가 휘청거리더니 힘없이 그자리에 쓰러져 버렸다.

"지진이다! 소모자! 너희들은 태황태후마마와 황제폐하를 모시고 어서 밖으로 나가!"

황후인 혁사리씨가 이상한 낌새를 느끼고 자리에서 일어나면서 큰 소리로 외쳤다. 소모자는 황후의 지시대로 황급히 강희 등을 이끌고 밖으로 뛰어나왔다. 그러자 강렬한 진동소리가 땅속에서부터 들려왔다. 순간 좌중의 사람들은 모두 멀리 떨어져 나가며 엉덩방아를 찧었다. 저 멀리서는 민가들이 와르르 무너지면서 싯누런 안개를 방불케 하는 먼지가 불기둥처럼 하늘 높이 치솟고 있었다. 자금성은 순식간에 먼지를 잔뜩 뒤집어쓴 채 온통 희뿌옇게 변했다. 또 궁전을 지탱하고 있던 기둥들 역시 마치 사람이 앓듯 신음소리를 내고 있었다. 저수궁 사람들이라고 놀라지 않을 까닭이 없었다. 황후와 귀비, 그리고 궁녀와 태감들이 모두 밖으로 나와 몸을 움츠리고 있었다. 하나같이 간이 콩알만 해졌다. 그런 와중에도 태황태후와 소마라고는 합장을 하고 눈을 감은 채 땅바닥에 앉아 열심히 염불을 외우고 있었다. 그러나 강희만은 달랐다. 다른 사람들이 너 나 할 것 없이 우왕좌왕하는데 침착하게 하늘을 쳐다보고 있었다. 말은 없었으나 무척 의연해 보였다.

"폐하!"

그때 저수궁의 수화문垂華門 입구에서 웅사리의 카랑카랑한 목소리가 들려왔다.

"신 웅사리, 색액도, 걸서가 대령했사옵니다."

"들어오라!"

강희가 큰 소리로 말했다. 세 명의 대신들은 허리를 굽히고 들어섰다. 강희는 멀쩡하게 앉아 있었다. 그제야 그들은 안도의 한숨을 내쉬면서 차례로 무릎을 꿇었다.

그러나 지진은 완전히 끝난 것이 아니었다. 다시 한 차례 더 기승을 부리기 시작했다. 이번에는 아까보다 훨씬 위력이 크고 파괴력이 강했다. 저 멀리 우뚝 솟은 오봉루五鳳樓와 주변의 크고 작은 민가들, 길가에 늘어선 상점과 궁 안의 건물들이 하나같이 파도처럼 출렁이면서 춤을 추기까지 했다. 하늘에는 누런 먼지와 검붉은 구름이 마구 엉켜 뒹굴었다. 주위는 온통 죽음의 공포 그 자체였다. 간간이 터지는 번개와 우레는 그 와중에도 모든 것을 삼켜버릴 듯 우르릉거리면서 사색이 돼 있는 창백한 얼굴들을 비추고 있었다.

영정문永定門에서 합덕문哈德門, 동직문東直門에 이르는 일대는 인구가 밀집돼 있는 지역이었다. 그래서 지진에 넋이 나간 백성들도 많았다. 하지만 대부분은 곧 정신을 차리고 노약자들을 우선 부축하거나 돌봤다. 또 놀라서 우는 아이들을 옆구리에 끼거나 등에 업고는 무너지는 건물들을 이리저리 피해다녔다. 그런가 하면 서로 목을 꼭 껴안은 채 울기만 하는 사람들도 있었다. 노인들의 경우는 흐리멍덩한 눈을 한 채 희뿌연 하늘을 바라보면서 지신地神이 이 정도만 혼을 내고 그만 화를 거뒀으면 하고 바라기도 했다.

놀라기는 동물들이라고 별 다를 것이 없었다. 닭들은 엄청난 건물들이 한꺼번에 쓰러져 흙더미로 돌변하자 비명을 지르면서 날아다녔다. 개들 역시 늑대 울음과 같은 소리를 내면서 살길을 찾아 헤맸다. 그야말로 북경은 아수라장이 따로 없었다.

이날은 일등 시위이자 선박영善撲營 총령總領인 위동정에게는 특별한 날이기도 했다. 사감매와 화촉을 밝힌 지 사흘째 되는 날이었다. 결혼식이 있던 날 웅사리의 부인은 사감매에게 친정이 없다는 것이 마치 자신의 일인 양 무척이나 안타까워했다. 그래서 그녀를 자신의 집으로 데려가 며칠을 보낸 다음 다시 위동정에게 데려다주기로 했었는데, 마침 내일이 그날이었다. 그런데 지진이 일어났다. 사감매는 남편이 걱정이 되어 웅사리의 집 마구간으로 들어가 아무 말이나 붙잡고 올라탔다. 그런 다음 말고삐를 단단히 잡아당기고는 쏜살같이 내달렸다. 그녀가 달리는 말에 채찍질을 가하면서 정신없이 호방교에 자리하고 있는 위동정의 집 길목인 서화문西華門을 지날 때였다. 그녀의 눈에 남편인 위동정이 말을 탄 채 보검을 휘두르면서 날카로운 창을 마구잡이로 휘둘러대는 한 무관과 한바탕 싸우고 있는 광경이 들어왔다. 그녀는 즉각 말을 세우고 길 옆에서 그 모습을 한참이나 지켜봤다.

마흔 살 가량 돼 보이고 키가 위동정보다 머리 하나는 더 큰 사내는 무술 실력이 예사롭지 않았다. 말 위에 붙박인 듯 꿈쩍도 하지 않은 채 버티고 앉아 능수능란하게 창을 놀리고 있었다. 성지聖旨도 없이 무작정 입궁하려는 괴한을 위동정이 결사적으로 막고 있는 듯했다. 위동정은 강희의 신변을 책임지는 최고의 시위라고 할 수 있었다. 그러나 말 위에서 싸운 경험은 거의 없었다. 때문에 자세부터가 몹시 불안해 보였다.

사감매는 전혀 준비를 하지 않은 맨주먹 상태였다. 어떻게 할 도리가 없었다. 그저 발만 동동 굴러야 했다. 그러다 불현듯 머리에 꽂은 비녀 생각이 났다. 그녀는 곧 비녀를 뽑아 무게를 가늠하면서 거리를 쟀다. 비녀는 빠른 속도로 사내를 향해 날아갔다. 그러나 사내는 무예 실력뿐만 아니라 눈치도 빨랐다. 진작부터 사감매의 기습을 예감했는지 가볍게 몸을 뒤로 젖혀 180도 뒤집었다. 그러자 비녀는 사내를 맞추기는커녕 위동정의 칼에 맞고 어디론가 튕겨나가 버렸다.

사감매는 화가 단단히 났다. 바로 허리띠를 뽑아들고 덤벼들려는 동작을 취했다. 양측이 서로 눈에 불을 켜고 호시탐탐 기회를 노려보고 있을 때였다. 갑자기 성문 쪽에서 걸걸한 웃음소리가 들려왔다.

"하하하, 호신 아우! 색다른 신혼생활의 재미를 보고 있구먼. 역시 혼자보다는 둘이 낫다니까. 벌써부터 한 덩어리가 돼 관서關西의 독수리를 진땀 흘리게 하다니!"

"도 군문軍門!"

보검을 차고 세 사람 앞에 나타난 사나이는 구문제독 도해였다. 세 사람은 동시에 약속이나 한 듯 동작을 멈췄다. 그러자 도해가 조서詔書를 펴 보이면서 큰 소리로 읽어 내려가기 시작했다.

"성지를 받들라. 왕보신은 즉각 입궁하라!"

위동정은 그제야 왕보신이라는 사내의 앞길을 열어줬다. 그 자신 역시 따라 들어갔다. 그새 지진은 한풀 꺾여 있었다. 저수궁 부근 역시 재빠르게 안정을 찾아가고 있었다. 물론 잔잔한 여진에 창문이 딸가닥딸

가닥 약하게 울리기는 했으나 이전처럼 두렵게 느껴지지는 않았다. 곧 붉은 돌계단 밖에서 20여 명의 궁녀들과 40여 명의 태감들이 질서정연하게 강희를 에워싸고 있는 모습이 보였다. 그 옆으로는 걸서와 웅사리, 색액도가 길게 엎드려 있었다. 여느 때의 조회와 크게 다를 바 없는 모습이었다.

위동정은 며칠 동안 조회에 참석하지 않은 차였다. 그러나 강희를 보자마자 익숙하게 일궤일고一跪一叩를 하고는 바로 옆에 시립侍立을 했다. 반면 왕보신은 행동이 어색하기 그지없었다. 조회에 참석한 적이 없었으니 그럴 만도 했다. 그는 섬서에 있을 때 밖으로 알려지지 않은 궁중의 비사를 많이 들어 알고 있었다. 이를테면 황제가 어떻게 낙방한 거인인 오차우를 스승으로 받들었는지에 대해 자세히 들었다. 또 남다른 지혜로 결코 호락호락하지 않은 오배를 가볍게 제압했다는 후문에 대해서도 탄복하면서 들었다. 그는 이 범상치 않은 주인공들을 만나자 흥분과 호기심이 솟구치는 것을 어쩌지 못했다. 서둘러 삼궤구고를 하고는 강희를 곁눈질한 것은 다 그 때문이었다.

왕보신의 눈에 비친 강희는 멋진 젊은이였다. 푸른 비단을 두른 검은색 신발을 편하게 신은 모습이 예사롭지 않아 보였다. 짙은 갈색의 비단 두루마기를 입은 채 맑은 얼굴에 밝은 미소를 머금은 채 내려다 보는 모습 역시 가볍지 않았다. 게다가 휘황찬란한 보석이라곤 전혀 찾아볼 수 없는 옷차림이 오히려 더 인간적이고 황제답게 보이게 만들고 있었다. 강희가 허리를 굽혀 자신을 끊임없이 훔쳐보는 그에게 가까이 다가갔다.

"왕 장군, 일어나 편하게 얘기를 하게!"

"예, 폐하!"

왕보신이 씩씩하게 대답하면서 몸을 일으켰다.

"오, 멋지군! 왕 장군이 우람한 체구와 늠름한 풍채를 지녔다고 소문이 파다하던데, 과연 백문이 불여일견이군!"

강희가 칭찬을 하면서 뒷짐을 쥔 채 서성였다. 얼굴에는 빙그레 웃음이 흐르고 있었다.

"특지特旨 없이 입궁하려다 서화문 밖에서 위동정과 본의 아니게 한 판 승부를 벌였다면서? 그래 승부는 가려졌는가?"

"위 장군은 폐하의 신변을 책임지는 튼튼한 기둥이옵니다. 소신이 어찌 상대가 되겠사옵니까!"

왕보신은 강희가 자신을 이토록 편하게 해줄 것이라는 생각은 전혀 하지 않았다. 덕분에 터질 듯한 긴장이 많이 풀렸다.

"꼭 그런 것만은 아니겠지."

강희가 머리를 저으면서 싯누런 하늘 쪽으로 눈길을 돌렸다. 곧 그의 입에서 가벼운 한숨이 터져 나왔다. 조금 전 지진으로 인해 태화전 동쪽이 무너져 버렸다는 보고를 받았기 때문이었다. 게다가 육경궁 역시 피해가 심각하다는 소식이었다. 마음이 무거울 수밖에 없었다. 하지만 사람을 불러놓고 마냥 다른 생각만 하고 있기도 그랬다. 그는 이내 말머리를 돌려 물었다.

"짐이 납란納蘭 명주明珠를 섬서에 보내 산섬山陝 총독 막락과 순무 백청액白淸額을 북경으로 압송하려고 했지. 죄를 물으려고 말이야. 그런데 자네가 그쪽에서 왔으니 잘 됐구만. 그 일에 대해 뭐 좀 알고 있나?"

왕보신은 강희의 말뜻을 미처 알아채지 못했다. 그래서 한참이나 머뭇거리다 대답했다.

"백청액은 이미 자리에서 해직당해 감옥에 있는 상태이옵니다. 또 막락은 흠차대신께서 도착하시기 전에 산서로 순찰을 떠나 아직 돌아오지 않았사옵니다. 지금은 명주 대인께서 산서로 사람을 보내 찾으러 간 줄로 아옵니다."

"짐은 그걸 묻는 게 아닐세. 서안西安의 백성들이 수많은 상주문을 올렸어. 두 사람은 세상에 둘도 없는 청렴한 관리이니만큼 조정에서 이 점을 헤아려 죄를 묻지 말아달라는 탄원서들이야. 자네는 평량에서 오래 살았으니 두 사람에 대해 잘 알 것이 아닌가?"

강희가 물음에 왕보신이 즉각 대답했다.

"그것이 사실이기는 하옵니다."

왕보신은 막락과 사이가 좋지는 않았다. 하지만 그의 청렴함에 대해서는 높이 평가하지 않을 수 없었다. 산서와 섬서 두 성에 소문이 파다할 정도로 유명했으니까. 그가 마른침을 꿀꺽 삼킨 다음 목소리를 가다듬고 덧붙였다.

"막락은 관직에 상당히 오래 있었사옵니다. 그런데도 어머니의 회갑 때 돈이 없어서 은 오십 냥을 빌렸다고 하옵니다. 이번에 백청액의 집을 수색했을 때도 다르지 않았사옵니다. 백은白銀 열여섯 냥이 전부였사옵니다. 이 모든 것은 하나도 거짓 없는 진실이라는 사실을 폐하께 아뢸 수 있사옵니다."

"듣자하니 자네와 막락의 사이가 꽤 껄끄럽다고 하던데?"

"폐하께 아룁니다."

왕보신이 황급히 꿇어앉았다. 이어 솔직하게 자신의 생각을 말했다.

"폐하께서는 나라 일에 대한 의견충돌을 생각하고 계신 줄 아옵니다. 하지만 그런 것이 아니옵니다. 소인과 막락, 와이격瓦爾格 장군 사이는 사적인 관계로 안 좋은 것이옵니다. 소인은 공적인 일과 사적인 일을 분명히 하는 사람이옵니다. 공과 사의 관계에 선을 그어 처신해야 한다고 생각하옵니다."

"그렇지! 나라의 일꾼이라면 그 무엇보다도 나라와 백성이 우선이라는 생각을 가지고 있어야 하지. 바로 자네와 같이 공과 사를 분명하게 구분할 줄 아는 능력이 소중하다는 거야. 자네 어디 출신인가?"

강희가 박수를 치면서 기분 좋게 자리로 돌아가 큰 소리로 물었다. 왕보신은 강희가 자신의 출신에 대해 묻자 몸을 움찔했다. 하지만 곧 머리를 조아리면서 솔직하게 대답했다.

"소인은 조상 대대로 미천한 고병庫兵 출신이옵니다."

왕보신의 말은 틀린 말이 아니었다. 하지만 고병 출신들은 비천한 대신 대체로 부유했다. 때문에 늘 사람들에게 무시당하기는 했으나 가진 것은 많았다. 이들은 은을 주조하는 은고銀庫에서 일을 하는 사람들이었는데, 일을 하기 위해 출입을 할 때 조정으로부터 엄격한 조사를 받고는 했다. 심지어 조정에서는 은을 몰래 밖으로 빼돌리는 것을 방지하기 위해 은고에 출입할 때 항상 온몸에 실오라기 하나 걸치지 못하게 했다. 그러나 매달 받는 녹봉으로는 가족들의 입에 풀칠을 하기조차 어려웠기 때문에 고병들은 온갖 수단을 다 동원해 은을 밖으로 빼돌렸다. 고안해낸 방법은 절묘했다. 어려서부터 마늘 종대나 작은 돌멩이 같은 물건으로 항문을 점차 늘리는 것이었다. 그렇게 해서 집에 돌아올 때는 은을 항문에 가득 넣어가지고 나올 수 있었고, 그 덕분에 별로 어렵지 않게 풍요로운 생활을 할 수 있었다.

고병들의 이런 악습은 이미 공공연한 비밀이었다. 왕보신이 자신의 출신을 창피하고 굴욕적으로 생각한 것은 어찌 보면 당연했다. 그러던 차에 갑작스럽게 황제의 질문을 받은 것이다. 어쩔 수 없이 대답을 하면서도 '고병'이라는 두 글자를 떠올리는 순간 눈물이 핑 돌고 목소리가 젖었다.

강희 역시 왕보신의 출신이 의외라고 생각한 모양이었다. 잠시 놀라는 듯하더니 길게 한숨을 내쉬었다.

"자네의 출신이 그토록 비천하다니, 짐도 몰랐네."

강희는 그러다 갑자기 목소리를 한껏 높였다. 왕보신에게 자신감을 불어넣어주려는 듯했다.

"자고로 강호를 누비면서 천하를 호령하던 진짜 영웅들 중에는 자네보다 더 출신이 비천한 사람들이 많았다는 것을 명심하게. 사내대장부가 굳센 의지와 영웅의 기개만 가지고 있으면 되는 것 아닌가! 그까짓 출신이 밥을 먹여주나? 별것 아니야! 장만강!"

강희가 말 끝에 장만강을 불렀다.

"예, 폐하!"

"당장 내무부에 짐의 뜻을 전하라. 왕보신 일가를 오늘부터 천한 고병에서 탈적시키고 기旗에 입적시키도록……."

강희는 말을 하다 말고 잠시 생각을 했다. 이왕 왕보신의 신분을 상승시켜주는 김에 통 크게 올려주는 것이 낫다는 생각이 든 것이다. 그가 이어 단호하게 덧붙였다.

"한군 정홍기漢軍正紅旗에 입적시키도록 하라!"

"예, 폐하!"

장만강은 대답을 하고는 즉각 일을 처리하기 위해 밖으로 나갔다. 왕보신은 너무나 뜻밖인 강희에 선물에 감당하기 벅찬 감동을 느꼈다. 얼굴은 어느새 눈물범벅이 돼 있었다. 연신 머리를 조아리면서 입을 실룩거렸으나 말이 밖으로 나오지 않고 있었다. 황제 앞만 아니었다면 아마 큰 소리로 한바탕 울어버리고 싶은 마음이었을 터였다.

"자네가 하고 싶은 대로 한번 잘 해보게."

강희가 왕보신을 묵묵히 바라보면서 말을 이었다.

"욕심 같아서는 자네를 북경에 데려와 자주 얼굴을 보고 싶어. 그러나 평량은 워낙 중요한 곳이야. 거기에 자네 같은 유능하고 성실한 장군이 꼭 필요할 것 같아 보내는 것이네. 서쪽과 남쪽은 문제가 많은 골칫덩어리인 만큼 조정에서는 독수리라고 불리는 자네에게 큰 기대를 걸고 있다네!"

강희와 왕보신의 대화 분위기는 다른 사람들이 듣기에는 지극히 부드럽고 담백했다. 하지만 왕보신에게는 그렇지 않았다. 서쪽이 골칫덩어리라는 말은 그에게는 마치 천둥, 번개가 주는 충격과 같은 엄청난 말이었다. 그는 일찍이 홍승주를 따라 남쪽 원정을 떠나 강서江西성과 절강浙江성을 평정했다. 그런 다음 평서왕인 오삼계의 휘하에도 들어갔다. 다행히 오삼계 역시 그의 진가를 알아봐 주었다. 사소한 것에서부터 온갖 배려를 아낌없이 해주었다. 때로는 자신의 친자식이나 조카들보다 더 잘해주었다. 심지어 그가 평량으로 가 있으면 매년 수만 냥의 은을 보내줄 가능성도 없지 않았다. 강희는 말할 것도 없이 그와 오삼계의 관계를 잘 알고 있었다. 그럼에도 그에게 대단한 배려를 해줬다. 격려의 말도 잊지 않았다. 왕보신은 당연히 그것들이 무슨 의미를 내포하는지를 모르지 않았다. 그는 급기야 황급히 머리를 조아리면서 아뢰었다.

"폐하께서 비천한 소인과 가족들에게 베풀어주신 이 크나큰 은혜에 조상님들을 대신해 깊은 감사를 드리옵니다! 소인은 망극한 성은에 기필코 보답할 것을 폐하께 약속드리옵니다. 폐하를 배신하는 날에는 조상님을 뵐 수 없을 것이옵니다! 남쪽과 서쪽에 무슨 이상이 있다면 소인이 이 한 목숨 살아 있는 날까지 책임을 다하겠사옵니다!"

"짐도 모든 사람을 다 못 믿는 것은 아니네."

강희 역시 깊은 감동을 받은 듯 두 눈을 반짝였다. 나이와는 전혀 어울리지 않는 노련함과 성숙미가 묻어났다.

"짐은 정말 자네 같은 인재가 북경에서 멀리 떨어진 변경에서 고생을 하는 것이 마음에 걸려."

강희는 의자 뒤에서 4척은 될 듯한 은으로 칠을 한 표범의 꼬리를 매단 창을 두 자루 꺼냈다. 그런 다음 잠시 생각을 하다가 한 자루는 다시 제자리에 내려놓고 무거운 목소리로 말했다.

"이 창은 선제께서 호신용으로 쓰라고 주신 창이지. 짐은 어디를 가든 항상 말 안장에 걸고 다닌다네. 자네가 그쪽에서 고생할 것이 뻔하니 짐으로서는 이것으로 고맙고 안쓰러운 마음을 표하는 수밖에 없군. 또 며칠 있으면 막락이 북경으로 발령이 날 거야. 또 자네한테는 군량미를 조금 더 보내주겠네. 어떤 사람이 욕심스럽게도 전체 군량미를 절반 이상을 가져가 버려서 더 많이 주지는 못하지만! 이제부터 우리 두 사람은 이 창을 볼 때마다 서로를 생각하면서 힘을 내자고."

강희의 눈에서는 어느새 눈물이 방울방울 흘러내리고 있었다. 자신이 한 말에 스스로 감동을 받은 것이 분명했다.

"성은이 망극하옵니다!"

왕보신 역시 얼굴이 창백해지더니 눈물을 비 오듯 흘렸다. 부들부들 떨리는 두 팔을 앞으로 내밀어 표미창을 받았다. 얼마 후 그는 소매 끝으로 눈물을 닦으면서 밖으로 나와 수화문을 나섰다. 그제야 더 이상 북받치는 감정을 주체하지 못하겠는지 얼굴을 감싸 쥔 채 엉엉 소리내어 울기 시작했다.

4장
순유巡遊를 떠나는 강희

공사정은 저수궁儲秀宮에서 나와 동화문東華門 밖에 있는 자신의 집으로 돌아갔다. 그러나 강희는 여진이 그치지 않은 탓에 이튿날에도 계속 저수궁에 머물면서 색액도와 웅사리를 불러 각종 정사를 의논했다. 강희는 위동정을 비롯한 시위들이 밖에서 경호를 서면서 왔다 갔다 하는 소리가 들리는 것도 저수궁의 나름 괜찮은 점이라고 느꼈다. 황후 역시 귀비들을 거느린 채 소마라고가 수행하고 있는 종수궁鍾粹宮 뒤편 불당 옆에 임시로 거처를 마련했다. 마땅히 갈 곳도 없고 가만히 앉아만 있는 것도 갑갑해 견디지 못한 태황태후도 크게 다르지 않았다. 소마라고를 데리고 강희가 정사에 힘쓰는 모습을 보기 위해 수시로 저수궁을 찾았다.

색액도와 웅사리가 태황태후에게 인사를 올렸다. 강희는 자리에 앉아 묵묵히 소마라고를 쳐다봤다. 오차우와의 결혼 사건으로 한바탕 홍역을 치른 지도 이미 반년이 넘은 터라 최근 그녀의 상태는 많이 좋아져 있었다. 오차우와 처음 헤어질 때와는 확실히 달랐다. 위태위태하던 걸음걸이는 더 말할 나위가 없었다. 더 이상 비틀거리지 않았을 뿐만 아니라 어느 정도 힘이 느껴졌다. 검은 승복을 걸친 얼굴도 나름 팬찮았다. 쳐다보기 무서울 만큼 창백하지 않았다. 하지만 무덤덤한 표정에 냉담하고 차가운 느낌만은 변하지 않아 보는 이로 하여금 오싹한 기운이 들게 했다.

"황제도 나이가 들면서 일처리가 훨씬 노련해졌어. 매끄러워지기도 하고. 어제도 두 가지 일을 멋지게 마무리 지었지."

태황태후가 미소를 머금은 채 자리에 앉으면서 옆에 있는 색액도와 웅사리에게 말했다.

"사정이는 워낙 문무를 겸비한 애야. 손연령에게 시집을 보내면 야성적인 그에게 많은 도움이 될 거야. 견제를 잘 해낼 걸로도 보이고. 명주가 지난번에 소식을 전해왔는데, 왕보신은 아주 소신 있는 사람이라고 하더군. 믿음 하나로 친구를 사귀고 만사에 긍정적이라고 하더라고. 또 사람에게 관대하면서도 부하들에게는 대단히 엄격하다고 해. 분명히 팬찮은 사람이라고 했어."

태황태후는 왕보신에 대한 첫 인상이 상당히 좋은 모양이었다.

웅사리가 허리를 굽실거리면서 태황태후의 말에 뭔가 대꾸를 하려고 할 때였다. 갑자기 강희가 둘 사이의 대화에 끼어들었다.

"할마마마의 말씀이 맞아요. 하지만 너무 방심할 수도 없어요. 제가 손연령을 몇 번 만났는데, 느낌이 뭐라고 할까 상당히 오만한 것 같았어요. 시간을 두고 지켜봐야 할 것 같네요. 왕보신은 공손하고 착한 것 같기는 해요. 하지만 공손한 것과 충성은 별개의 문제 아니겠어요? 오삼계가 워낙 잘 구워삶아 놓은 사람이라 이 손자가 더 잘해줘야 할 것 같아요. 양심이 있는 사람이라면 뒤통수를 치는 일은 없을 거예요. 왕보신이 우리의 바람대로 서쪽에서 오삼계를 잘 견제해준다면 철번하기가 훨씬 쉬울 거라고 생각해요."

위동정은 강희의 말을 듣고 왜 왕보신에게 그토록 잘해줬는지 비로소 알 것 같았다. 자연스럽게 강희의 용병술에 대한 탄복이 가슴속에서부터 우러났다. 바로 그때 웅사리의 목소리가 들려왔다.

"여러 번 말씀드렸지만 폐하께서는 정말 대단하신 식견과 안목을 가지고 계시옵니다! 넷째 공주께서 손연령과 결혼하면 동쪽으로는 상가희와 경정충을 견제할 수 있사옵니다. 또 서쪽으로는 운남성과 귀주성의 발목을 잡는 효과를 볼 수 있고요. 하지만 왕보신의 상황은 조금 다르다고 봅니다. 그의 부하들 가운데 왕병번王屏藩, 장건훈張建勛, 공영우, 마일귀馬一貴 등의 장군들은 오삼계의 오랜 벗이옵니다. 왕보신이 북경에서 철석같이 맹세를 한 상태이기는 하나 돌아가면 상황을 장담할 수 없사옵니다. 소인 생각에는……."

웅사리가 말을 하다 말고 갑자기 뚝 멈췄다. 언급하기가 저어되는 무엇 때문에 머뭇거리는 것 같았다.

"뭔가?"

"소인 생각에는 아무래도 왕보신을 북경에 붙들어 매어 놓는 것이 나을 듯하옵니다!"

강희가 웅사리의 말을 듣고는 한참이나 머리를 숙인 채 깊이 생각하는 눈치였다. 곧 그가 색액도에게 얼굴을 돌리며 물었다.

"자네는 어떻게 생각하나?"

강희의 질문에 색액도가 황급히 대답했다.

"평량은 서쪽 지방의 중요한 거점입니다. 따라서 소인의 개인적 생각으로는 각별히 신중을 기해야 한다는 웅 대인의 말이 맞다고 생각하옵니다."

색액도가 자신의 말을 마치고 머리를 돌려 위동정을 쳐다봤다. 그런 다음 다시 말을 이었다.

"소인이 보기에는 왕보신 대신 이 사람을 보내면 무조건 승산이 있다고 생각하옵니다."

"누구? 위 군문 말인가?"

강희가 소마라고와 뭔가 소곤소곤 얘기를 나누고 있던 태황태후에게 시선을 준 채 말했다. 그런 다음 다시 위동정에게 물었다.

"자네가 가겠나?"

"폐하의 명령이라면 어디라도 기꺼이 갈 준비가 돼 있사옵니다!"

위동정이 한쪽 무릎을 꿇으면서 큰 소리로 대답했다.

"안 돼!"

강희가 잠깐 생각에 잠기더니 단호하게 결론을 내렸다.

"북경은 대청제국의 심장부야. 그런 만큼 위 군문과 같은 시위가 없으면 안 돼. 아무래도 왕보신이 서쪽을 견제하는 데 있어서는 최고의 적임자라고 할 수 있어. 짐이 그만큼 베풀었으니 보답도 해야 할 것이고. 더구나 지금 이 시점에서 왕보신을 움직이면 괜히 평서왕의 의심만 불러오게 된다고……"

"그 말이 맞아!"

옆에서 소마라고와 한담을 주고받던 태황태후가 갑자기 강희의 말을 자르고 나섰다.

"물론 오삼계가 철번에 순순히 응해오면 문제될 것은 하나도 없어. 그러나 그가 반항을 하는 날에는 왕보신 자리에 어느 누가 가도 마찬가지야. 하지만 웅 대인의 우려도 근거가 없는 것은 아니야. 왕보신과 손연령의 부하들은 거의 모두가 근본이 없고 무식한 날강도 출신들이라고 해도 과언이 아니라고. 각별히 조심해야 해. 사정이도 급히 광서로 내려가서 괜히 그 자식들한테 손연령을 빼앗길 위험을 자초할 필요가 없겠어. 그놈들 꾐에 넘어가 손연령이 배신이라도 하는 날에는 큰일이 날 수도 있으니까. 후유! 북경도 조용하지만은 않네! 황제와 나는 곧 순유巡遊를 떠날 거야. 이럴 때 위 군문 같은 사람이 북경에서 집을 지켜주지 않으면 곤란하지 않겠나?"

"순유를 떠나신다고요?"

색액도와 웅사리가 경악하며 거의 동시에 소리를 질렀다.

"태황태후마마와 폐하께서는 어디로 순유를 떠나시려고 하시옵니까?"

"오대산五臺山!"

태황태후가 굳은 표정을 한 채 이빨 사이로 짜내듯 말했다. 그러나 오대산이라는 발음은 분명했다.

"태황태후마마, 그리고 폐하!"

웅사리가 허둥지둥 꿇어앉았다. 그러더니 머리를 조아린 다음 두 사람을 바라보면서 물었다.

"나라가 겨우 안정을 찾아가기는 하나 아직 처리해야 할 일이 산적해 있사옵니다. 그런데 꼭 이 시점에 순유를 떠나시는 특별한 이유가 있사옵니까? 소인은 바람직하지 않다고 생각하옵니다!"

웅사리가 처벌이라도 각오한 사람처럼 반대를 했다. 이어 옆에 앉아 입을 다물고 있는 색액도를 다그쳤다.

"색 대인도 명색이 나라의 중신인데, 이럴 때 어찌 나 몰라라 하고 입을 다물고 있소?"

색액도는 선제인 순치가 붕어한 것이 아니라 출가승이 됐다는 소문을 어렴풋이 듣기는 했다. 게다가 아버지인 색니는 세상을 떠날 때 오대산과 순치황제라는 말을 자주 했다. 때문에 확신을 할 수는 없어도 선제의 붕어에 어떤 알려지지 않은 비밀이 있을 것이라는 생각을 막연하게 하고 있었다. 침묵을 지켰던 것은 다 그런 이유가 있었다.

그는 웅사리의 질책에 끝까지 모른 척하는 것이 낫겠다는 판단을 내렸다. 그의 입에서는 자연스럽게 웅사리의 주장과 별로 다르지 않은 말이 나왔다.

"태황태후마마와 폐하께서는 왜 오대산으로 순유를 떠나시려는지 소인도 무척이나 궁금하옵니다."

"지난번에 북경에 지진이 났기 때문에 할머니께서 부처님을 찾아뵈려는 것 같네."

사실 강희도 태황태후의 말에 적지 않게 놀란 터였다. 또 가능하면 순유를 떠나지 않는 것이 좋겠다는 생각을 했다. 색액도와 웅사리의 물음에 대충 답을 한 다음 태황태후를 설득하려고 했다. 하지만 태황태후가 재빨리 강희의 말문을 막고 나섰다.

"황제 말이 맞아. 바로 지진 때문이지. 사람 사는 세상도 때리고 부수고 뒤집어엎어. 그런 판에 땅속이라고 마냥 조용하라는 법은 없잖은가. 솔직히 그냥 넘어가려고 했어. 하지만 아무래도 뭔가 석연치가 않아. 자네들은 봤는지 모르겠는데, 그때 서남쪽의 하늘이 너무 붉었잖아? 태화전마저 반쪽이 무너져 버렸고. 무슨 조짐을 예고하는 것이 분명해. 이럴 때 부처님을 안 찾아뵈면 북경이 전부 발칵 뒤집어질 거라고. 그때 가서 뒤늦게 찾아뵈어야 하겠어?"

"지진은 손자가 백성들에게 잘못한 점이 너무 많아 하늘이 내린 벌이라고 생각합니다."

강희는 태황태후가 자신의 말을 잘못 이해했다고 생각했다. 재빨리 웃는 얼굴로 해명을 해야겠다고 생각했다.

"할마마마께서 손자를 걱정하시는 마음은 잘 알겠습니다. 그러나 꼭 그것 때문이라면 멀리 오대산까지 갈 필요는 없다고 봅니다. 근교의 가까운 담자사潭柘寺도 있지 않습니까! 먼 길을 떠나면 할마마마의 건강이 무엇보다 우려됩니다. 게다가 한꺼번에 움직이면 여기 일도 마음이 놓이지 않을 것 아니겠어요?"

"담자사가 도대체 뭐야? 오대산하고는 비교가 되지 않지. 오대산은 문수보살文殊菩薩의 도량이야. 생불生佛이 있는 곳이라고. 그만큼 영험도 대단하지."

그제야 웅사리가 참지를 못하고 그녀를 말릴 요량으로 끼어들었다.

"소인의 생각은 다르옵니다. 이번 지진은 오배가 몇 년 동안 저지른 죄에 대한 하늘의 뒤늦은 징벌이 아닌가 싶사옵니다. 천하의 변란은 잘못된 인사人事로 일어납니다. 만약 하늘의 징벌을 피하기 위해 덕을 쌓고 선을 행해야 한다면 굳이 인도의 불조佛祖에 의지할 필요까지야 없지 않겠사옵니까?"

웅사리는 역시 대학자다웠다. 말끝마다 자신의 박학다식함을 드러내려는 본성이 말에서도 그대로 드러났다. 하늘과 인간이 서로 호응한다는 이치에 대해서도 계속 강조하려는 의욕을 보였다. 하지만 태황태후는 차갑게 냉소를 흘리면서 그런 그를 엄하게 꾸짖었다.

"입을 다물라! 내가 부처님을 공경하는 것은 자네가 공맹孔孟을 존경하는 것과 다를 바가 없네. 내가 공자가 어쩌고 맹자가 저쩌고 하면서 훼방을 놓지 않는 이상 자네도 다시는 내 앞에서 부처님에 대해 불경스러운 말을 해서는 안 되네. 손톱만큼도 말일세."

태황태후의 얼굴은 화가 났는지 창백해지기까지 했다. 웅사리는 충신에 세상 물정이 어두운 선비 출신이기 때문에 애써 참으면서 자리에 앉아 있었다.

"이것은 태황태후마마의 바람이에요."

갑자기 침묵을 지키던 소마라고가 모처럼만에 입을 열었다. 난감한 분위기를 깨는 한마디였다.

"일주일 전에 자녕궁에서 태황태후마마와 인연에 대해 얘기를 나눈 적이 있어요. 그때 태황태후마마께서 꿈에 금갑신장金甲神將을 뵈었어요. 오대산에 옥불玉佛을 선물하겠다는 약속도 했고요. 그러다 이번 지진이 났죠. 그러니 아무래도 오대산에 한번 다녀오셔야 해요. '육합지외 존이불론'六合之外 存而不論이라는 말이 있지 않습니까. 자신과 관계가 없더라도 그 존재의 가치는 인정한다는 의미를 담고 있죠. 성인들도 귀신이 존재하지 않는다는 얘기는 하지 않았어요. 그러니 인정을 할 것은 했으면 좋겠어요."

"역시 혜진대사가 이 노인네의 마음을 가장 잘 헤아리는군."

태황태후가 덧붙였다.

"풍전등화의 신세인 내가 이 나이에 부처님을 찾아가 더 이상의 천수를 누리게 해 달라고 빌겠어? 다 자손들을 위해 그러는 것이지! 누가 뭐라고 해도 이번엔 오대산에 꼭 가고야 말겠어. 그리 알라고. 황제가 만약 시간이 여의치 않으면 나 혼자서라도 갈 생각이네."

"손자가 어찌 감히 그러겠습니까!"

강희가 황급히 몸을 일으켰다.

"제가 할마마마를 모시고 다녀오도록 하겠습니다. 이쪽 일은 잠시 웅사리와 색액도에게 맡기고 극비리에 다녀오면 되죠!"

태황태후와 황제가 함께 자금성을 떠나 오대산으로 교사郊祀(황제가 황도 밖에서 드리는 제사)를 드리기 위해 떠나는 일은 청나라 개국 이래 처음 있는 일이었다. 때문에 예부에서는 최고로 성대한 대가大駕 행렬

을 마련하기로 결정했다. 청나라 황제가 순유를 떠날 때의 의전 의식
은 네 등급으로 나뉘어져 있었다. 교사 때는 대가, 조회 때는 법가法駕,
평소에는 난가鑾駕, 궁 밖으로 나갈 때는 기가騎駕를 마련하는 것으로
돼 있었다.

곧 교사를 떠난다는 성지가 내려졌다. 조정 안팎은 바삐 움직이기 시
작했다. 예부아문 앞의 경우는 낮에도 수레들이 문전성시를 이뤘다. 또
밤에는 각양각색의 등불이 휘황찬란하게 빛을 발했다. 여기에 상서와
시랑, 각 부서의 주무관인 주사主事들은 만주족과 한족을 불문하고 하
나같이 밤을 새워가면서 황제의 포고문을 작성했다. 더불어 백관들의
임무를 정해주거나 황제가 머물 장소, 그곳에서 어떤 의전으로 맞이할
것인가에 대한 내용들을 해당 지역에 통보하느라 정신이 없었다. 그렇게
일주일을 서둘러서야 겨우 모든 준비가 마무리됐다. 북경의 대소 관리
들은 당연히 황제와 태황태후의 이번 대가 행차의 목적이 지진 때문일
뿐 아니라 나라와 백성의 안위를 위해 기도하기 위한 것이라고 알고 있
었다. 백성을 위하는 황제의 마음에 감격했다.

화석액부和碩額駙이자 태자태보太子太保인 오응웅은 이때 성을 나서 순
유에 오르는 강희를 전송하라는 명령을 받았다. 그는 새벽 세 시쯤에 일
어나 대략 준비를 마쳤다. 그는 일품 관리였기에 원칙대로라면 아홉 마
리의 맹수가 그려진 선학보복仙鶴補服(보복補服은 대례복을 의미함)이라는
제복을 입어야 했다. 그러나 이번에는 달랐다. 예부의 특별 지시에 따라
노란 마고자를 껴입고 깃털모자를 쓰게 돼 있었다. 아무나 받을 수 없
는 분명한 특별대우였다. 그는 내심 기쁨을 금치 못했다. 그러나 현재
자신의 처지로 볼 때 너무 사람들의 이목에 띄지 않는 것이 좋다는 생
각도 하지 않은 것은 아니었다. 황제가 이런 날 유독 자신에게만 특혜
를 베푸는 것 자체를 마냥 좋아할 만한 일은 아니라는 생각도 들었다.

그가 그런 생각을 본격적으로 하기 시작한 것은 오배가 무너지고 난 다음부터였다. 그는 그전까지만 해도 모든 것에 자신이 있었다. 그러나 오배의 몰락 이후 점차 날갯죽지가 흔들리는 듯한 두려움과 함께 자신의 주변에 위기가 잠복해 있는 것 같은 불안감도 떨치지 못했다. 나중에는 '삼번'이라는 말만 들어도 소름이 끼칠 정도가 됐다. 한마디로 그는 주변을 경계하면서 위기를 실감하는 중이었다. 물론 그 와중에도 일말의 위안이 없었던 것은 아니었다. 아버지인 오삼계가 편지를 통해 조정에 별다른 움직임이 없는 것 같다면서 안심을 시켜준 것이다. 사실 오응웅으로서는 아버지의 말을 철석같이 믿을 수밖에 없었다. 조정에 무슨 일이 있으면 가장 먼저 눈치를 챌 사람이 바로 아버지였으니까. 자신뿐 아니라 수많은 사람들이 암암리에 그의 아버지를 돕고 있는데, 그렇지 못하다면 솔직히 그것도 이상할 일이었다.

오응웅의 액부부 소재지인 석호石虎 골목은 선무문宣武門 안에 있었다. 자금성과는 그다지 멀지 않았다. 오응웅은 그래서 정양문 앞에까지 와서 가마에서 내려 걸었다. 예부에서 그에게 나오라고 통보한 지점은 그곳에서 멀지 않은 천안문의 금수교金水橋 동쪽이었다. 오응웅은 자신을 부른 장소가 너무 눈에 띈다는 생각이 들었다. 어쩐지 부담스러웠다.

"오 공못公!"

색액도가 먼저 와서 기다리다 오응웅을 발견하고는 환한 웃음을 지으면서 마주 걸어왔다. 옆에는 웅사리도 있었다.

"바로 여기에서 우리와 함께 폐하를 기다리면 되겠습니다."

오응웅이 색액도와 웅사리가 자신과 똑같은 제복을 차려 입은 것을 보고는 황급히 사양을 했다.

"제가 어찌 감히 두 분 보정대신과 어깨를 나란히 하겠습니까?"

웅사리가 말을 받았다.

"너무 겸손한 것도 예의는 아니라고 했어요. 이는 방금 위동정이 전해 온 성지입니다. 그러니 반드시 따라야 합니다. 오공은 조정의 대신이자 천자의 가까운 친척입니다. 그렇게 따지면 오히려 우리가 몸둘 바를 몰라야 되지 않겠습니까?"

"색 대인!"

오응웅이 곰방대를 꺼내든 웅사리에게 재빨리 다가가 담뱃불을 붙여 준 다음 색액도에게 물었다.

"꽤 오랫동안 명주 대인이 안 보이네요. 섬서에 갔다가 아직도 돌아오지 않았나 보지요?"

"돌아오려면 아직 멀었어요. 산섬 총독 막락이 산서로 내려갔다는데, 아직 서안으로 돌아오지 않은 모양이에요."

색액도의 말이 끝나자 웅사리가 길게 담배연기를 내뿜었다.

"길이 순조로우면 빨리 도착하는 것이고, 그렇지 않으면 늦겠죠. 지난번 오룡진烏龍鎭에서처럼 발목을 잡는 자들을 만나면 며칠 더 늦어지겠죠."

오룡진 사건은 명주가 천자검天子劍(황제가 사용하는 검)으로 오삼계가 임명한 서선관西選官 두 명을 죽인 것을 말했다. 그러자 색액도가 웃으면서 고개를 돌려 버렸다. 오응웅도 웅사리의 말에 뭐라고 입장을 표하기가 난감했다. 그로서는 서선관이나 명주에 대해 입장을 분명히 할 처지가 아니었던 것이다. 그럼에도 그는 조금 억울하다는 듯 말했다.

"이부吏部에서 임명한 관리든 제 아버지의 서선관이든 누구를 막론하고 모두 대청제국의 명을 받은 관리입니다. 그건 틀림없는 사실이죠. 물론 탐관오리라면 모두 처형해야 마땅하죠. 지난번 오룡진에서 명주 대인에게 처형당한 정주鄭州 지부知府 같은 경우는 아버지가 아셨어도 마찬가지로 처리했을 거예요. 명주 대인에 대해 칭찬을 많이 하시더라고요."

웅사리가 다시 입을 열려고 할 때였다. 색액도가 갑자기 두 사람의 옷자락을 잡아당겼다.

"할 말이 남았다면 나중에 하도록 합시다. 폐하께서 곧 나오시려나 봅니다!"

세 사람은 차례로 한쪽 무릎을 꿇고 앉아 기다렸다. 천안문에서 정양문 사이에 서 있던 수백 명에 이르는 각 부서의 대신들과 각 성省에서 북경으로 파견된 관리들 역시 마찬가지로 일제히 무릎을 꿇었다. 술렁이던 장내는 순식간에 쥐죽은 듯 조용해졌다.

얼마 후 수십 명의 내시內侍 대열이 성문을 나서고 있는 모습이 보였다. 소모자가 가장 앞에서 큰 소리로 전했다.

"성가聖駕가 곧 도착하니 백관들은 대기하도록 하라!"

이윽고 가마 행렬이 모습을 드러냈다. 청색과 홍색을 비롯해 백색, 노란색, 검은색의 가마를 뒤덮은 천들 역시 햇살을 받은 채 화려함을 자랑하면서 미풍에 나부끼고 있었다. 보기 드문 장관이었다. 가마 행렬이 지나자 그 뒤로 72개의 부채 행렬이 이어졌다. '수'壽자가 쓰여진 부채가 있는가 하면 쌍룡 무늬, 공작새 깃털 무늬, 봉황의 우아한 자태 등 여러 가지 황홀한 그림이 있는 부채들도 있었다. 하나같이 바람에 나풀거리면서 사람들의 시선을 끌었다. 그 뒤로도 장방형의 깃발 행렬이 계속 이어졌다. 각각 '교효'教孝, '표절'表節, '명형'明刑, '필교'弼教, '행경'行慶, '시혜'施惠, '회원'懷遠, '진무'振武, '납언'納言, '진선'眞善 등등의 글들이 쓰여 있는 깃발이었다. 이어 수많은 덕담德談과 덕행德行, 치국治國에 대한 글자가 적혀 있는 현란한 깃발들도 끊임없이 뒤를 따랐다. 오응웅은 눈이 휘둥그레진 채 입을 헤벌리고 한동안 멍하니 장대한 행렬을 지켜보다 속으로 생각했다.

'한나라의 고조 역시 진시황秦始皇의 이런 순시巡視 모습을 보았다면

과연 대장부답다고 감탄을 했겠지?'

오응웅이 생각에 빠져 있는 사이에도 120개의 깃발 행렬이 더 지나 갔다. 위동정이 씩씩하고 보무당당하게 금 안장을 얹은 황마黃馬에 앉아 앞으로 나아가고 있었다. 그 뒤로 목자후, 낭심, 노새, 조봉춘 등이 기세 당당하게 모습을 드러내고 있었다. 그들은 금색의 갑옷으로 중무장한 채 머리에 깃털을 꽂고 빨간 술을 드리운 40여 명의 시위들과 저마다 손에 칼, 창, 화살, 도끼를 든 수백 명의 금군禁軍들을 이끌고 있었다. 황제를 상징할 만큼 널리 알려진 표범의 꼬리가 매달린 창 한 자루도 가마 맨 앞에 걸려 있었다.

강희는 대가에 앉아 모습을 드러낸 채 손을 흔들어 보였다. 그러자 사람들의 환호성 소리와 악기 소리가 하늘을 찌를 듯 메아리쳤다.

오응웅은 눈앞에 보이는 것과 같은 다른 한 자루의 창을 황제가 왕보신에게 선물로 줬다는 사실을 알고 있었다. 자신도 모르게 냉소가 터져 나왔다. 그러나 강희의 시선이 자신에게 와 닿자 황급히 자리에 엎드린 채 딱딱한 돌바닥에 이마가 찢어져라 머리를 조아려댔다. 그의 입에서는 자신도 모르게 "황제 만세! 만만세!" 하는 환호성이 터져 나오고 있었다. 그는 강희의 모습이 저 멀리 사라지자 그제야 오만상을 찌푸리면서 아픈 머리를 매만졌다.

오응웅은 점심때가 지나서야 천근만근 축 늘어진 몸을 간신히 이끌고 석호 골목으로 돌아왔다. 함께 강희를 전송한 백관들은 아직 여흥이 가시지 않은 듯 여전히 시끌벅적했다. 청객상공淸客相公(식객)인 낭정추郎廷樞가 문 앞에서 기다리고 있다가 그를 발견하고는 걸어 나오며 인사를 건넸다.

"멀지 않다고 해도 하루 종일 지치셨을 텐데, 가마를 타고 오시지 그랬습니까?"

"괜찮네."

오응웅이 담담하게 대답했다. 그러나 머릿속은 굉장히 복잡한 모양이었다.

"다들 걸어오는데 혼자서 눈에 띌 필요는 없지 않겠어? 그런데 주전빈周全斌은 왔나? 오늘 온다고 한 것으로 아는데."

"이미 와 있습니다. 분부대로 호춘헌好春軒에 모셨습니다!"

오응웅과 낭정추는 얘기를 나누면서 호춘헌으로 향하며 꼬불꼬불한 골목길을 여러 번 지났다. 둘이 거의 도착할 무렵 갑자기 한 남자가 모습을 나타내며 주먹을 맞잡는 공수拱手의 인사를 건넸다.

"소부少傅(1품 관직) 대인, 수고가 많으시네요!"

남자는 바로 최근 몇 개월 사이에 오응웅의 집으로 가장 부지런히 모습을 보이고 있는 공부工部의 원외랑인 주전빈이었다. 그는 붉은색 비단 두루마기를 입고 있었다. 또 꼭지가 달린 둥그런 모자 뒤로 긴 머리채를 늘어뜨린 모습을 하고 있었다. 오응웅은 기다리게 해서 미안하다는 의례적인 인사를 건네면서 안으로 그를 안내했다.

"소부 대인!"

주전빈이 자리에 앉자마자 약간 부어오른 홑꺼풀 눈을 반쯤 감은 채 단도직입적으로 말했다.

"소부께서는 그걸 아십니까? 주삼태자朱三太子(역사적으로는 명明 마지막 황제인 숭정황제의 다섯째 아들인 주자환朱慈煥. 셋째 아들인 주자형朱慈炯이라는 설도 있음)가 이미 운남 오화산五華山에 있는 소부의 아버님을 만나러 갔다는 사실을 말입니다. 오늘 황제가 순유를 떠날 때 보여준 것보다 훨씬 재미있고 떠들썩했을 텐데요!"

"나는 무슨 말인지 잘 모르겠네요."

오응웅은 20년 동안 북경에서 인질 아닌 인질로 살았다. 자의든 타의

든 겪을 만한 일은 다 겪어봤다. 그럼에도 그는 주전빈의 말에 깜짝 놀랐다. 하지만 이내 냉정을 되찾고 아무것도 모른 척했다.

"그런 일은 나는 알지도 못합니다. 또 믿고 싶지도 않아요. 설사 사실일지라도 그래요. 그 정체불명의 주삼태자가 산에 오를 때 어떻게 올라갔는지는 모르겠으나 내려올 때는 그다지 쉽지만은 않을 겁니다! 나는 당신이 숭정황제를 모시던 주 귀비周貴妃의 친정조카인 것을 알고 있어요. 그런데 그런 얘기나 하려고 여기 온 겁니까? 나는 진짜 듣고 싶지도 않고 들을 용기도 없어요. 이런 소식을 전해주려고 먼 길을 마다하지 않고 왔다면 미안하지만 일찌감치 돌아가서 쉬는 것이 나을 겁니다!"

오응웅은 마치 연발총처럼 말을 쏘아댔다. 약간은 흥분한 듯했다. 그는 그러나 예의 노회한 정객답게 담배를 힘껏 빨아 뿜어내는 여유는 잊지 않았다. 그런 다음 그 연기 사이로 주전빈의 얼굴 표정을 자세히 살폈다.

주전빈 역시 오응웅을 탐색하고 있었다. 그의 눈에 작고 땅딸막한 체구, 가느다란 눈썹과 그에 어울리지 않는 큰 눈을 가진 오응웅은 별로 매력적이지 않았다. 게다가 미련해 보일 정도로 두툼한 입술과 외모는 아무리 잘 봐줘도 합격 점수를 주기 힘들었다. 그는 평소에는 말을 느릿느릿하게 하는 오응웅이 예상을 깨고 쏘아붙이자 다소 어정쩡한 표정을 지었다. 그러다 이내 웃는 둥 마는 둥한 얼굴로 말했다.

"들을 용기가 없다는 말은 진심일 수 있겠죠. 하지만 듣고 싶지 않다는 말은 어째 조금 그러네요……. 그러면 소부께서 지진 후에 하루에 한 번씩 사람을 운남으로 보낸 까닭은 뭡니까? 뭔지는 모르겠으나 평서왕의 답을 들으려면 당장은 어려울 걸요? 애석해도 할 수 없어요! 원래 우리 두 집은 모두 명나라의 대신 가문이었습니다. 오래 전부터 왕래도 있지 않았습니까! 내 말을 먼저 좀 들어보는 것도 나쁘지는 않을 것 같은데요?"

오응웅이 곰방대에 긴 담뱃재를 지나칠 정도로 깨끗하게 파내면서 딴청을 부렸다. 한참 후 그가 심드렁한 어조로 대답했다.

"그거야 북경에 지진이 일어났으니까, 운남은 어떤가 하고 안부를 물었던 것이에요. 뭐가 이상한가요?"

"그래요. 모든 일은 서로 영향을 미치는 법입니다."

주전빈이 몸을 앞으로 숙이면서 말을 이었다.

"소부께서는 운남에 지진이 일어날까 봐 몹시 두려워하는군요? 어쩌면 조정과 마음이 그렇게도 똑같습니까. 황제께서도 운남에 지진이 일어날 것을 걱정해서 황급히 오대산으로 부처님께 빌러 갔잖아요!"

"오대산?"

오응웅은 '오대산'이라는 말에 순간적으로 눈썹을 무섭게 모았다. 마음이 평온하지만은 않다는 내심이 드러나고 있었다. 그러나 곧바로 담담한 표정을 회복했다.

"오대산은 불교의 성지잖소. 그래서 그쪽으로 갔겠죠! 역시 황제와 태황태후의 백성을 위하는 마음은 높이 사야 한다니까."

오응웅의 말을 주전빈이 즉각 되받았다.

"그렇게 말하면 어찌 백성을 위하는 마음뿐이겠습니까? 나라를 걱정하는 마음도 있죠! 지진은 서남쪽에서부터 일어났습니다. 하늘의 변화가 바로 그것을 보여주고 있어요. 그래서 서쪽의 왕보신, 남쪽의 상가희, 경정충 등이 다 왔다 갔어요. 하지만 유독 소부의 아버님만 모습을 드러내지 않았어요! 소부께서는 모르는 게 없는 사람이니, 황제가 이번에 오대산을 택한 이유를 알 것이 아니겠습니까?"

주전빈이 오응웅의 반응을 살폈다. 그러나 오응웅은 전혀 틈을 보이지 않았다. 묘한 웃음을 지으면서 비아냥거리기만 했다.

"당신이야말로 모르는 것이 없는 사람이군요! 어디에서 누구한테 써먹던 말을 가지고 이러는 겁니까?"

"첫 번째는 북경 백성들의 민심을 다독이기 위한 것이고……."

주전빈이 오응웅의 반응 따위는 이제 무시하겠다는 어조로 계속 말을 이었다.

"두 번째는 서쪽을 시찰하면서 백성들의 삶과 그곳 관리들의 상태를 살펴보겠다는 뜻으로 풀이할 수 있겠죠. 문제는 이번에 순유를 하려는 방향이 평서왕이 북경으로 올 수 있는 통로라는 것이죠. 모르기는 해도 철번이 곧 시작된다는 신호탄 아니겠어요?"

주전빈의 말에 오응웅이 잠시 놀라는 기색을 보였다. 그러나 이내 실소를 터트리면서 주전빈에게 쏘아붙였다.

"당신 지금 무슨 말을 하고 있는 겁니까? 철번을 하든 하지 않든 그것은 조정에서 알아서 할 일이에요. 그게 우리 아버지하고 무슨 상관이 있습니까! 우리는 할아버지 때부터 아버지 때까지 명나라를 위해 수십 년 동안이나 북대문北大門을 지키고 있어요. 그런데 진짜 발등에 불이 떨어질 위험을 앞두고서야 겨우 평서백平西伯이라는 작위를 얻었을 뿐입니다. 대청제국에 귀순한 후에도 공로를 인정받아 왕위에 오른 거예요! 당신은 우리 가문이 당신네 주가 가문처럼 그렇게 치사한 줄 압니까?"

"고추는 붉으면 값이 나갈지 모르나 사람은 잘 나갈수록 위험합니다."

주전빈은 주삼태자를 위해 오응웅을 설득하려고 그야말로 안간힘을 다하고 있었다. 그가 다시 입을 열었다.

"소부께서 말씀하셨듯이 평서백은 이미 왕위에 올랐어요. 그러면 더이상 잘 나갈 수는 없지 않겠습니까? 뭐 운이 대통한다면 더 높은 자리에 오르는 것이 불가능한 것은 아니지만 말입니다."

"건방지게 지금 무슨 말을 하는 거요?"

"건방지다고요?"

오응웅이 거칠게 나오자 주전빈도 자리에서 벌떡 일어났다. 그러면서 껄껄 냉소를 터트리면서 덧붙였다.

"평서왕께서는 운남에 자리를 잡고 많은 병력을 거느린 것도 모자라 조정 몰래 강철을 주조하고 있어요. 또 소금을 만들고 동전까지 사사롭게 만들어내고 있죠. 어디 그뿐입니까! 자기 멋대로 관리도 선발해 조정을 우습게 여기고 있습니다. 그것보다 내가 더 건방지다는 말입니까?"

주전빈이 할 말 다 했다는 표정으로 자리를 뜨려고 했다.

"그럴 것까지는 없지 않습니까!"

주전빈의 강력한 반응에 오응웅이 황급히 자리에서 일어났다. 얼굴에는 웃음도 머금고 있었다.

"할 말이 아직 남아 있는 것 같은데, 더 하고 가야 하지 않겠어요?"

"그것도 나쁠 것은 없겠죠."

주전빈은 오응웅의 태도가 조금 누그러진 듯하자 더욱 득의양양해졌다. 말도 거침이 없어졌다.

"지금 황제는 나이가 어리기는 합니다. 그러나 용단을 내리는 패기나 노련함과 지혜는 우리 모두가 인정을 해야 합니다. 소부도 두 눈으로 똑똑히 보지 않았습니까. 그런데 황제는 겉으로 드러나지 않아서 그렇지 소부 부친의 일을 모르고 있는 것이 아닙니다. 이번에 황제의 산서 순유는 평서왕에게는 백해무익한 것이에요. 평서왕과 소부께서는 현명한 판단을 하기 바랍니다. 오늘은 너무 귀찮게 해서 미안합니다."

주전빈이 말을 끝마치기 무섭게 고개를 들었다. 그러더니 마치 미리 준비라도 한 듯 천장을 바라보면서 시 한 수를 읊기 시작했다.

뭇 꽃들과 아름다움을 겨루지 않고,

부푼 꽃망울을 겨울밤에 홀로 터뜨리누나.

곧게 뻗은 줄기가 아름다움을 자랑하니,

폭설에 맞서 강인함을 자랑하는 모습 멋있어라!

주전빈이 시를 다 읊고 나서 오응웅에게 물었다.

"소부, 이 시가 누구한테 써준 것인지 알겠습니까?"

오응웅이 놀란 표정을 한 채 대답했다.

"황제가 쓴 시인 것만 압니다. 누구한테 보낸 시인지는 잘 모르겠네요."

"감문혼甘文焜입니다!"

주전빈이 고개조차 돌리지 않고 큰 소리로 말을 이었다.

"운귀雲貴(운남과 귀주) 총독 감문혼에게 써준 시라고요!"

주전빈은 하고 싶은 말을 다 한 모양이었다. 자리에서 일어나더니 그대로 휑하니 밖으로 나가버렸다.

오응웅이 뒷짐을 진 채 계단 위에 서서 웃으면서 말했다.

"멀리 배웅하지 않겠습니다."

오응웅은 주전빈이 시야에서 사라지자 속으로 냉소를 터뜨렸다.

'흥, 내 입을 통해 뭘 알아내려고 그러는 모양인데, 쉽지 않을 걸? 내가 바보냐, 너 같은 녀석의 입김에 흔들리게!'

5장
삼번三藩의 회동

평서왕의 관저는 운남성 성곽에 있는 오화산五華山 위에 우뚝 솟아 있었다. 첫눈에 봐도 위용이 대단했다. 무엇보다 수없이 많은 아름다운 궁궐들이 붉은 담으로 둘러싸여 있었으며, 우거진 나무들에 의해 살짝 감춰져 있기는 했으나 권위를 숨기지는 못했다. 산세를 따라 계곡물이 졸졸 흐르는 봉우리 사이에 흩어져 있으면서 어느 것 하나 고풍스럽게 느껴지지 않는 것이 없었다. 더구나 그 사방 수십 리에는 울창한 나무숲이 꼬불꼬불한 산길을 품고 있었다. 아슬아슬한 대리석 계단이 산 정상까지 뻗어 있는 모습도 예사롭지 않았다. 산속에 들어선 사람들로 하여금 하늘로 날아오르는 신선이 된 느낌을 주게 하기에 전혀 부족함이 없었다.

이곳은 원래 명나라 영력황제의 고궁故宮이었다. 그러다 오삼계에게 넘어온 지 30여 년 만에 원래의 모습을 거의 잃어버렸다. 대대적인 공사와

수리를 한 때문이었다. 이 고궁의 뒷산에는 줄줄이 늘어선 석옥石屋들이 있었다. 오삼계가 자랑하는 창고였다. 당연히 그 안에는 금은보화들이 산적해 있었다. 또 그 옆에 있는 주전사鑄錢司에서는 밤낮으로 동전을 만들어내고 있었다. 무기창고에는 검을 비롯해 창과 방패, 도끼, 활과 화살, 창, 대포 등의 무기들로 꽉 차 있었다. 그런데도 여전히 새로운 무기를 만들고 있었다. 심지어 새로운 기술로 신무기를 개발하기도 했다. 고궁은 규모만 작을 뿐 조정에 있는 것은 이곳에도 다 있었다. 모든 것이 조정을 그대로 본떴다고 할 수 있었다. 예컨대 은안전銀安殿 양측에 있는 방인 병마사兵馬司, 번리사藩吏司, 염다사鹽茶司, 신형청愼刑廳, 주조청鑄造廳 등등이 그랬다.

산 아래에는 높고 큰 대궐이 사방으로 뻗어 있었다. 북으로는 평량, 서쪽으로는 서장, 동쪽으로는 귀주와 광동, 남쪽으로는 면전緬甸(미얀마)과의 접경에까지 연결되는 곳이었다. 이 모든 것은 한마디로 정교하게 연결된 커다란 그물이었다. 이 그물을 움직이는 주인공은 다른 사람이 아니었다. 바로 이자성에게 투항했다 나중에 다이곤에게 항복한 후 청나라 병사들을 대거 거느리고 산해관을 넘은 오삼계였다.

이 시간 오삼계는 은안전 서쪽에 있는 화원의 정자에 앉아 가무를 감상하고 있었다. 주변에 있는 몇몇 사람 역시 그와 어깨를 나란히 한 채 앉아 있었다. 북경에서 빙 돌아 운남으로 온 경정충과 광동에서 온 지 보름 정도 되는 상가희의 아들 상지신이었다. 이들은 이미 이틀 동안 이곳에 머물면서 필요한 정보를 꽤나 많이 수집하고 있었다.

"두 분, 오늘 이곳을 둘러본 느낌이 어떠신가?"

오삼계가 웃으면서 상지신을 바라봤다. 나이로 볼 때는 경정충처럼 그에게는 조카뻘이 되니 아무 거리낌없이 하대를 하는 듯했다.

"너무 아름답습니다!"

상지신이 잔디밭을 뚫어져라 바라보면서 건성으로 대답했다. 그의 눈길이 머무는 곳에 오삼계의 시첩侍妾들 중에서도 가장 예쁜 사면관음四面觀音과 팔면관음八面觀音이 춤을 추고 있었다. 투명한 치마저고리를 바람에 날리면서 사뿐사뿐 발걸음을 옮기는 모습이 완전히 물찬제비 같았다. 인간 세상에 내려온 선녀라고 해도 과언이 아니었다. 상지신은 가끔씩 혼을 빼듯 추파를 던지는 그녀들에게 완전히 흠뻑 빠진 채 군침을 꿀걱 삼켰다.

"꼭 말이 필요합니까? 사람의 혼을 통째로 빼앗는 인간 요정들이라고나 할까요!"

상지신은 오삼계의 질문을 잘못 알아들은 것이 분명했다. 그러자 그의 그런 졸렬한 행동거지를 싫어하는 경정충이 입을 열었다.

"저는 늦게 오기는 했으나 어제 여기 도착해서 깜짝 놀랐습니다. 정말 대단한 위업을 달성하거나 인재가 태어나는 곳으로 손색이 없습니다. 정말 감탄을 금할 길이 없습니다. 이 옆의 상 형한테도 이렇게 많은 군마와 식량은 없을 겁니다."

상지신은 여전히 경정충의 말은 듣는 둥 마는 둥 했다. 연신 박수를 쳐가면서 제정신을 차리지 못하고 있었다.

"야, 정말 환상적이군. 너무 아름다워! 나는 이런 여자들이 좋아! 만주족 복장을 한 채 아무 멋없이 가슴과 배만 있는 대로 내밀고 다니는 여자들은 딱 질색이거든. 과연 우리 세백世伯(아버지보다 나이 많은 큰아버지, 아저씨의 의미)다우시네요. 어디에서 이렇게 아름다운 여자들만 골라왔을까."

상지신이 혼잣말처럼 말하면서 저 멀리 오삼계의 시첩들이 서 있는 곳을 다시 한 번 슬그머니 쳐다봤다. 그러나 그곳에는 이미 시첩들이 자취를 감추고 보이지 않았다. 대신 늙고 볼품없는 오삼계의 부인인 복진福晉

(복진은 만주어로 왕비를 비롯한 최고위 여성을 뜻함) 장張씨만 덩그러니 앉아 있었다. 상지신은 자신이 보고 싶은 여자들이 보이지 않자 약간 실망한 어조로 물었다.

"그런데 여부인如婦人께서는 안 계시네요?"

여부인은 다름 아닌 오삼계의 애첩인 진원원陳圓圓을 의미했다. 오삼계는 시작부터 여자들한테 혹해 침을 질질 흘리는 한심한 모습의 상지신에게 실망하지 않을 수 없었다. 급기야 속으로 욕을 퍼부었다.

'웬만한 미인계에는 십중팔구 넘어가는 바보 머저리군. 나는 너 같은 자식과는 일을 못해!'

그러나 얼굴에는 여전히 웃음을 띤 채 대답했다.

"그 여자도 이제는 많이 늙었소. 예전 같지가 않소. 몸도 안 좋고. 그래서 내가 수월암水月庵이라는 암자를 하나 지어줬소. 지금 거기에서 조용히 지내는 모양이오."

오삼계가 깊은 한숨을 토해내더니 다시 말을 이었다.

"나와 진원원의 정분이 남다른 것은 사실이오. 그러나 민간에서 떠도는 소문처럼 그 정도는 아니오. 내가 여자 하나 때문에 변절한 다음 꾐에 넘어가 청나라 군사들을 이끌고 산해관을 넘었다는 말은 도저히 용납할 수 없소. 내가 세상에 유익한 인간이라는 이름을 널리 남기려고 얼마나 노력하는 사람인데!"

"아직까지는 만회가 가능합니다. 조금 늦으면 곤란하겠지만 말입니다."

경정충이 대화에 끼어들었다. 그는 사실 이때 강희의 매력에 흠뻑 빠져 있는 중이었다. 북경에 가서 만나고 온 이후부터 어린 나이에 있을 수 없는 늠름함이 예사롭지 않다고 본 것이다. 그는 또 강희가 오삼계의 말처럼 젖비린내도 가시지 않은 코흘리개 애송이는 아니라고 생각했다.

오히려 오삼계를 능가하는 비상한 두뇌의 소유자일 가능성이 더 높다는 것이 그의 판단이었다. 그가 상지신이 침을 질질 흘리면서 숨이 넘어갈 듯이 예쁘다고 극찬하는 여자들과 아름다운 풍경에 눈길을 빼앗기지 않은 것은 그때문이었다.

"부굉렬은 직무해제를 당했을 뿐입니다. 앞으로 황제가 중용할 가능성도 크고요. 누가 그러는데 황제가 그를 광서廣西로 보낸다고 하더군요. 두 분 각별히 조심하셔야 할 겁니다."

상지신은 '부굉렬'이라는 이름 석 자를 듣자 비로소 처음으로 놀란 기색을 보였다. 서둘러 말을 받았다.

"그 사람은 누가 뭐래도 인재예요. 글깨나 쓰는 줄은 예전부터 알고 있었는데, 군사 방면에 대해서도 뭘 좀 아는 것 같아요. 결코 호락호락하지만은 않으니 조심을 해서 나쁠 것은 없을 것 같네요."

오삼계가 두 사람의 말을 듣고 입을 열었다.

"부굉렬에 대해서는 걱정하지 마시오. 내게 대처할 방법이 있소."

"좋습니다."

상지신이 입을 있는 대로 크게 벌리고 웃으면서 대답했다.

"세백께서 방패가 돼 주신다고 하시니 저희들은 신경 쓰지 않겠습니다. 팥으로 메주를 쑨다고 해도 말입니다."

경정충은 스스로를 항상 유학에 밝은 장군으로 자처해오고 있는 터였다. 때문에 거칠고 상스럽기 그지없는 상지신의 말투가 너무 싫었다. 그러나 겉으로는 싫은 내색을 하지 않았다.

"지신 형, 그렇다고 방심은 금물이에요. 부굉렬과 손연령 두 사람 모두가 지신 형과 엎어지면 코 닿을 곳에 있다는 사실을 명심하는 것이 좋아요."

"세형世兄(연배가 위인 형)은 진짜 나를 주색밖에 모르는 바보천치인 줄 알고 계시는군요!"

상지신이 경정충에게 약간의 불평을 했다. 그러다 오삼계를 힐끔 쳐다보면서 웃음을 터뜨렸다.

"나는 어떤 자리에서든 그에 딱 맞는 생각만 하는 사람이에요. 이를테면 지금은 여자들의 치맛자락에 푹 감겨 한숨 자고 싶은 생각밖에는 없죠. 그러다 전쟁이 나면 그때는 또 용병술을 고민하느라 몇날 밤을 새는 거죠. 어디 그뿐이겠습니까. 문인들과 자리를 하면 도덕과 문장에 대해 온갖 심혈을 기울입니다. 아무튼 나는 욕심이 많아서 한두 가지로 만족하는 사람이 아닙니다. 손연령은 잇속에 밝고 간사할 뿐만 아니라 마음이 갈대 같은 자입니다. 별로 대처하기가 어렵지 않아요. 하지만 부굉렬은……, 그를 대처하기 위해 세백께서 한 사람만 붙여주면 자연스럽게 모든 것이 끝날 텐데요."

"그게 누구요?"

오삼계가 흠칫 놀라는 기색을 보였다. 상지신에게 특별한 영양가 있는 말을 기대하지 않았던 경정충도 놀라기는 마찬가지였다. 바로 눈을 크게 뜨고 상지신을 바라봤다.

"왕사영汪士榮이 아니면 누구겠습니까?"

상지신이 서슴없이 말을 내뱉더니 히죽히죽 웃었다.

"그 사람은 부굉렬의 의형제잖아요."

"왕사영은 지금 공무公務로 나가 있는 중이오."

오삼계는 상지신의 말을 듣자 자신이 상지신에 대해 잘못 생각하고 있었음을 알았다. 앞으로는 그에 대한 생각을 고쳐야겠다고 마음먹었다. 상지신은 얼굴에 살이 피둥피둥 찐 것이 몹시 심술 사납게 보였다. 또 여색에만 빠져 침을 질질 흘리면서 바보인 척, 겁쟁이인 척했지만 사실은 그게 아니었다. 머릿속에는 일찍부터 다른 생각을 하고 있었음에 틀림없었다. 오삼계는 자신이 사람을 잘못 봤다는 생각을 다시 한 번 하고는 자리를 고쳐 앉으면서 슬쩍 웃음을 흘렸다.

"이제야 진가를 제대로 발휘하는 것 같소. 듣자하니 그대가 광주廣州에서 인육을 날것으로 먹었다는 소문이 있던데, 진짜요?"

"그럼요!"

상지신이 잠시도 머뭇거리지도 않고 대답했다.

"그런 것도 군대를 움직이기 위한 작전이라고 할 수 있습니다. 절대 무시할 수 없는 겁니다. 내 밑의 부하들은 거의가 흉악한 사람들입니다. 어떤 말도 씨알이 먹히지 않아요. 한마디로 무식한 날강도 같은 자들이라고 할 수 있습니다. 내가 인육을 날로 먹는 그런 비인간적이고 막가는 모습을 보여주지 않으면 이 친구들이 나를 우습게 보지 않겠어요? 가지고 놀려고 할 겁니다. 내 아버님은 평생 군대를 거느리셨죠. 그러면서도 이런 이치를 깨닫지 못했습니다. 그래서 군기를 잡지 못했어요. 독하지 않으면 사나이대장부가 아니라고 하지 않습니까!"

상지신은 말을 마치자 머리를 뒤로 젖히고 한바탕 웃었다.

상지신의 말은 틀린 것이 아니었다. 경정충은 자신도 모르게 소름이 돋았다. 상지신 같은 생각을 품고 있는 사람과 한 울타리에 앉아 있다는 것이 부담스러웠던 것이다. 상지신이 오삼계에게 온 지는 이미 보름이 지나고 있었다. 그 보름 동안 그는 자신이 뭘 하러 여기까지 왔는지조차 모르는 것처럼 행동했다. 황당한 언행으로 일관했다. 그런데 그랬던 그가 갑자기 군사와 용병에 일가견이 있는 재주꾼으로 돌변했다. 경정충은 그가 이제껏 정사政事에 대해 함구무언했던 이유를 알 것 같았다. 상지신은 한마디로 경정충을 떠보고 관찰하고 있었던 것이다.

오삼계는 버르장머리 없이 큰소리를 뻥뻥 쳐대는 상지신을 꾸짖지 않았다. 그러기는커녕 광동성을 통째로 맡겨도 걱정이 없을 것이라는 판단하에 무척이나 흥분하고 있었다. 얼마 후 그가 기쁜 내색을 굳이 감추지 않고 자리에서 벌떡 일어나 큰 소리로 명령을 내렸다.

"여봐라! 유현초劉玄初 선생과 하국상夏國相, 호국주胡國柱를 불러들이도록 하라!"

오삼계가 지시를 내리고는 다시 경정충과 상지신을 바라봤다.

"사면관음과 팔면관음이 절세미인이라고 했소? 좋아, 이번에는 십자매十姉妹의 가무를 실컷 구경하도록 해주겠소!"

오삼계는 말을 마치자마자 손뼉을 두 번 쳤다

그와 동시에 두 관음의 노랫소리가 멈췄다. 그러더니 서쪽 곁방 쪽에서 옷자락이 스치는 미세한 소리가 들렸다. 이어 귀고리, 목걸이 등의 장신구가 부딪치는 묘한 화음도 울려 퍼졌다. 곧 열 명이나 되는 묘령의 아가씨들이 수줍은 나팔꽃처럼 머리를 숙인 채 비파를 안고 줄을 지어 사뿐사뿐 걸어 나왔다. 미끄러진다는 표현을 해도 좋을 정도였다. 마치 호수 위에 드리운 버드나무가 미풍에 흐느적거리는 것 같았다. 또 하나같이 만개한 연꽃이 물 위에서 한껏 자태를 뽐내듯 촉촉하고 싱그러웠다.

그 가운데서도 맨 앞에 서 있는 아자阿紫로 불리기도 하는 자운紫雲이라는 이름의 아가씨가 가장 눈에 띄었다. 화장기가 거의 없는 뽀얀 얼굴이 살짝 비틀면 단물이 나올 것처럼 탱탱하고 보드라웠다. 쌍꺼풀이 진 새까맣고 맑은 커다란 두 눈도 누구나 한번쯤은 빠져들고 싶을 만큼 매력적이었다. 하늘하늘한 치마저고리를 입은 채 노란 꽃들이 점점이 박혀 있는 푸른 잔디 위에 서 있는 그녀의 모습은 햇빛 아래에서 더욱 형언하지 못할 아름다움을 뿜어대고 있었다.

너무나도 예뻐 보여 눈을 떼지 못했던 두 관음 아가씨는 이 아자에 비하면 진짜 아무것도 아니었다. 경정충도 급기야 찬탄을 연발했다. 저속한 언행으로 여색에 약한 남자의 본능을 아낌없이 드러내던 상지신과 완전히 다른 그의 모습은 지금 이 순간 그 어디에도 없었다.

"오늘에야 비로소 절세가인, 경국지색이라는 표현이 나온 이유를 알 겠군. 조물주의 능력이 이다지도 뛰어난 줄을 지금껏 몰랐네."

상지신이 경정충이 흥분하는 모습을 힐끔 쳐다봤다. 그러더니 아래턱 을 잡고 깊은 생각에 잠긴 듯 천천히 술을 음미하면서 마시기 시작했다.

곧 유현초, 하국상, 호국주 세 사람이 오삼계의 수행시위인 타호打虎장 군 황보보주皇甫保柱의 인솔하에 월동문月洞門으로부터 차례로 입장했다. 뒤로는 왕영령王永寧과 마보馬寶 등의 무장이 따라 들어왔다. 그들은 오 삼계의 양 옆에 조용히 자리를 잡았다. 특히 황보보주는 허리를 쭉 펴 고 배를 내민 채 엄숙한 표정으로 오삼계의 등 뒤에 서 있었다. 보검에 손을 얹은 채였다. 오삼계가 아자 등에게 연주를 시작하라는 손짓을 보 내고는 경정충과 상지신에게 말했다.

"보아하니 두 분이 좋은 느낌을 받은 것 같소. 저 아이들은 내 딸 오 매吳梅가 미인의 고장이라고 불리는 항주杭州에서 특별히 신경을 써서 골라 보낸 애들이오."

오삼계의 말이 끝나기도 전에 비파 소리가 청아한 하늘을 향해 고운 음색을 자랑하면서 울려 퍼졌다. 소리는 맑고 청량한 시냇물 소리와도 같았다. 순간 주위에는 정적이 감돌았다. 사면과 팔면 두 관음 아가씨 는 서로 마주보는가 싶더니 눈치껏 한편으로 물러났다. 그런 다음 통소 와 생황을 가볍게 불면서 비파소리에 화답했다. 장내에는 순식간에 마 치 물안개가 감도는 선경仙境을 방불케 하는 경관이 연출됐다. 삼번의 수뇌들은 끊어질 듯 이어지는 비파와 통소, 생황의 절묘한 화음에 빠 져들어 은근히 마음 졸이면서 우울한 고뇌에서 잠시나마 벗어날 수 있 었다. 또 운무를 가르면서 하늘을 훨훨 날아가는 듯한 깃털 같은 가벼 움을 만끽하고도 있었다. 한마디로 예측불허의 결과와 미래에 대한 불안이 순간적으로 사라졌다고 해도 좋았다. 바로 이때 아자가 긴 소매를 휘날리면서 미끄러지듯 걸어 나와 온몸을 간질이는 목소리로 노래를 부르기 시작했다.

부처님 앞에 고이 앉아 손발이 닳도록 빌고 또 빌었건만
어느 누가 영원히 사는 열매를 따먹은 이 있는가?
청등靑燈이 희미한 비 오는 밤을 지새우며 공부를 했어도
결국은 헛된 꿈만 꾸었구나!
옥 기둥이 무너진 아픔에 술 취한 채 낙양洛陽 다리 위에 쓰러져 있으니
어디선가 한바탕 노랫소리가 들리는구나.

"얼굴만 절세미인인 줄 알았는데, 노래도 기가 막히는구면!"

상지신은 술도 마시지 않았으면서도 이미 분위기만으로도 만취한 듯했다. 아자의 노래에 연신 손뼉을 치며 칭찬을 아끼지 않았다.

"왜 우리 광동에는 이런 뛰어난 재주를 가진 미인이 없을까? 세백께서는 정말 복도 많으시네요."

"부러워할 것 없소. 저 아이는 내가 응웅이에게 첩으로 보내려고 특별하게 생각하고 있는 중이오……."

오삼계가 말을 하다 말고 얼굴을 붉혔다. 당연히 그는 아자에게 흑심이 있었다. 하지만 씨알도 먹히지 않았다. 오히려 혼쭐만 단단히 났다. 본인이 가지지 못하게 됐기 때문에 인심이나 쓰려고 하는 것이었다. 사실 그의 후궁은 강희보다 많으면 많았지 적지는 않았다. 무려 천여 명을 헤아렸다. 그러나 나중에 들어온 아자는 이들보다 월등하게 특별하여 완전히 그의 혼을 사로잡았다. 그가 자나 깨나 그녀를 범하려고 생각한 것은 전혀 이상할 것이 없었다. 정실부인인 장씨에게 은근히 자신의

뜻을 내비치기도 했다. 그러나 장씨에게 호되게 욕만 얻어먹고 말았다.

"호랑이는 뭘 하기에 저런 파렴치한을 안 잡아먹나 몰라. 짐승은 만족은 알아도 수치는 모른다고 했지. 반면 사람은 수치는 알아도 만족은 모른다고 했고. 그런데 저 인간은 만족도 수치도 모두 모르는 것 같아. 한마디로 짐승만도 못해!"

오삼계는 부인인 장씨에게 치욕적인 말을 들으면서 엄청나게 혼이 나고도 정신을 차리지 못했다. 아자를 품어보고 싶은 유혹에서 벗어나지 못한 것이다. 어제 오후에도 그랬다. 부인 장씨가 낮잠을 자러 간 사이에 몰래 아자가 있는 동원東院을 찾아갔다. 그는 살금살금 창가로 다가가 문을 열려고 했다. 바로 그때 안에서 한껏 숨죽인 목소리가 들려왔다. 그는 깜짝 놀라 본능적으로 엉거주춤했다. 안에 웬 사내가 있는 것이 분명했다. 가끔씩 시시덕거리는 소리도 들려왔다. 사내와 아자가 보통 친밀한 사이가 아닌 것이 확실했다. 그는 귀를 바짝 가져다 댔다가 다시 한 번 깜짝 놀라고 말았다. 사내가 자신의 손자인 오세번吳世璠이었던 것이다. 당연히 그는 손자와 아자가 괘씸했다. 아자는 더 이상 품어서는 안 될 대상이었던 것이다. 그가 씩씩대고 있을 때 이번에는 거친 숨소리와 여자의 간드러진 코맹맹이 소리가 들려왔다. 그는 궁금해서 견딜 수가 없었다. 손가락으로 문의 창호지를 약간 뚫은 다음 살며시 안을 들여다봤다. 과연 안에서는 동물적이고도 온몸을 후끈 달아오르게 만드는 일이 벌어지고 있었다.

'빌어먹을 놈의 자식. 패륜아 같으니라고! 집구석이 어떻게 되려고 대낮에 저 짓을 하고 있는 거야!'

오삼계는 화를 주체하지 못했다. 급기야 속으로 욕을 퍼부으면서 문을 열고 들어가려고 했다. 그 순간 그의 뇌리를 스치는 생각이 있었다. 자신 역시 손자에 비해 별반 나을 것이 없다는 생각이었다. 그는 어쩔 수가 없다는 생각으로 한숨을 내쉬면서 돌아서려고 했다. 그러다 그만 문 앞에 있던 화분을 걷어차는 실수를 저질러버리고 말았다.

쨍!

화분이 깨지는 소리가 울려 퍼졌다. 오삼계로서는 모든 게 들통 났으므로 황급히 수습책을 모색해야 했다. 바로 그때 주섬주섬 옷을 주워 입는 소리가 들리더니 아자가 창밖을 내다봤다.

"누구세요?"

오삼계는 주위를 둘러보고 아무도 없는 것을 확인하고는 목소리를 가다듬었다. 이어 아무 일도 없다는 듯 태연하게 대답했다.

"나야!"

"대왕께서 오셨군요!"

아자의 말은 다정했다. 곧 그녀가 풀어헤쳐진 윗옷을 여미면서 문을 열었다. 얼굴에는 애교가 가득 차 있었다.

"대왕……, 무슨 일로 노비를 다 찾아주시고……."

오삼계는 발그스레 달아오른 얼굴에 화사한 웃음을 짓고 있는 아자를 보는 순간 꿈틀거리면서 용솟음치는 동물적 욕망을 주체할 수가 없었다. 그예 손을 뻗어 그녀의 불룩한 젖가슴을 만지고 말았다. 이어 징그럽게 웃으면서 핀잔을 줬다.

"황제가 될 사람한테, 왕이라니? 그리고 여기는 다른 사람이 오면 받아주면서 내가 오면 안 되는가?"

오삼계가 징글맞게 눈을 껌뻑이면서 아자 앞으로 다가갔다. 아자는 그럼에도 당황하지 않았다. 머리를 숙이고 웃어 보이는가 싶더니 재빨리 차를 따라 그에게 건네줬다. 그러나 오삼계에게 차 따위가 눈에 들어올 리가 있겠는가. 그가 다시 손으로 그녀의 가슴을 만지면서 좋아 죽겠다는 표정을 지었다.

"너는 예쁘지 않은 곳이 없네. 가슴도 크고 탱탱하고 말이야. 나도 받아줄 거지?"

오삼계가 눈을 게슴츠레하게 떴다. 정신이 혼미해지는 모양이었다. 아자를 덮치고 싶은 욕망이 치솟는 듯했다. 바로 그때였다. 밖에서 인기척 소리가 들렸다. 곧 앞뜰에서 악을 쓰면서 소리를 질러대는 장씨의 모습이 보였다.

"매향梅香아, 시아버지께서 나에게 물려주신 회초리를 가져오너라!"

장씨는 회초리를 받아들자마자 열댓 명의 하녀들을 거느린 채 곧바로 동원으로 달려왔다.

오삼계는 도망칠 기회를 놓쳤다고 생각했다. 꼼짝없이 잡히는 일만 남았다고 해도 과언이 아니었다. 그는 완전히 진퇴양난에 빠졌다. 방에 숨어 있을 수도 없고, 나가자니 부인에게 들킬 일이 걱정이었다. 그는 한참을 우왕좌왕하다가 할 수 없이 침대 밑으로 기어들어갔다. 그러나 침대 밑에는 이미 손자가 숨어 있었다. 결국 손자와 머리를 쿵! 하고 부딪치고 말았다. 정말 기가 막힐 일이었다. 하지만 별 수가 없었다. 그는 얼굴이 파랗게 질린 채 침대 밑에서 나와 식은땀을 흘리면서 "어떻게 하나……, 어떻게 하지……?"라는 말만 연발했다. 화가 나고 당황하고 있음에도 눈은 여전히 손자를 째려보는 것을 잊지 않았다.

"뭘 어떻게 해요?"

아자가 깔깔 웃었다.

"대왕께서는 세상에 두려울 것이 없잖아요. 온갖 힘든 일도 다 겪어봤잖아요. 그런데 이까짓 일로 쩔쩔매세요?"

아자는 오삼계를 완전히 골리고 있었다. 말에서는 빈정대는 느낌도 섞여 있었다. 그러나 그녀는 재치있게 벽에 걸려 있던 닭털 빗자루를 내려 오삼계에게 건네주었다.

"세번이를 잡으러 온 척하고 이 빗자루로 때리세요. 그렇게 하고 나가면 되잖아요!"

오삼계는 당황한 나머지 아자의 말뜻을 잘 이해하지 못하는 듯했다. 그러나 장씨의 목소리가 점점 가까이 다가오자 어쩔 수 없이 얼굴을 붉히면서 고래고래 소리를 지르기 시작했다.

"세번, 이 못난 자식아! 꼬리가 길면 밟힌다고 했어. 가문 대대로 너 같은 놈이 없건만 도대체 어디에서 보고 배운 짓거리야. 가문의 얼굴에 먹칠을 해도 유분수지. 어서 가서 변† 대인게 용서를 빌지 않고 뭘 해? 안 그러면 다리몽둥이를 분질러놓을 줄 알아!"

오삼계는 침을 사방으로 튕기면서 격렬하게 손자를 힐난했다. 그런 다음 멍하니 서 있는 장씨는 쳐다보지도 않은 채 뒷짐을 지고 횡하니 자리를 떴다. 마른기침도 해가면서.

"이건 뭐야……?"

장씨는 전혀 예상 못한 광경에 얼떨떨해진 모양이었다. 조금 전까지의 기세는 온데간데없고 그저 멍하니 멀어져 가는 오삼계의 뒷모습만 바라보고 있었다. 그러자 아자가 침착하게 침대 쪽으로 다가가더니 허리를 굽혔다. 세번을 부르려는 것이 분명했다.

"세번, 대왕께서는 이미 가셨어. 이제 나와도 괜찮아. 그러게 왜 그랬어? 조금 있다가 쫓아가서 무조건 잘못했다고 싹싹 빌어."

여색에 정신이 나간 할아버지와 손자는 이렇게 해서 겨우 부인과 할머니의 회초리 세례를 피할 수 있었다. 모두가 아자의 기지 덕분이었다.

오삼계는 어디 가서 얘기도 못할 민망한 일을 생각하자 연신 웃음이 터져 나왔다. 급기야 고개를 뒤로 젖힌 채 너털웃음을 터트렸다. 경정충과 상지신은 조용히 가무를 즐기다 혼자서 웃고 있는 오삼계를 쳐다보면서 미심쩍은 듯 고개를 갸웃거렸다. 아무런 웃을 일도 없는데 갑자기 웃음을 터트리는 그를 보고 경정충이 궁금증을 참지 못하고 입을 열었다.

"세백께서는 왜 갑자기 웃으십니까?"

"그렇소? 내가 웃었소?"

오삼계는 자신의 실수를 깨닫고 황급히 변명을 했다.

"이 여자는 이목구비가 반듯할 뿐 아니라 속도 엄청 야무지고 지혜롭소! 응웅이한테는 이런 여자가 반드시 필요할 것이오. 내가 며칠 후에 북경으로 보낼 거요."

"대왕!"

호국주가 오삼계와 경정충의 대화에는 관심이 없다는 표정으로 옆에서 몸을 굽히면서 물었다.

"응기應麒 세형께서는 돌아오셨습니까?"

오삼계가 머리를 저었다.

"이놈의 자식은 무슨 엽색 행각을 일삼고 다니는지 아직 서안에서 돌아오지도 않았어! 왕사영과 함께 둘이 그쪽으로 간 지가 벌써 꽤 됐는데, 아직 아무런 소식도 보내지 않고 말이야. 왕 독수리(왕보신을 일컬음)에 대한 소식은 더 말할 것도 없고."

상지신과 경정충은 오삼계의 말에 동시에 고개를 끄덕였다. 코빼기도 보이지 않는 왕사영이 섬서의 왕보신에게 갔다는 사실을 비로소 알게 된 것이다.

호국주가 언급한 오응기는 오삼계의 조카였다. 오삼계는 아들 오응웅이 북경에 연금당하는 신세가 된 이후부터는 이 조카를 아들 이상으로 생각하면서 키웠다. 오응기 역시 기대에 어긋나지 않았다. 침착한 일처리는 오응웅 이상이었다. 다른 모든 일 역시 오응웅보다 잘했으면 잘했지 못하지 않았다. 조급한 김에 한마디 욕을 하기는 했으나 오삼계가 조카를 아낀다는 사실은 모두가 알고 있는 사실이었다. 경정충은 오삼계의 입에서 '왕 독수리'에 대한 언급이 나오자 화제를 바꿨다.

"왕보신이라는 사람은 제가 잘 아는데요, 그야말로 이랬다저랬다 하루에도 수십 번이나 마음이 변하는 자입니다. 아주 종잡을 수가 없어요. 세백께서는 이런 사람과 왕래를 하시면 좋지 않습니다. 조심하셔야 할 겁니다."

오삼계는 경정충의 말에 이미 다 알고 있다는 표정을 지었다. 그런 다음 편지 한 통을 꺼내 경정충에게 건넸다.

"나도 그렇게 호락호락한 사람은 아니오! 지신 조카와 함께 이 편지를 좀 읽어보게."

마침 이때 공연을 마친 아자가 아홉 명의 여자들을 데리고 오삼계 앞으로 다가와 인사를 올렸다. 하지만 눈도 제대로 맞추지 못하고 이내 장씨를 따라 뒤편으로 사라졌다.

하국상은 여자들이 퇴장하기를 기다렸다가 열심히 편지를 읽고 있는 경정충에게 눈길을 돌렸다. 그런 다음 부채 손잡이로 손바닥을 탁탁 치면서 오삼계에게 말했다.

"황보보주 장군을 밖으로 파견해 한번 휙 둘러보게 하는 것이 좋을 것 같습니다."

"어디? 서안을 말하는가?"

오삼계가 고개를 갸웃거리면서 물었다.

"아닙니다!"

하국상이 단호하게 말하자 이번에는 묵묵히 앉아 있던 유현초가 기운이 없어 가늘게 기침을 하면서 대화에 끼어들었다. 한 손으로 가슴을 움켜쥔 모습이 늘 몸이 안 좋아 골골대는 그다웠다.

"북경으로 보내야 합니다."

유현초에 이어 호국주도 나섰다.

"유 선생 말이 맞습니다. 명주도 이제 슬슬 북경으로 돌아갈 것 같습니다. 이번 기회에 꼭 없애버려야 합니다."

호국주가 없애버려야 할 대상으로 꼭 집어 언급한 명주는 강희 8년부터 상서방에 들어가 조정의 일을 보기 시작했다. 그러다 오배를 생포하는 과정에서 큰 공을 세웠다. 이로 인해 흠차의 신분을 지닌 채 섬서로 발령을 받을 수 있었다. 그는 섬서로 가는 도중에는 서선관이자 호국주의 가까운 지인인 정주 지부 형제를 천자검으로 죽이기도 했다. 호국주가 명주에게 이를 가는 것은 너무나 당연했다. 그가 언급한 황보보주는 오삼계의 측근 중에서도 가장 뛰어난 시위라고 할 수 있었다. 일찍이 맨손으로 호랑이를 때려잡는 용맹을 선보였다고 해서 '타호장군'이라는 별명이 붙은 인물이었다. 무예에 능할 뿐 아니라 무쇠팔뚝을 자랑했다. 호국주로서는 황보보주가 명주를 죽이는 것은 그야말로 식은 죽 먹기라고 생각했다. 사실 오삼계도 명주에 대한 원한과 관련해서는 호국주 못지않았다. 하지만 단순히 사사로운 감정 때문에 속 좁게 구는 호국주의 제안에 섣불리 찬성할 수는 없었던 그는 성의 없이 "음, 알겠네!"라고 대답하고 입을 다물어 버렸다.

"얘기가 어쩌다 그런 쪽으로 흘러가나, 그래!"

유현초가 골골대면서 기침을 하다 말고 겨우 숨을 골랐다. 그리고는 호국주의 말에 바로 타박을 했다.

"그까짓 명주라는 자 하나 죽여서 뭘 어떡하겠다는 겁니까? 잠자는 호랑이의 코털을 건드리는 것밖에 더 되겠어요? 공연히 긁어 부스럼을 만들지는 말아야 합니다. 이번에 보주를 북경에 보내기는 해야 합니다. 하지만 그것은 북경에 있는 큰세자를 무사히 운남으로 데려오기 위한 것이어야 합니다. 명주를 죽일 여유가 있다면 차라리 오차우를 찾아보는 것이 더 낫죠!"

"오차우라고……?"

경정충이 다 읽고 난 편지를 상지신에게 넘겨주면서 말했다.

"황제를 보좌해 오배를 제거하는 데 일익을 담당한 그 선비 말인가요?"

유현초가 즉각 대답했다.

"맞습니다. 바로 그 사람입니다. 공로로 봐서는 벌써 한자리를 해먹을 법도 해요. 그러나 강희가 일부러 밖으로 내보냈어요. 여기저기 떠돌며 강학講學을 하면서 조정을 위해 한족 문인들을 끌어들이고 있다고 합니다. 또 조정에 대한 한족들의 거부감을 해소시키는 데 상당한 공로를 세우고 있다고 해요. 이런 사람이 진짜 값진 인재이지, 명주가 도대체 뭡니까! 제가 이미 연주兗州에 있는 정춘우鄭春友와 유사걸劉士杰에게 부탁을 해 놓았어요. 신경을 써서 좀 찾아보라고 말입니다."

"그까짓 촌놈!"

호국주가 공감할 수 없다는 투로 내뱉었다.

"대왕께서 진정 이런 샌님이 필요하시다면 제가 한 무더기 찾아서 데리고 오겠습니다!"

오삼계는 좌중 사람들의 입씨름에 반응을 보이지 않았다. 그저 얼굴에 엷은 웃음을 띤 채 자리에서 일어섰다.

"바람이 너무 찬 것 같소. 다들 안으로 들어가 차나 마시는 것이 좋겠소."

좌중의 사람들은 오삼계의 말에 비로소 주위에 아무도 없다는 사실을 깨달았다. 모두들 자신들이 웃긴다는 듯이 자리를 털면서 일어났다.

사람들은 보는 이로 하여금 고개를 흔들게끔 만드는 오삼계의 붓글씨가 너저분하게 붙어 있는 대청을 지나 서재로 들어갔다. 이어 대리석으로 된 기다란 책상 앞에 빙 둘러 앉았다. 시위들 중에는 황보보주 한 사람만이 오삼계의 곁을 잠시도 떠나지 않고 따라다녔다. 사람들이 모두 좌정했을 때였다. 오삼계의 왕부王府에서 일하는 서기 한 사람이 종종걸음으로 다가와 오삼계에게 편지 한 통을 내밀었다.

"대왕, 운귀 총독 변 대인께서 보내온 편지입니다."

오삼계가 이마를 찌푸린 채 편지를 대충 읽어본 다음 서기에게 물었다.

"이 일에 대해 뭔가 좀 알고 있는가? 운귀 쪽에서 내륙 지방으로 약재를 반출하다 무슨 말썽이 생긴 모양인데."

서기가 머리를 끄덕이면서 대답했다.

"예, 좀 알고 있습니다. 대왕께서 작년 가을에 내지內地(운남 지방 이외의 청나라 통치 기반이 굳건한 곳을 일컬음)로 약재 반출을 금한다는 명령을 내리셨는데도 몇몇 약재상들은 왕명을 어겼습니다. 무리하게 마차 열 대 분량도 더 되는 약재를 내지로 반출하려다 전부 몰수당했습니다. 모두 복령이니 천마, 사향, 녹용, 금계랍 등의 귀중한 약재들이었습니다. 그래서 더욱 시끄러워졌죠. 그런데 이자들이 약재를 빼앗기고 나서 운귀 총독인 변 대인께 상소를 올렸습니다. 그 바람에 변 대인께서 편지를 보내온 줄로 압니다."

오삼계는 서기의 말을 듣고 한참을 생각하더니 냉소를 터뜨렸다.

"홍, 껄끄러운 일은 모두 나에게 밀어버리는군. 도움이 안 된다니까. 그래, 상인들은 지금 어디 있는가?"

"전부 압송했습니다. 지금 수화문垂花門 밖의 대원大院에 있습니다."

"우두머리를 불러내 밖에서 기다리라고 하게!"

오삼계가 말을 마치자마자 자리에서 일어났다.

"여러분들은 얘기를 더 나누게. 내 잠시 나갔다 오겠네."

약재상들의 우두머리는 계단 밑에 무릎을 꿇고 있었다. 오삼계가 느릿느릿 걸어 나오는 것을 보고는 더욱 죽어라 머리를 조아렸다. 그러면서 간절하게 애원했다.

"대왕 만세! 대왕께서는 부디 자비를 베푸시기를……. 이번 한 번만 봐 주십시오. 마차 열 대나 되는 약재들을 전부 빼앗기는 날에는 소인은 자살을 하는 수밖에 다른 방법이 없습니다."

오삼계의 눈에 순간적으로 연민의 빛이 스쳐 지나갔다. 그가 천천히 입을 열었다.

"내가 진작 약재 금운령禁運令을 내렸어. 그런데 무슨 배짱으로 이런 짓을 저질렀나?"

"대왕께 아룁니다."

약재상이 연신 머리를 쿵쿵 조아렸다. 그의 목소리에는 이미 울음기가 짙게 배어 있었다.

"소인들이 어찌 왕명을 어기겠습니까? 사실은 산동과 하남 일대가 수재水災를 입었습니다. 또 역병이 급속도로 번지고 있었습니다. 그쪽에 있는 친구가 울고불고하면서 도움을 요청하더라고요. 그래서 지부아문知府衙門의 허락을 받고 겨우 약재 반출을 결심했습니다. 자고로 의원과 약재상은 사람의 병을 고치는 것을 근본으로 여긴다고 했습니다. 사람이 죽어가는데 방법이 없었습니다."

"뭐라고? 사람을 구하는 것을 근본으로 여긴다고?"

오삼계가 약재상의 말에 갑자기 안색을 바꾸며 고함을 내질렀다.

"그렇다면 나는 사람을 해치는 것을 근본으로 여긴다는 말인가?"

약재상은 오삼계의 말에 혼비백산했다. 급기야 울면서 머리가 떨어져 나가라 깊숙이 조아렸다. 오삼계는 그 모습에 한숨을 내쉬었다.

"물론 자네들도 나름대로 어려운 점이 있겠지. 내가 그걸 모르는 것은 아니야. 그래서 말인데, 이렇게 하는 것이 어떨까? 내가 이 약재를 다 사고 싶네. 어떤가?"

약재상은 의외라는 듯 얼떨떨한 표정을 지었다. 하기야 오삼계의 얼굴이 동정과 연민으로 도배돼 있었으니 그럴 만도 했다. 그가 오삼계의 얼굴을 바라보면서 더듬거렸다.

"그건…… 그건……."

"우리 운귀 쪽에도 최근에 역병이 번지기 시작하지 않았나. 하루가 다르게 급속도로 확산되고 있다고 하고."

오삼계가 다시 말을 이었다.

"내가 이렇게 하려는 것도 우리 운귀 백성들을 위해서라고 할 수 있지. 그러니 금계랍, 황련, 삼칠, 사향 같은 약재들은 어떤 경우라도 외부로 반출시킬 수가 없어! 물론 자네들은 장사치들이니까 돈 버는 것이 급선무겠지. 그러니 이렇게 하세. 내가 돈 버는 방법을 가르쳐줄게. 어떤가?"

약재상은 처음에는 머리를 끄덕였다. 그러다 다시 무슨 뜻인지 갈피를 잡지 못하는 태도였다. 오삼계를 어정쩡한 표정으로 쳐다본 것은 그 때문이었다.

"자네 동료들한테 가서 전해주게. 우리가 부족한 것은 말과 식량이야. 자네들이 무슨 수를 써서든지 그걸 들여와. 내몽고와 직예로 가면 될 거야. 그러면 내가 섭섭하지 않게 잘해주지!"

"대왕!"

약재상이 다급하게 덧붙였다.

"식량은 그런대로 괜찮습니다. 그러나 중원에서 운귀 쪽으로 말을 들여오는 것은 힘듭니다. 그것은 조정의 금령을 범하는 것입니다. 저희들의 목이 달아날 일입니다."

약재상의 말에 오삼계가 냉소를 흘렸다.

"그거야 자네들 장사치들이 알아서 할 일이지! 자네는 수완이 대단해 보이는데?"

오삼계가 말을 마치자마자 횡하니 자리를 떴다.

경정충은 자리에 돌아온 오삼계로부터 그 얘기를 전해 듣고는 감탄을 했다.

"역시 경륜은 무시할 수가 없군요. 세백께서는 도랑 치고 가재 잡는, 그야말로 일석이조의 효과를 거두신 거네요!"

오삼계가 경정충의 말에 만족한 듯 머리를 끄덕였다. 솔직하게 본론으로 들어가 의견도 구했다.

"조카들, 왕보신의 편지를 읽어보고 난 느낌이 어떻소?"

"몸을 팔았다는 증거군요!"

상지신이 편지를 다시 한 번 읽어보고 나서 허허 하고 웃음을 터뜨렸다. 이어 편지를 책상 위에 내려놓으면서 덧붙였다.

"세백, 이 편지가 있는 한 왕 독수리는 이미 오화산을 지키는 산신이 된 것이나 다름없다고 해야 합니다!"

상지신의 두 눈이 흥분으로 반짝거렸다. 기분이 좋아졌는지 흐뭇한 표정으로 한 대목을 여러 사람들에게 읽어주기 시작했다.

"……지금 온천하의 제독과 순무, 또 번의 중진들은 한마음 한뜻으로 대왕의 맹진지회孟津之會(주周나라 무왕武王이 은殷나라 주紂왕을 타도하기 위해 제후들과 맹진에서 회동한 것을 말함)를 기다리고 있습니다. 대왕께서는 전前 왕조의 오랜 신하이십니다. 이전에 있었던 일들도 모두 어쩔 수 없는 상황에서 선택한 차선의 행동이라고 믿어 의심치 않습니다. 이번에야말로 위업을 달성할 기회가 박두한 시점이라고 할 수 있습니다. 만약 출정하시어 중원으로 진군하신다면 기꺼이 호응하겠습니다. 천고의 위업을 달성하시는 데 조그마한 보탬이 되고자 합니다."

상지신은 두 번째 읽는 것이었으나 새로운 느낌을 받았다. 글에 대한 찬탄 역시 아끼지 않았다.

"정말 기가 막히군요! 왕씨는 군인 출신이잖아요. 그런데 글재주도 비상하네요!"

"그가 직접 쓴 글이 아닐 수도 있어요."

하국상이 냉담한 어조로 말을 이었다.

"왕 독수리는 독한 면이 있는 명실상부한 군인 출신입니다. 누군가를 시켜 이 편지를 썼을 수도 있습니다. 나중에 상황을 봐서 편지를 쓴 사람에게 누명을 씌워 죽여 버리는 수도 있을 것이고요. 그러면 이 편지는 아무짝에도 쓸모가 없는 무용지물이 되는 거죠, 뭐."

하국상의 추리는 상당히 그럴 듯했다. 좌중의 사람들은 또다시 침묵에 빠졌다.

"큰일을 하기 위해서는 남다른 계략이 있어야 합니다. 또 가슴속에 큰 포부도 지녀야 합니다."

유현초가 기침이 좀 멎었는지 목소리를 가다듬은 채 대화에 끼어들었다. 기분이 가라앉은 사람들에게 용기를 북돋워주려는 듯 목소리에는 자신감이 묻어나고 있었다.

"국상의 말에도 당연히 일리는 있습니다. 그러나 왕보신 이 사람은 분명히 인재는 인재입니다. 인정할 것은 시원하게 인정해야죠. 그러니 잘 다독거려서 우리 쪽으로 끌고 와야 합니다. 그러면 기대 이상의 진가를 발휘할 것이 틀림없습니다. 제가 보기에 이 편지는 절대로 소홀히 해서는 안 됩니다."

"가슴속에 큰 포부를 지녀야 한다"는 말은 유현초가 오삼계를 빗대한 말이라고 해도 좋았다. 그는 17세 때부터 오삼계의 휘하에 들어가 40여 년 동안이나 그야말로 충성을 다했다. 그 덕에 오삼계로부터 상당한 존중을 받고 있었다. 그러나 오삼계는 큰일을 결정할 때에는 그의 제안을 받아들이지 않은 경우가 상당히 많았다. 그는 청나라 군대가 산해관을 넘어오기 전에 오삼계에게 남쪽으로 철수해 버리자는 제안을 한 적이 있었다. 이 경우 청나라 군대는 이자성의 대군과 전투를 벌일 수밖에 없었다. 오삼계로서는 자연스럽게 어부지리를 얻을 수 있었다. 하지만 오삼계는 유현초의 이 제안을 무시해버리고 말았다. 순치 말년에는 조금 달랐다. 당시 조정에서는 삼번에 대해 군축軍縮을 실시하라는 명령을 내린 적이 있었다. 이때 오삼계는 남명의 영력황제가 미얀마 경내에서 계속 재기를 도모하려 한다는 보고를 올려 조정을 속이라는 유현초의 건의를 받아들였다. 톡톡히 재미도 봤다. 군대의 규모를 축소하지 않을 수 있었을 뿐 아니라 대량의 군량미도 확보하는 것이 가능했다.

당시 이쯤에서 배를 쓸어내리면서 물러났더라면 모든 것이 괜찮을 터였다. 하지만 오삼계는 거기서 멈추지 않았다. 진짜로 미얀마 왕을 협박해 영력황제 주유랑을 넘겨받아 교수형에 처해버렸다. 이로 인해 그는 역사에 오명을 남겼다. 평생 변절자라는 멍에도 지게 됐다.

유현초는 잘 나가다 제멋대로 방향을 틀고는 하는 오삼계 때문에 화병을 얻었다. 급기야 각혈까지 하기에 이르렀다. 그런 상태에도 불구하고 그는 강희 6년 오삼계에게 오배와 화해해 같이 손잡고 정국을 혼란시키도록 하라는 건의를 올렸다. 하지만 오삼계는 또다시 어부지리를 얻을 수 있기를 기대하면서 유현초의 말을 무시했다. 나중에는 강희가 오배를 가볍게 생포하도록 만들었고 결과적으로 강희에게 세력을 굳건히 다지도록 도와주고 말았다.

유현초는 그동안의 일을 생각하자 얼굴이 시뻘겋게 상기되는 것을 어쩌지 못했다. 그러나 감정을 드러내서는 안 될 일이었다. 어떻게 해서든 삭여야 했다. 그는 애써 진정을 하면서 용무늬가 새겨진 황포를 입은 채 높은 곳에 떡하니 앉아 있는 별 볼 일 없는 오삼계를 바라봤다. 사나이대장부의 한다면 하는 기질이 부족한 그에 대한 미움이 다시금 솟구쳤다. 그러나 한족의 왕조를 다시 세우기 위해서는 그에게 의존하지 않으면 안 된다는 생각도 동시에 솟아나고 있었다. 완전히 모순이자 이율배반이었다.

"삼번의 최고 실력자들이 지금 한자리에 모였습니다. 요 며칠 사이 열린 회의에 저 역시 다 참가했습니다. 이게 바로 작은 맹진지회라고 할 수 있겠습니다. 여러 제후들의 힘을 합쳐 오랑캐들을 몰아내 보자고요. 그러나 현재 있는 오십만 명도 안 되는 병력으로는 역부족입니다. 게다가 군량미와 군마軍馬의 마초馬草도 얼마 남지 않았습니다. 문제는 그것마저도 조정에서 보내주는 것에 의존해야 한다는 겁니다. 만약 조정에서 이 줄이라도 끊어버리는 날에는 당장 호구지책이 문제가 될 수도 있습니다. 그러니 성질이 난다고 지금 당장 감정적으로 일을 벌이는 것은 현명하지 못한 행동입니다."

유현초는 말을 마치자마자 다시 연이어 기침을 해대기 시작했다. 너무 신경을 많이 쓴 듯했다.

경정충은 오삼계의 꾀주머니가 대단하다는 소문이 결코 풍문이 아니라는 사실을 분명하게 깨달았다. 몸을 앞으로 굽히면서 던지는 질문에도 탄복한다는 어조가 분명하게 드러났다.

"그러면 선생께서는 언제쯤 거사를 일으키는 것이 좋다고 생각하시는지요?"

"글쎄요, 워낙 중요한 일이기 때문에……."

유현초가 엄숙한 표정을 지었다. 하지만 미리 다 준비한 듯 거침없이 말을 이었다.

"이 일은 일단 우리 대왕의 목숨이 달린 문제입니다. 그러나 수많은 무고한 백성들의 삶에도 직접적인 영향을 미치게 될 겁니다. 이번에 실패하면 청나라의 기반은 완전히 반석처럼 견고해져서 죽을힘을 다해도 타도하기 힘들어집니다. 그러니까 아무리 조급한 마음이 들더라도 신중에 신중을 기하지 않으면 안 됩니다. 우리는 자그마치 운남과 귀주, 광동, 복건 이 네 개의 성을 차지하고 있습니다. 이른바 철염다마鐵鹽茶馬에서도 우위에 있습니다. 싸우기에 너무나 좋은 험한 지세가 장점이기도 하고요. 한마디로 천시天時, 지리地利, 인심人心이 다 갖춰져 있습니다. 나머지는 우리가 합심해서 우선 백성들의 삶을 윤택하게 가꿔주는 겁니다. 경제적으로 독립을 해야 하는 거죠. 조정에서 어느 날 갑자기 쌀 한 톨 안 준다고 해도 눈 하나 깜빡하지 않을 준비가 되어 있어야 합니다. 내적으로는 단합을 다지고, 외적으로는 서장과 회교도(이슬람교를 의미)들을 우리 쪽으로 끌어들여야 하는 것은 더 말할 나위가 없고요. 여기에 말을 기르고 병사들을 훈련시키는 일도 게을리하지 말아야 합니다. 이렇게 만반의 준비를 갖추고 있다가 조정에서 철번을 시작하면 우리에게는 구실다운 구실이 던져지는 셈이죠. 뒷심도 든든하겠다, 조정에 아쉬울 것도 없겠다, 사생결단을 벌이면 됩니다. 저는 충분히 승산이 있다고 봅니다!"

유현초는 길게 말을 한 다음 잠깐 생각을 가다듬었다. 그런 다음 다시 한마디를 덧붙였다.

"내 생각에는 다른 좋은 계책은 없는 것 같습니다만……."

상지신은 광동성에서 '살인마'라는 별명으로 유명했다. 그야말로 살인을 밥 먹듯 저질렀다고 해도 과언이 아니었다. 그럼에도 아무 생각이 없는 사람은 아니었다. 지금도 유현초의 말이 일리가 있다는 생각을 하고 있었다. 하지만 그는 이런 일은 뜸을 들일 것이 아니라 속전속결로 진행하는 것이 더 낫다는 판단이었다.

"좋습니다! 그러나 선생께서는 조정에서도 우리와 똑같은 주판알을 튕긴다는 생각은 하지 않는지요? 만약 그게 사실이라면 우리는 조정과는 비교할 바가 못 된다고 해도 틀리지 않아요! 조정에서는 작년에 오배를 진압하고 나서 바로 권지 금지령을 내렸어요. 또 가을에는 대풍년을 거두면서 북방 칠십 개 군郡에 세금을 면제해줬어요. 게다가 최근 들으니, 우성룡을 하도河道 총독으로 임명해 황하黃河와 회하淮河의 치수에도 신경을 쓸 거라고 하더군요. 이뿐만이 아니에요. 강희 원년에는 과거 시험에 응시하는 인원이 정원 미달이었으나 올해는 달라졌다고 해요. 시험을 보러 오는 수레가 줄을 잇는다고 합니다. 뜸을 들여봤자 강희의 실력만 계속 강하게 만들어 주겠죠. 그러면 우리에게 기회는 오지 않습니다!"

"저는 천천히 하자는 말은 하지 않았습니다."

유현초는 상지신의 말을 새겨들었다. 모두 이해한다는 표정도 지었다. 이어 그가 다시 입을 열었다.

"제 말은 신중에 신중을 기하면서 준비에 박차를 가하자는 말입니다. 사실 조정의 어려움도 한두 가지가 아닐 겁니다. 우선 국고의 태반을 우리에게 줘야 해요. 또 세금을 면제해줘서 민심도 얻어야죠. 치수에도 만만치 않은 경비를 들여야 할 것이고요. 무슨 돈이 남아돌아서 전쟁을 일으키겠습니까? 지금 민심도 여의치가 않습니다. 황하와 회하의 둑이 무너지면서 이재민이 말도 못하게 많이 생겼잖아요! 북경의 주삼태자 역시 조용히 있지만은 않을 가능성이 높고……."

"주삼태자라고요?"

경정충이 고개를 갸웃거렸다.

"내가 북경에 있을 때는 왜 그 사람에 대한 소문을 못 들었을까요?"

경정충이 의아하게 생각하자 유현초가 턱수염을 만지작거리면서 대답했다.

"대왕께서는 북경에 계셨어도 늘 황궁에만 드나드셨으니까요. 그런데 어떻게 주삼태자에 대해서 들을 기회가 있었겠습니까?"

경정충과 유현초가 계속 대화를 나누고 있을 때였다. 밖에서 경비를 서고 있던 장군 마보가 황급히 들어왔다. 그러더니 이름이 적힌 종이 한 장을 오삼계에게 건넸다. 종이에는 '연권동학제양기륭배'年眷同學弟楊起隆拜라는 글이 적혀 있었다. 오삼계는 순간 터져 나오는 웃음을 참지 못했다. 경정충과 상지신에게 말을 할 때에도 웃음을 멈추지 않았다.

"운남 이 바닥도 대단한 곳이기는 한 것 같아. 또 주삼태자도 양반은 못 되는 모양이군!"

좌중의 사람들은 오삼계의 말에 놀라움을 금치 못했다. 주삼태자가 갑자기 방문할 것이라고는 꿈에도 생각하지 못했던 탓이다. 오삼계는 유현초가 가볍게 머리를 끄덕이는 모습을 보고는 침착하게 명령을 내렸다.

"들어오라고 해!"

6장

주삼태자朱三太子

한참 후 서른 살 가량의 남자가 기분 좋은 웃음을 흘리면서 씩씩하게 들어섰다. 네 명의 수행원과 함께였다. 그가 긴 부채를 접어 가슴께에 대고 오삼계를 향해 허리를 굽혔다.

"오화산의 옛 주인이 평서백平西伯을 만나뵈러 왔습니다!"

사내의 말에 아무도 대답을 하지 못했다. 오삼계 역시 눈을 희번덕거리면서 반갑지 않은 눈길로 자심감이 넘쳐흐르는 귀공자를 흘겨봤다. 그러나 여전히 그의 존재는 무시하는 듯 계속 차만 마셔댔다. 사내가 어색하게 웃음을 흘리면서 좌중의 끝자리에 앉았다. 두루마기 자락을 앞뒤로 빼내면서 다리를 쭉 편 채 앉은 사내는 결코 주눅이 들지 않았다. 눈빛도 강렬하게 발하면서 오삼계를 정면으로 뚫어지게 쳐다봤다.

"당신, 건방이 하늘을 찌르는구만! 여기가 어딘 줄 알고 왔소?"

오삼계가 드디어 느릿느릿 입을 열었다.

"어디에서 온 누군데 감히 오화산을 제 집 드나들 듯 하는 거요?"

"이미 내 신분을 밝힌 것으로 기억하고 있는데요? 좋습니다. 다시 한 번 반복하죠."

사내는 전혀 비굴해보이지 않았다. 부채도 자신감 넘치게 휙 펴보였다. 그리고는 말했다.

"저는 본명이 주자형朱慈炯입니다. 가명은 양기륭楊起隆이고요. 대명大明 홍무황제洪武皇帝의 적손이자 용의 핏줄인 숭정황제崇禎皇帝의 셋째입니다. 오화산은 원래 우리 가족이 살던 곳입니다. 그건 온 천하가 다 아는 사실이기도 합니다. 지금껏 그 어디에도 매매를 했다는 문서나 재산을 증여했다는 증거는 없어요. 그런데 여기가 언제부터 오씨 성을 가진 사람의 집이 됐습니까? 저는 오히려 그것이 궁금합니다."

"아주 간이 부어터졌군 그래!"

상지신이 대화에 끼어들었다.

"여기가 어디라고 감히 그런 사기 수법으로 한탕 해먹으려고 드는가!"

상지신의 말에 좌중에는 한바탕 웃음이 터지고 말았다.

"당신은 상지신이라는 사람이 맞죠?"

주삼태자 주자형, 아니 양기륭이 상지신을 향해 눈을 부라렸다.

"당신 아버지 상가희는 아무리 쥐어짜봐야 부장副將 출신밖에는 안 돼. 우리 집안의 삼등하인도 당신보다는 신분이 고귀하다는 사실을 알기 바라오!"

"고귀하다고?"

상지신이 양기륭의 비아냥에 냉소를 흘렸다. 책상 위에 있는, 방금 양기륭이 자신의 이름을 적어 건넨 종이를 손에 쥐고 아래위로 흔들었다. 경멸에 찬 어조는 그 다음에 터져 나왔다.

"세상에 자신의 명함 하나 제대로 못 만드는 사람이 고귀를 논한다는 것이 아주 가소롭기 그지없구만!"

상지신의 정곡을 찌르는 반격에도 양기륭은 전혀 기가 죽지 않은 채 계속 입을 비죽거렸다.

"당신과 얼굴을 마주하는 것은 처음이네요. 그러나 당신의 잘난 학식에 대해서는 들은 바가 있어요. 정말 대단하더군요! 그런데 도대체 내 명함이 어디가 어떻다는 겁니까?"

"명함을 보면 당신의 무식함이 그대로 드러나 있소. 어디 한 글자 그럴 듯한 것이 없으니 말이오. 당신 말대로라면 당신은 귀하디귀한 천자의 핏줄이오. 반면 평서왕은 백작伯爵이었으니, 이치대로라면 두 사람은 군신관계라고 할 수 있소. 그런데 명함에 있는 연年이라는 글자는 도대체 뭐요?"

상지신은 득의양양해했다. 뱉어내는 말에서는 이제 냉소가 습관적으로 들어가기 시작했다.

"또 권眷이라는 글자는 가족이라는 의미가 있소. 하지만 당신은 주가이고, 이쪽은 오씨요. 어떻게 얼어 죽을 친척이 된다는 말이오? 여기 이 동학同學이라는 글자는 더욱 어처구니가 없소. 평서왕은 군공軍功을 세워 입신을 한 분이오. 반면 당신은 조상의 음덕으로 신분이 상승한 집안의 자제요. 그런데 어찌 동학이라고 억지를 부릴 수 있소. 끝에 있는 제弟라는 글자는 또 뭐요? 정말 말도 안 되는 소리요. 평서왕은 지금 회갑을 넘긴 나이이나 당신은 고작 서른에 불과한데, 손자뻘이면 모를까 감히 동생이라니!"

상지신이 조목조목 따지면서 윽박지르는 바람에 좌중에는 떠나갈 듯한 웃음이 터졌다.

양기륭은 상지신을 노려봤다. 그것은 말싸움으로 상지신의 기를 꺾어놓을 자신이 없어서가 아니었다. 그보다는 엉뚱한 일로 입씨름을 벌이기가 싫어서였다고 해야 옳았다. 그는 급기야 더 많은 시간을 두고 상지신을 연구해 보기로 결론을 내렸다. 자신이 가지고 온 정보와 눈앞의 상지신의 모습이 너무나 다른 것이 이유라면 이유이기도 했다. 그는 머릿속에서 이런저런 생각을 하다 황급히 정신을 가다듬고 담담하게 말했다.

"당신들은 천박하게 그런 글자만 가지고 한없이 물고 늘어지는군요. 그런 데는 선수이면서도 신축성과 유연성은 도무지 없어요! 신하들에게 가까이 가려고 노력하는 군주나 약자에게 머리 숙일 줄 아는 강자, 비천한 사람들에게 가끔씩 져주는 존귀한 사람들의 아량과 인간성을 당신들이 어떻게 알겠습니까! 어이구, 딱하기도 하셔라!"

오삼계가 드디어 잠자코 듣기만 하던 자세에서 벗어나 껄껄 웃었다.

"정체가 불분명하기는 해도 이왕 왔으니 이쪽으로 와서 앉게. 얘기나 좀 나눠보지."

그러나 양기륭은 오삼계의 말을 듣는 둥 마는 둥 했다. 오삼계가 지정해준 자리로 옮길 생각은 고사하고 대꾸조차 하지 않았다. 대신 신발과 옷자락을 손가락으로 툭툭 털고는 다리를 꼬고 의자 등받이에 허리를 한껏 기댄 채 앉아 태연자약한 표정으로 실내 구석구석을 훑어봤다. 천하지존의 자손이라는 사실을 한껏 과시하려는 자세였다.

유현초는 예리한 눈으로 불청객 양기륭을 계속 관찰했다. 아직까지는 정체가 불분명했으나 뭔가 냄새를 풍긴다는 느낌을 받았다. 그는 순간적으로 머릿속으로 민간에서 떠도는 주삼태자에 대한 소문을 떠올렸다. 이에 따르면 숭정황제는 자살을 하기 전에 궁중에서 미리 황자皇子와 공주公主들을 모조리 살해했다. 하지만 이때 주삼태자만은 유모가 안고 자금성을 탈출했다고 한다. 또 유모는 청나라 병사들이 뒤쫓아 오자 자신의 어린 아기를 태자로 속여 넘겨주고 대신 주삼태자를 구했다.

그 화제의 주인공인 주삼태자가 갑작스럽게 다시 나타났을 수도 있었으니, 유현초로서도 머리가 복잡하지 않을 수 없었다. 물론 불청객이 진짜 주삼태자라고 해도 그다지 겁을 먹을 것은 없었다. 그러나 운귀 총독 변삼원卞三元과 연결지으면 얘기는 달라질 수 있었다. 그는 도대체 무슨 꿍꿍이속이 있기에 이 사람을 보내 염탐을 하려는 것일까? 그가 한참 깊은 생각에 잠겨 있다가 양기륭이 잠시 조용한 틈을 타서 물었다.

"당신이 지난 왕조의 태자라고 자칭하는데, 무슨 증거라도 있소?"

유현초의 말에 양기륭이 미리 예상이라도 한 것처럼 즉각 손에 들고 있던 부채를 건네줬다. 유현초는 부채를 대충 훑어봤다. 그러나 무슨 뜻인지 모르겠다는 표정으로 오삼계에게 다시 넘겨줬다.

오삼계는 묵직함이 느껴지는 부채를 받아든 다음 쫙 한번 펴봤다. 부채는 그제야 시중에서 흔히 파는 보통 부채가 아니라는 사실을 드러냈다. 그것은 철사로 정교하게 골격을 이룬 단단한 부채였다. 더구나 부채 끝의 예리함이나 자체의 무게는 무기가 되기에도 손색이 없었다. 부채 곁에는 시구도 적혀 있었다.

넘실대는 푸른 파도를 타고 들려오는 구슬픈 피리소리,
누구의 흐느낌인가?
갈대꽃 시리게 하얀 달밤에
나룻배에 몸 실은 나그네는 상심이 깊구나.
내일 아침은 그대와 산을 사이에 두고
서로 그리워하겠지.

오삼계는 숭정황제의 필체를 젊을 때부터 수차례 본 적이 있었다. 많은 작품들도 소장하고 있었다. 다만 양심의 가책을 느껴 차마 꺼내볼 수는 없었다. 그저 창고 한구석에 처박아 놓은 채 몇 년 동안 먼지를 뒤집어쓰고 있을 그것들을 가끔 떠올리기만 했을 뿐이었다. 때문에 부채의 글씨가 그의 친필이라는 사실을 바로 확신할 수 있었다.

오삼계가 한참 동안 부채에서 눈길을 떼지 않고 있다 다시 양기륭에게 넘겨줬다. 그런 다음 교활하게 실눈을 뜬 채 말했다.

"시의 제목이 없소. 게다가 낙관도 보이지 않소. 내용도 다른 사람의 것을 베낀 것이오. 설사 선황先皇의 어필御筆이라고 해도 믿을 수는 없소. 이런 물건이라면 나한테도 반궤짝은 있소."

"내가 그럴 줄 알았습니다."

양기륭이 기다렸다는 듯 안주머니에서 조심스럽게 금테를 두른 딱딱한 재질의 종이를 꺼냈다. 노란 비단으로 감싼 것이었다. 그러더니 두 손으로 받들어 책상 위에 올려놓고는 손바닥으로 한 번 쓸어냈다.

"그렇다면 이걸 한번 보시겠습니까?"

"아니 이것은 옥첩玉牒이 아닌가?"

오삼계가 깜짝 놀라면서 순간적으로 두 눈을 반짝였다. 어느새 옥첩을 두 손에 받치고 글자를 읽어 내려가기 시작했다.

> 주자형. 생모는 금비琴妃이다. 숭정 14년 3월 임자王子 술시戌時에 저수궁에서 태어났음. 산파 유劉씨와 왕王씨, 집사태감 이증운李增云, 곽안郭安이 자리에 있었다. 동창東廠(명나라 때 황제 직속의 정보기관)과 금의위錦衣衛와 금비에게 옥첩 한 부씩을 줘서 보관하게 한다.

옥첩의 맨 밑에는 '휴명동천'休命同天이라는 숭정황제의 옥새도 찍혀 있었다. 강산이 세 번이나 더 변했을 30년이 흘렀어도 옥새의 붉은색은 여전히 선명했다. 더 이상 의심할 여지가 없다고 해도 좋았다. 불청객은 바로 주삼태자가 분명했다.

오삼계는 순간 어지럼증을 느꼈다. 손도 가볍게 떨렸다. 하지만 이내 안색을 바꿨다.

"선황의 자손들은 모두 하늘나라로 갔소. 선황의 유물 역시 누군가의 손에 넘어간 경우가 비일비재하오."

"하하하하!"

양기륭은 처음에는 약간 놀라는 듯했지만 이내 크게 웃으면서 말했다.

"평서백은 정말 생각이 짧군요! 우리 주가 가문이 얼마나 방대한지 모르시는 모양이군요. 자손들이 하루아침에 씨 하나도 안 남기고 다 죽을 수 있다고 생각하십니까? 태조 홍무황제께서 등극한 이래 전후로 열일곱 명의 주가 성을 가진 황제가 재위했습니다. 나라 구석구석에 주가 성을 가진 왕들을 무수히 심어놓았죠. 이로 인해 이백여 년 동안 자손이 엄청나게 퍼졌습니다. 당왕唐王의 옛 저택이 있던 남양南陽이라는 곳만 해도 주가의 자손이 무려 일만 오천 명이나 있습니다. 평서백께서는 우리 주가의 씨가 말랐다고 하는데, 지금 바로 눈앞에도 한 명이 있지 않습니까!"

양기륭이 길게 한숨을 내쉬었다가 다시 말을 이었다.

"세상에서 가장 귀가 먼 사람은 귀가 먼 척하는 사람입니다. 당연히 최고의 벙어리는 벙어리인 척하는 사람이죠. 같은 논리로 가장 바보는 바보인 척하는 사람이겠죠. 평서백께서 위험한 지경에 처해 있는 것이 안쓰럽게 느껴지지 않았다면 내가 왜 이런 귀하신 몸으로 위험천만한 이곳까지 찾아왔겠습니까!"

이제는 주삼태자라고 불려야 할 양기륭이 마치 미리 외워두기라도 한 듯 단숨에 일장연설을 쏟아냈다. 윗자리에 앉아 있던 경정충과 상지신,

아랫자리에 자리한 호국주와 하국상은 그의 말에 모두 놀란 기색이 역력했다. 속을 전혀 드러내지 않고 무덤덤한 표정으로 일관한 사람은 오로지 유현초 한 명뿐이었다.

"그래?"

오삼계는 짐짓 모르는 척하면서 계속 딴전을 부렸다. 급기야는 좌중을 둘러보고는 씩 하고 웃었다.

"나 오 아무개는 많은 병사들을 거느리고 조정의 서남쪽 바람막이 역할을 충실히 해냈소. 그럼으로써 황제로부터 친형제나 다름없는 대접을 받을 수 있었소. 혁혁한 공명이 있을 뿐 아니라 존귀한 위치에도 있소. 그런데 내가 뭐가 두려워서 귀머거리인 척, 벙어리인 척, 바보인 척하겠소?"

"그래요? 정말 부러워 죽겠군요!"

주삼태자가 오삼계의 말에 즉각 비아냥거렸다.

"그렇게 조정을 위해 혁혁한 공을 세웠으면 조정에서는 은혜를 아무리 갚아도 다 못 갚을 겁니다. 그런데 왜 '삼번'이라는 글자를 전각의 기둥에 걸어놓고 아침저녁으로 드나드는 사람들에게 보여주고 있을까요? 또 잘나고 유능한 오응웅을 선무문에 고이 '모시고' 있을까요? 이런 상황에서 여러분들이 이 자리에 모여 어떻게 하면 조정의 은혜에 보답할까를 고민 중에 있다는 것이 참 보기가 좋군요!"

"이런 건방진 것이 있나!"

오삼계가 버럭 화를 냈다. 동시에 벼루와 붓이 들썩거리면서 춤을 출 정도로 탁자를 있는 힘껏 내리쳤다.

"당신이 진짜 주삼태자라고 치자고. 그렇다고 지금에 와서 뭘 어떻게 하자는 거야? 자고로 나라에는 천자가 둘이 있을 수 없어. 백성들에게는 주인이 오직 한 명뿐이라고. 흥하는 나라가 있으면 망하는 나라도 있는 것이 당연해. 군주가 누군가에 의해 물갈이를 당하는 것은 당연한 거야! 숭정황제가 지금 살아서 내 앞에 있다고 해도 어쩔 수 없어. 나의 통치를 받아야 하는 백성일 뿐이라고. 당신은 건방지게 황제를 비방한 죄를 지었어. 여봐라!"

"예, 대왕! 명령만 내려주십시오!"

오삼계가 고함을 치자 시위들이 대답과 함께 우르르 몰려나왔다. 하나같이 우레와 같은 목소리로 어떤 명령이든 따르겠다는 자세였다.

"이자를 끌어내라!"

오삼계의 명령이 떨어지기 무섭게 주삼태자는 황보보주에 의해 우선 목덜미를 잡혔다. 그런 다음 대롱대롱 들린 채 두 명의 시위 품으로 힘없이 자빠졌다. 그는 금세 두 손을 뒤로 단단히 묶이고 말았다. 주삼태자의 수행원들은 그 모습을 보자마자 고함을 지르면서 칼로 오삼계를 위협했다. 그러나 오삼계의 곁에서 한 치도 떠나지 않고 있던 황보보주에 의해 맥없이 밀려나고 말았다.

주삼태자의 부하들은 실력이 만만치 않았다. 그러나 황보보주를 비롯한 오삼계의 용맹한 시위들을 당해내지는 못했다. 게다가 네 명이 그 많은 사람을 감당하기는 무리였던 터라 고작 몇 분 만에 밖으로 밀려나고 말았다. 때문에 오삼계와 경정충, 상지신은 황보보주의 보호를 받으면서 마치 아무 일도 없는 것처럼 태연하게 자리에 앉아 칼싸움을 구경할 수 있었다.

밖으로 쫓겨난 주삼태자의 부하들은 열 몇 명의 공격을 받으면서도 순순히 포기하지 않았다. 억지로 버티면서 죽어라 하고 칼을 휘둘렀다. 하국상이 그 모습을 지켜보다 주삼태자에게 다가가 위협했다.

"칼을 그만 거둬들이라고 해. 그렇지 않으면 너는 단칼에 죽어!"

주삼태자는 결박을 당했으나 여전히 거만하기 짝이 없었다. 차가운

칼끝이 명치를 위협하는데도 당당한 자세를 잃지 않았다.

"죽는 게 뭐 대수인가! 그것은 대장부의 본분이야. 나는 전혀 두렵지 않아!"

주삼태자는 이어서 부하들을 향해 큰 소리로 외쳤다.

"상현尙賢아, 너희들은 어서 가! 내 걱정은 하지 말고."

주삼태자의 말에 무작정 버티고 있을 것 같던 부하들은 언제 그랬냐는 듯 바로 칼을 거둬들였다. 그리고는 공수拱手를 올리면서 큰 소리로 대답했다.

"소주少主(작은 주군이라는 뜻), 조심하십시오. 그러면 저희들은 잠시 물러가겠습니다. 오삼계, 잘 들으시오. 누구라도 우리 소주의 털끝 하나라도 건드릴 경우 오화산은 불바다가 될 거요!"

주삼태자의 부하들이 말을 마치자마자 즐비한 칼들 사이로 빠져나갔다. 바로 그때 황보보주가 대갈일성을 내질렀다.

"나하고 한판 붙어서 이기고 가라고!"

유현초가 옆에서 그 광경을 잠자코 지켜보고 있다가 황보보주를 황급히 붙잡았다. 그는 터져 나오는 마른기침을 억지로 참으면서 겨우 말했다.

"장군, 이 방면의 일은 그대가 잘 모르오. 그러니 대왕이나 잘 보호하도록 하시오."

오삼계가 잠깐의 틈을 이용해 주삼태자에게 물었다.

"어떤가? 아직 할 말이 남았는가? 계속해서 겁 없이 까불 텐가?"

양기륭은 대답을 하지 않았다. 대신 시를 읊기 시작했다.

계곡에 뿌리내린 고목古木의 길게 드리운 검푸른 가지,

천 척千尺 길이의 승복을 방불케 하는구나.

도끼자루 휘두르면서 나라를 일으키고자 하나

돌아온 장군 쉴 곳조차 없구나.

시를 다 읊은 주삼태자가 오삼계를 향해 입을 열었다.

"나는 하늘의 뜻을 알고, 내 뜻은 그대가 압니다. 이러면 됐지 더 이상 다른 무엇을 바라겠습니까?"

"끌어내라!"

오삼계가 얼굴이 붉으락푸르락한 채 명령을 내렸다.

"세백!"

경정충이 멀어져가는 주삼태자의 뒷모습을 바라보면서 오삼계에게 말했다.

"이자를 어떻게 처리할지가 골칫거리일 것 같습니다. 오화산에 남겨 둬 봐야 쓸모도 없을 것입니다. 죽이거나 풀어줘도 조정의 의심을 살 것이 분명하고요."

"제 생각에는 없애버리는 것이 나을 것 같습니다. 죽여도 증거가 없는 일입니다. 또 조정에서 설사 알았다 해도 이런 일로 대왕과 얼굴을 붉히는 일은 없을 것이라고 봅니다."

호국주가 말했다.

그러나 상지신은 반대 의견을 내세웠다.

"잘 지켜야 합니다. 도망가게 해서는 안 돼요."

"유 선생의 뜻은 어떻소?"

오삼계가 유현초에게 물었다.

"대왕께 좋은 대안이 있으시면서 왜 저에게 물으십니까?"

"뭐라고?"

"대왕께서는 이번에 '조조를 잡았다 놓아주는' 것과 같은 기막힌 연

극을 연출하려고 하시는 것 같은데요? 주삼태자마저도 대왕의 속셈을 아는 것이 확실해 보이던데, 호 아우는 아직도 모르는 것 같군!"

유현초가 굳이 비밀을 지켜야 할 만한 외부 사람이 없자 솔직하게 의견을 밝혔다.

오삼계는 다시 한 번 깜짝 놀랐다. 자신의 속마음을 이 골골대는 유현초에게 남김없이 들켰다는 사실에 뜨끔한 것 같았다. 그가 탄복을 금치 못하면서 담배를 몇 모금 빤 다음 길게 연기를 토해냈다.

"유 선생은 정말 귀신이라고 해도 좋을 것 같소. 나의 절친한 지기답군. 여러분들은 주가가 여기 며칠 머무를 동안만이라도 기꺼이 가서 친구로 지내기 바라오. 두 조카들은 적극적으로 찾아가 얘기도 나누고 했으면 하오."

"여기 머무를 동안이라고요? 그자가 날개가 돋쳐 도망이라도 간다는 말입니까?"

황보보주가 영문을 모르겠다는 듯 물었다. 오삼계의 말이 몹시 의아스러운 모양이었다.

"사흘 후에 풀어줄 생각이야!"

오삼계가 덧붙였다.

"이 일은 호 선생이 알아서 깔끔하게 처리했으면 하오. 우리 내부에서조차 그자가 병이 들어 죽은 것으로 알 정도로 말이오."

"현 시점에서는 그렇게 하는 수밖에 없습니다."

황보보주와 호국주는 그래도 이해가 가지 않는다는 표정을 짓자 유현초가 웃으면서 말했다.

"뭘 모르겠다는 거요! 이자는 살려두는 것이 죽이는 것보다 낫고, 놓아주는 것이 가둬두는 것보다 더 낫다는 얘기인데……."

오삼계가 다시 유현초의 말을 받았다.

"그게 그리 복잡한 일은 아니오. 이자는 언젠가는 북경으로 강희를 찾아가 한바탕 소란을 피우고도 남을 인간이오. 그렇게 강희가 신경을 곤두세우게 만들어 버리면 철번에 매달릴 틈이 없지 않겠소?"

오삼계가 머리를 들었다. 그러더니 석양에 물들어가는 오화산의 나무와 궁전들을 오래도록 바라봤다. 침묵이 한참 동안 흘렀다. 이윽고 그가 이빨 사이로 몇 마디 말을 뱉어냈다.

"어디 두고 보자!"

강희는 일행을 이끌고 담자사에 들르는 척하면서 곧바로 몰래 빠져나왔다. 이후 7일째 북경 밖에서 나날을 보내고 있었다. 자신의 집권 이후 처음으로 순유巡遊를 가장한 순시巡視를 나선 것이었다. 태황태후와 그녀의 며느리들, 머리를 기른 채 수행 중인 소마라고를 아우르는 일행은 가마 두 대에 나눠 타고 있었다. 또 똑같이 푸른 옷에 둥그런 모자를 눌러쓴 위동정과 낭심 두 사람은 25명의 시위들을 거느리고 말을 탄 채 뒤따르고 있었다. 어느 누구의 눈에도 북경에 사는 어떤 왕공王公의 가족이 불공을 드리러 교외로 나가는 행렬로 보이는 차림새와 규모였다. 이때 목자후와 노새 두 시위는 담자사까지만 호송한 다음 빈 가마를 그럴싸하게 위장해 마치 강희 일행이 북경으로 돌아온 것처럼 꾸몄다. 다시 황궁 안으로 들어간 것이다. 어찌나 교묘하게 작전을 진행했는지 어느 누구도 강희 일행이 밖에서 옆길로 샜다는 사실을 눈치채지 못했다.

북경을 벗어난 강희는 위동정에게 앞서서 나가도록 했다. 매일 머무는 객점客店은 위동정이 사전에 미리 예약을 해놓고 도착과 동시에 투숙이 가능하도록 했다. 강희는 온몸에 푸른 기운이 감도는 명마인 청총마靑驄馬에 타고 젊은 왕자의 차림새를 한 채 태황태후를 태운 가마의 뒤를 천천히 따랐다. 태황태후부터 시위들에 이르기까지 이들 일행의 손발은 그야말로 눈빛만으로도 척척 맞았다. 위동정이 먼저 말을 달려 식사에서부터 잠자리까지 준비를 철저하게 해두고 다시 달려와 든든한 힘이 돼 준 덕분이었다. 그래서인지 태황태후는 늘 기분이 좋아 보였다.

일행은 곧 태항산太行山으로 접어들었다. 계절적으로 이른 봄인 탓에 아직 뼛속까지 스며드는 한기가 예사롭지 않았다. 입김이 하얗게 나오는 산속의 추운 날씨가 부담스럽기는 말들 역시 마찬가지였다. 매일 계란과 영양식을 버무려 먹였음에도 높고 미끄러운 산길을 앞두고는 가다서다를 반복했다. 급기야는 앞으로 나가지 않고 버티기까지 했다. 강희가 말 위에서 두 손을 모아 이마에 댄 채 산꼭대기를 쳐다봤다. 산길이 꼬불꼬불 위태롭게 멀리 뻗어 있었다. 또 산길 양 옆에는 한 치나 되는 눈이 그대로 쌓여 있었다. 가시나무를 비롯한 산수유, 밤, 산복숭아 나무들 역시 한 무더기씩 눈을 뒤집어쓴 채 여기저기에 쭉쭉 뻗어 있었다.

일행은 조금 더 올라갔다. 광풍이 눈가루를 몰아치기 시작했다. 도무지 속도를 낼 수가 없었다. 강희와 시위들은 할 수 없이 말에서 내렸다. 그런 다음 한 손으로는 말고삐를 잡아당기고 다른 손으로는 가마를 힘껏 밀면서 겨우 한 걸음씩 앞으로 나아갔다. 이때 갑자기 앞에서 가마가 멈춰서면서 태황태후가 휘장을 걷고 몸을 밖으로 내밀었다.

"황제, 추운가? 기운이 없는 것 같군. 그러지 말고 여기 같이 타고 가는 게 어떤가."

태황태후의 말은 틀린 것이 아니었다. 강희의 얼굴은 추위에 발갛게 얼어 있었다. 고삐를 잡은 손 역시 시리다 못해 부어오른 듯했다. 그러나 강희는 태황태후의 말을 듣고도 입김으로 꽁꽁 언 손을 녹이면서 아무렇지도 않다는 듯 씩씩하게 웃었다.

"할머님께서는 걱정하지 마시고 편히 앉아계세요. 손자는 춥지도 힘들지도 않습니다. 곧 눈이 내릴 것 같은데, 모처럼 실컷 눈 세례를 받아

보고 싶네요."

태황태후는 하늘을 바라봤다. 강희의 말대로 역시 잔뜩 흐리고 붉은 구름이 몰려들고 있었다. 삭풍도 몰아치고 있었다. 금세라도 폭설이 내릴 것만 같았다. 그녀가 걱정스러운 어조로 말했다.

"더 천천히 가야겠어."

"괜찮아요. 오늘 저녁에 번치繁峙현에 도착하지 못하면 제가 할머님을 모시고 사하보沙河堡에서 하룻밤 묵어가면 되죠. 위 군문이 알아서 준비를 잘 해놓았겠죠!"

강희가 태황태후를 안심시켰다.

과연 얼마 지나지 않아 싸락눈이 분가루처럼 날렸다. 그러더니 바로 굵은 눈꽃들이 펄펄 쏟아져 내리기 시작하더니 순식간에 하늘을 뒤덮었다. 급기야는 마구 뒤엉킨 채 공중에서 현란하고 격렬한 몸짓을 하면서 대지를 온통 하얗게 덮어버렸다. 옛사람들은 '연산燕山의 눈꽃은 마치 방석처럼 크다'라는 표현을 한 바 있었다. 그러나 태항산의 눈은 그 이상이었다. 마치 천군만마가 파죽지세로 질주하는 기세처럼 쏟아져 내렸다. 시야가 온통 흐려져 방향을 분간할 수 없을 지경이었다. 발걸음을 옮기는 것은 더욱 어려웠다. 하기야 오죽했으면 호해湖海를 호령하던 천하의 시성詩聖 이백李白조차 '검을 빼들고 사방을 살피니 갈 길이 막막하구나'라는 시구를 남겼을까.

그러나 난생 처음 이토록 멀리 나왔을 뿐 아니라 큰 눈과 맞닥뜨린 강희의 마음은 달랐다. 갈 길이야 막히든 말든 마냥 즐겁기만 했다. 그는 두 팔을 한껏 벌린 채 천진난만한 웃음을 맑은 산속에 퍼뜨리며 이리저리 신나게 뛰어다녔다. 그야말로 힘든 줄도 모르고 앞장서서 달렸다. 그가 고개를 돌려 낭심에게 말했다.

"자네, 재작년 겨울에 짐이 백운관의 산고점에서 오 선생과 설경을 감상하면서 읊은 시가 생각나는가?"

낭심이 즉각 아부하는 느낌이 물씬 묻어나는 어조로 대답했다.

"잘 알고 있사옵니다. 폐하께서 지으신 시는 한 번 들으면 영영 잊혀지지 않는 마력이 있사옵니다."

낭심이 기억을 더듬으면서 시를 읊조리기 시작했다.

하늘이 뚫린 듯 하염없이 내리는 눈꽃,
아침에 일어나니 사위가 온통 하얗게 단장을 했구나.
바람난 눈꽃이 한바탕 내는 기분에
애꿎은 농민들의 가슴만 타는구나.

"자네가 그 시를 다 기억하고 있다니, 정말 대단하군."

강희가 기분 좋은 표정을 지으면서 낭심을 칭찬했다. 이어 내친김에 당시의 상황을 회고했다.

"당시에는 오배 세력을 진압하기 전이었어. 그래서 짐도 영 기분이 나지 않았어. 자연스럽게 시도 멋이 별로 없었고. 나중에 이운청李雲淸이라는 한림원의 학사가 또 시를 지었으나 뭐 크게 다르지 않았어. 그러나 만약 오차우 선생 같은 뛰어난 인재가 이런 경치를 읊었다면 그야말로 절묘함의 극치를 이뤘을 거야!"

낭심이 황급히 대답했다.

"맞는 말씀이옵니다. 오 선생님은 정말 대단하신 분이옵니다. 하지만 타고난 복이 없어 폐하를 가까이에서 모시지 못하는 것 같사옵니다."

이때 위동정이 눈을 뒤집어쓴 채 저쪽 산길에서 내려왔다.

"폐하께서는 오늘 기분이 너무 좋으신 모양이옵니다. 추우실 텐데 가마 안에 들어가 계시옵소서. 오늘 저녁은 사하보에서 묵어가도록 소인이 방을 예약해 놓았사옵니다. 조금 늦게 가다 보니 다른 사람과 함께 인 것이 조금 꺼림칙하기는 하옵니다만 그렇다고 그들을 당장 어디로 쫓아낼 수는 없는 일이 아니겠사옵니까."

"조금만 더 일찍 오지 그랬어. 방금 폐하께서 시에 대해 얘기하시다 오 선생님을 떠올리셨다네!"

"방금 폐하께서 형과 나누시는 얘기는 저도 조금 들었어요."

위동정이 다시 말을 이었다.

"형의 말이 일리가 있는 것 같네요. 웅사리 대인께서도 오 선생님이 난세에 태어나셨더라면 그 지혜와 재주로 한자리 차지했을 것이라고 말씀하셨거든요. 그러나 요즘과 같은 태평성대에는 오 선생님처럼 지나치게 곧고 강직한 성품은 신하의 덕목은 아닌 것 같다더군요."

"오, 그래?"

강희가 놀라면서 감탄을 하더니 걸음을 잠시 멈추었다.

"웅사리도 그렇게 생각한다고?"

위동정과 낭심은 오차우와 사이가 좋았다. 그래서 그의 거취가 어떻게 될까 하고 강희의 태도를 살폈다. 그런데 이번에 드디어 그가 입을 열었다. 그러나 두 사람은 이런 반응을 어떻게 받아들여야 할지 애매했다. 서로 번갈아 쳐다만 볼 뿐 말이 없었던 것은 그래서였다. 강희는 두 사람의 그런 마음을 아는지 모르는지 눈 밟히는 소리를 음미하면서 말없이 걷기만 했다. 그가 두 사람에게 입을 연 것은 한참이나 지난 후였다.

"그런 말은 맞지가 않지. 복이나 운명에 대한 많은 얘기들은 시정의 잡배들이나 하는 것이라고 해야지. 군주와 대신은 세상 조화造化의 칼자루를 쥐고 있는 사람들이야. 그런데도 무작정 이런 말을 따라서 누구는 복이 있고 누구는 복이 없다고 하면 되겠는가? 또 박복해서 평생 저 모양 저 꼴일 것이라고 하면서 함부로 평가하려 든다면 듣는 사람은 얼마나 억울하고 기가 죽겠나? 웅사리도 학문이 깊은 사람이라 이런 이치를 모르지는 않을 텐데, 그런데도 웅사리가 자네들한테 그렇게 말했다면 짐에게 전하라는 뜻일 거야! 오 선생의 단점이라면 이학理學을 너무 비하한다는 거야. 그러나 짐이 오 선생을 중용하지 않는다고 하는 것은 뭘 모르고 하는 소리라고. 웅사리가 어찌 짐이 오 선생을 밖으로 내돌린 깊은 의중을 헤아리지 못할 수가 있겠는가!"

"소인은 워낙 배운 것이 없고 무식해 폐하의 깊은 뜻을 잘 모르겠사옵니다. 웅사리 대인이나 색액도 대인과 같은 현명한 신하들 역시 폐하의 깊은 속마음을 헤아릴 수는 없을 것이옵니다."

강희가 자신의 속내를 내비치자 낭심이 속으로 쾌재를 불렀다. 위동정은 낭심이 무슨 실수라도 저지를까 봐 황급히 대화에 끼어들었다.

"아랫것들이 뭘 안다고 가타부타하겠사옵니까. 폐하께서는 우리보다 한참 앞서가실 것이옵니다!"

강희는 위동정의 말에 웃으면서 아무 대답도 하지 않았다. 대신 그의 어깨를 잡고 한 걸음씩 앞으로 걸음을 옮겼다.

7장
몰아치는 눈보라

강희를 비롯한 위동정과 낭심 세 사람은 무릎까지 빠지는 폭설에도
아랑곳하지 않고 태황태후가 탄 가마를 계속 뒤따랐다. 애기꽃을 피우
면서 사하보에 도착한 시간은 거의 신시^{申時}(오후3시~5시) 끝 무렵이었
다. 길이 얼어 미끄러운 탓에 강희가 위동정의 팔을 꼭 잡고 힘겹게 발
걸음을 옮겨놓으면서 물었다.

"이 사하보는 어느 현 경내에 있는가?"

"어르신께 아뢰겠습니다."

위동정이 강희를 엉뚱한 호칭으로 불렀다. 딱히 뭐라고 다른 호칭으
로 부를 수 없어 그냥 어르신이라고 얼버무린 것이다. 그건 호칭 하나
에도 각별하게 신경을 써야 하는 인구 밀집 지역에 들어섰다는 사실을
의미했다.

"번치현 경내입니다. 현령은 유청원^{劉淸源}이라는 사람입니다. 사하보는

번치현에서 가장 큰 진鎭입니다. 오늘 우리가 묵을 곳은 덕홍德興객점인데요, 옆방에 말장수들이 묵고 있습니다. 다행히 앞뜰에 있는 방은 모두 우리가 빌렸으니 어르신께서는 걱정하지 않으셔도 됩니다."

때는 이미 오후 다섯 시가 넘어 있었다. 평소 같으면 날이 어두워졌을 시간이었다. 그러나 눈이 많이 내린 탓에 그나마 길거리 옆에 있는 집들은 어슴푸레하게나마 모습을 알아볼 수 있었다. 그럼에도 불구하고 거리에는 사람 흔적 하나 찾아볼 수가 없었다. 그 흔한 개 짖는 소리조차 들리지 않았다. 위동정은 평소와 마찬가지로 수레들을 옆에 대고 말들을 묶어놓았다. 그가 짐을 내리느라 정신이 없는 사이에 초롱불을 들고 밖으로 나온 객점 주인이 사람 좋게 웃으면서 진한 오대산 사투리로 아는 체를 했다.

"이런 날에 길 떠나시느라 고생이 많았겠습니다! 앞집으로 가시는 손님인 줄 알았습니다, 헤헤헤……. 어서 들어오시죠. 우리 집은 이쪽에서는 제일 괜찮기는 하나 북경하고는 비교할 수가 없습니다요."

주인은 위동정을 친절하게 맞으며 대문을 활짝 열어젖혔다. 강희 일행을 일일이 하나하나 반기면서 안쪽을 향해 큰 소리로 고함을 쳤다.

"채씨! 어르신들 방에 어서 더운물 떠다 드리지 않고 뭘 해!"

"이게 뭐야?"

순간 위동정이 갑자기 발걸음을 멈추면서 비명 비슷한 소리를 질렀다.

"앞뜰에 있는 방은 우리가 전부 예약하지 않았어? 왜 다른 손님을 받은 거야?"

"그러게 말입니다!"

주인이 장사치답게 짐짓 울상을 짓는가 싶더니 이내 비굴한 웃음을 지어보였다.

"도사 한 명과 선비 한 명이 사하보에 있는 주막이라는 주막은 다 돌아다녔어도 방이 없다고 두 시간 전에 우리한테 찾아왔어요. 아주 통사정을 하는데 어떻게 하겠습니까? 폭설에 막혀 어디 멀리 갈 수도 없고, 꽁꽁 얼어 말도 제대로 못하더라고요. 그래서 너무 불쌍해 어르신께 맞아 죽을 각오를 하고 들어오도록 했습니다. 다행히도 어르신들은 이십여 명인데 반해 방은 서른 개가 남아 있습니다. 주무시는 데는 별 무리가 없을 것 같습니다."

위동정은 화가 머리 끝까지 치밀었다. 얼굴을 잔뜩 찌푸리고 주인의 말을 잘라버렸다.

"허튼소리 하지 마! 문수보살이라고 해도 안 돼! 내가 뭐라고 했어? 누구도 받아들이지 말라고 했어, 안 했어? 당장 내보내!"

강희가 위동정을 황급히 말리고 나섰다.

"됐어, 위군. 잠깐 눈을 붙였다가 내일 떠날 텐데 뭐 어때."

위동정은 강희의 말을 거역할 수가 없었다. 비굴한 웃음을 지으면서 요행을 바라는 주인을 더 이상 혼낼 수가 없었다.

"어르신 말씀이 맞아. 그러나 방을 전부 예약하는 조건으로 은전을 오십 냥이나 줬다고. 당신이 반년 동안 뼈 빠지게 일해도 벌 수 없는 돈 아니야? 북경에서 몇 날 며칠을 왔어도 당신처럼 간이 부어터진 욕심쟁이는 처음 봐!"

주인은 위동정의 훈계를 들으면서 잘못을 빌었다.

"다시는 그렇지 않겠습니다. 하지만 모두들 불제자들 아닙니까. 일이 이미 이렇게 됐으니 편하게 지내세요."

"방이 남아 도는 객점에 어찌해서 누구는 들어가고 누구는 들어갈 수 없다는 말인가!"

마침 그때 걸걸한 목소리와 함께 쪽문이 열리면서 젊은 도사 한 명이 칠성검七星劍을 허리에 꽂은 채 씩씩하게 들어서더니 인사를 건넸다.

"거사居士께서는 돈이 너무 많아 시비를 거는가 보군요. 그런데 내가 이백 냥을 내고 그대들을 쫓아낸다면 어떻게 하겠습니까? 저 선비도 내가 억지로 끌고 들어온 사람인데, 불만이 있으면 애꿎은 주인을 혼내지 말고 나한테 따지세요!"

위동정은 난데없이 나타난 도사는 쳐다보지도 않았다. 차가운 목소리였다.

"내가 지금 그쪽하고 얘기를 하고 있었소이까? 왜 남이 얘기를 하는데 함부로 끼어드는 거요?"

"됐어, 그만 해!"

강희는 위동정이 무슨 일을 저지를 것 같아 억지로 그에게 큰 소리를 치며 책망했다.

"도사님 말씀이 완전히 틀리지는 않아. 그만 하라고!"

위동정은 강희의 말에 그제야 뒤로 물러났다. 그런 다음 두 손을 공손히 앞에 모은 채 한쪽에 섰다. 강희는 갑자기 젊은 도사에게 호기심이 생기는 것을 어쩌지 못했다. 그는 스무 살 안팎 나이의 젊은이로 얼굴이 희고 눈매가 날카로운 것이 예사롭지 않은 인상을 풍겼다. 가늘고 부드러운 눈썹과 두 눈도 예쁘장하다는 느낌이 들 정도로 조화가 잘 돼 있었다.

'이 도사가 여장女裝을 하면 정말 대단한 미인이 될 것 같군. 조금 거칠어 보여서 그렇지…….'

강희가 엉뚱한 생각을 하다 말고 진지하게 말했다.

"도사, 아랫것들이 뭘 몰라 실수를 했군요. 그러니 넓은 아량으로 양해해 주세요. 아, 그리고 저녁을 먹은 후에 시간이 괜찮으시면 그 친구를 데리고 우리 쪽으로 건너와 얘기나 나누다 가세요."

도사가 입을 앙다문 채 웃음을 참으면서 말했다.

"역시 책을 많이 읽으신 도련님답군요. 확실히 일반 사람과는 다르군요. 나중에 뵙죠!"

도사는 위동정을 한번 흘겨보더니 자리를 떴다. 위동정은 여전히 화가 가라앉지 않았다. 하지만 강희 앞에서는 참아야 했다. 마침 객점 주인이 황급히 끼어들어 다시 한 번 사과를 하면서 그의 체면을 살려줬다.

"이렇게 누추한 곳에 성품이 고매하신 분들이 한자리에 모인 것만도 인연이라고 생각하세요. 오늘은 정말 본의 아니게 죄송하게 됐습니다. 기분을 나쁘게 해드려서…… 몸 둘 바를 모르겠네요."

주인은 바로 강희 일행을 방으로 안내했다. 그러더니 태황태후와 소마라고를 가리키면서 말했다.

"마님께서는 아가씨하고 이쪽 방에서 주무세요. 또 도련님께서는 이쪽 방으로 드세요. 눈이 많이 내렸기 때문에 내일도 못 떠날 수 있습니다. 그러니 며칠 푹 묵어간다고 생각하십시오. 제가 직접 마님 시중을 멋지게 한번 들어볼 테니까요."

주인은 등잔에 기름을 넉넉하게 부었다. 그런 다음 짐을 챙겨주고 더운물을 태황태후의 방으로 직접 들고 갔다. 또 강희의 젖은 신발과 옷도 말려주라고 하인에게 지시하는 것도 잊지 않았다. 사실 산서성山西省 사람들은 약삭빠르고 장사 수완이 뛰어나 세상에 따를 사람이 없었다. 하기야 오죽했으면 위동정조차 주인의 싹싹한 언행에 한결 기분이 좋아졌을까. 그가 웃으면서 졌다는 듯 주인을 은근히 칭찬했다.

"여기 시골 바닥에 있으니 망정이지 북경에 있었더라면 황제의 간도 녹일 사람이네요, 당신이라는 사람은!"

저녁 시간이 됐다. 강희는 뜨끈뜨끈한 양고기 소를 넣은 물만두를 먹었다. 여러 가지 약선藥膳(약이 되는 음식이나 재료)과 붉은 설탕, 당근, 두부, 야채, 당면을 갈아 만든 즙을 곁들인 만두 요리였다. 먹을 때 오래된 술을 두어 방울 떨어뜨려 먹는 것이었다. 맛은 정말 일품이었다. 그는 황궁에 있으면서 별의별 음식을 다 먹어봤다. 그러나 이런 맛은 처음이었다. 게다가 그걸 먹자 오한이 단박에 풀리면서 몸도 가뿐해졌다. 그는 눈 속을 걸어온 피곤이 바로 가시는 듯한 홀가분함을 만끽했다. 기분이 더할 수 없이 좋았다. 그가 낭심을 시켜 은 다섯 냥을 주인에게 더 가져다주도록 할 정도였다. 얼마 후 주인이 헤헤 하고 웃으면서 들어왔다. 그러더니 앞치마에 손을 쓱쓱 닦으면서 허리를 굽실거렸다.

"도련님, 정말 고맙습니다. 방금 마님께서도 다섯 냥을 주셨습니다. 오늘은 정말 최고의 날인 것 같습니다. 마님과 아가씨는 고기를 안 드신다고 하셔서 두부껍질과 버섯을 다져 넣고 단술을 조금 썼죠. 도련님 음식에는 추운 날씨에 힘들어 하시는 것 같아서 저 나름의 판단으로 술을 조금 더 넣었고요. 그런데 그게 도련님의 식성에 딱 맞아떨어질 줄 누가 알았겠습니까……."

주인은 평생 처음인 듯한 행운을 주체하지 못하는 것 같았다. 연달아 횡설수설하며 길게 사설을 늘어 놓았다.

바로 이때 젊은 도사가 40세 안팎의 중년 선비를 데리고 들어왔다. 강희가 황급히 마루에서 뛰어내리면서 반갑게 맞이했다.

"여기 주인도 있는데, 오늘 저녁 길고도 긴 밤을 뒤척이면서 괜한 고생 사서 하지 말고 우리 함께 오래도록 얘기나 나누도록 합시다."

선비는 평범한 두루마기 차림을 하고 있었다. 행동거지가 점잖을 뿐 아니라 조용함 속에 강인함이 느껴졌다. 그가 강희에게 가볍게 절을 하면서 자신을 소개했다.

"저는 부산傅山이라는 사람입니다. 자字는 청주青主라고 하죠. 도련님께서는 존함이 어떻게 되는지 물어봐도 될까요?"

위동정은 한눈에 젊은 도사가 보통이 아니라는 느낌을 받았다. 무술이 대단할 것 같았다. 때문에 낯선 장소에서 이처럼 가까이 마주 앉아 얘기를 나누는 것이 무척이나 부담스러웠다. 그는 자신도 모르게 점점 강희 옆으로 바짝 다가서고 있었다.

"저 말입니까? 저는 성이 용龍이고, 자는 덕해德海입니다. 두 분도 불공을 드리러 가는 모양이죠?"

"도사께서는 돌아다니시다 우연히 들르신 겁니다. 반면 저는 이곳 사람입니다. 성현의 책을 읽는 사람이라 부처님과는 담을 쌓고 삽니다."

부산이 다시 말을 이었다.

"솔직히 말하면 저는 이 이우량李雨良 도인과도 모르는 사이였습니다. 날씨가 어둡고 갈 길은 먼데 폭설까지 겹치는 바람에 우연히 만나게 된 겁니다. 용공자와 만나라고 날씨가 변덕을 부렸나 봅니다."

부산의 솔직한 말에 강희가 미소로 답했다.

"저도 부 선생과 마찬가지로 불교는 믿지 않습니다. 할머님께서 천시天時가 좋지 않다고 하시면서 오대산의 부처님을 찾아뵙기로 약속을 하셨다고 막무가내로 나오셨어요. 그래서 어쩔 수 없이 따라 나왔습니다."

"어린 나이에 대단하군요!"

부산은 어린 나이답지 않게 천시까지 입에 올리는 강희에게 호기심이 동하는 모양이었다. 평범한 차림의 강희를 조심스레 훑어보았다. 아무래도 몸에서 풍기는 기운이 예사롭지 않은 것을 느끼는 듯했다. 그가 차한 모금을 마신 다음 물었다.

"도련님 댁은 북경에 있습니까?"

부산의 질문에는 미심쩍어하는 기색이 묻어났다. 그러자 위동정이 황급히 차를 더 따라주면서 끼어들었다.

"아닙니다. 통주通州에 있습니다."

부산은 계속 호기심을 갖고 이것저것 물어보는 열성을 보였다. 반면 젊은 도사는 아무런 생각이 없는 듯 전혀 강희에게 관심을 보이지 않았다.

"통주라고요?"

부산이 뭔가 미심쩍은지 머리를 흔들었다.

"통주의 대단한 집안으로는 주원周圜을 가지고 있는 집안 외에는 없는 것으로 아는데!"

강희는 순간 말문이 막혔다. 임기응변도 궁해졌다. 오대산에 가는 길에 지방을 두루 다니면서 민정民情을 살피는 그에게 엉뚱하게 닥친 위기였다. 하기야 당장 눈앞에서 나누는 대화 같은 것에는 익숙하지 않으니 당연했다.

그러나 위동정은 노련했다. 게다가 통주의 주원이 바로 주전빈의 집안 재산이라는 사실도 이미 알고 있던 터였다. 거짓말을 계속하는 수밖에 없다고 생각한 그는 잠시 생각을 더듬은 다음 가볍게 웃음을 흘렸다.

"용씨 가문은 원래 외몽고에서 살다가 작년 가을에야 입관했습니다. 지금은 주원도 용씨 가문으로 넘어왔습니다. 백성들이 입버릇처럼 하는 말을 못 들어보셨나요? '열 개의 주원이 끝없이 푸르러도 황토 위의 한 마리 용보다 못하다'는 말을 말입니다. 통주에서 동북쪽으로 황토가 보이는 땅은 모두 용씨 집안 조상들이 일궈놓은 재산이죠."

"어허, 자네 무슨 쓸데없는 소리를 하고 그래?"

강희는 은근히 위동정의 능수능란한 임기응변이 만족스러웠다. 그러나 더 이상 얘기를 했다가는 들통이 날지도 모른다고 생각했기 때문에 나무라는 척했다. 그가 다시 얼굴을 돌려 이우량 도사에게 물었다.

"우량 도사께서는 진秦나라 사람들의 말투를 쓰시네요. 섬서陝西 어디에서 수행을 하고 계십니까?"

"저요?"

이우량은 생각에 잠겨 있다 갑자기 강희의 질문을 받았다. 그래서인지 재빨리 찻잔을 비우고 위동정에게 넘겨주면서 시간을 벌었다.

"한 잔만 더 부탁을 드려도 될까요?"

이우량이 그런 다음 강희에게 얼굴을 돌렸다.

"숨기고 말고 할 것도 없이 툭 털어놓고 얘기를 하죠. 저는 종남산終南山에서 수행하고 있습니다. 아미산峨眉山에서도 몇 년 동안 떠돌이 생활을 한 적도 있고요."

"아미산이라고요?"

강희가 아미산이라는 말에 문득 뭔가를 떠올렸다. 무릎을 치면서 바로 질문을 던졌다.

"태의로 있던 호궁산이라는 사람도 아미산에서 도를 닦은 적이 있다고 했습니다. 성품도 곧고 무예도 대단하다고 하더군요. 그런데 왜 관직을 버리고 산으로 다시 들어갔는지 모르겠네요."

"그럴 수도 있죠!"

이우량이 차가운 어조로 말을 이었다.

"관직을 좋아하는 사람이 있는가 하면 도사나 스님이 되기를 원하는 사람도 있지 않겠어요? 세상이 다 그런 것 아니겠습니까. 같은 태상삼청太上三淸(도교 최고의 신인 옥청玉淸·상청上淸·태청太淸)의 제자일지라도 사사건건 귀신을 들먹이면서 사람을 괜히 겁주는 자가 있는가 하면 수은水銀으로 단약丹藥을 만드는 사람도 있을 것입니다. 또 인간세상과는 담을 쌓고 심심산골에 은거하고 있는 사람도 있겠죠. 어디 그뿐이겠습니까. 황궁의 구석구석을 들락거리면서 냄새나 맡고 다니는 자들도 없으란 법은 없죠. 방금 말씀하신 호궁산은 저의 사형師兄입니다. 관직에 몸을 담고 있으면 죽으나 사나 황제의 명령에 복종해야 합니다. 게다가 아무리 좋은 자리에 있더라도 끝은 하나같이 좋지 않습니다. 명성이 지저분해집니다. 대동大同 지부知府 같은 자처럼 백성들의 고혈을 빨아먹고 살 바에야 차라리 아무 욕심 없이 깨끗한 우리 같은 도사 생활이 훨씬 낫지 않겠습니까?"

호궁산은 일찍이 양심전에서 강희의 병을 낫게 해준 적이 있었다. 가볍게 무릎을 꿇는 동작 하나에도 무릎 아래의 청석 바닥재가 금이 갈 정도의 비범한 무예 실력도 보여준 바 있었다. 강희는 이우량이 바로 그런 호궁산의 사제師弟라고 스스로 밝히자 더 이상 의심의 여지가 없다고 생각했다.

그러나 위동정은 달랐다. 강희가 호궁산에 대해 별로 아는 것이 없는 반면 그는 호궁산이 북경을 떠난 이유까지 너무나도 잘 알고 있었다. 호궁산은 오삼계를 위해 일하고 싶지 않았을 뿐 아니라 만주족 황제의 신하가 되고 싶지도 않았던 것이다. 당연히 호궁산이 떠날 때 흠범欽犯(황제가 직접 처리한 죄인)인 넷째를 데리고 갔다는 사실 역시 위동정만이 알고 있었다. 위동정은 이처럼 호궁산과는 사적으로 친분이 두터운 사이라고 할 수 있었다. 그러나 난데없이 나타나 호궁산의 사제임을 자처하는 이우량에게는 경각심을 높이지 않을 수 없었다. 그가 일부러 얼굴에 웃음을 띠면서 넌지시 물었다.

"도사의 말씀도 일리가 있습니다. 그러나 도사는 산속에서 조용히 지낼 사람은 아닌 것 같네요. 이렇게 추운 날에 천리 길도 마다하지 않고 남쪽 섬서에서 북쪽 산서성까지 오신 것을 보면 알 수 있을 것 같습니다. 종남산의 따뜻한 향불 밑이 더 좋은 것은 아닐까요?"

"그러니까 평범한 장삼이사가 있는 것이고, 또 도사도 있는 것이 아니겠습니까."

이우량이 위동정의 말에 가소롭다는 듯 대답했다.

"불가에서는 오대산을 청량淸凉이라고 부르고, 도가에서는 자부紫府라고 부르죠. 노자老子는 여기에서 인간향화人間香火를 얻었죠. 우리 도사들은 그래서 무슨 일만 있으면 노자를 찾고는 합니다. 마치 민간에서 억울한 사연이 있으면 천자를 찾듯 말입니다. 방금 이 거사는 할머니께서 '천시가 안 좋다'는 이유로 부처님을 찾아 나섰다고 했습니다. '도심道心의 자비로움도 결국은 마찬가지'라고 했습니다. 내가 자부를 방문해 부처님 대신 이곳의 나쁜 기운을 없애주면 안 된다는 법도 없겠죠?"

'아주 꼴값을 떠는군!'

위동정은 이우량의 지나친 자신감에 기분이 상했다. 속으로는 절로 욕이 터져 나왔다. 하지만 곧 생각을 달리 했다.

'이 자식이 말하는 이곳의 나쁜 기운은 바로 대동 지부를 말하는 것 같군. 어디 한번 두고 보자. 과연 어떻게 없애준다는 것인지……'

이때 강희가 다시 나섰다.

"한 번도 만난 적은 없지만 도사의 사형께서도 성격이 호방하고 서글서글할 것 같다는 생각이 듭니다."

강희가 정색을 하면서 덧붙여 물었다.

"그런데 조금 전에 대동 지부에 대해 잠깐 언급했지 않습니까? 그자가 대단히 탐욕스러운 모양이죠?"

"솔직히 관리들치고 탐욕스럽지 않은 자가 어디 있겠습니까? 하지만 백성들은 어느 선까지는 못 본 척합니다. 참고 넘길 수 있는 거죠. 그게 공공연한 비밀이니까!"

객점 주인이 옆에서 이우량의 말을 듣다 씁쓸한 표정을 지어 보이면서 머리를 저었다.

"우리 총독인 막 대인만 해도 화모은자火耗銀子(은을 녹여 화폐를 주조할 때 생기는 은의 손실을 세금으로 징수하는 것. 부가세의 개념으로 보면 됨)

를 9푼 2리九分二厘밖에 안 받으시니 백성들이 무슨 불만이 있겠어요. 은을 운반해 화폐를 만들 때 손실이 생기는 것쯤은 누구나 다 알고 있는 상식이잖아요!"

강희는 객점 주인이 말하는 사람이 막락이라는 사실을 잘 알고 있었다. 그럼에도 그는 모르는 척하면서 머리를 끄덕였다. 그런 다음 집게로 숯불을 뒤져 시뻘건 불길을 피워 올리면서 물었다.

"요즘 살기가 힘든가?"

객점 주인이 한숨을 쉬면서 대답했다.

"그래도 오배가 떨어져 나간 다음부터는 괜찮아요. 올해 가을에는 백성들도 한숨을 돌릴 수 있게 되기는 했어요. 저 같은 경우에는 시골에 땅도 조금 있고 해서 여유가 있죠. 힘깨나 쓰는 아문의 관리를 찾아가 몰래 조금씩 찔러주면 그나마 입에 풀칠은 할 수 있죠. 그러나 손바닥만 한 땅만 바라보고 사는 사람들은 그야말로 죽을 맛이죠. 그런데 하필이면 우리 대동 땅에 평서왕이 악질 관리를 보낼 게 뭐겠어요! 먹고 살기에도 힘이 부치는데, 매년 조정에 바치는 것도 모자라 평서왕에게도 뜯기니 영 죽을 맛입니다. 땅을 부칠 가축도 없는데, 말이라는 말은 모두 평서왕이 다 빼앗아갔다고요. 유劉 현령 같은 분만 있으면 좋은데, 백성들을 죽음으로 처넣으면서도 돈만 밝히는 주周 부대府臺(지부知府와 같은 지위) 같은 자한테 걸리게 되면 재수가 완전 옴 붙은 거죠!"

"그러면 곤란하지!"

강희가 말을 이었다.

"내가 북경에 사는 것은 아니지만 조정에서 조서를 내려 강희 2년부터 지금까지 세금을 네 차례씩이나 면제시켜 주었다는 사실은 압니다. 또 작년에는 막 대인이 대동의 세금도 면제시켜 준 것으로 알고 있어요. 그런데 주 부대가 자기 마음대로 세금을 재촉해요?"

강희가 거침없이 사자후를 토했다. 모든 조서를 자신이 직접 작성했기 때문에 기억이 생생했던 것이다.

"도련님께서 모르는 일이 어디 한두 가지겠어요!"

객점 주인이 다시 말했다. 그럼에도 강희가 반신반의하는 눈치를 보이자 목청이 다소 올라갔다.

"성지聖旨는 그저 북경에서나 통하는 황제의 성지일 뿐이에요. 지방에서는 왕이 내리는 균지鈞旨의 효력이 더 막강해요. 황제는 멀리 있고 어느 한 곳만 주시하는 것이 아니잖아요. 더구나 지방 세력들은 자기들끼리 싸고돌면서 틈만 나면 군주를 기만하고 백성들을 착취하죠! 이 주부대는 성에 가끔씩 내려오는 무대撫臺(지방을 순시하면서 현장을 감찰하던 대신)들도 감히 건드리지 못하는 인물이에요. 화모은자를 한꺼번에 무려 사전삼푼四錢三分이나 올려놓은 것도 주 부대라니까요! 다른 것은 제쳐놓더라도 이 한 가지만으로도 그자는 황제가 백성들에게 내린 성의를 무시해버린 것이나 다름없어요."

강희는 부집게를 든 손을 부들부들 떨었다. 얼굴도 창백해졌다. 위동정은 그 모습을 보고 다급해지지 않을 수 없었다. 그예 뒤에서 살그머니 옷자락을 잡아당겼다. 강희는 그제야 제정신으로 돌아왔다. 찻잔을 들어 차를 마시면서 표정 관리를 했다.

"이 사실은 누구나 다 아는 일이에요. 감추고 말고 할 것도 없다고요."

객점 주인이 다른 무슨 일이 생각났는지 황급히 말을 이었다.

"근래 들어 조정에서는 말을 징발하려고 했어요. 그러자 주 부대는 그 핑계를 대고 집집마다 임무를 줬어요. 또 하남성河南省 말장수들의 말을 이백 필이나 빼앗았죠. 지금 그 말장수들은 꼼짝 못하고 서원西院에 갇혀 있습니다. 그 말장수들은 개봉開封의 다인茶引(차의 인수를 보증하는 어음. 이른바 현금화할 수 있는 차어음이라고 할 수 있음)도 있습니다. 신양信

陽의 차와 바꿀 수 있는 어음이죠. 그런데 자기들이 무슨 자격으로 압수를 하는지 모르겠네요!"

객점 주인은 말을 하면 할수록 흥분이 되는 모양이었다. 무릎까지 탁치면서 울분을 토로했다.

"어떤 여자가 이 주 부대를 낳았다고 미역국을 먹었는지는 모르겠으나 배운 것은 모두 개에게 먹인 모양입니다, 나 참! 과거시험에 연거푸 낙방했다고 하더니, 아마 평서왕한테 빌붙어서 대동부로 내려온 것 같아요. 그리고는 애꿎은 대동 사람만 괴롭히고. 나이가 쉰 살이나 처먹었으면 제대로 살아야 하잖아요. 그런데도 세금을 못 냈다는 이유로 마을의 열다섯 살밖에 안 된 여자 아이를 잡아가 첩으로 삼겠다고 하니, 원! 불산佛山 앞에서 죄를 짓는 것이 두렵지도 않나 봅니다! 그래도 유 대인은 정이 많으신 분이라 주 부대에게 말장수들을 좀 봐주라고 부탁을 했나보더라고요. 내일 사하보 채蔡 대인 댁에서 상의를 한다고 들었어요. 그러나 첩으로 팔려갈 위기에 놓인 여자아이 일은 유 어른도 전체 마을 백성들을 위해 섣불리 나서지는 않을 것 같네요."

"그렇소이다."

부산이 우울한 기색을 보이면서 한숨을 지었다.

"내일 사하보에서 주 대인을 맞는 연회를 베푼다고 하더군요. 나도 초대를 받았습니다만……."

강희는 불뚝불뚝 솟아오르는 살의를 느꼈다. 하지만 꾹꾹 눌러 참아야 했다. 그가 부집게를 집어 던지면서 말했다.

"그냥 심심해서 물어봤던 것이니, 오늘은 이만 하고 각자 돌아가 쉬세요."

객점 주인은 강희가 북경의 어느 왕이나 귀족의 자제일 것이라는 판단을 이미 내려놓고 있었다. 확실히 눈치가 보통이 아니었다. 옆방에 투숙한 말장수들과 이웃들을 위해 내일 주 부대 앞에서 말을 좀 해달라고 부탁을 하려고 했다. 그러나 강희가 겁쟁이처럼 꼬리를 내리는 것을 보고는 어쩔 수 없다는 듯 자리를 털고 일어났다. 도사 이우량도 냉소를 머금은 채 밖으로 나갔다.

"청주 선생!"

강희가 갑자기 부산을 불렀다.

"내일 연회에 참석할 때 저도 데리고 가면 안 될까요?"

술시戌時가 됐다. 밤이 되자 삭풍은 조금씩 수그러들었다. 그러나 하늘을 뒤덮은 눈송이는 전혀 줄어들 기미를 보이지 않고 있었다. 그 때문인지 눈은 끊임없이 천정과 창문에 사각사각 조용히 내려앉았다. 이때 강희는 온돌방이 너무 뜨거워 몸을 심하게 뒤척이고 있었다. 나중에는 급기야 신경질적으로 자리를 박차고 일어나 서성거렸다. 이맛살을 심하게 찌푸린 모습이 복잡한 심경을 대변하고 있었다. 위동정은 그런 강희의 마음을 헤아릴 수 있을 것 같았다. 이우량 도사에게서 호궁산, 또 그에게서 넷째를 떠올린 위동정 역시 기분이 우울하기는 마찬가지였으니까.

"동정!"

강희가 갑자기 위동정 쪽으로 몸을 돌렸다.

"말에 대한 규정은 조정에서 이미 분명히 했어. 그런데 이 주가라는 자가 사사롭게 이처럼 말 징발에 목숨을 거는 이유가 뭘까? 막락은 보아하니 평판이 괜찮은 것 같아. 하지만 주가가 이렇게 탐욕스럽게 백성들의 분노를 불러일으키는데도 왜 지금껏 조정에 보고를 하지 않았을까?"

위동정은 강희의 갑작스런 질문에 미처 생각을 정리하지 못했다. 그저 황급히 얼버무렸다.

"막락은 보통 서안에 머물고 산서 쪽에는 드물게 오는 것 같사옵니다. 그래서 주가가 살판났다고 설쳤던 것이 아닌가 싶사옵니다. 또 말 징발 문제는……."

위동정이 잠시 머뭇거리다 다시 말을 이었다.

"운남 쪽으로 보내려고 하는 것이 아니겠사옵니까?"

"더 이상 무슨 말이 필요하겠어."

강희가 황급히 위동정의 말문을 막았다.

"이 일은 불을 보듯 뻔한 거야. 짐이 그자의 죄를 알아서 처벌할 거야."

"폐하께서는 누구의 죄를 물으실 것이옵니까?"

마침 그때 소마라고가 휘장을 걷고 방 안으로 들어섰다.

"조금 전 폐하께서 그 사람들과 나눈 대화 내용을 태황태후마마께서는 다 들으셨사옵니다. 그래서 저보고 가보라고 하셨사옵니다. 소인 생각으로는 폐하께서 주가의 죄를 묻더라도 북경에 돌아간 후에 묻는 것이 좋을 듯하옵니다. 이곳은 보시다시피 너무 혼잡하옵니다. 또 폐하께서 미복을 하고 계시기 때문에 좀 위험할 것 같사옵니다. 며칠만 참으시옵소서."

"대사님 말씀이 일리가 있사옵니다."

위동정도 강희에게 조금만 참을 것을 강하게 권했다.

"어려운 일도 아니옵니다. 소인이 색액도 대인에게 폐하의 뜻을 전달하면 달포도 안 지나 분명히 그자를 북경으로 잡아올 수 있을 것이옵니다. 색 대인과 웅 대인이 보낸 사자가 오늘쯤은 도착할 때가 된 것 같은데……."

"그렇다면 짐이 여기에서 그자의 죄를 물어서는 안 된다는 얘기인가?"

강희는 바로 실망스러운 표정을 지었다. 그래서일까, 평소와는 달리 자리에 풀썩 주저앉는 연약한 모습을 보였다.

"내일 주가라는 자가 사하보로 민가의 처녀를 겁탈하러 온다고 해. 그런데 명색이 황제가 돼가지고 그래, 눈 빤히 뜨고 그걸 구경만 하라는 말인가?"

강희가 분노를 터뜨리면서 소마라고를 쳐다봤다.

소마라고는 강희의 말을 듣자 측은한 마음이 들었다.

"백성들의 안위를 생각하시는 폐하의 마음은 충분히 이해가 되옵니다. 그자 또한 그냥 놔둘 수는 없사옵니다. 그러나 신분을 밝히는 날에는 폐하의 행적을 북경에서도 알게 되옵니다. 그러면 폐하께서 담자사를 거쳐 황궁으로 돌아오신 줄로 알고 있던 북경은 발칵 뒤집힐 게 뻔하옵니다. 아무래도 태황태후마마의 지시가 맞는 것 같사옵니다."

세 사람이 의견을 주고받고 있을 때였다. 마침 소모자가 눈을 뒤집어쓴 채 들어왔다. 밖이 너무 추운지 입김으로 꽁꽁 언 손을 녹이고 있었다. 그가 곧 무릎을 꿇으면서 아뢰었다.

"폐하, 그간 옥체 평안하셨사옵니까! 소인 소모자가 색 대인의 명령을 받고 서신을 가지고 왔사옵니다."

"소모자였구만! 깜짝 놀랐잖아. 인기척이라도 했어야지."

강희가 놀랍고 기쁜 표정을 지어 보였다. 그러면서 일어서라는 손짓을 했다.

"험한 날씨에 고생이 많았겠군. 안 그래도 방금 위 군문이 편지를 휴대한 사자가 왜 오지 않느냐고 했는데, 그게 자네였구만."

"소인이 사람도 몇 명 데리고 왔사옵니다."

소모자가 덧붙였다.

"눈길은 전혀 무섭지 않았사옵니다. 그러나 산에서 들려오는 늑대울음 소리는 무섭더군요. 머리가 쭈뼛쭈뼛했사옵니다!"

소모자가 여전히 귀여운 어조로 말을 하면서 안주머니에서 편지를 꺼냈다. 강희가 편지를 건네받았다.

"잘 됐네요!"

강희가 편지 겉봉을 뜯고 있을 때였다. 갑자기 소마라고가 손뼉을 치면서 말했다.

"폐하, 내일 일은 이 사람을 보내 처리하는 것이 어떻겠사옵니까?"

"그러지."

강희도 조용히 웃으면서 소마라고의 말에 동의했다.

"짐이 가지고 다니는 어보御寶가 하나 있지. 내일 소모자에게 소리 소문 없이 이 일을 깔끔하게 처리하도록 하면 되겠군. 우리는 아무 일도 없다는 듯 우리 할 일이나 하고, 소모자는 이 일을 처리하자마자 북경으로 돌아가면 되겠군. 그러면 더 없이 깔끔하게 되지 않겠는가?"

"소모자 혼자서는 다소 무리일 것 같사옵니다."

위동정이 고개를 갸웃거리면서 덧붙였다.

"내일 소인이 따라가서 뒤를 받쳐줄까 하옵니다."

"그건 안 돼요!"

소마라고가 황급하게 외쳤다.

"위 군문은 태황태후마마와 폐하를 모시고 오대산을 올라야 해요. 그런데 거길 가서 어떻게 하겠다는 거예요? 방금 태황태후마마께서는 오대산에서 며칠 머무르려고 했으나 이쪽이 너무 혼잡하고 불안해 그럴 생각이 사라지셨다고 하네요. 잠깐 들렀다가 바로 북경으로 돌아가시겠다고 여러 번 강조하셨어요!"

"위 군문은 내일 짐과 함께 갈 거야."

강희가 소마라고의 말을 반박했다. 소모자가 도착한 것이 상당히 힘이 되는 모양이었다. 탐관오리를 혼내주겠다는 생각을 굳힌 듯했다.

"소모자가 혼자 해낼 수 있으면 우리가 굳이 나설 필요 없겠지. 상황을 보자고."

소마라고는 할 수 없이 머리를 끄덕였다. 그러나 말이 없는 것을 보면 기분이 썩 좋지는 않은 듯했다.

소모자는 당연히 좌중의 대화 내용이 아리송했다. 아무리 귀를 씻고 들어도 그랬다. 급기야 강희가 편지를 읽는 틈을 타서 위동정의 허리를 쿡쿡 찌르면서 물었다.

"형! 아니 위 대인, 폐하께서 저에게 무슨 일을 시키시려는 겁니까?"

위동정은 방금 있었던 일들을 요약해 소모자에게 조용히 일러줬다. 위동정의 말을 다 들은 소모자의 얼굴은 곧 시뻘겋게 달아올랐다. 어느 새 입에서는 결연한 어조의 말이 흘러나왔다.

"그러면 그렇지! 아까 객점으로 들어서는데, 저쪽에서 구슬픈 울음소리가 들려오더라고요. 폐하께서 뒤에서 든든하게 힘이 돼 주신다면 그까짓 놈 열 명이라도 혼자서 해치울 수 있습니다! 제가 다 알아서 하겠습니다!"

강희는 편지를 읽으면서 소모자의 말까지 다 들었다. 그러나 이렇다 저렇다 말은 없었다. 그저 굳은 얼굴을 한 채 금으로 된 회중시계만 꺼내볼 뿐이었다. 시간은 이미 밤 10시를 넘고 있었다. 밖에서는 또다시 찬바람이 일기 시작했다. 마치 누군가의 간절한 소원과 흐느낌을 실어 보내는 듯한 바람이었다. 강희가 마음이 몹시 무거운 듯 착 가라앉은 어조로 위동정에게 지시를 내렸다.

"밖이 조금 추운 것 같군. 여우털 조끼를 가져오도록 하게."

"폐하, 밖으로 나가시려고요? 날씨도 춥고 낯선 고장이옵니다. 어떻게 하시려고 그러시옵니까? 그 여자아이 때문이라면 꼭 오늘 저녁에 이러실 필요는 없사옵니다. 조금만 참으셨다가 내일 구해주셔도 되지 않겠사옵니까."

소마라고가 놀란 기색을 한 채 간언을 올렸다. 위동정도 한마디 거들었다.

"폐하께서 움직이지 않으셔도 밖에서 경호를 서고 있는 시위들은 한시도 눈을 붙일 수가 없사옵니다. 소인은 폐하께 치도곤을 당하는 일이 있더라도 오늘 저녁만큼은 명령에 따를 수 없사옵니다."

"소마라고 누님!"

강희가 평소와는 다른 호칭으로 밖으로 나가려고 하는 소마라고를 불러 세웠다. 그녀가 태황태후에게 고자질을 하러 간다고 생각한 것 같았다.

소마라고는 순간 흠칫 놀랐다. 발걸음도 멈췄다. 자신이 출가한 이후처음 들어보는 호칭인 탓이었다. 그것은 자신을 돌봐준 누나 같은 소마라고에 대한 강희의 존경의 뜻을 담은 호칭이기도 했다. 태황태후의 깊은 사랑이 담겨 있는 이름이라는 사실은 더 말할 필요도 없었다. 뿐만이 아니었다. 오차우와의 애절하고 아름다웠던 사랑 얘기가 배어 있는 이름이라고도 할 수 있었다. 그녀가 입술을 실룩거렸다. 하지만 말은 나오지 않았다.

"그대는 짐의 첫 번째 스승이야. 나중에 오 선생이 대신하기는 했지만 말이야. 짐이 즉위하자마자 친민親民과 근정勤政의 정신을 가르친 사람도 바로 그대야."

강희는 옛일을 회상하자 다소 흥분했다. 그러나 애써 맑은 눈동자를 한 채 흐느적거리는 촛불을 바라보면서 말을 이었다.

"이 일은 사소하고 하찮아 보이는 일일 수도 있어. 그러나 그 어떤 조서나 글로 깨우쳐 주는 것보다 몇 갑절은 중요해. 열 명의 조정 대신들이 짐을 칭찬해도 한 명의 민가 처녀의 입에서 나오는 칭찬보다는 값지지 않을 거야. 그렇지 않아?"

강희의 호소는 간절했다. 하지만 위동정은 자신의 임무가 임무인 터라 원래 마음을 바꿀 생각을 하지 않았다. 강희가 그런 그의 마음을 잘 헤아리고 있다는 어조로 은근하게 말했다.

"나가지! 짐은 짐의 선택을 믿어. 짐도 방금 언뜻 울음소리를 들은 것 같아. 누워 있어도 으스스해서 잠을 도저히 이룰 수가 없을 것 같아!"

그러자 위동정이 황급히 말리고 나섰다.

"너무 시끄러워서 그러신다면 소인이 밑의 사람들을 보내 잘 다독거리겠사옵니다. 그만 울고 진정하라고요."

"입 닥치지 못해!"

강희가 고함을 내질렀다. 무섭게 눈도 부라렸다.

"요새 들어 부쩍 사람이 못난 소리만 하는구만! 사람은 다 칠정육욕七情六欲이 있어. 자네는 속상해서 우는 사람을 놀라게 해주는 재주밖에는 없나? 책을 읽고 정신 수양을 많이 했다고 하더니, 도대체 어떻게 된 거야?"

강희는 진짜 화가 난 표정이었다. 여우털 조끼를 입자마자 앞서 밖으로 휑하니 나가버렸다. 위동정과 소마라고는 소모자에게 태황태후를 잘 시중들라고 이른 다음 바로 강희를 따라 나섰다.

8장

자객

객점 주인은 기름등잔 밑에서 열심히 돈을 세고 있었다. 그래도 눈썰미는 좋은 듯 강희 일행 네 사람이 객점 밖으로 나가려고 하는 것은 모르지 않았다. 깜짝 놀라는 기색을 보이더니 한마디 던졌다.

"이렇게 늦은 시간에 무슨 일로 밖으로 나가시려고 하세요? 정 여자가 필요하다면 세 냥만 주면 줄줄이 나타날 텐데요."

강희는 주인의 말귀를 알아듣지 못했다. 그러나 낭심은 달랐다. 주인의 말에 화를 내면서 큰 소리로 고함을 질렀다.

"허튼소리 하지 말고 빨리 문이나 열어!"

주인은 살기가 번뜩이는 낭심의 얼굴을 보고는 겁을 먹었다. 바로 뒷걸음질 치더니 문을 열고 그 뒤에 숨어버렸다. 소마라고가 문지방을 넘으면서 굳어진 얼굴을 한 채 주인에게 말했다.

"여기에서 잠깐 기다려요, 곧 돌아올 테니."

강희는 잔뜩 겁에 질린 주인이 측은하게 느껴졌다. 자연스럽게 위로조의 말이 튀어나왔다.

"그럴 것 없이 들어가 쉬게. 나중에 우리가 문 두드리는 소리만 놓치지 않으면 될 것 같네."

밖에는 발목을 덮을 정도로 눈이 많이 쌓여 있었다. 하늘에서는 거위털 같은 눈송이가 끊임없이 계속 날리고 있었다. 울음소리는 계속해서 등골이 오싹하게 들려왔다. 강희 일행은 약속이나 한 듯 저마다 머리칼이 쭈뼛 일어설 정도의 두려움에 사로잡혔다. 일행은 걸음을 멈춘 채귀를 기울였다. 마치 웬 노파가 뭐라고 중얼대면서 흐느끼는 것 같았다. 그러나 소리는 잘 들리지 않았다. 일행은 울음소리를 따라 걸어갔다. 얼마 후 객점에서 그다지 멀지 않은 곳에서 간신히 지탱하고 있는 것처럼보이는 위험천만한 상태의 흙집이 보였다. 안에서는 희미한 불빛이 새어나오고 있었다. 울음소리 역시 그곳에서 끊어졌다 이어졌다 하기를 반복했다. 낭심이 살며시 문을 밀었다. 잠겨 있지 않은 문은 바로 열렸다. 나머지 세 사람도 그의 뒤를 따라 들어갔다.

강희는 집안에 들어서자마자 그 자리에 붙박이고 말았다. 손바닥만한방 안은 변변한 가재도구 하나 없이 썰렁했다. 얼음장 같은 구들장 역시불 한 번 지펴본 적이 없는 듯 문틈으로 날아 들어온 눈이 두툼하게 쌓여 있었다. 일행의 눈에 60세 가량 돼 보이는 노파가 들어왔다. 그녀는거의 사그라져가는 불빛 아래에 엎드린 채 퉁퉁 부은 얼굴을 들고 구들장 위에 싸늘하게 식어 있는 시신을 멍하니 바라보고 있었다. 갈라진목소리에서는 계속 가느다란 흐느낌이 흘러나오고 있었다. 노파의 행색은 말할 수 없을 정도로 초라했다. 앉아 있는 곳이 무엇보다 그랬다. 너덜너덜한 서까래 위였다. 게다가 옷은 덕지덕지 기운 탓에 입었는지 걸쳤는지 모를 지경이었다. 한데 엉겨 붙은 백발은 억울하게 죽은 귀신의 그것을 연상케 했다. 강희는 너무나도 처참한 광경을 직접 목격하자 온몸이 굳어지며 오싹해졌다.

노파는 호두껍데기같이 쭈글쭈글한 얼굴을 들었다. 그 와중에도 사람이 들어오는 인기척을 느낀 모양이었다. 그러나 그녀는 옷차림부터가 예사롭지 않은 고귀한 신분의 네 사람을 멍하니 바라보기만 했다. 그러더니 갑자기 정신 나간 사람처럼 미친 듯 웃어댔다.

"또 왔어? 더 가져갈 것이 있으면 마음껏 가져가라고! 나도 가져가고! 하하하하!"

노파는 실성한 듯했다. 웃고 떠들다 또다시 기운 없이 오열을 터뜨리는 모습 등이 분명히 그렇게 보였다.

"아이고, 불쌍한 내 새끼. 날벼락 맞을 영감탱이야⋯⋯."

"어르신!"

강희는 온몸에 소름이 쫙 끼쳤다. 과거 오배가 건청궁에서 게거품을 물면서 길길이 날뛸 때도 전혀 느껴보지 못한 공포였다. 온몸이 완전히 오그라들 정도라고 해도 과언이 아니었다.

"어르신⋯⋯, 두려워하지 마세요. 우리는 지나가던 장사꾼들이에요. 잘 곳이 마땅하게 없어서 찾으러 다니다 눈이나 좀 피해가려고 들어왔어요. 어르신에게 이런 불행한 일이 있을 줄은 정말 몰랐네요. 저희들⋯⋯ 여기 좀 있다⋯⋯ 가도 되죠?"

강희는 나이에 비해 겁이 없는 편이었다. 오배와 같은 무리들의 온갖 횡포와 만행에 의연하고 당당하게 대처한 바도 있었다. 하지만 그도 눈앞에 보이는 현실 앞에서는 황제가 아닌 일개 나약한 인간에 불과했다. 몸을 부들부들 떨었다. 그는 급기야 노파에게 가까이 다가가 위로라도 하고 싶다는 생각을 했다. 그러나 노파의 악에 받친 눈빛을 보는 순간 주춤했다. 이때는 소마라고가 오히려 더 의연했다. 마음을 다잡고 강희

대신 앞으로 다가섰다.

"어르신께서는 언제 돌아가셨어요? 자녀분은 안 계세요?"

"자녀? 아이고, 불쌍한 내 딸!"

노파가 '자녀'라는 소마라고의 말에 더욱 악을 쓰면서 울기 시작했다. 나중에는 발버둥까지 쳤다. 그러나 이미 눈물이 말라버린 지 오래인 듯 했다. 퀭한 눈동자에서는 눈물 한 방울조차 나오지 않았다. 그러자 노파는 부들부들 떨리는 두 팔로 허공을 향해 마구 쥐어뜯는 시늉을 하면서 소리를 질러댔다.

"아이고, 불쌍한 내 딸아. 씨를 말려 죽일 놈! 내 딸 내놔!"

노파는 완전히 미쳐버린 듯했다. 눈에 불을 켜고 입가에 거품을 문 채 땅바닥을 후비면서 소리를 질러대고 있었다. 강희는 더 이상 버틸 수가 없었다. 소마라고 역시 놀라서 뒷걸음질을 쳤다. 그리고는 바로 강희를 부축하고 밖으로 뛰쳐나왔다. 낭심 역시 뒤따라 나왔다. 그래도 위동정만은 끝까지 남아 노파의 옆에 은자를 한 줌 놓아두고 나왔다.

강희는 경황없이 밖으로 뛰어나오자마자 턱까지 차오르는 숨을 겨우 골랐다. 그런 다음 머리를 마구 흔들어댔다.

"아이고, 세상에! 너무 무섭군! 짐은 이 광경을 평생 잊을 수 없을 거야. 짐의 백성들이 이런 아픔을 겪고 있다는 사실이 너무 가슴이 아프군. 내일 낭심이 조문객 신분으로 이 불쌍하고 가난한 노파를 좀 도와주고 와!"

네 사람은 말없이 객점을 향해 걸었다. 사각사각 눈이 밟히는 소리만이 그 뒤를 따를 뿐이었다. 순간 어디에선가 회오리바람이 불어오더니 눈가루를 휘감아서 일행의 얼굴을 사정없이 갈겨댔다. 길 옆에 있던 나무들 역시 불안한 듯 몸을 부르르 떨었다. 위동정도 흐느끼듯 숨을 들이마신 다음 온몸을 사시나무처럼 떨었다.

바로 그 순간이었다. 위동정이 갑자기 본능적인 경계 자세를 취했다. 동시에 발걸음을 늦추면서 장검에 손을 얹었다. 부리부리한 눈매로는 주위를 살폈다. 오배가 강희를 해치기 위해 색액도의 집을 습격했을 당시에 직면한 위기일발의 순간을 떠올리게 하는 모습이었다. 아니나 다를까, 그는 객점 문 앞에 이르자 흰 눈에 살짝 가려진 낭자한 피를 발견했다. 동시에 그가 두 팔을 휘두르면서 큰 소리로 고함을 질렀다.

"낭심, 폐하를 잘 보호하시게!"

위동정은 말을 마치자마자 쏜살같이 달려가 대문을 힘껏 밀어젖혔다. 강희 일행은 너무나 느닷없는 위동정의 돌발 행동에 깜짝 놀랐다. 그러나 위동정의 행동은 결코 괜한 것이 아니었다. 그가 대문을 밀어젖히는 순간 문 뒤에 숨어 있던 세 명의 건장한 사내들 중 한 명이 땅바닥에 널브러진 것이다. 미처 대응을 하지 못한 듯했다. 모두들 무슨 영문인지 몰라 어정쩡한 모습으로 있는 사이에 세 명의 사내가 서슬 퍼런 장검을 휘둘러대면서 미친 듯이 뛰쳐나왔다. 그러더니 강희를 향해 한 발자국씩 다가섰다. 미처 칼을 꺼낼 수도 없는 긴박한 상황이었다. 위동정과 낭심은 그럼에도 앞뒤에서 강희와 소마라고를 보호하면서 맨주먹으로 서슬 퍼런 칼날에 맞섰다. 순간 소마라고가 강희 앞을 막아서면서 객점 안을 향해 큰 소리로 외쳤다.

"안에 있는 작자들 도대체 뭣들 하는 거야? 다들 뒈진 거야 뭐야? 어서 나와서 돕지 않고 뭘 하는 거야?"

시위들은 사실 대문 밖에서 들려오는 예사롭지 않은 소리에 진작부터 대비하고 있었다. 긴장도 늦추지 않고 있었다. 조용히 있었던 것도 이유가 있었다. 위동정이 엄선한 이들 7명은 원래 야간 작전에 각별히 뛰어난 이들이었다. 때문에 이때도 대문을 택하지 않고 몰래 담을 타고 뛰어내려 세 명의 자객을 빈틈없이 포위하고 있었다. 자객들은 이 사실을 전혀 눈치조차 채지 못했으나 발견하고 나서도 아예 이들을 무시했다. 오로지 위동정만 노리고 달려들었다.

위동정의 신속한 대처로 겨우 생명의 위협에서 벗어난 강희는 일단 한숨을 몰아쉬었다. 그런 다음 황급히 낭심에게 지시를 내렸다.

"어서 들어가서 몇 명을 더 불러와!"

낭심이 씩씩하게 대꾸하고는 객점 안으로 들어가려고 할 때였다. 난데없이 도사 이우량이 성큼성큼 걸어 나왔다. 그러더니 돌계단 위에 떡하니 버티고 서서는 큰 소리로 외쳤다.

"다들 멈추시오!"

시위들은 무슨 영문인지 몰랐으나 일단 그 자리에 멈춰 섰다. 그러나 자객들은 아랑곳하지 않았다. 계속 강희를 향해 공격을 가해 왔다.

"쥐새끼 같은 놈들!"

이우량이 무섭게 쏘아붙이면서 손을 들더니 세 번 힘껏 흔들었다. 그러자 쌩! 쌩! 쌩! 하는 바람소리와 함께 손가락 사이에 끼워져 있던 비도飛刀가 세 명의 자객들을 향해 여지없이 날아가 꽂혔다. 자객들은 꼼짝도 못하고 그 자리에 힘없이 꼬꾸라졌다. 그러나 그 중 한 명은 상처가 심하지 않았는지 안간힘을 다해 일어섰다. 그런 다음 날렵하게 담장 위로 뛰어오르더니 정신없이 도망치기 시작했다. 그러자 이우량이 냉소를 흘렸다.

"내 비도에 맞고도 살아난 것을 보면 명이 꽤 긴 놈이군. 칼이나 놓고 가서 며칠 더 살아라!"

이우량이 말을 마치자마자 바로 비도 하나를 더 가볍게 던졌다. 자객은 저만치 담장 위에서 뛰어내리다 정확하게 손목에 비도를 맞았다. 그의 손에서 이우량의 말대로 칼이 떨어졌다. 그러나 그는 그에 개의치 않고 허둥지둥 도망을 쳤다.

"폐하!"

이우량이 계단에서 내려오면서 강희에게 공손히 인사를 올렸다. 모든 것을 다 알고 있는 눈치였다.

"저는 폐하이신 줄 모르고 함께 대동 지부를 만나는 자리에 가서 구경이나 좀 하려고 했사옵니다. 그러나 이제 그럴 필요가 없게 됐사옵니다. 안녕히 계시옵소서!"

이우량은 솔직했다. 강희 역시 더 이상 속일 필요가 없다고 생각했다. 아니 연이어 발생한 급작스런 사고에 경황이 없었으니, 그럴 생각도 하지 못했다. 그가 떠나려고 하는 이우량에게 진심어린 어조로 말했다.

"자네는 이렇게 대단한 재주를 가지고 있으면서 왜 굳이 욕심을 버리고 떠나려고 하는가? 그 재주를 썩히지 말고 나라를 위해 써 주게. 어떤가?"

"지금 나라를 위해 일하지 않았사옵니까!"

이우량이 다소 냉소적인 어조로 덧붙였다.

"소인은 제 주제를 누구보다 잘 아옵니다. 소인이 타고난 복에 황은皇恩은 없사옵니다. 게다가 그곳의 예법에 제 자신을 끼워 맞추며 살 자신도 없사옵니다. 그냥 생겨 먹은 대로 강호를 떠돌면서 살고 싶사옵니다!"

소마라고는 이우량의 말에서 뭔가를 잡아낸 듯한 눈치를 보였다. 눈치 빠르고 섬세할 뿐 아니라 예리한 그녀다웠다. 그녀가 드디어 꿈틀거리면서 북받쳐 오르는 가슴을 진정시키고 말했다.

"우량 도사! 그런 생각을 가지고 있다면 왜 폐하의 스승이신 오차우 선생을 찾아가지 않는 거죠?"

"그렇지 않아도 찾아뵙고 싶었습니다."

이우량이 진지하게 대답했다. 그런 다음 손가락을 입에 넣고 휘파람을 불었다. 그러자 어디에선가 네 발굽이 새하얀 검은 노새가 객점 뒤편에서 활개를 치면서 달려왔다. 그는 바로 몸을 날려 노새에 올라탔다. 이어 강희 일행을 향해 공수를 하고는 순식간에 사라졌다. "실례했습니다"라는 한마디를 남긴 채였다.

"폐하!"

강희는 아득히 사라져가는 이우량의 뒷모습을 바라보면서 멍하니 서 있었다. 넋이 나간 듯했다. 위동정이 그런 강희에게 다가와서는 가볍게 아뢰었다.

"두 명의 자객 가운데 한 명은 죽었사옵니다. 다른 한 명은 중상을 당했고요. 어떻게 처리할지 지시를 내려주시옵소서."

강희는 위동정의 말에 비로소 정신이 돌아왔다. 머리를 돌려 준엄한 목소리로 물었다.

"가게 주인은 한 패가 아닌가?"

"그건 아니옵니다. 주인은 우리가 도착하기 전에 이미 죽었사옵니다. 소인은 대문에 묻은 핏자국을 보고 자객이 있다는 사실을 눈치챘사옵니다."

"음!"

강희가 머리를 끄덕이면서 객점의 대문 쪽을 힐끗 살폈다. 이어 명령을 내렸다.

"낭심은 자객을 끌어다 심문하라. 또 위 군문은 짐을 따라오게. 나머지는 있어야 할 자리에 있으면 되겠군."

위동정은 조마조마한 심정으로 강희의 뒤를 따랐다. 방으로 들어와서는 바로 그의 표정부터 살폈다. 표정이 심상치가 않았다. 위동정이 황급히 무릎을 꿇으면서 아뢰었다.

"폐하께서 많이 놀라셨을 줄 아옵니다. 이 모두가 소인이 책임을 다하지 못한 탓이옵니다. 어떤 벌이라도 달게 받겠사옵니다!"

마침 이때 소모자가 미리 준비해둔 차를 들고 들어왔다.

"자네는 잘못한 것이 없네. 짐이 나가자고 해서 나간 것이니. 어서 일어나게."

강희는 말을 마치기 무섭게 방에서 나가기 전 책상 위에 놓았던 편지를 다시 들었다. 얼마 후 편지를 다 읽은 그의 표정이 많이 달라져 있었다. 조금 전까지만 해도 불안해하던 기색이 서서히 사라졌다. 곧이어 그가 미간을 찌푸린 채 뭔가 골똘히 생각하는 것 같았다. 위동정은 편지에 도대체 무슨 내용이 쓰여 있는지 못내 궁금했다. 그러나 물어볼 수는 없는 일이었다. 그저 소모자와 함께 숨을 죽인 채 한쪽 끝에 물러서서는 강희를 힐끔힐끔 쳐다보기만 했다.

"오늘 저녁 잠은 다 잤구먼."

강희가 편지를 불 가까이로 가져가는가 싶더니 바로 태워버렸다. 그러더니 한숨을 쉬면서 소모자에게 명령을 내렸다.

"붓과 종이를 가져 오라."

강희는 붓과 종이가 준비되자 빠른 속도로 조서를 써내려가기 시작했다. 다 쓴 다음에는 자신이 우선 한번 훑어보고 위동정에게 넘겨주었다.

"자네는 종일 경호를 서랴 명령을 따르랴 매달려 있는 사람이니까 웬만한 것은 알 것 아닌가. 지금 이 순간 달리 상의할 사람도 없어. 그러니 자네가 이걸 좀 봐주게. 말이 되는가?"

위동정은 즉각 두 손으로 조서를 받아들었다. 내용은 생각보다 길었다.

색액도와 웅사리의 말에 의하면 서안 백성들이 막락과 백청액을 위해 탄원서를 냈다. 이는 이 둘보다 더 청렴한 관리가 없을 것이라는 확신과 무관하지 않다. 짐이 관리를 임명하고 흠차를 파견하는 것은 모두 백성들을 위해서이다. 그곳 백성들의 삶을 더욱 윤택하게 하고, 때때로 그들의 목소리를 듣기 위해 파견하는 것이다. 백성들이 이 두 사람을 위해 탄원서를 낼 정도라면 선정善政을 베풀었다고 믿지 않을 수 없다. 때문에 전에 지은 죄는 관대하게 처리해야 한다고 본다. 각각 반년의 녹봉을 지금 정지시키고 북경으로 발령을 내도록 하겠다. 둘 중 백청액은 그 전부터 모든 관직에서 물러나 쉬고 싶다고 했다. 이에 대해서는 짐도 이의가 없다. 좌도어사 흠차 명주는 조서를 받는 즉시 안휘성으로 가서 오차우와 회동하라. 그런 다음 함께 북경으로 오기를 바란다. 이전의 직위에서는 해임한다. 황제가 쓰다.

위동정은 조서를 읽은 다음 한참을 생각했다. 그런 다음 천천히 입을 열었다.

"막락과 백청액의 청렴함을 높이 평가해서 죄를 면해주는 것은 아주 잘하신 것 같사옵니다. 명주는 워낙 눈에 띄는 인물이옵니다. 때문에 안휘성 현지에서 무슨 소동이 있을까 솔직히 걱정이 되옵니다. 폐하께서 다시 한 번 심사숙고해 주셨으면 하옵니다."

"평소대로라면 자네 말이 충분히 일리가 있지."

강희가 촛불 밑에서 유난히 빛나는 눈을 깜빡이면서 말을 이었다.

"소문에 따르면 경정충은 바로 복건으로 돌아가지 않고 빙빙 돌아서 운남으로 갔어. 그자는 철석같이 약속을 했어. 그러나 지금으로서는 무슨 변수가 생길 수도 있다는 사실을 감안해야 해. 오 선생은 비밀 문건을 가지고 있는 사람이니 반드시 사람을 보내 찾아와야 하네."

"비밀 문건이라뇨?"

"철번방략撤藩方略 말일세!"

강희의 얼굴에 순간적으로 불안한 그림자가 스쳐지나갔다. 잠시 머뭇거리기도 했다. 그러나 곧 다시 침착하게 입을 열었다.

"오 선생이 강학講學을 다닐 때 그냥 다니는 게 아니야. 다니는 곳마다 현지 관련 부서에서 나와 접대를 해. 또 그들과 연락을 취하도록 돼 있다고. 그런데 봉양鳳陽을 지나고부터는 현지와 연락이 끊겼다고 하네. 그러니 짐이 걱정이 되지 않겠는가."

강희의 얼굴에 다시 걱정이 어렸다. 위동정 역시 그제야 사태의 심각성을 느꼈다. 오차우가 평서왕의 손에 걸려들기라도 하는 날에는 지금껏 추진해온 철번 계획이 수포로 돌아갈 가능성이 없지 않은 탓이었다. 그러나 그는 곧 정신을 가다듬고 강희를 위로하기 시작했다.

"너무 나쁜 쪽으로 생각하지 마시옵소서. 오 선생은 성격이 워낙 거침이 없고 탁 트인 것을 좋아하시는 분이옵니다. 그러다 보니 관리들의 집에 머물기가 싫겠죠. 제 생각에는 밖에서 자유롭게 떠돌아다니지 않을까 하옵니다. 그도 아니면 몸이 안 좋아서 어디에서 잠깐 쉬고 있을 수도 있고요……. 최악의 경우 그자들의 함정에 빠졌다고 해도 크게 염려할 것은 없사옵니다. 오 선생의 성품에 어찌 군주를 팔아 비겁하게 살아남으려고 하겠사옵니까?"

"제발 그래야 할 텐데……"

강희가 머리를 끄덕였다. 하지만 곧 다시 절레절레 흔들면서 탄식을 토했다.

"호신, 자네는 아직 인간의 본성을 몰라서 그래. 오 선생이 색액도의 집에서 짐에게 공부를 가르칠 때 한 말이 있어. '절개를 지켜 죽기는 쉬워도 끝까지 의리를 지키기는 어렵다'고 말했지. 죽음이 눈앞에 다가왔다는 사실을 예고하는 혹독한 협박과 온갖 참기 어려운 고문이 이어지면 세상일은 모른다고. 물론 짐은 오 선생을 믿네. 하지만 혹시나 하는 생각에서……"

강희는 사실 '한족들은 성품이 나약하기 때문에'라는 말을 하려고 했다. 그러나 위동정도 한족이라는 생각을 떠올리고는 바로 말을 도로 삼켜버렸다.

"게다가……."

강희가 다시 혼잣말처럼 중얼거렸다.

"북경의 그 무성한 소문은……, 어디에서 시작된 것일까?"

그 순간 낭심이 황급한 걸음으로 달려와 아뢰었다.

"폐하, 그 자객 놈이 자백을 했사옵니다."

"주모자가 누구야? 오삼계 그자는 아니겠지?"

강희가 물었다.

"아니옵니다. 서른 살 정도 되는 젊은 친구인데, 자기네들끼리 주삼태자라고 부른다고 하옵니다."

낭심이 대답했다.

"주삼태자는 지금 어디에 있나? 또 사람은 얼마나 데리고 있다고 하던가?"

강희는 본능적으로 상황이 예상보다 심각하다는 것을 직감했다. 은근히 겁도 나고 있었다. 그러나 겉으로는 아무런 내색도 하지 않았다. 또 일부러 번쩍이는 두 눈으로 낭심을 바라보면서 다시 큰 소리로 물었다.

"전부 다 자백했는가?"

"그자의 말에 의하면 그들은 운남에서 왔다고 하옵니다. 모두 서른 명으로 재주들이 대단한 것 같사옵니다. 그 중 열다섯 명은 오대산으로 미리 가서 숨어 있다고 하옵니다. 또 나머지는 주 아무개를 따라 북경으로 잠입했다고 하옵니다. 나머지 부분에 대해서는 잘 모른다고 하옵니다. 이들 셋은 공을 세워보려고 저녁에 몰래 빠져나왔다고 하고, 나머지는 그대로 산에 있다고 하옵니다."

"짐이 오대산으로 간다는 사실을 이자들이 어떻게 알았을까?"

"이 부분에 대해서는 그자도 모른다고 했사옵니다."

"더 혹독하게 고문해서 자백을 받아내!"

"폐하께 아뢰옵니다"

낭심이 웬일인지 몸 둘 바를 모르겠다는 표정을 지었다.

"벌…… 벌써 죽었사옵니다."

낭심의 말이 끝나기 무섭게 강희가 위동정을 쳐다봤다. 그러자 위동정이 자리에서 몸을 앞으로 숙이면서 조용히 아뢰었다.

"폐하, 오늘 저녁에는 세 명밖에 오지 않았는데도 이렇게 아수라장이 벌어졌사옵니다. 그런데, 아직 열두 명이 오대산에 숨어 있사옵니다. 상대가 만만치 않은 듯하옵니다. 소인의 생각으로는 시간을 끌 필요 없이 바로 태황태후마마께 말씀을 드리고 밤을 새서라도 북경으로 돌아가는 게 좋을 것 같사옵니다. 그렇게 하면 오대산에서 기다리는 자들의 음모가 이뤄질 수 없고, 또 북경으로 간 자들도 헛물을 켜게 되옵니다. 대동 지부를 만나는 일은 잠시 뒤로 미루는 게 나을 듯하옵니다."

"그렇게 서두를 것 없어! 밤을 새워 눈길에 도망을 간다면 짐이 겁쟁이라는 소문이 파다해질 것 아닌가! 아니, 겁쟁이로 낙인이 찍히고 말 것이야."

강희가 화를 참지 못하겠다는 듯 주먹으로 탁자를 쾅! 하고 내리쳤다. 눈에서는 서슬 퍼런 불꽃이 튀었다.

"온 천하가 다 짐의 것이 아닌가. 그런데 두려울 것이 뭐가 있다고! 오대산은 가지 않더라도 내일 주가 그 개자식은 혼을 내주겠어. 시위를 하기 위해서라도 일부러 한 바퀴 돌 거야."

사하보에서 주운룡周雲龍을 위해 마련한 연회는 현지에서 제일 큰 진신縉紳(지체 높은 관리)이자 일찍이 대동 지부를 지냈던 채양도蔡亮道의 집에 차려져 있었다. 객점 주인의 말에 따르면 이 연회의 목적은 다른 것이 아니라 하남성 출신 말장수들의 하소연과 밀접한 관계가 있다고 했다. 그들은 얼마 전 내몽고에서 돌아오다 주운룡에 의해 군마軍馬를 사사롭게 매매한다는 죄명을 뒤집어쓰고 즉각 200필도 더 되는 말들을 압수당하고 말았다. 날벼락도 그런 날벼락이 없었다. 당연히 이들은 여기저기 자신들을 도와줄 유력자를 수소문했다. 그러다 현령인 유청원이 하남성 출신이라는 말을 듣고는 무작정 찾아가 도움을 요청했다. 유청원은 고향 사람들의 처지가 딱하다는 사실을 모르지 않았다. 그러나 주운룡이 직속상관인 탓에 입장이 난처했다. 더구나 사하보의 채양도와 주운룡은 함께 성시省試에 응시한 이른바 동창생이었다. 그 역시 선뜻 누구의 손을 들어줄 입장이 아니었던 것이다. 결국 그는 고민 끝에 사태의 원만한 해결을 위해 두 사람을 초청해 연회를 베풀었다.

강희는 위동정과 소모자, 부산과 함께 채양도의 관저를 찾아갔다. 관저의 문 앞에서는 웬 노인이 손님을 맞이하고 있었다. 그가 부산을 발견하고는 환하게 웃어 보이면서 인사를 건넸다.

"청주 선생, 일찌감치 오셨네요. 주 대인과 유 대인은 아마 조금 있어야 도착할 듯 싶네요!"

채양도임이 확실한 노인이 예의 바르게 인사를 건네자 부산도 황급히 맞절을 했다.

"눈이 그치기는 했어도 길이 워낙 미끄럽습니다. 오지 않을 수도 있겠군요!"

"오기는 옵니다. 오고말고요!"

채양도가 부산 일행을 안으로 안내하면서 물었다.

"그런데 이 도련님은……."

"아, 저 말씀입니까? 그저 용 아무개라고 불러주십시오."

강희가 재빨리 대답했다.

"청주 선생과 함께 투숙하고 있는 사람입니다. 절에 불공을 드리러 가는 길입니다. 이 일은 저하고는 큰 상관이 없습니다. 그러나 말장수들 중에 제 친척이 있습니다. 오지 않을 수도 없고 해서 이렇게 왔습니다."

"이 일은 워낙 복잡한 일이라……."

채양도가 부산 일행을 집 안으로 안내했다. 그런 다음 네 명의 말장수들을 만나게 하고는 턱수염을 만지면서 무겁게 입을 열었다.

"주운룡은 진남晉南(산서山西성 남쪽 지방)의 명사입니다. 먹물깨나 먹은 사람이죠. 말도 잘하고 배경도 좋습니다. 언뜻 봐서는 겸손한 군자 같으나 속으로는 자부심이 대단하죠. 나도 말은 해보겠습니다만 자신은 크게 없네요."

채양도의 말에 말장수들은 당황하는 빛이 역력했다. 한꺼번에 우르르 몰려와서는 두 손을 싹싹 비볐다. 강희는 그런 모습을 물끄러미 바라보다 위동정, 소모자와 함께 구석 자리에 가 앉았다.

이제나저제나 하고 있을 때였다. 밖에서 요란한 징소리와 북소리가 들려왔다. 곧이어 고함소리도 울려 퍼졌다.

"군민들은 모두 길을 비켜라."

강희는 그 소리를 듣자마자 코웃음을 쳤다.

"이런 빌어먹을 놈들!"

그러나 강희와는 달리 안에 있던 채양도를 비롯한 사람들은 하나같이 긴장하면서 어쩔 줄 몰라 했다. 특히 채양도는 실내를 부지런히 오가면서 좌중을 향해 정중하게 말했다.

"여러분, 지부 대인과 현령 대인이 도착했습니다. 우리 함께 마중을 나갑시다!"

채양도의 말이 떨어지기 무섭게 네 명의 말장수와 대여섯 명의 지역

유지들, 부산 등이 황급히 밖으로 나갔다. 채양도의 뒤를 따라서였다.

"이보게, 정말 오랜만이네!"

이윽고 주운룡이 대청 안으로 들어서면서 채양도에게 공수를 하며 껄껄 웃었다.

"석가장石家莊에서 헤어진 이후부터 계산하면 이미 삼년째 아닌가. 세월 참 빠르기도 하지! 자네 이 희끗희끗한 머리카락 좀 보라고. 정말 아침 다르고 저녁 다르다더니! 하하하하……."

주운룡이 채양도의 손을 잡은 채 성큼 방 안으로 들어왔다. 채양도는 좌중의 사람들을 일일이 그에게 소개하느라 몹시 바빴다. 반면 주운룡은 가볍게 머리를 끄덕이면서 미소만 지을 뿐이었다. 뒤따르던 유청원 역시 수척한 얼굴이기는 했으나 미소를 지은 채 채양도와 인사를 나눴다.

강희는 구석 자리에 앉은 채 주운룡을 유심히 관찰했다. 강희에 눈에 비친 주운룡은 한마디로 대단했다. 복장부터가 보통이 아니었다. 여덟 마리의 맹수가 그려진 두루마기를 입은 채 백한白鵰(숲속에 사는 꿩과의 새) 모양의 보자補子(문무백관의 예복의 등과 가슴에 단 네모 난 자수 장식)를 달고 있었다. 뿐만 아니었다. 모자 위에 달린 수정 구슬은 움직일 때마다 반짝반짝 빛이 나고 있었다. 깔끔한 얼굴에 보기 좋게 난 구레나룻 역시 상당히 멋져 보였다. 이런 주운룡에 비하면 유청원은 너무나 초라해 보였다. 특히 심한 근시인 탓에 눈을 가늘게 뜬 채 안간힘을 다해 사람을 쳐다보는 모습은 더욱 부자연스러워 보였다. 강희는 두 사람을 보면서 속으로 탄식을 토했다. "사람을 외모로 평가하지 말라"는 말이 자연스럽게 떠올랐던 것이다.

강희가 다시 머리를 돌려 위동정을 바라봤다. 위동정 역시 사뭇 부러운 시선으로 주운룡을 쳐다보고 있었다. 주운룡의 그럴싸한 수염에 눈길이 가는 모양이었다. 반면 소모자는 그런 것에는 전혀 관심이 없다는 듯 앞에 차려진 음식을 골고루 맛보느라 정신이 없었다. 그러면서 어떻게 하면 아무도 눈치채지 못하게 가장 먼저 비싼 술을 한 모금 마셔볼까 하는 생각을 하는 것 같았다.

강희는 그런 소모자의 모습을 훔쳐보면서 피식 웃지 않을 수 없었다. 그가 소모자에게 뭐라고 말하려 할 때였다. 주운룡이 채양도의 안내를 받으면서 강희에게 다가왔다. 그가 채양도에게 물었다.

"이 분은 누구십니까?"

9장
탐관오리의 가죽을 벗겨버리리!

강희는 주운룡의 갑작스러운 물음에 즉각 대답을 하지 못했다. 자신에게 묻는지를 몰랐던 것이다. 그러나 잠시 후 상황을 눈치채고는 직접 대답했다.

"소인은 용덕해라는 사람입니다. 통주에서 오대산으로 불공을 드리러 왔습니다. 그러다 초대해주신 덕분에 이런 곳에 다 와보게 됐습니다. 대인처럼 유명한 분도 만나뵙게 되고요. 영광입니다!"

"음!"

주운룡은 뭔가 석연치 않은 모양이었다. 그래서일까, 대충 얼버무리고는 고개를 저었다. 이어 뒷짐을 진 채 상석인 자신의 자리로 돌아갔다. 사실 그는 강희 6년에 과거에 낙방한 다음 내무부에서 서기 일을 본 적이 있었다. 먼발치에서 강희를 몇 번 본 적도 있었다. 하지만 이미 오래전 일인 탓에 끝내 기억을 되살리는 데는 실패하고 말았다. 강희는 자신의 무명 두루마기를 내려다보면서 속으로 웃었다.

"지부 대인께서 현명한 판단을 내릴 때가 된 것 같네."

술잔이 서너 순배 돌아가자 채양도가 기다렸다는 듯 화제를 이끌어냈다.

"말을 징발하는 것이 조정에서 내린 정령政令이라고 할 수 있어. 그러나 그날그날 먹고 사는 장사꾼들은 이 말들을 구하느라 경제적으로나 육체적으로 많이 힘들었을 거야. 곧 봄 농사철이 다가온다고. 하남성에서는 황무지를 개간하는데 이 말들이 필요하다고 해. 조정에서도 적극 제창했고. 이런 말까지 할 필요야 없겠으나 지금 당장 풀어주느냐 않느냐는 지부 대인의 한마디에 달려 있지. 이 사람들은 또 현령인 유 대인의 고향 사람들이기도 해. 한 번만 기회를 준다면 이 사람들은 평생을 두고 은혜를 잊지 않을 거야. 지부 대인께서 볼 때도 이보다 더 큰 선정善政은 없지 않겠나."

"이것 보게!"

주운룡이 젓가락으로 생선을 뒤집었다. 그러더니 웃음을 머금은 채 의미심장한 말을 내뱉었다.

"이 생선요리 맛 한번 끝내주네. 이런 생선이 많으면 나한테도 몇 마리 보내주지 그래. 혼자만 먹지 말고."

주운룡이 입에 올린 '생선이 많다'는 의미의 '다어'多魚는 사실 '쓸모없다'라는 뜻의 '다여'多余와 발음이 똑같다. 따라서 주운룡의 내뱉은 말의 의미는 "이 친구야, 괜히 쓸데없는 소리를 해서 우리 서로 감정 상하게 하지 말자"라는 말로 해석할 수 있었다. 그러나 채양도는 그런 쪽으로 전혀 생각을 못하고 있었다. 황급히 주방장을 불러 생선을 챙겨드리라고 지시하기까지 했다.

"그리고, 어서 한 마리 더 요리해서 올려."

강희는 두 사람을 번갈아 쳐다봤다. 갑자기 웃음이 터져 나오려고 했다. 그러나 꾹 눌러 참아야 했다. 마침 이때 주운룡의 옆에 있던 유청원이 씁쓸한 웃음을 얼굴에 흘리면서 그에게 술을 따라줬다. 그런 다음 조심스럽게 자신의 생각을 밝혔다.

"주 대인, 이렇게 말하면 어떻게 생각할지 모르겠으나 제가 알기로는 아직 말을 징발하라는 명령이 내려오지 않았어요. 이 네 명의 말장수들은 개봉부開封府에서 발행한 어음인 다인茶引도 있습니다. 결코 마구잡이로 나가서 말을 사 온 간사한 장사치들이 아닙니다. 그러니 한 번 봐주실 수 없을까요? 그렇게 해주신다면 이 사람들은 평생을 두고 고마워할 것입니다. 개봉부의 체면도 서게 되고요. 완전히 일석이조라고 할 수 있죠. 만약 대인께서 조정에서 내려 보낼지도 모를 말 징발 임무를 완수하지 못할까봐 걱정이 되신다면 방법도 있습니다. 이 사람들에게 말 값을 제대로 쳐서 주는 겁니다. 그러면 말은 내주시지 않아도 됩니다. 또 중원의 말장수들에게 지나친 타격도 입히지 않을 수……."

"그거 좋은 것 같군!"

주운룡이 의외로 흔쾌히 대답했다.

"구구절절 다 가슴에 와 닿는 정확한 말씀이오! 그까짓 것 어려울 게 뭐 있겠소! 현령께서 화모은자라고 생각하고 이전보다 더 많이 징수하면 말 값은 나오고도 남을 거요. 뭘 그까짓 것 가지고 째째하게 그러오, 그러기를!"

주운룡이 젓가락을 내려놓더니 손수건으로 입을 닦았다. 유청원은 주운룡이 처음에는 호쾌하게 나왔기 때문에 은근히 기대를 걸었다. 그러나 곧이어 터져 나온 말은 정말 의외였다. 자신에게 백성들을 착취한 돈으로 말 값을 계산해주라고 한 것이다. 그가 곤혹스러운 표정으로 자리에 앉으면서 혼잣말처럼 중얼거렸다.

"몇백 냥 정도라면 모를까 구천 냥이나 되는 거금을 우리 같은 작은 현에서 무슨 수로 마련하겠습니까?"

말장수들은 상황이 다급해지자 주운룡을 향해 손이 발이 되도록 빌기 시작했다. 그러나 그는 그들에게 눈길 한 번 주지 않았다. 그저 채양도와 얘기를 나누는 것에만 열중하고 있었다.

채양도는 주운룡이 여간해서는 말이 먹히지 않을 사람이라는 사실을 모르지 않았다. 그럼에도 포기할 생각을 하지 않았다. 아니나 다를까, 그가 자리에서 일어나서 술을 따라주면서 최대한 공손한 말투로 다시 한 번 부탁을 했다.

"주 대인, 번치 같은 작은 현 어디에서 그런 큰 돈을 구하겠나. 대인께서는 대동에 부임해 온 이후로 백성들을 자식 이상으로 사랑해 오지 않았나. 부디 잘 좀 봐주시게!"

"오시午時 초 정도가 되지 않았을까, 지금 시간이 아마?"

주운룡이 회중시계를 꺼내면서 말했다. 시계는 오삼계가 선물해준 것으로, 외지에 나가 있는 관리들이 쉽게 가지고 있을 만한 물건이 아니었다. 그가 보란 듯 시간을 본 다음 웃으면서 말했다.

"오시는 마시馬時라고도 하지. 어쩐지 모두들 말에 혼이 나간 사람처럼 군다고 했더니, 다 이유가 있었군."

강희는 점차 인내심을 잃어가고 있었다. 그런 강희의 생각을 아는지 모르는지 주운룡은 안색 하나 변하지 않은 채 천천히 차를 마시면서 실눈을 뜨고 말장수들을 노려보고 있었다. 마치 쥐를 잡은 고양이가 날름 먹어버리지 않고 고통스러워하는 모습을 보면서 즐기는 것 같았다. 그의 표정은 진짜 그래 보였다. 마침내 참다못한 강희가 일어나면서 한마디 하려고 했다. 바로 그때 내내 말이 없던 부산이 자리에서 먼저 일어났다.

"세상 사람들은 흔히 열두 가지 동물에 십이지十二支를 맞추죠. 그러나 이런 것은 알고 있는지 모르겠네요. 하나의 지支에 세 마리 동물이 해당된다는 사실을 말입니다. 대인, 대인 말씀대로 오시 초라면 아직 마시는 아닙니다. 정확하게 말하면 녹시鹿時라고 봐야 해요!"

"아, 그렇소? 그런 얘기도 있었는가?"

주운룡은 토박이 유명 인사로 통하는 부산에 대해서는 일찍이 들어본 바가 있었다. 당연히 자신이 은근히 지록위마指鹿爲馬(사슴을 가리키며 말이라고 억지를 부리는 것)한다고, 다시 말해 억지를 부린다고 비난하는 것을 눈치챘다. 그는 화가 치밀었다. 그러나 감정을 폭발시키지는 않고 한참 후에야 천천히 입을 열었다.

"청주 선생은 정말 명사답소이다. 말 한마디로 좌중을 들었다 놨다 하는 힘이 있으니 말이오. 그러나 하나 물어봅시다. 방금 전 그런 이론들은 어느 책에 나오는 거요? 혹시 선생이 멋대로 만들어낸 것은 아니오?"

"대인처럼 지체 높으신 분을 모시는 자리인데, 제가 어찌 멋대로 만들어 낼 수가 있겠습니까?"

부산이 보충 설명을 했다.

"원래 오시 초는 녹鹿(사슴)이라고 합니다. 또 오시의 끝은 장獐(노루)이라고 하죠. 그 사이를 바로 마시라고 합니다! 수隋나라에 소길蕭吉이라는 사람이 있었습니다. 그가 지은 《오행대의》五行大義라는 책에 그런 내용이 적혀 있습니다. 대인께서 댁에 돌아가셔서 찾아보시면 아실 겁니다!"

말을 마친 부산이 통쾌하게 웃음을 터뜨렸다. 그럼에도 좌중의 사람들은 누구 하나 웃지 않았었다. 하지만 강희만은 달랐다. "좋은 말씀입니다!"라고 하면서 부산의 말에 호응을 했다.

주운룡은 터져 나오는 화를 억누를 수가 없었다. 그러나 움찔움찔하면서도 화를 참았다. 얼마 후 그가 한참을 머뭇거리더니 술잔을 들었다.

"끝없이 입씨름을 해봤자 해결되지도 않을 일을 가지고 괜히 기분 잡치지 맙시다. 그냥 술이나 마십시다! 주령酒令(술 마시면서 하는 벌주놀이)도 하고 말입니다. 내가 먼저 운을 떼겠습니다. 대답하지 못하는 사람은 벌주를 마셔야 합니다. 주령을 하는 규칙은 하나는 하늘에 있는 사물, 하나는 땅 위에 있는 사물로 말을 만드는 겁니다. 그러나 끝에는 반드시 옛사람의 이름이 들어가야 합니다. 주령이 만들어지면 옆 사람은 '손에 들고 있는 물건은 무엇입니까?', '무슨 말을 했습니까?' 하는 식으로 주령을 낸 사람에게 물어봐야 합니다. 알겠습니까? 이의 없죠?"

좌중의 사람들은 이자가 또 무슨 꿍꿍이를 꾸미는지 궁금했다. 때문에 숨을 죽인 채 귀를 기울였다. 그러자 한참 후에 그의 주령이 시작됐다.

하늘에는 월륜月輪이 있고,
땅 위에는 곤륜崑崙이 있네.
옛사람도 한 명이 있었으니,
그 이름은 유백륜劉伯倫이라.

강희가 그가 낸 주령을 듣자마자 물었다.
"손에 들고 있는 물건은 뭡니까?"
주운룡이 대답했다.
"술잔입니다."
그러자 유청원이 두 번째로 물었다.
"무슨 말을 했습니까?"
"'술잔 이외의 다른 말은 하지 말라'고 말했습니다."
주운룡이 여유만만하게 대답했다. 이어 껄껄 웃으면서 단숨에 술잔을 비웠다.

"이번에는 내가 하지."

채양도가 자리에서 일어섰다.

하늘에는 이한궁離恨宮이 있고,
땅 위에는 건청궁乾淸宮이 있네.
옛사람도 한 명이 있었으니,
그 이름은 강태공姜太公이라.

먼저 유청원이 물었다.

"손에 들고 있는 것은 무엇입니까?"

채양도가 대답했다.

"낚싯대입니다."

이번에는 주운룡이 물었다.

"무슨 말을 했습니까?"

채양도는 처음에는 "나의 낚싯대에 걸려들지 말라"라고 말하려고 했다. 그러다 순간적으로 "원하는 자는 걸려들라"라고 말을 바꿨다. 강태공이 낚시할 때의 마음이라고 할 수 있었다. 위동정은 채양도가 한 말의 뜻을 바로 눈치채고 속으로 탄복했다. 강희 역시 조용히 찻잔을 든 채 채양도의 말을 경청하고 있었다.

유청원은 얼굴이 사색이 된 채 안절부절 못하는 말장수들을 쳐다봤다. 안타까움이 솟구쳤다. 당연히 주령은 그들의 입장을 반영하는 내용이었다.

하늘에는 화개華蓋(별자리 이름)가 있고,

땅 위에는 우개羽蓋(왕들의 수레를 덮는 덮개)가 있네.
운 나쁘게 거지가 된 옛사람도 한 명 있었으니,
그 이름은 진경秦瓊이라.
손에 든 물건은 채찍이고,
"내 말 돌려줘!"라고 말했네!

초췌한 모습의 유청원의 주령에 좌중의 사람들은 한바탕 웃음을 터뜨리지 않을 수 없었다. 어색했던 분위기는 졸지에 후끈 달아올랐다. 강희는 너무 재미있다는 듯 두 발을 동동 구르기까지 했다. 급기야 위동정에게 "이거 재미있네. 자네도 한번 해봐!"라고 권유했다. 위동정은 떠밀리다시피 자리에서 일어나면서 입을 열었다.

하늘에는 천하天河가 있고,
땅 위에는 분하汾河(산서성에 있는 강)가 있네.
옛사람의 이름은 소하蕭何라.
그는《대청률》大淸律을 들고 있었고,
"탐관오리를 징벌하자!"라고 말했네.

위동정의 주령은 의미심장했다. 좌중의 사람들은 크게 놀라지 않을 수 없었다. 장내는 순식간에 숨소리마저 크게 들릴 만큼 조용해졌다.
"좋았어!"
주운룡이 얼굴이 귀밑까지 빨개진 채 징그럽게 말했다.
"내가 또 하나 하죠."

하늘에는 영산靈山이 있고,

땅 위에는 태산泰山이 있네.
옛사람의 이름은 한산寒山이라.
손에는 큰 빗자루가 들려 있었고,
"자기 문 앞에 쌓인 눈이나 잘 치우라! 그렇지 않으면 치도곤을 당할 테니"라고 말했네!

"이거 듣고 보니 완전히 말장난이군요!"
이번에는 소모자가 끼어들었다.

하늘에는 옥황상제가 있고,
땅 위에는 강희제가 있네.
옛사람의 이름은 홍무洪武황제라.
세 척이나 되는 용천검龍泉劍을 들고,
"탐관오리의 가죽을 벗겨버리리"라고 말했네!

소모자가 주령에 동원한 단어는 다소 거칠었다. 그러나 그로서는 대단한 발상이었다. 그러나 강희 일행을 제외한 좌중의 사람들의 생각은 달랐다. 모두들 주운룡을 의식해서인지 얼굴이 잿빛이 된 채 서로 번갈아 쳐다만 볼 뿐이었다. 강희는 이 어색한 분위기를 깨버리기 위해 큰소리로 잘했다고 외치면서 박수갈채를 보내고 찬사를 아끼지 않았다.
"최고야! 좋은 주령은 바로 이런 것이라고 할 수 있지!"
옆에 앉은 부산 역시 박수를 치면서 소모자를 칭찬했다.
"모처럼 좋은 주령을 들었는데, 건배를 하지 않을 수 없네요!"
주운룡은 주령들이 처음부터 자신을 향해 날아오는 화살들이라는 사실을 모르지 않았다. 그럼에도 끝까지 참으려고 무지하게 인내심을 발휘하고 있었다. 그러나 소모자의 주령을 듣고서는 더 이상 참지 못하 겠는지 탁자를 힘껏 내리치면서 욕설을 퍼붓기 시작했다.

"이거 어디에서 기어들어온 똥개들이야. 버르장머리 없게! 채양도, 당 신 뭐하는 사람이야? 나를 물 먹이려고 여기에 부른 거야?"

주운룡이 말을 하면 할수록 화가 나는지 급기야 수행원들에게 최후 통첩 같은 명령을 내렸다.

"이놈을 끌어내!"

"어디 감히!"

주운룡의 말에 강희가 바로 자리에서 벌떡 일어나면서 고함을 내질 렀다.

"당신은 법도 모르나?"

"법 좋아하네."

주운룡이 가소롭다는 듯 콧방귀를 뀌면서 다시 명령을 내렸다.

"이자도 함께 끌어내!"

복도에 대기 중이던 주운룡의 부하들은 명령이 떨어지자마자 며칠 굶 은 야수처럼 강희에게 달려들었다. 위기일발의 순간이었다.

그러나 강희에게는 위동정이 있었다. 역시 믿음직한 모습으로 쏜살같 이 나서더니 눈 깜짝할 사이에 네 명을 모두 쓰러뜨려 버렸다. 전혀 예 상치 못한 뜻밖의 장면에 채양도는 깜짝 놀랐다. 어떻게 해야 할지를 몰 라 사시나무 떨 듯 떨었다. 말장수들 역시 마찬가지로 얼굴빛이 완전히 사색이 돼 있었다. 그러나 유청원만은 달랐다. 그는 첫 느낌만으로 강희 가 보통 인물이 아니라는 사실을 직감했다. 그래서 차갑게 굳은 얼굴을 한 채 사태를 침착하게 주시하고 있었다.

"성가聖駕를 맞이하라!"

소모자가 갑자기 고막이 찢어질 듯 목소리를 높여 외쳤다. 그러자 낭심이 저마다 황궁시위 차림을 하고 허리춤에 보검을 찬 8명의 씩씩한 시위들을 인솔한 채 위풍당당하게 성큼성큼 들어섰다. 곧 그가 강희 앞에 무릎을 꿇었다.

"폐하, 명령을 내려주시옵소서!"

채양도와 유청원이 눈을 등잔불만큼이나 크게 떴다. 경악을 금치 못하는 모양이었다. 그러나 둘은 이내 상황을 파악하고 털썩 무릎을 꿇었다. 좌중의 사람들도 거의 동시에 둘을 따라 움직였다. 주운룡이 받은 충격은 더했다. 전혀 예기치 않았던 돌발 상황에 완전히 넋이 나갔는지 멍하니 서 있었다. 그러다 눈을 까뒤집으면서 그 자리에 풀썩 고꾸라지고 말았다.

"나쁜 놈 같으니라고!"

강희가 이를 악문 채 납작하게 엎드려 있는 주운룡을 노려봤다. 그런 다음 준비해 온 종이에 몇 글자를 적더니 옥새를 찍어 유청원에게 건네줬다.

"자네는 참 잘하고 있네. 이제부터 대동 지부는 자네야. 또 법에 의해 이자를 처벌하게. 그리고 결과를 이부와 형부에 보고하도록. 그러면 모든 것이 끝나. 위 군문, 우리는 그만 떠나지!"

공영우는 원래 섬서로 돌아가기 전에 주배공을 다시 만나기로 굳게 약속했다. 그러나 길이 어긋나 만나지를 못했다. 그가 법화사로 찾아갔을 때 주배공은 아침 일찍 지인들과 함께 서산西山으로 유람을 가 버린 때문이었다. 공영우로서는 넓디 넓은 서산을 다 뒤지고 찾아 나설 수는 없었다. 더구나 강희 일행이 오대산으로 떠난 다음 왕보신은 바로 북경을 떠날 채비를 하라고 수행원들에게 통보해 온 터였다. 그는 진심으로 떠나기 전에 주배공을 한 번만이라도 더 보고 싶었기에 낙심하여 어깻

죽지를 늘어뜨린 채 주배공의 방문을 열고 들어갔다. 그의 눈에 책상 위에 지저분하게 놓여 있는 붓과 종이들이 들어왔다. 그는 편지를 남기기로 하고 붓을 들었다.

> 내 동생 배공아! 같이 술 마시자던 약속을 지킬 수 없게 됐구나. 오늘 오후에 나는 북경을 떠나야 해. 언제 섬서에서 만나 우리 함께 술잔을 기울이면서 그리웠던 순간들을 얘기하자꾸나.
>
> ─형 영우가

공영우는 몇 글자 더 적고 싶었다. 그러나 할 말은 많은데 딱히 적당한 표현이 떠오르지 않았다. 그는 아쉬움을 간직한 채 고개를 들었다. 주배공이 깨끗하게 빨아 정리해 놓은 옷가지 위에 함께 꿰어놓은 두 개의 나한전羅漢錢이 시야에 들어왔다. 순간 그는 가슴에서 뜨거운 그 무엇이 솟구치는 것을 느꼈다. 가까이 가서 손에 받쳐들어 보니 첫눈에도 어머니가 몸에 지니고 계시던 나한전이라는 사실을 알 수 있었다. 그의 기억 속 나한전은 늘 삯바느질 하는 어머니의 실광주리에 담겨 있었다. 어머니는 당시 칭얼대는 그와 주배공에게 이 나한전을 흔들면서 동요를 직접 불러주시고는 했다.

> 나한전, 환하게 빛나는 것이 예쁘기도 해라.
> 우리 아기 어른이 되면 누구보다 멋지겠지.
> 하나는 영웅, 하나는 부자가 되어
> 이 어미 잘 보살핀 후 천국으로 보내주겠지…….

공영우의 눈에서는 금세 눈물이 방울처럼 맺혀 흘러내렸다. 나한전에서 느낀 어머니의 체취는 그만큼 강렬했다. 그는 조심스레 한데 꿰어 있던 두 개의 나한전 중 한 개를 떼어내 자신의 주머니에 넣었다. 그런 다음 눈물을 닦으면서 밖으로 나왔다.

왕보신이 서둘러 북경을 떠나는 것에는 다 까닭이 있었다. 오응웅 곁에서 더 이상 머무르고 싶지 않았기 때문이었다. 그가 북경을 벗어나고부터는 천천히 가고자 했던 것은 다 그런 생각과 관련이 있었다. 또 막락을 북경으로 불러올리는 조정의 발령장이 도착한 후에야 서안으로 돌아가고자 한 것도 나름의 이유였다.

왕보신 일행 스무 명은 우선 태항산太行山의 고도古道를 따라 낭자관娘子關을 지났다. 그런 다음 지름길을 가로질러 풍릉風陵을 건너 섬서로 들어갔다. 왕보신은 가는 내내 기분이 좋은 듯했다. 병사들 및 장교들과 웃고 떠들면서 한시도 조용히 보내지를 않았다. 그럴 수밖에 없었다. 강희가 10만 냥에 해당하는 군량미를 준다고 약속했으니까 말이다. 더구나 천근만근의 무게로 자신을 짓누르던 막락과 와이격이 북경으로 불려간다고 하지 않는가. 그가 날아갈 듯 홀가분한 기분을 느끼는 것은 너무 당연했다. 사실 막락이 계속 섬서에 남아 있는다고 해도 기죽을 일도 없을 것 같기는 했다. 자신이 이제는 더 이상 천민인 고병에 적을 두지 않고 당당한 한군정홍기 출신으로 탈바꿈했으니 말이다. 그러고 보면 그는 이번 북경행에서 진짜 많은 성과를 올렸다. 무엇보다 오삼계에게 미운털이 박히지 않을 수 있었다. 게다가 강희한테도 후한 점수를 땄다. 그야말로 호박이 넝쿨째 굴러들어왔다고 해도 좋았다. 그는 마치 소풍을 가는 어린아이처럼 기뻐하면서 강희에게 받은 표미창을 만지고 또 만졌다. 보고 또 보았다.

그에 반해 공영우의 심사는 완전히 달랐다. 서쪽을 향할수록 몸이 무겁기만 했다. 또 마음은 처량하기 이를 데 없었다. 그럴 때마다 그 역시 무언가를 만지기는 했다. 총이 아니라 어머니의 마음이 느껴지는 나한전이었다. 그래서일까, 저녁노을에 붉게 물든 산하와 짙은 구름에 휩싸인 산봉우리들은 고향에 대한 그리움을 터욱 간절하게 만들었다.

북경을 떠난 지 열흘째 되는 날이었다. 일행은 임동臨潼을 지나 파교灞橋로 들어오고 있었다. 저 멀리 웅대한 장안長安의 풍광이 시야에 들어왔다. 왕보신은 검붉은 외투를 걸친 채 말고삐를 당기면서 채찍으로 먼 곳을 가리켰다. 동시에 들뜬 목소리로 공영우에게 말을 건넸다.

"여보게 곧 우리들의 집에 도착하네! 여기에서 보니 장안성은 정말 웅대하고 볼만하군!"

내내 기분이 우울했던 공영우의 심사는 왕보신과는 완전히 차원이 달랐다. 담담하게 대답할 수밖에 없었다.

"산도 그대로고 물도 그대로군요. 제가 보기에는 희뿌연 것이 꼬라지가 그다지 좋아 보이지 않습니다."

왕보신은 공영우의 거칠고 불만 가득한 소리에 전혀 개의치 않았다. 하기야 복잡하기 이를 데 없는 그의 부대 구성을 살펴보면 그럴 수밖에 없었다.

서안 근교에 주둔하고 있는 이른바 3대 군영의 근 4만여 명에 이르는 병력은 기본적으로 왕병번, 마일귀, 장건훈 세 명의 총병總兵이 거느리고 있었다. 또 이들의 휘하 장군들 중 3분의 2 이상은 장헌충張獻忠과 이자성 밑에 있었던 자들이었다. 때문에 거칠고 야만적이었다. 쉽게 길들인다는 것은 상상조차 하기 어려운 일이었다.

공영우는 직급으로 보면 성문령城門領에 지나지 않았다. 그러나 그가 거느리는 3000여 병사들은 섬서에 들어온 이후 새로 모집했기 때문에 원래의 고참병들과는 많이 달랐다. 훈련에 부지런하고 사기 역시 높았다. 전체적으로 자질도 뛰어났다. 그래서 이들은 서안의 치안을 책임지게 됐다. 더러는 왕보신 제독부의 요직을 담당하기도 했다. 이로 인해 그의 지위는 왕병번 등에 크게 뒤지지 않았다. 당연히 이들 세력들은 서로 시기하고 헐뜯으며 융합이 전혀 이뤄지지 않았다. 왕보신은 이런 점에서는 속수무책이었다. 그러나 문무를 겸비한 인물인 데다 부하들에게 인심 좋게 돈을 잘 썼다. 게다가 황제가 직접 임명한 개부건아대장군開府建牙大將軍이었다. 주변의 장졸들이 최소한 겉으로는 예우를 해주고 말도 그나마 듣는 편이었다. 이는 달리 말해 그가 허울뿐인 최고 지휘관이라는 사실과도 나름 통한다고 할 수 있었다. 공영우가 무례하게 나오는 것도 크게 이상할 것은 없었다.

왕보신은 공영우의 볼멘소리를 듣고 나서 머리를 숙인 채 한참 생각을 하더니 입을 열었다.

"영우, 마일귀 같은 놈들한테서는 배울 것이 하나도 없네. 그것들의 무식함을 따라 배우지 말았으면 좋겠어. 내가 이 자식들 언제 한번 호되게 혼을 내줄 거야! 집에서는 부모님에 의지하고 집 나가면 친구에게 기댄다는 말도 있잖아. 그러니 나 좀 많이 도와주게. 자네는 곧 참장參將으로 승진할 거야. 잘 하고 있으라고. 조만간에 내 제독 자리에도 자네가 앉게 될지도 모르니까."

왕보신의 말에는 정감이 어려 있었다. 그의 말에 공영우의 얼어붙은 마음은 순식간에 눈 녹듯 녹아내렸다. 확실히 왕보신은 의리의 사나이가 틀림이 없었다. 공영우는 황급히 진심어린 감사의 인사를 전했다.

"군문께서 이끌어주시는 것에 감사를 드립니다! 군문을 위해서라면 온 마음을 바쳐 최선을 다하겠습니다."

두 사람이 이처럼 서로를 격려하고 고마움을 표하는 사이에 왕병번이 일단의 장군들을 거느리고 마중을 나오는 모습이 보였다. 그들은 뽀얀 먼지를 일으키는 말에서 일제히 미끄러져 내리면서 공수를 건넸다.

"군문 대인께서 오시느라 고생이 많으셨을 줄 압니다. 저희들이 늦게 마중을 나와 죄송합니다!"

그들은 말을 마치자마자 바로 한쪽 무릎을 꿇었다. 그러자 허리춤에 찬 장검들이 서로 부딪치면서 쇳소리를 냈다.

"아, 아, 그럴 것 없네. 어서 일어나게!"

왕보신이 황급히 말에서 내린 다음 왕병번을 일으켜 세웠다. 얼굴에는 환한 미소가 어려 있었다.

"남도 아닌데 괜히 서먹서먹하게 왜 그러는가? 어서 일어나게. 모두들 일어나라고!"

마침 왕보신의 시야에 중군中軍 참모인 은성붕殷成鵬의 모습이 들어왔다. 그가 자연스럽게 은성붕에게 다가가더니 어깨를 툭툭 치면서 말했다.

"평생 출세하기는 글러 먹은 것 같은 둔재께서도 오셨는가? 내가 이번에 자네를 사품관으로 승진을 시키려고 하네. 나중에 잘 되면 이 독수리한테도 은혜를 갚아야 하네."

왕보신이 호탕하게 웃었다. 여러 장군들 역시 따라서 웃었다.

왕보신 일행은 다시 길을 재촉했다. 얼마 후 그가 은성붕과 어깨를 나란히 한 채 가다가 갑자기 다시 말문을 열었다.

"성붕, 명주 대인은 만나봤는가?"

은성붕이 웃음이 가득한 얼굴을 한 채 대답했다.

"제독 대인께서 부탁하신 대로 명주 대인을 만나 봤습니다. 솔직히 말하면 대단히 털털하고 좋은 사람 같았습니다."

"만나봤다니 됐네. 오늘 저녁 마일귀한테 귀띔해 주라고. 내일 그쪽에서 흠차 대인을 위한 송별회를 마련해야 할 거라고 말이야."

"예, 알겠습니다."

은성붕이 잠시 머뭇거리다 덧붙였다.

"하지만 평서왕 쪽에서 온 오응기와 왕사영이 아직 여기 머물고 있습니다. 어떻게 하죠?"

"그래? 아직 안 갔다는 말인가?"

왕보신이 놀라는 표정을 지으면서 물었다. 얼굴에는 어느덧 웃음기가 싹 사라졌다. 얼마 후 그가 뭔가를 골똘히 생각하더니 은성붕에게 차갑게 말했다.

"다 같이 부르지 뭐!"

이튿날 오후 5시 경이었다. 마일귀의 군영 앞에서 요란한 대포 소리가 세 발 울려 퍼졌다. 하루 종일 힘들게 날아다니다 보금자리로 돌아왔던 새들이 날개를 푸드덕거리면서 놀라 뛰쳐나왔을 정도였다. 흠차가 도착했다는 소식은 곧 왕보신에게도 날아들었다. 그는 마치 학수고대했던 것처럼 천총千總 이상 직급의 장군들을 거느리고 마중을 나왔다. 평범한 간편복 차림의 명주는 점잖으면서도 매력적인 모습으로 웃음을 머금은 채 걸어오고 있었다. 겉으로 드러나는 대범하고 소탈하면서도 구김 없어 보이는 모습에서는 전혀 관리의 위엄이 느껴지지 않았다.

"흠차 대인!"

왕보신이 공수를 했다.

"소인 왕보신은……."

왕보신은 자신의 이름을 대면서 무릎을 꿇으려고 했다.

"나는 더 이상 흠차가 아닙니다!"

명주가 꿇어앉으려는 왕보신을 말리면서 웃는 얼굴로 말했다.

"그럼에도 왕 독수리께서 대포를 울리고 중문을 활짝 열어젖히는 예우를 해주니 몸 둘 바를 모르겠소이다!"

두 사람은 서로 인사를 나눴다. 왕보신은 여러 장군들을 일일이 소개했다. 명주에게는 하나같이 낯선 얼굴들이었다. 그러나 웃으면서 머리를 끄덕여 보였다. 왕사영과 오응기를 소개받을 때는 눈을 크게 뜨고는 반가움을 표시했다.

"아이고, 이게 누구입니까! 형님들이군요. 섬서에 오시는 것이 쉽지 않았을 텐데! 자, 자 앉읍시다!"

오응기는 명주의 말에 어색하게 머리를 끄덕이고는 두루마기 자락을 든 채 조심스레 자리에 앉았다. 아마도 왕보신이 북경에서 돌아오자마자 명주를 초대한 것이 꽤 불만인 듯했다. 그는 사실 성질대로 하면, 그리고 왕사영이 "냉정하고 침착해야 한다"라는 말을 해주지 않았더라면 그 자리에 모습을 보이지 않았을 터였다. 게다가 왕보신이 명주를 대접하느라 자신에게 눈길 한 번 주지 않을 만큼 여념이 없자 더욱 화를 참지 못하는 것 같았다. 반면 왕사영은 아무런 내색도 하지 않은 채 점잖게 앉아 있었다. 명주는 눈치 빠른 그답게 두 사람의 표정을 충분히 읽고 있었다. 그러나 일부러 모르는 척하면서 여러 사람들과 웃고 떠들었다.

차려진 음식은 그다지 대단하지 않았다. 원래 장군들은 먹는 것을 가지고는 그리 까다롭게 따지지 않는다. 그저 술안주로 고깃덩어리 몇 점만 있으면 만족하였다. 명주를 초대한 자리에서도 그랬다. 왕보신의 몇 마디 그럴싸한 인사말이 끝나자마자 좌중의 사람들은 술을 대접째로 들이마시면서 연신 고기를 뜯느라 여념이 없었다. 입가에 기름이 번지르르했다.

하지만 명주는 눈앞에서 벌어지는 이렇게 거친 분위기의 자리가 너무 싫었다. 술기운이 벌겋게 오른 얼굴로 거친 말을 서슴없이 내뱉으면서 완전 아수라장을 만들어 놓는 모습은 그의 평소 생활과는 거리가 멀었으니까. 그는 못마땅한 시선으로 계속 좌중의 사람들을 바라봤다. 음식도 야채를 조금 집어 먹었을 뿐 별로 입에 대지 않았다. 그랬으니 왕보신과 대화를 간단하게 주고받는 것이 오히려 신기할 정도였다. 바로 이때 공영우가 젓가락으로 뭔가를 집어 들어 보이면서 마일귀에게 따지듯 말했다.

"이것 봐요, 마형! 이게 뭡니까?"

명주는 심상치 않다는 생각이 들어 공영우 쪽으로 고개를 돌렸다. 그는 순간 치밀어 오르는 구역질을 느꼈다. 하지만 억지로 참았다. 죽은 지렁이가 눈에 들어왔던 것이다.

연회 준비의 총책임을 진 마일귀의 얼굴은 삶은 돼지의 간을 방불케 했다. 왼쪽 뺨의 근육 역시 무섭게 푸들거렸다. 그는 원래 부하의 실수를 용서하지 않는 사람으로 유명했다. 형벌도 잔혹하기로 정평이 나 있었다. 별명이 원래 이름에서 곤장 곤棍자를 바꿔 넣은 마일곤이라면 더 이상의 설명은 필요 없었다. 게다가 명주 앞에서 무안을 당하고 체면을 구겼으니 누군가 치도곤을 당하는 것은 충분히 예상할 수 있는 일이었다. 그는 과연 다짜고짜 주방장을 부르더니 마구 고함을 질러댔다.

"큰 곤장을 준비하라!"

좌중의 장군들은 이때 술김에 하는 가위바위보 놀이인 시권猜拳에 열중하고 있었다. 당연히 마일귀의 호통소리에 놀이를 그쳤다. 이어 술잔을 내려놓고 조용히 앉아 있었다. 마일귀의 손에 또 한 사람이 죽어나갈 것이라는 공포감이 그들을 그렇게 만들고 있었다. 이윽고 사색이 된 주방장이 덜덜 떨면서 들어왔다. 명주는 마일귀의 살기가 번득이는 두 눈이 심상치 않다는 사실을 발견하고는 자리에서 벌떡 일어섰다.

"마 형, 오늘은 기분 좋은 자리가 아닌가. 내 체면을 봐서라도 저 사람을 용서해 주는 게 어떻겠소!"

"그렇게 하게."

이어 왕보신이 황급히 명주의 말에 동의하고 나섰다.

"우리는 다 죽은 사람들 틈에서 겨우 살아남은 사람들이야. 명주 대인도 괜찮다고 용서하셨는데, 우리끼리 호들갑을 떨 게 뭐 있는가? 솔직히 나는 죽은 파리, 모기 등등 별의별 것을 다 먹어봤다고……."

마일귀는 그제야 화가 좀 가라앉는 눈치였다. 그러나 징그럽게 웃으면서 주방장에게 욕설을 퍼붓는 것은 잊지 않았다.

"빌어먹을 자식, 너 오늘 운이 좋은 줄 알라고! 어서 명 대인께 사과하지 못하겠어!"

한차례의 뜻하지 않은 소동은 이처럼 별일 없이 무사히 마무리되는 듯했다. 그러나 평소 주사가 심한 왕병번이 시뻘겋게 달아오른 얼굴로 눈을 까뒤집으면서 왕보신에게 따지듯 물으면서 상황은 달라졌다.

"별의별 것들을 다 먹어봤다고요? 나는 못 믿겠어요! 제독께서는 내 말이 욕심이 난다고 했죠. 이 자리에서 저 지렁이를 먹으면 나는 기꺼이 가장 아끼는 말을 선물할 용의가 있습니다!"

왕병번의 입에서는 역겨운 술 냄새가 확 풍겨 나오고 있었다. 그럼에도 거침없이 입을 열었다. 그가 기다랗게 늘어진 지렁이를 왕보신 앞으로 내밀었다.

명주가 좋은 말로 타일러 왕병번의 지나친 행동에 제동을 걸려고 할 때였다. 왕보신이 지렁이를 받아 순식간에 입 안에 넣고 삼켜버리는 것이 아닌가! 그로 인해 장내는 박수를 치면서 엄지를 치켜세우는 사람, 거친 동작으로 웃고 떠드는 사람들로 인해 완전히 아수라장이 돼버렸다. 명주는 순간 귓전이 윙윙 울리면서 아무 말도 들리지 않았다.

"보신 형은 정말 대단하시군요!"

오웅기가 더 이상 참지를 못하고 빈정거리는 투로 말했다. 술이 불콰

해진 듯 말에서는 냉소도 묻어났다. 왕보신의 돌출 행동이 명주를 의식한 것이라고 판단하는 것 같았다.

"돈이 없어 말을 못 살 정도라면 나한테 돈을 좀 달라고 하지, 왜 죽은 지렁이까지 먹고 그럽니까? 똥이라도 먹으라면 먹을 겁니까?"

오응기의 말에 왕보신의 얼굴이 분노로 일그러졌다. 명주가 그 모습을 바라보다 젓가락을 탁 내려놓았다.

"오 세형께서 술이 조금 과한 것 같습니다. 다 웃자고 한 일을 가지고 무식하게 똥까지 운운하고 그럴 것까지는 없지 않나 싶네요. 왕 장군도 화를 낼 필요는 없을 것 같소이다. 그냥 넘어갑시다."

명주의 말투는 분명 훈계에 가까웠다. 왕사영은 안 그래도 명주를 고깝게 생각하던 터였기에 참지를 못하고 옷자락을 툭툭 털고 일어났다. 이어 알 듯 말 듯 한 묘한 미소를 지으면서 "먼저 실례하겠습니다"라고 말하고는 휭하니 자리를 떠버렸다.

"든든한 배경이 있다 이건가? 왜, 누구를 놀리려고 섬서로 온 거요?"

왕보신이 발끈하면서 벌떡 일어났다. 그 다음에도 거칠 것이 없었다. 오응기를 무섭게 노려보면서 욕설을 퍼부었다.

"개 같은 자식, 꿈 한번 야무지구만. 그런 더러운 심보로 뭐가 제대로 되나 보라지!"

"배경이 든든하고 말고!"

오응기 역시 여전히 화가 나 창백해진 얼굴을 한 채 계속 비아냥거렸다.

"은을 빼내기 위해 똥구멍을 마구 들쑤셔 늘이는 무식한 놈들보다야 훨씬 배경이 있지!"

오응기는 말을 마치기 무섭게 머리를 뒤로 젖히고는 정신없이 웃어댔다.

사달은 그의 웃음이 미처 멎기도 전에 벌어졌다. 쾅! 쾅! 요란한 소리와 함께 탁자 위에 있는 접시를 비롯해 사발과 술잔 및 술병들이 한껏 튕겨 올랐다가 바닥으로 떨어지면서 박살이 난 것이다. 장내에는 그야말로 자지러지는 소리가 진동했다. 왕보신은 마치 이번에는 결판을 내고야 말겠다는 듯 오응기를 향해 후다닥 달려갔다. 그런 다음 다짜고짜 그의 멱살을 거칠게 휘어잡은 채 코끝을 주먹으로 겨누면서 무섭게 화를 냈다.

"오삼계를 믿고 이러는 거지? 너희들 눈에는 그 자식이 대단해 보이겠지. 그러나 내 눈에는 죽은 지렁이보다도 못해! 알겠어? 너희놈들은 두려워할지 몰라도 나는 하나도 두렵지 않아! 주제에 왕자나 왕손이 좋은 것은 알아가지고. 내가 보기에는 하나같이 씨를 말려 비틀어 죽여야 할 새우나 자라의 아들, 손자 같은 놈들이라고!"

왕보신은 아무리 욕을 해도 화가 풀리지 않는 듯했다. 결국에는 오응기의 얼굴을 힘껏 후려갈겼다. 오응기의 볼은 순식간에 시뻘겋게 부풀어 올랐다.

명주는 속으로 쾌재를 불렀다. 그러나 일부러 왕보신을 뜯어 말리는 척했다.

"왜 이러는 거요. 술이 과했소. 여봐라, 가마를 준비하라!"

명주는 지시를 내리고는 바로 자리를 떴다. 굳이 자신이 나서서 손을 쓸 필요가 없다는 생각이 강하게 들었기 때문이다.

왕보신은 집에 돌아와서도 분이 풀리지 않았다. 급기야 공영우에게 지시해 오응기와 왕사영을 잡아들이도록 했다. 이 기회에 아예 오삼계와의 인연을 끊어버리겠다는 생각을 했던 것이다. 그러나 오응기와 왕사영을 잡으러 간 병사들은 빈손으로 돌아왔다.

"왕사영은 이미 도망갔습니다. 오응기만 쿨쿨 자고 있었습니다."

왕보신이 놀란 얼굴을 한 채 물었다.

"도망을 가다니! 그렇게 빠를 수가 있나?"

"객점 사람들이 그러더군요. 왕사영이 은성붕과 같이 와서는 황급히 문서들을 챙겨가지고 말을 타고 가버렸다고요!"

왕보신의 얼굴이 순간적으로 일그러졌다. 은성붕이 자신이 평소에 오삼계에게 보낸 모든 편지의 초안을 가지고 있었으니, 그럴 수밖에 없었다. 사실 그가 볼 때 은성붕은 조금 불안해 보였다. 그래서 조용히 눌러 놓고 있다가 기회를 봐서 없애버리려는 생각을 하고 있던 차였다. 그런데 왕사영이라는 자식이 선수를 쳐버렸다! 이렇게 되면 당장 오삼계와 선을 긋는 것도 재고해야만 했다. 오응기 역시 함부로 죽여서는 안 될 일이었다. 왕보신은 이런 생각이 들자 머리가 아파오는 것을 어쩌지 못했다. 그가 자리에 털썩 주저앉으면서 말했다.

"공영우에게……, 좀 오라고 해! 나 오늘…… 술이…… 너무 과했나 봐……."

10장

명나라의 후예들을 만난 강희제

강희는 오대산에서 북경으로 돌아오고 있었다. 꽤나 빨리 내달렸는지 어느새 직예直隷의 고안固安현 경내에 들어섰다. 주삼태자의 음모를 뚫고 무사히 오대산을 빠져 나오는데 성공한 강희 일행은 고안현에서 자연스럽게 둘로 나뉘었다. 강희의 경우는 위동정과 남아서 민심을 살펴보기로 했다. 또 태황태후를 비롯한 나머지 사람들은 낭심의 호위하에 곧장 북경으로 움직였다.

고안현은 북경과 가까웠다. 때문에 변방을 지키는 주둔군들은 하나같이 위동정의 휘하에 있었다. 그러나 그는 추호도 방심하지 않고 여전히 조심스럽게 행동했다. 때는 저녁 무렵이었다. 거리에는 땅거미가 내려앉기 시작했다. 상점들은 거의 문을 닫았다. 골목 어귀에서는 닭구이와 물만두, 두부와 콩비지를 파는 노점상들이 불빛을 밝히고 목을 한껏 빼든 채 소리를 질러대고 있었다. 여기저기에서 들려오는 장사꾼들의 호객소리는 한마디로 끊일 줄을 몰랐다.

"지방마다 풍속이 다른 것이 참으로 볼 만하군."

강희가 주변을 구경하는 것이 재미있는지 웃으면서 덧붙였다.

"여기 장사꾼들은 같은 소리를 내질러도 아주 감칠맛 나게 느껴지는 군. 군침이 돌아."

위동정은 긴장을 늦추지 않은 채 주변을 두리번거렸다. 역관을 찾고 있었던 것이다. 그러면서도 그는 계속 가슴을 졸이고 있었다. 강희가 가마에서 내려 아무나 붙잡고 얘기를 나누지 않을까 걱정이 됐던 것이다. 사실 혼잡한 곳일수록 몇 배는 더 긴장해야 했으므로 그의 입장에서는 그럴 수밖에 없었다. 그래서 그는 강희의 말에는 아랑곳하지 않은 채 황급히 말을 돌렸다.

"저 앞에 쓸 만한 객잔이 있는 것 같사옵니다. 폐하께서 드시고 싶은 것이 있으시면 조금 있다가 객잔 주인에게 사오라고 시키면 되지 않겠사옵니까?"

강희는 위동정의 깊은 뜻을 이해했다.

"자네가 시키는 대로 할 수밖에 없겠지!"

강희는 곧 위동정을 따라 근처에 있는 왕기汪記객점이라는 곳으로 들어섰다. 첫눈에도 깨끗해 보이는 곳이었다.

"아이고, 어서 오세요, 두 분!"

흰 옷깃을 밖으로 살짝 드러내 보이도록 깔끔하게 차려 입은 푸른색 옷차림의 젊은이가 반갑게 강희 일행을 맞아줬다. 대략 25세 정도 돼 보였다. 곧 등불 밑에서 뭔가 계산을 마친 그가 다시 황급히 일어나더니 자리를 권하고는 차를 따라주었다.

"그동안 어쩌면 한 번도 안 찾아주셨습니까? 몇 개월이나 된 것 같네요. 엄청난 부자가 되느라 바쁘셨나 봐요! 저는 또 우리가 뭘 잘못해서

두 분을 기분 나쁘게 했는 줄 알았지 뭡니까? 그런데 이렇게 우리를 잊지 않고 다시 찾아주시니 얼마나 고마운지 모르겠습니다. 이번에는 오랫동안 계시나요?"

젊은이는 마치 단골에게 하듯 떠벌였다. 이어 더운 물수건을 꺼내 얼굴을 닦으라고 건네줬다. 심지어 발 씻을 물까지 가져다줬다.

위동정이 강희의 발을 닦아주면서 주인에게 말했다.

"잡상인들이 있는 곳에서 멀리 떨어진 깔끔하고 좋은 방으로 하나 주시오. 돈은 후하게 줄 테니까. 저쪽은 뭐하는 사람들인데 저렇게 시끌벅적하오?"

젊은 주인이 위동정의 말에 연신 허리를 굽히면서 대답했다.

"서쪽 방은 북경으로 과거시험을 보러 가는 거인들이 투숙해 있습니다. 그 옆방에는 장사하는 양楊 대인이 있죠. 지금 다들 모여서 수수께끼 놀이를 하느라고 정신이 없어요. 너무 떠드는 것이 싫으시면 뒤쪽에 조용한 방이 있으니 그리로 모시겠습니다."

강희와 위동정은 곧 주인을 따라갔다.

얼마 후 강희는 저녁을 먹은 다음 정원을 거닐었다. 위동정 역시 한시라도 떨어질세라 바짝 붙어다녔다. 강희가 그예 웃으면서 말했다.

"신하인가 하면 신하도 아닌 것 같고, 친구인가 하면 친구도 아니지. 그러나 너무 조심스럽게 행동할 필요는 없네. 설마 이런 곳에서 무슨 일이야 생기겠나?"

"아무래도 낯선 곳이옵니다, 폐하."

위동정 역시 웃으면서 덧붙였다.

"하지만 폐하의 말씀대로 무슨 일이 일어날 걱정은 할 필요가 없을 것 같사옵니다. 방금 살짝 들여다보니 손님들은 거의 다 삼월에 치러지는 과거에 응시하려고 북경으로 가는 거인들이옵니다. 장사꾼들은 몇 명 없고요."

위동정은 강희를 따라 서쪽 방으로 들어갔다.

둘이 머물기로 한 방으로 가려면 몇몇 거인들이 머무는 방을 거쳐야 했다. 방 안에는 네 명의 거인들이 빙 둘러앉아 《사서》四書와 《주역》周易에 나오는 구절들을 알아맞히는 놀이를 하고 있었다. 양씨라는 장사꾼은 그 옆에서 두 팔로 무릎을 감싼 채 흥미진진한 표정으로 구경하고 있었다. 그러다 강희가 다가가자 머리를 끄덕여 보였다. 강희가 호기심어린 어조로 물었다.

"저분들은 지금 뭐하는 거예요?"

"수수께끼 알아맞히기를 하는 중이네요!"

양씨가 인상 좋게 웃으면서 말했다. 이어 눈짓으로 깡마른 선비를 가리키면서 다시 입을 열었다.

"저 형이 학문이 뛰어난 탓에 제일 많이 맞혔어요. 이번에 저 형이 낸 문제는 '생이능언'生而能言(태어날 때부터 말을 할 줄 안다는 뜻)이라는 말이죠. 《사서》에 있는 말 중에서 이것과 어울리는 한마디를 대는 겁니다."

"외람되나 존함을 좀 여쭤봐도 되겠습니까?"

강희가 물었다.

"저는 성은 양, 이름은 기릉起隆입니다."

장사꾼이 서슴없이 대답했다. 그러더니 자리를 고쳐 앉으면서 예를 갖춰 물었다.

"그쪽은 어떻게 됩니까?"

강희가 양기륭을 힐끔 쳐다보다 아무렇게나 대답했다.

"저는 성이 용, 자가 응진應珍입니다."

마침 그때 저쪽의 거인들 사이에서 한바탕 웃음소리가 터져 나왔다. 키가 상당히 작아 보이는 이가 뭐라고 터무니없는 답을 말한 것 같았다. 다시 모두들 머리를 감싸 쥔 채 답을 골똘히 생각했다. 그때 갑자기 밖에서 한 젊은 거인이 주렴을 걷고 들어와서는 껄껄 웃으면서 말했다.

"그 수수께끼의 답은 의외로 간단해요. '생이능언'이면 자산 왈子産曰(자산은 춘추전국시대의 대표적인 달변가) 아니겠어요? 맞죠?"

젊은 거인은 말을 마치자마자 탁자 위에 놓은 2전짜리 은전 한 개를 가지려 했다.

"잠깐만!"

깡마른 거인이 안주머니에서 은전 여섯 개를 꺼내 놓으면서 말했다.

"이걸 걸고 다시 한 번 해보죠. 그쪽에서는 뭘 걸 겁니까?"

젊은 거인도 대수롭지 않다는 표정을 한 채 2냥짜리 은자를 내놓았다.

"재미 삼아 하는 거죠, 뭐! 이런 놀이를 통해 문학공부도 하고 친구도 사귀고 좋잖아요. 그런데 굳이 그렇게 정색을 하면서 덤빌 것은 없지 않습니까? 내가 지면 이 돈을 다 가져가도 좋습니다!"

"좋아요, 좋아!"

나머지 세 명의 거인은 젊은 거인이 당당하게 나오자 박수를 치면서 분위기를 살렸다. 그동안 깡마른 거인에게 많이 져서 돈을 잃은 것이 분한 모양이었다. 강희가 이런 분위기를 잠시 뒤로 하고 위동정을 쳐다봤다. 그러나 위동정은 양기륭을 의식하느라 거인들에게는 거의 신경을 쓰지 않았다. 반면 양기륭은 위동정과는 달리 담담한 표정으로 찻잔을 든 채 앉아서는 가끔 시무룩한 표정으로 구경을 했다.

놀랍게도 두 거인의 시합은 젊은 거인의 승리로 막을 내렸다. 깡마른 거인이 거의 일방적으로 패했다고 할 수 있었다. 강희는 그 모습을 보자 갑자기 과거 오차우와 소마라고가 서로 글 대결을 펼쳤던 일을 떠올렸다. 그는 그 일이 마치 어제 일처럼 눈앞에 생생하게 떠오르자 자신도 모르게 감개무량해져 가만히 탄식을 토했다. 그때 양기륭이 갑자기 자리에서 일어나면서 입을 열었다.

"두 분은 다들 나라의 기둥으로 손색이 없는 뛰어난 분들인 것 같네요. 저한테도 약간의 돈이 있습니다. 다시 한 번 내기를 해도 좋을 것 같습니다. 그런데 혹시 존함을 물어봐도 실례가 되지 않을까요?"

"과찬이십니다. 저는 이광지李光地라고 합니다. 복건성 안계安溪 사람입니다."

젊은 거인이 먼저 대답했다.

"이제 더 이상 겨뤄서 뭐하겠습니까. 들어보니 이 선생은 오치손伍稚遜 종사宗師의 제자시네요. 나 진몽뢰陳夢雷는 이 자리에서 패배를 깨끗하게 인정하겠습니다. 알고 보니 같은 고향 분이네요. 나도 복건성 후관侯官 사람입니다."

깡마른 거인이 반갑게 껄껄 웃었다.

강희는 진몽뢰에 대한 첫 인상이 그다지 좋지 않았다. 사람이 조금 허풍이 많고 허영심이 강하다는 느낌을 받았다. 그러나 말을 들어보니 그게 아니었다. 아주 호탕하고 남자다운 사람이었다. 강희는 또 그의 말을 통해 귀에 꽤 익은 오치손이라는 이름도 들을 수 있었다. 그가 위동정에게 눈길을 돌렸다. 위동정은 역시 눈치 빠르게 그의 귓가에 대고 조용히 말했다.

"오치손은 명나라 때 재상을 지냈사옵니다. 오차우 선생의 아버지이십니다."

강희의 눈빛이 순간적으로 반짝거렸다. 그러나 곧 마음의 평정을 되찾았다. 이광지와 진몽뢰를 자신의 방으로 초청해 마음껏 얘기를 나누고 싶은 생각도 할 수 있는 여유 역시 되찾았다. 그때 양기륭이 갑자기 일어서면서 말했다.

"두 분이 더 이상 시합을 하지 않으시면 이 돈들은 어떻게 합니까?"

"그렇다면 어떻게 했으면 좋겠습니까? 진짜 우리하고 겨루기라도 하겠다는 겁니까?"

진몽뢰가 물었다.

"제가 어찌 감히! 그저 한 수 배우고 싶습니다."

그러나 양기륭은 천하의 고수였다. 둘이 함께 겨뤄도 상대가 되지 않았던 것이다. 이광지와 진몽뢰는 얼마 후에는 서로 말없이 바라만 볼 뿐이었다. 그래도 진몽뢰는 이내 여유를 되찾고는 책상 위의 은자를 모두 양기륭에게 쓸어주면서 말했다.

"나와 광지 형이 졌습니다. 이 돈은 모두 그대 것입니다."

진몽뢰는 말을 마치자마자 이광지를 돌아보면서 다시 입을 열었다.

"기분이 조금 그렇네요. 이 형께서는 자리를 옮겨 내 방으로 가서 술이나 한잔 더합시다."

두 사람은 곧 "죄송합니다"라는 말을 남기고 밖으로 나가려고 했다.

"두 분 잠깐만!"

강희가 황급히 두 사람을 불러 세웠다. 두 사람은 내내 말없이 양기륭 뒤에 앉아 있던 선비가 자신들을 불러 세우자 돌아서면서 물었다.

"저희들을 불렀소?"

"두 분은 조금 전 시합에서 양 선생의 마지막 물음에 대답을 하지 않으시더라고요. 멋진 대답이 기대되는데요?"

"멋진 대답까지는 조금 그렇고요, 말할 수도 있었으나 어쩐지 쉽게 답이 안 나와주더군요!"

"도대체 그게 뭡니까?"

강희가 두 사람 앞으로 바짝 다가섰다.

"한마디로 '오랑캐 군주가 있는 것은 중국에 임금이 없는 것보다 못하다'라는 말입니다."

이광지는 말을 마치자마자 그대로 나가버렸다. 얼굴이 주체할 수 없을 정도로 창백해진 강희는 안중에도 없다는 태도였다.

강희는 자리에 누워서도 편안히 잠을 이루지 못했다. 대신 '오랑캐 군주가 있는 것은 중국에 임금이 없는 것보다 못하다'라는 공자의 말을 그야말로 수도 없이 곱씹었다. 심한 가슴앓이를 했다.

그에게 있어 한족 인재들은 솔직히 공자의 제자들이었다. 당연히 청나라를 강성대국으로 만들기 위해서는 바로 이런 한족들을 등용하지 않으면 안 될 터였다. 그러나 그 자신은 만주족이었다. 오랑캐 군주라고 할 수 있었다. 이 같은 상황에서 무슨 수로 한족 인재들의 마음을 돌려 이 나라에 기여하는 인물로 만든다는 말인가? 사실 산해관을 넘어 중원을 차지한 순치황제 이후부터 그에게 이르기까지 청나라 조정이 늘 골머리를 썩여온 부분이 바로 이런 한족들의 냉담한 반응이었다. 세상사에 담백하고 모든 일에 긍정적인 선비들마저 이런 생각을 바꾸지 않을 경우 삼번의 세 한족이 반란을 일으킬 가능성은 대단히 크다고 단언해도 좋았다.

강희는 이런저런 생각에 이리저리 뒤척이면서 골머리를 앓았다. 겨우 잠이 든 것은 새벽녘이 다 됐을 때였다. 깨어났을 때는 이미 해가 중천에 떠 있었다. 그는 자리를 박차고 일어나 대충 세수를 하고 위동정을 불러 객점 주인에게 숙박비를 계산하라고 했다.

"어제 저녁에는 주인장이 아니었소이까? 분명 젊은 사람이었는데!"

강희가 팔자수염을 길게 기른 객점 주인을 보면서 의아해했다.

주인은 젊은이처럼 말이 많지 않았다. 위동정이 넉넉하게 계산을 해서 준 돈을 받고서야 고맙다는 인사를 하면서 대답을 했다.

"예, 대인. 사실은 어제 저녁 제가 배당拜堂(신랑신부가 결혼을 하고 부모님을 찾아뵙고 맞절을 하는 것을 일컬음)을 다녀오느라고 늦었습니다. 너무 늦어 귀찮게 하지 못했습니다."

"배당이라고요? 혹시 후처를 들이셨나요?"

"아, 아니에요. 제가 장가를 든 것이 아니라 사실은……."

주인은 강희가 자신이 새 장가를 간 것으로 오해하자 한참을 머뭇거리다 대답했다.

"솔직히 말하면 제가 종삼랑대선鍾三郎大仙이라는 종교를 믿기로 했거든요. 어제 저녁에 신선神仙을 모신다고 해서 저도 가서 향불을 사를 돈을 조금 내고 왔습니다."

"오, 그래요? 종삼랑이라고요……?"

강희는 주인이 언급한 종교에 대해 들어본 적이 없었다. 고작 해봐야 《봉신연의》封神演義라는 고전에서 신선에 대한 얘기를 읽은 적이 있을 뿐이었다. 그는 그 기억이나마 짜내려고 노력했다. 그러나 종삼랑과 관련해 떠오르는 것은 없었다. 급기야 그가 질문을 던졌다.

"그런 신선이 있다는 얘기는 못 들어봤는데요?"

주인은 강희가 의심하는 듯한 어조로 말하는 걸 느끼는 것 같았다. 바로 목소리를 한껏 낮추면서 속삭이듯 대답했다.

"종삼랑은 옥황대제께서 새로 봉한 신선이라고 합니다. 인간세상에 내려와 우리처럼 살기 힘든 장사꾼들이나 남의 종살이하는 사람들을 구해준다고 하네요. 반대로 그분을 노엽게 하는 날에는 당장 큰 불행이 찾아온다고도 하고요."

주인의 목소리는 진지했다. 가늘게 떨리기까지 했다. 위동정이 주인의 말을 받았다.

"그걸 어떻게 믿습니까? 그냥 편하게 말씀하세요. 무서워서 덜덜 떨지 말고요. 종삼랑이 노새도 아니고, 무슨 귀가 그렇게 길어서 여기에서 말하는 것까지 다 듣겠어요?"

"아이고, 큰일납니다! 무슨 그런 소리를 하고 그래요!"

주인이 황급히 위동정의 입을 막았다. 종삼랑에 푹 빠져 있는 것이 분명해 보였다.

"댁도 남의 집에서 일하는 사람이죠? 그러면 믿어야 합니다. 꼭 믿어야 하는 증거는 이루 헤아릴 수 없이 많아요. 대선께서 통주에 가셨을 때일 겁니다. 당시 많은 가게 주인들은 대선을 믿지 않았어요. 그래서 그날 저녁에 일곱 집이나 불에 타버렸다고요!"

주인은 말을 마치자마자 바로 인사를 하고 나가 버렸다. 강희의 입에서 또다시 무슨 불경스러운 말이 튀어나올까봐 두려운 모양이었다. 강희는 그러나 주인의 태도보다는 밖에서 부는 바람에 더 신경을 쓰는 눈치였다. 곧 위동정에게 털조끼를 가져오라고 명령을 내렸다. 그가 털조끼의 단추를 잠그면서 말했다.

"북경으로 빨리 돌아가지."

위동정은 강희의 표정이 굳어져 있는 것을 알아차리고 즉각 대답했다.

"예, 폐하"

하루가 서서히 저물어가고 있었다. 고안성 밖에서는 황토바람이 거세게 불어대고 있었다. 추위에 한껏 움츠린 저녁노을은 마치 모래바람에 몸살을 단단히 앓고 있는 것처럼 보였다. 주변에서는 낮에 약간 녹았다가 저녁 추위에 다시 얼어붙은 영정하永定河의 물소리가 들려오고 있었다. 또 하천의 제방 위에서는 버들강아지를 품은 버드나무들이 만삭이 된 몸을 주체하지 못하고 바람에 흐느적거리고 있었다. 위동정은 말 위에 앉아 내내 말이 없는 강희를 쳐다봤다. 마음이 못내 무거울 것이라는 생각이 들었다. 그가 마침내 입을 열었다.

"이 영정하는 원래 무정하無定河였사옵니다. 그러나 이름은 바뀌었어도 거친 성질은 여전하네요. 발작을 하면 마치 성난 사자 같더니, 이럴 때는 마치 냉정하기 이를 데 없는 아가씨 같군요!"

"어제 오 선생이 있었더라면 좋았을 텐데. 수수께끼 알아맞히는 장소에서 마음껏 실력을 발휘했을 것 아닌가!"

강희가 위동정의 말에는 아무런 반응을 보이자 않다 갑자기 엉뚱한 말을 했다. 영문도 모를 깊은 한숨도 토해냈다.

"세상에 인재는 많아도 짐과 함께 일해 보겠다는 사람은 없으니, 무슨 소용이 있다는 말인가!"

위동정은 솔직하게 터놓고 말하는 강희에게 마땅히 해줄 말이 생각나지 않았다. 그저 위로의 말을 던지는 것이 최선일 수밖에 없었다.

"그 양 아무개라는 자식이 아무렇게나 지껄인 말 때문에 너무 속상해 하지 마시옵소서. 정말 조정을 하나같이 외면한다면 '하늘은 특별히 누구와 친하지 않다. 오로지 덕이 있는 사람을 돕는다'라는 말처럼 덕을 많이 쌓고 빈자리를 보충하면 되지 않겠사옵니까. 이 역시 성인들의 가르침이 아니옵니까?"

강희가 탄식을 하면서 머리를 끄덕였다.

"자네의 말이 옳기는 하지. 그러나 너무 우리에게 유리하게 해석한 것이 아닌가 싶네."

강희가 말을 마치자마자 갑자기 뭔가를 발견한 듯 채찍을 들었다. 그러더니 앞을 가리키면서 물었다.

"동정, 저기 사람들이 많이 몰려 있네. 무슨 일일까?"

위동정이 강희의 말에 눈을 비비고 앞을 바라봤다. 400명에서 500명 정도는 충분히 돼 보이는 인부들인 것 같았다. 등에 곡괭이를 비롯해 삽, 호미 등을 넣은 자루를 메고 힘겨운 듯 영정하 쪽으로 발길을 옮기는 모습이 더 없이 처량해보였다.

"폐하, 운하 정비 공사에 투입되는 인부들 같사옵니다."

"그럴 리가 있는가!"

강희가 고개를 갸웃거렸다. 그럴 만도 했다. 자신이 이번 순시를 다니면서 운하 주변을 유심히 살피고 다녔어도 별 이상을 느끼지 못했으니까. 게다가 운하 정비 공사는 장마가 끝나는 가을에 시작했다가 입동立冬 이후에는 마치는 것이 상식이었다. 그런데 이곳 고안현에서는 어떻게 이처럼 추운 날에 인부들을 공사장에 내몬다는 말인가? 강희는 정말 의아했다.

"한번 가보자고."

강희가 그예 의문이 가득한 얼굴을 들어 위동정에게 말했다. 위동정이 대답을 하면서 인부들을 향해 말을 돌리려고 할 때였다. 멀지 않은 뒤쪽에서 꽤 고급스러워 보이는 가마가 둑을 따라 다가오고 있었다. 한눈에도 4품 관리의 행렬이라는 사실을 알 수 있었다. 강희가 가마에 탄 사람이 운하 정비 공사를 책임진 관리일 것이라는 확신을 한 듯 위동정에게 말했다.

"우리 빨리 저 앞에 있는 인부들을 쫓아가서 무슨 영문인지 알아보자고!"

강희가 서둘러 움직이려고 할 때였다. 뒤에서 오던 가마가 바짝 다가오는가 싶더니 바로 옆에 멈춰섰다. 곧 가마에서 사람이 내렸다. 하늘색 유리로 된 정자頂子(청나라 때 관리들이 모자에 단 장식. 계급을 나타냄)를 달고 여덟 마리 맹수가 수놓인 관복을 입었음에도 보자補子는 없는 사내였다. 나이는 대략 마흔 살 가량 돼 보였다. 흰 얼굴에는 기름기가 번드르르했다. 그는 가마에서 내리자마자 바로 물이 차가워 머뭇거리는 인부들을 째려봤다. 그런 다음 큰 소리로 물었다.

"누가 인솔자인가?"

"주朱 관찰觀察(순무나 총독과 지부 사이의 관직인 도대道臺, 즉 도원道員의 별칭) 대인!"

인부들이 가마를 타고 온 관리의 이름을 불렀다. 동시에 한 사내가 인부들 사이를 비집고 나와 비굴함이 묻어나는 웃음을 얼굴에 흘렸다.

"소인이 어르신께 인사를 올립니다!"

그러자 주 도대가 중천에 떠 있는 해를 가리키면서 더욱 목에 핏대를 세웠다. 나중에는 침을 멀리까지 튕기면서 마구 욕설을 하기 시작했다.

"뭐하고 노닥거리다 이제야 기어 나오는 거야! 계집년 치마폭에 휘둘려 헤롱거리다가 날밤을 꼬박 샜구만! 도대체 조정의 일은 안중에도 없는 쓸개 빠진 놈 같으니라고! 이제껏 물에 발도 안 담그고 있군!"

인부들의 반장쯤 되어 보이는 사내는 붉으락푸르락하는 주 도대의 기세에 완전히 기가 죽은 듯했다. 몸 둘 바를 몰라 하면서 혼잣말처럼 변명을 늘어놓았다.

"대인께 드릴 말씀이 있습니다. 소인들이 게으름을 피워서가 아니라 물이 너무 차가워서 도저히 발을 들여놓을 수가 없었습니다. 해가 중천에 뜬 지금도 울면서 겨자 먹기로 들어가려던 참입니다."

"말도 안 되는 소리 하지 마!"

사내의 하소연은 통하지 않았다. 주 도대는 눈을 무섭게 부라리면서 호통을 쳤다.

"초가을부터 일을 시작하지 않았는가? 네놈들은 처음부터 일당이 삼 전밖에 안 된다고 트집을 부리면서 일을 이 지경으로 몰고 왔어. 지금은 네놈들이 원하는 대로 오전으로 올려줬어, 그런데 뭐? 쓸개 빠진 놈 같으니라고! 시고 떫고 할 것도 없어! 여봐라, 저놈을 끌어내 채찍으로 스무 번 내리쳐라!"

"관찰 대인!"

당황한 사내가 허물어지듯 그 자리에 무릎을 꿇었다. 이어 머리를 조아리면서 사정을 했다.

"소인이 일부러 게으름을 피운 것이 아닙니다. 양楊 대인께서 오전 아홉 시부터 오후 세 시까지만 일을 하라고 지시를 하셨다고요."

"오호, 양필楊㻶 그 양반은 백성들을 무척이나 아끼는 관리였구만! 여기 왔나?"

주 도대는 연신 비아냥조의 말을 입에 담은 채 황소 눈을 부라리면서 사방을 살폈다. 얼굴에는 자신이 천하무적이라는 거만함이 넘쳐흐르고 있었다.

강희는 인부들과 주 도대의 대화를 통해 많은 사실을 알 수 있었다. 우선 주 도대는 여름에 인부들에게 일을 시킬 때 일당 5전은 보장해주라는 조정의 특별 명령을 감히 어겼다. 또 나머지 2전씩은 개인적으로 착복해 사리사욕을 채웠다. 뿐만이 아니었다. 그가 일당을 떼어먹는 바람에 공사의 진도 역시 늦어졌다. 그럼에도 조정에서 조사를 나올 것이 두려워 부랴부랴 혹독한 추위에도 불구하고 인부들을 얼음장 속으로 내몰았다! 강희는 주 도대의 행위가 너무나 악랄하다고 생각했다. 자신도 모르게 숨소리 역시 거칠어지고 있었다.

"주 대인!"

주 도대의 말이 끝나자마자 20세 전후의 젊은이가 씩씩하게 인부들 뒤에서 걸어 나왔다. 자줏빛 솜저고리의 한쪽 끝을 바지춤에 집어넣은 모습이었다. 그가 허리를 굽혀 읍을 하면서 물었다.

"제가 양필이라고 하는 이쪽 책임자입니다. 무슨 분부가 계시는지요?"

"오, 당신이었구만. 나는 또 누구라고! 옷을 그렇게 입으니까 어디 알아볼 수가 있나?"

주 도대는 양필에게 아는 체를 하면서 수선을 떨었다. 웃는 둥 마는 둥 한 얼굴에 마른웃음을 지어냈다.

"잘 왔네! 이 자식이 글쎄 자네가 시켜서 일을 늦게 시작하는 것이라면서 책임을 미루잖아. 못된 놈 같으니라고! 운하 정비 공사에 대해서는 조정에서 서두르라고 엄격한 지시가 있었다고. 지난해 알필륭 대인이 하천을 순시할 때 내가 한바탕 혼났다는 것을 자네는 알고 있을 거야. 이번 일은 자네가 볼 때 어떻게 처리하는 것이 좋겠나?"

양필은 강희 6년, 고작 17세 때에 진사 시험에 합격한 천재였다. 동시에 어린 나이임에도 불구하고 고안 현령으로 발탁이 됐다. 이듬해에는 마침 식량 문제 때문에 무호로 갔다가 운하 정비공사 현장을 둘러보러 들른 알필륭에게 열심히 일한다는 칭찬을 받기도 했다. 이때 본명이 주보상朱甫祥인 주 도대는 당시 지부로 일하고 있었다. 하지만 일하는 것은 시원치 않았다. 오삼계의 말만 듣고 일부러 늑장을 부리고는 했던 것이다. 그러다 그만 사람들이 보는 앞에서 알필륭에게 귀싸대기를 얻어맞고 말았다. 이 일로 그는 양필을 은근히 눈엣가시처럼 미워했다. 사사건건 시비를 걸었다. 양필이 이런 주보상의 속셈을 모를 까닭이 없었다. 당연히 이번에도 마찬가지였다. 책임을 교묘하게 자신에게 전가시키려는 주보상의 꿍꿍이를 너무나도 분명하게 간파하고 있었다. 그가 한참을 생각한 후에 천천히 입을 열었다.

"이 사람 말이 맞습니다. 이 사람은 결코 나를 비방하고 책임을 떠넘기려고 했던 것이 아닙니다. 일주일 전에 제가 이 사람들에게 아홉 시에 들어갔다가 세 시에 나오라고 했습니다. 틀림없습니다."

"그래?"

주보상이 아랫입술을 잘근잘근 씹으면서 반문했다. 양필이 흔쾌히 인정을 하고 나서는 것이 못마땅한 눈치였다.

"왜?"

양필이 침착하게 대답했다.

"이런 날씨에 인부들에게 살을 에는 물속으로 들어가 덜덜 떨게 만드는 것은 여러모로 도움이 안 된다고 생각합니다. 이 사람들을 골탕만 먹일 뿐 일은 진척되지 않습니다. 마음 같아서는 조정에 상주해 일을 즉각 멈추게 하고 싶습니다. 그게 오히려 바람직합니다."

양필은 당당하게 자신의 주장을 펼쳤다.

'이 친구 진짜 배짱이 대단하군!'

강희는 그 모습을 보고 속으로 흐뭇하게 생각했다.

"현령 주제에 너무 세게 나오는 것 아닌가? 누가 뭐라고 해도 이건 조정의 명령이라고!"

주보상이 목소리를 높였다.

"조정의 명령이라는 것은 저도 압니다."

양필 역시 목청을 높였다. 그러나 목소리는 가늘게 떨렸다. 터져 나오는 분노를 겨우 참고 있는 것이 분명했다. 순간 수백 명의 인부들은 긴장감이 감도는 두 사람을 바라보면서 멍하니 서 있었다. 그러자 사람들 틈을 비집고 노인 두 명이 앞으로 나오더니 양필을 말렸다.

"양 대인, 괜찮습니다. 저희들이 도대 대인 말씀에 따르면 되죠 뭐……"

두 노인은 말을 마치자마자 바로 신발을 벗었다. 그러더니 곧 바짓가랑이를 무릎까지 걷고는 발을 몇 번 구르더니 곧장 물로 들어갔다. 그러자 그 광경을 바라보던 인부들 중에서 수십 명이 따라서 물속으로 들어갔다. 모두들 뼛속까지 스며드는 추위가 고통스러운지 얼굴을 한껏 찡그리고 있었다. 손수레를 밀고 다니면서 황주黃酒를 팔던 아낙 역시 예외는 아니었다. 황급히 불을 지피면서 술을 데우는가 싶더니 부지런히 밀가루 반죽을 하기 시작했다. 그러나 살얼음을 깨고 물에 들어간 인부들의 다리가 성할 리가 없었다. 뾰족한 얼음에 찔려 피멍이 드는가 하면 심지어 피까지 흐르는 경우도 있었다. 현장에서 모든 것을 처음부터 끝까지 다 지켜본 강희는 분노와 아픔을 느꼈다. 뭐라고 입을 열려고 할 때 양필의 일갈이 들려왔다.

"다들 올라오세요. 누구도 다시는 물속에 들어가지 말라고요!"

"너……, 너!"

주보상은 양필의 태도에 화가 치밀었다. 급기야 얼굴이 백지장처럼 창백해졌다. 부들부들 떨리는 손가락 끝으로 양필을 가리키면서 말까지 더듬었다.

"너…… 눈에…… 뵈는 게 없구나? 감히 어명을…… 어기다니……. 너! 각오해!"

주보상은 말을 마치고는 휭하니 가마에 올라탔다. 양필도 지지 않았다. 한걸음에 달려가더니 주보상을 붙잡아 끌어내리면서 물었다.

"주보상, 어디를 가려는 거야?"

"관아로 돌아가 네놈을 혼내주려고 그런다, 왜!"

주보상은 양필이 자신의 이름을 입에 올렸다는 것이 몹시 기분 나쁜 모양이었다. 악을 바락바락 쓰면서 마구 소리를 내질렀다.

"너 이 자식……. 뭘 믿고 까부는지 모르겠는데, 네 그 말단의 자리도 오늘이 마지막인 줄 알라고!"

"그래, 좋아. 다 좋다고! 그런데 이리로 한번 와 보지 그래!"

양필이 얼굴이 발갛게 상기된 채 주보상을 잡아끌었다.

"당신은 얼어 죽을까 봐 이렇게나 많이 껴입었어. 그러고도 추워서 발을 동동 구르고 있어. 그런데 이런 날씨에 강물 속으로 백성들을 내몬다는 게 말이 돼? 좋아, 그러면 당신이 먼저 솔선수범하는 모습을 보여

쥐 봐!"

양필의 어조는 단호했다. 작정을 했는지 여전히 씩씩대는 주보상의 팔을 거칠게 잡아끌고는 살얼음 위로 올라섰다.

그러자 얼음은 두 사람의 무게를 견디지 못하고 뿌지직거리면서 깨지려 하고 있었다. 그제야 당황한 주보상이 양필의 손아귀에서 빠져나오기 위해 안간힘을 썼다. 하지만 허사였다. 양필이 이를 악물고 주보상의 팔을 계속 움켜잡고 있었던 것이다. 주보상의 부하들은 아우성을 치면서 허둥대기 시작했다. 그러는 사이에 두 사람은 허벅지를 넘는 얼음물 속에 빠져들고 있었다. 주보상은 너무 놀란 나머지 헉헉거리면서 발버둥을 쳤다. 인부들은 그 광경을 지켜보다 말고 황급히 달려와 두 사람을 끌어올렸다. 사태가 원하지 않는 방향으로 확대되는 것만은 막아야 한다고 생각한 것 같았다. 그러나 강희는 어느새 분위기에 휩쓸려 본분도 잊은 채 연신 박수를 치면서 "좋았어!"를 연발하고 있었다.

겨우 얼음물에서 빠져나온 주보상은 꼴이 말이 아니었다. 얼굴을 있는 대로 찌푸렸다. 거의 쑥떡이 돼 있었다. 화가 나고 춥기도 했으리라. 그런 주보상 옆에서 강희가 좋아라 하고 박수를 쳐댔으니, 그의 심사가 좋을 턱이 없었다. 급기야 강희를 인부들 중의 한 명으로 착각한 그가 발끈 화를 내면서 고래고래 소리를 내질렀다.

"이 자식이 뒈지고 싶어서 환장했나!"

11장
위동정에 대한 강희의 속마음

주보상의 명령이 떨어지기 무섭게 그의 부하 몇 명이 밧줄을 든 채 강희를 향해 달려왔다. 강희는 어려서부터 깊고도 깊은 황궁에서 생활하면서 절대 권력을 행사해 왔다. 백발이 성성한 문무백관에서부터 어느누구든지 무조건 순종했다. 여러 차례 신변의 위협을 느끼지 않은 것은 아니었으나 오배가 어좌御座 앞에서 이성을 잃고 안하무인격으로 설친 이후에는 두 번 다시 그런 황당한 경우는 없었다.

"천자天子가 노하면 사해四海가 덜덜 떨면서 피를 토한다!"

강희의 뇌리에 순간적으로 오차우가 강의시간에 했던 말이 번개처럼 스치고 지나갔다. 그는 순간 살의를 느꼈다. 의식적으로 허리춤에 손을 가져갔다. 그러나 천자보검을 휴대하지 않았다는 사실을 깨닫는 데는 오랜 시간이 걸리지 않았다. 그는 휙 돌아서서는 위동정의 뺨을 있는 힘껏 후려갈겼다.

"자네는 주욕신사主辱臣死(군주가 욕을 당하면 신하는 목숨을 바침)라는 말도 모르는가? 그래 내가 직접 칼을 휘두르면서 이자들과 맞서 싸워야 하겠나?"

위동정은 두 눈을 부릅뜬 채 이글거리는 눈빛으로 주보상을 노려보다 갑작스레 뺨을 맞고 말았다. 너무나 놀랐으나 그럴 생각은 할 겨를도 없이 쏜살같이 달려가 밧줄을 낚아챘다. 그런 다음 밧줄의 중간 부분을 잡고 쌩쌩 바람소리를 일으키면서 흔들어댔다. 그러자 바로 옆에 있던 두 명이 얼굴을 맞고 외마디 비명을 지르면서 땅바닥에 뒹굴었다. 또 그 중의 한 명은 독기가 오를 대로 오른 위동정의 발길에 가슴팍을 심하게 걷어차이고 피를 왈칵 토했다.

주보상은 상대가 만만치 않다는 사실을 간파하고는 황급히 술렁대는 사람들 틈을 비집고 도망을 가려고 했다. 그러나 한발 늦었다. 위동정에게 그만 뒷덜미를 잡히고 말았던 것이다. 위동정은 얼굴이 새파랗게 질린 주보상의 멱살을 잡은 채 한쪽 주먹으로 가슴팍을 죽어라 하고 강타했다. 주보상은 거의 숨이 끊어질 듯 눈을 까뒤집더니 침을 질질 흘리면서 대들었다.

"그래, 죽이라고! 죽여! 그러나 어디 두고 보자고. 내 귀신이 돼서 네 놈부터 제일 먼저 잡아가고 말겠어!"

위동정은 주보상의 입에서 더 험한 말이 나오지 않을까 은근히 걱정이 됐다. 결국 있는 힘껏 주보상의 입을 주먹으로 갈겨 버렸다.

양필은 피비린내 나는 광경에 너무나 놀랐는지 얼굴이 사색이 되어 멍하니 지켜보기만 했다. 그러다 더 이상 보고만 있어서는 안 되겠다고 생각한 듯 황급히 다가와 말리기 시작했다.

그러나 강희는 아직 분이 풀리지 않았는지 무섭게 발을 구르면서 고함을 질렀다.

"동정, 평소의 실력은 다 어디 간 거야? 왜 입밖에 때릴 줄 모르는 거야?"

강희의 말에는 분명한 암시가 들어 있었다. 그건 뒷일은 자신이 책임지겠다는 얘기였다. 급기야 그는 숨을 크게 들이마신 다음 기진맥진해 있는 주보상의 가슴팍을 향해 마구 발길질을 해댔다. 입을 헤벌린 채 기력을 잃어가던 주보상은 다시 한 번 치명타를 입었다. 곧 그 자리에 큰대자로 뻗어버린 그의 입에서는 시뻘건 피가 터져 나왔다.

주보상의 부하들은 말할 것도 없고 양필과 인부들도 하나같이 기절초풍할 듯 놀랐다. 그럴 수밖에 없었다. 웬 정체불명의 사내가 조정에서 임명한 관리를 때려 죽였으니 말이다. 좌중의 사람들은 그저 땅에 붙박인 듯 제자리에 선 채로 멍한 얼굴을 들어 제방 위에서 분노에 차 하얗게 질려 있는 강희를 쳐다보았다.

"아니, 이거 어떻게 하지? 큰일 났네. 이거 정말 어떻게 해야 하나?"

양필은 후환이 몹시 두려운 모양이었다. 안타까운 마음에 널브러진 채 굳어져가는 주보상의 주위를 계속 맴돌았다. 심지어는 부들부들 떨리는 손을 주보상의 코끝에 대어보기도 했다. 나중에는 눈꺼풀을 뒤집어 동공이 풀렸는지 확인하기까지 했다. 그러면서 연신 뭐라고 중얼거렸다.

인부들 역시 술렁거리기 시작하더니 급기야는 미친 듯 소리를 지르기 시작했다.

"사람을 죽였으면 책임을 져야지!"

"일을 저질렀으면 마무리도 깔끔하게 해야 사내 아닌가!"

부녀자들 몇 명도 목에 핏대를 세워가면서 마구 악을 써댔다.

"이렇게 큰일을 저질러 놓고도 무사하길 바라지는 않겠지!"

인부들은 거의 이성을 잃어가고 있었다. 처음에는 그저 막대기로 강희 일행의 퇴로를 차단하는가 싶었으나 이내 둥그렇게 포위망을 좁혀 강희를 향해 한 발자국씩 다가오기 시작했다.

위동정은 순간적으로 당황했지만 이내 침착함을 되찾았다. 한 발 성큼 앞으로 나서면서 강희를 보호하기 위해 막아섰다. 이어 장검을 빼들고 인부들을 향해 들이대면서 큰 소리로 외쳤다.

"할 말이 있으면 해보라고. 어느 누구든지 한 발자국이라도 움직이면 단칼에 목숨을 잃을 줄 알라고!"

인부들과 부녀자들은 할 말이 있으면 해보라는 위동정의 말을 잘못 이해한 듯했다. 기분들이 나빴는지 대뜸 입에 담지 못할 욕설을 퍼붓는가 하면 괴성을 질렀다. 주변은 순식간에 아수라장으로 변해버렸다.

강희는 엉뚱한 방향으로 소란이 일어나자 백성들을 위해 탐관오리를 없애버렸다는 쾌감이 금세 식어버렸다. 동시에 사람들이 주보상의 죽음을 두고 안타까워하는 것이 아니라는 사실도 깨달았다. 그들은 자신들이 아끼고 좋아하는 젊은 현령인 양필이 사람을 죽인 책임을 뒤집어쓸 것을 우려하고 있었던 것이다.

하지만 주위는 좀처럼 안정을 찾지 못했다. 사람들은 이성을 잃은 채 곡괭이와 삽을 치켜든 채 강희 일행을 계속 압박했다. 강희는 처음과는 달리 약간의 두려움을 느꼈다. 마침 그때 북쪽에서 뽀얀 먼지를 일으키면서 녹영병綠營兵들이 달려오는 모습이 보였다. 그러자 노인 몇 명이 나지막하게 중얼거렸다.

"됐군, 됐어! 관군들이 오는 모양이네!"

주위는 언제 벌집을 쑤신 듯 떠들썩했는가 싶게 물 뿌린 듯 조용해졌다. 강희를 둘러싸고 있던 인부들 역시 게걸음을 치면서 뒤로 물러났다.

녹영병은 모두 8명이었다. 이들 중 우두머리는 유격游擊(고급 장교에 해당)의 계급을 가진 상관량上官亮이라는 사람이었다. 그는 장검에 손을 얹은 채 사람들 틈 사이의 통로로 비집고 들어오더니 땅바닥에 널브러진 주보상을 살펴봤다. 한참 후 그가 아무렇지도 않은 듯 말했다.

"아직 숨이 끊어지지 않았네!"

그러자 두 명의 인부가 누가 시키지도 않았는데 자진해 나와서는 '강도'들이 주 도대를 심하게 구타한 과정을 손짓발짓까지 해가면서 설명하기 시작했다. 그 옆에서는 몇 명의 친병들이 장검을 빼든 채 강희와 위동정을 호시탐탐 노리면서 지시를 기다리고 있었다.

"상관량 유격, 나를 잡으러 왔는가?"

위동정이 앞으로 나섰다. 그의 목소리는 물 뿌린 듯 조용한 가운데라서 그랬는지 더 없이 크고 맑게 들렸다.

"내가 이 탐욕스러운 관리를 혼내줬네!"

"위 군문!"

상관량은 순간적으로 위동정을 알아본 모양이었다. 놀란 나머지 두 다리를 사시나무 떨듯 하면서 칼을 던져버리고는 한쪽 무릎을 꿇었다. 그런 다음 부랴부랴 머리를 조아렸다.

"군문께서는 왜 아직 북경으로 돌아가지 않으셨습니까? 주 도대 측에서 사람을 보내 강도가 판을 치고 있다고 하는 바람에 그만……."

"됐네! 여기 일을 깨끗하게 마무리하게. 또 고안 현령과 상의해 이부^{吏部}로 사실을 알려주도록 해. 이자의 이름을 지워버리면 모든 일이 잘 될 거야."

위동정이 유격의 말을 자르면서 차갑게 말했다. 황제의 측근다운 권위가 물씬 묻어났다.

그러나 그는 뒤에 서 있는 강희의 신분을 밝히지는 않았다. 강희의 허락이 없었으니 그렇게 해야 했다.

강희는 제방 위에서 천천히 내려왔다. 그러더니 유격을 무시한 채 양필에게 다가가 어깨를 두드려주었다.

"자네는 강희 육 년에 진사 시험에 합격했지? 당시 보화전保和殿에서 전시殿試를 봤어. 그때 자네가 제일 어렸던 것으로 기억해. 진사 이갑二甲 (진사 시험 합격자는 일갑一甲, 이갑, 삼갑三甲으로 등급을 나눔. 일갑은 세 명 이고, 삼갑이 가장 많음) 14등이었지. 안 그런가? 삼 년밖에 지나지 않았 는데 벌써 짐궁朕躬(황제의 모습)을 못 알아보겠는가?"

"짐궁이라고요?"

'짐궁'이라는 두 글자의 무게는 확실히 보통이 아니었다. 천근만근의 무게가 나간다고 해도 과언이 아니었다.

과연 양필은 깜짝 놀라서 얼굴이 창백해진 채 숨을 거칠게 몰아쉬 면서 어쩔 줄 몰라 했다. 유격 역시 마찬가지였다. 너무나 놀라 한참 동 안이나 입을 벌린 채 다물 줄을 몰랐다. 얼마 후 양필이 떨리는 목소리 로 물었다.

"정말 폐하이시옵니까?"

"그래 맞네! 미행微行을 하다 여기까지 오게 됐지."

강희가 덧붙였다.

"저 주가가 짐에게 너무 무례하게 대했어. 그래서 위 군문에게 명령을 내려 혼내준 거야."

양필은 3년 전에 200여 명 가까운 진사들과 함께 머리를 깊이 숙인 채 성훈聖訓(황제의 말씀)을 들은 기억을 되살렸다. 감히 머리를 들어 황 제의 얼굴을 똑바로 쳐다볼 여유를 가지지 못했던 때를. 그 때문에 그 가 강희를 알아보지 못한 것은 너무나 당연했다. 그가 한참 동안 생각 에 잠긴 듯하더니 갑자기 입을 열었다.

"소인이 죽을죄를 지어야 하겠사옵니다. 혹시 폐하라는 증거라도 있 사옵니까?"

"짐은 자네의 이런 배짱이 마음에 드네!"

강희가 크게 웃었다.

"괜찮아. 무슨 일이든 경솔하게 처리하는 것보다는 확인을 해보는 것이 좋지!"

강희가 만족스럽다는 표정으로 안주머니에서 호두알 정도 크기의 옥새를 꺼내 양필에게 건네줬다.

양필이 공손하게 두 손으로 옥새를 받아든 채 조심스럽게 살피기 시작했다. 금빛 용의 무늬가 새겨져 있는 옥새에는 '체원주인'體元主人이라는 네 글자가 뚜렷하게 각인돼 있었다. 강희가 휴대하고 다니는 어보御寶가 틀림없었다.

더 이상 의심할 여지가 없었다. 양필은 곧 무릎이 깨지도록 풀썩 꿇어앉으면서 두 손으로 옥새를 높이 받쳐들었다. 이어 눈물을 비 오듯 흘리면서 큰 소리로 외쳤다.

"우리 폐하, 만수무강 하시옵소서!"

그러자 유격을 비롯한 여러 친병들과 인부들 역시 일제히 무릎을 꿇으면서 소리 높이 외쳤다.

"만세, 만세, 만만세!"

강희가 위엄을 갖춘 채 부드러운 표정으로 입을 열었다.

"여러분들은 어느 누구를 막론하고 하나같이 짐의 양민들이다. 운하 정비공사는 그만 두고 집에 돌아가 생업에 전념들 하라! 이렇게 추운 날에 인부를 동원해 정비공사를 한답시고 사리사욕만 채우는 자들이 있는데, 그동안 직예 순무는 사실대로 보고도 하지 않고 뭘 한 것인가? 여러분들은 죄가 없으니 어서들 일어나라!"

강희가 말을 마치자마자 직접 양필을 일으켜 세웠다.

"양필, 내가 자네를 보정保定 부윤府尹으로 보내주겠네. 여기 일은 다른 사람을 시켜 마무리하도록 하게."

바로 그때였다. 갑자기 사람들 속에서 한 노인이 허겁지겁 뛰쳐나오더니 다짜고짜 무릎을 꿇고 사정을 했다.

"폐하께서 우리 고안 현령이 좋은 관리라는 사실을 알고 계신다면 계속 우리들 곁에 남도록 해주시옵소서. 그래서 계속 우리를 보호해주도록 해주시기 바라옵니다. 이렇게 좋은 관리는 두 번 다시 만날 수 없을게 분명하옵니다."

"다른 곳으로 유배를 보내는 것이 아니라 승진을 시키는 걸세! 대신 좋은 관리 한 명을 고안현에 보내줄 것을 약속하겠네. 그러면 되지 않겠는가?"

강희의 말에 사람들은 서로 번갈아 보면서 할 말을 잃었다. 그때 황주를 팔던 중년 여인이 뜨거운 황주를 한 사발 받쳐들고 잽싸게 강희에게 다가와 말했다.

"날씨가 춥사옵니다. 폐하께서는 이거라도 좀 드시고 조금이라도 몸을 따뜻하게 하셨으면 하옵니다!"

강희가 사양하지 않고 벌컥벌컥 소리를 내면서 단숨에 황주를 마셨다. 이어 입술을 쓱 닦고는 엄지를 내민 채 큰 소리로 말했다.

"술맛 한번 정말 좋구만!"

"폐하께서 술맛이 좋다고 칭찬을 해주시니 우리 고안 사람들은 몸 둘 바를 모르겠사옵니다. 우리들의 영광이옵니다."

중년 여인이 빈 대접을 받아들고 물러서면서 다시 덧붙였다.

"이 말이 맞는지는 모르겠사오나 한마디 아뢰겠사옵니다. 폐하께서는 방금 좋은 관리를 우리 고안현으로 보내주신다고 하셨사옵니다. 그러나 그렇게 번거롭게 하지 마시고 양필 대인을 계속 남겨두시고, 그 관리를 보정으로 보내주시옵소서. 그러면 안 되겠사옵니까? 진급시키고 말고의 여부는 폐하의 한마디에 달려 있지 않겠사옵니까!"

"그러면 그렇게 하지! 당신이 웬만한 어사보다도 낫군 그래!"

강희가 홍조를 띤 채 말을 이었다.

"그러면 양필에게 오품의 녹봉을 주는 것으로 하고 계속 고안현에 남겨두는 것으로 할까? 오늘 당신의 술 한 잔 얻어 마신 대가를 톡톡히 치르는군!"

사람들은 소탈하고 구김살 없는 강희의 농담 섞인 말투에 좋아라고 박수를 쳤다. 환호성도 터뜨렸다.

"훌륭하신 폐하 만세, 만세, 만만세!"

이처럼 뜻하지 않은 일을 겪는 바람에 북경으로 돌아가는 강희의 일정은 하루 연기되고 말았다.

그날 저녁 강희는 양필의 집에 머물렀다. 그러나 마음은 안정을 찾지 못했다. 급기야 서재에서 서성거리면서 주인에게 차를 부탁하기까지 했다. 하지만 차 역시 마시지 못했다. 나중에는 다시 서재에서 책을 꺼내 놓고 읽으려 했으나 몇 장 읽지도 않고는 그냥 덮어버렸다.

그러다 강희가 갑자기 위동정에게 손짓을 했다.

"동정, 이리로 와 보게."

위동정이 궁금한 표정으로 강희에게 다가갔다.

"어디 좀 보세."

강희가 등불 밑에 앉은 위동정의 뺨을 유심히 살펴봤다. 동시에 한숨을 토해냈다.

"짐은 늘 자네를 존중해왔다고 생각했네. 그러나 오늘은 그만 별일도 아닌 것을 가지고 자네를 때렸지 뭔가!"

위동정은 마음이 갑자기 찡하게 울렸다. 한없이 어질고 약한 듯한 강희의 마음에 감동한 것이다. 결국 정체 모를 격정에 사로잡히고 만 그가 벌겋게 상기된 얼굴을 한 채 황급히 무릎을 꿇었다.

"군주의 치욕은 바로 신하의 죽음이라고 할 수 있사옵니다. 모두 소인의 과실이었사옵니다!"

"아직도 억울하다고 생각이 되겠지. 그러면 여기에서 한바탕 시원하게 울어버리게!"

"아…… 아니옵니다! 소인이 억울할 턱이 있겠사옵니까!"

위동정이 황급히 덧붙였다.

"그 자식은 폐하를 욕되게 하면서 감히 천자의 위엄을 거슬렀사옵니다. 그런데도 명색이 어전시위가 돼 가지고 제대로 대처를 하지 못했사옵니다. 이는 마땅히 죽을죄이옵니다!"

위동정의 눈에 순식간에 눈물이 맺히더니 어느새 주르륵 흘러내렸다. 다시 강희가 위로의 말을 건넸다.

"자네가 마음대로 손을 쓰지 못했던 이유가 있을 거야. 그자들이 이성을 잃고 짐을 해칠까 염려했기 때문이겠지. 그런 자네를 오해한 것이 미안하네. 그런데 눈물까지 흘리면서도 억울하지 않다고? 그게 말이 돼?"

"소인은 정말 억울해서 우는 것이 아니옵니다!"

위동정이 연신 머리를 조아렸다. 이어 울먹이는 목소리로 덧붙였다.

"소인은 워낙 폐하의 은총을 한 몸에 받고 살아왔던 터라 살아생전에 그 은혜를 다 못 갚을 것이옵니다. 그래서 그런 것이옵니다."

"자네 말도 일리는 있네그려."

강희가 위동정을 일으켜 세우면서 말을 이었다.

"하지만 짐이 자네한테 잘못했던 것은 사실이야. 자네는 요즘 들어 짐이 조금 자네에게 소홀했다고 생각하지는 않나?"

강희가 거두절미한 듯한 의미심장한 말을 던졌다. 위동정이 흠칫 놀라면서 황급히 대답했다.

"소인은 추호도 그렇게 생각한 적이 없사옵니다."

위동정의 대답에 강희가 미소를 지었다.

"자네는 약아빠진 거야, 아니면 원숙해진 거야? 요 몇 개월 동안 짐은 자네를 일부러 조금 괴롭혀 왔는데!"

그러자 위동정이 황급히 입을 열었다.

"소인이 어찌 폐하를 기만하겠사옵니까. 추호도 그런 일은 없을 것이옵니다. 소인은 천둥과 단비도 모두 성은이라고 생각하옵니다. 폐하께서는 소인을 홀대하신 적도 없사오나 가령 그렇다고 해도 소인은 바로 반성을 하겠사옵니다. 공을 세우고 과오를 메우기 위해 최선을 다할 것이옵니다. 그런데 억울하다는 생각을 하다니요?"

"자네가 그런 생각을 하고 있다면 정말 다행이네. 하지만 자네는 절대로 짐의 깊은 뜻을 모를 것이네. 자네는 색액도, 명주와는 다르군."

강희가 곧 다시 말을 이었다.

"색씨 집안의 셋째 색액도는 알다시피 황친이야. 그러니 어떤 때는 엉뚱한 일을 저지르더라도 모른 척하고 체면을 세워주지. 대사를 그르칠 정도가 아니라면 말이야. 명주도 그래. 유능한 재주꾼이기는 하나 일갑이나 이갑도 아닌 삼갑 진사 합격자 출신이라고. 그러니 자네가 부러워할 정도는 아니지 않겠어?"

강희가 잠시 위동정을 쳐다보고는 덧붙였다.

"짐이 그 두 사람에게 거는 기대는 사실 자네한테 거는 기대보다 훨씬 못해. 자네가 몇 번씩이나 무관을 그만 두고 공부를 하겠다고 했어도 짐이 허락하지 않은 이유가 뭐겠어? 아직 때가 아니기 때문이야! 자네가 봉강대리가 되는 것은 솔직히 짐의 말 한마디면 가능해. 자네는 그렇다면 범승모를 본받으려고 하는가, 아니면 주국치가 되고자 하는가?

오늘 짐에게 솔직하게 얘기해봐."

위동정이 난감한 시선으로 강희를 쳐다봤다. 어떻게 대답해야 좋을지 몰랐던 것이다. 그러자 강희가 손을 저었다.

"주국치는 운남 순무로 갔지. 그런데 그런 곳은 호랑이굴보다 낫다고 할 수 없어! 또 범승모는 복건으로 갔으나 그곳은 이미 경정충의 세력 범위라 뜻한 바를 이룰 수 없기는 마찬가지야! 그런데 이런 선례가 있는데, 자네마저도 이들의 전철을 밟아서야 되겠는가?"

"폐하의 성은에 감사드리옵니다. 소인이 이제야 뭔가를 깨달은 것 같사옵니다."

"짐은 여러 번 고심을 거듭한 끝에 자네를 옆에 남겨두기로 했네. 조금 힘든 점이 있더라도 참아주게."

강희의 말에서 위동정을 보듬고 감싸주는 따뜻함이 묻어났다. 위동정은 가슴 한가운데에 묻어둔 다소 억울했던 며칠 동안의 감정의 앙금이 봄눈 녹듯 사라졌다.

사실 그는 의형제를 맺은 넷째가 오배와 내통한 죄로 강희에 의해 처형 명령을 당한 이후부터 늘 까닭모를 불안감에 휩싸이고는 했다. 그래서 명주가 소인배적인 감정에 너무 치우쳐 넷째의 운명을 그런 방법으로 만들어 버리지 않았나 하는 의심을 하기도 했다. 그러나 증거는 어디에도 없었다. 설사 명확한 증거가 있다고 하더라도 황제의 총애를 받는 명주와 맞서는 것은 안 될 일이었다. 이길 자신도 없었을 뿐더러 명주는 자신의 사촌동생이 아니던가.

바로 이 와중에 강희의 솔직한 고백을 들었으니, 위동정은 오랜 불안감이 모두 사라지며 마음이 편안해졌다. 더구나 그는 대화를 통해 강희의 의중에 있는 저울추가 자신에게 한껏 더 기울고 있다는 것도 확인할 수 있었다.

'늘 이렇게 좋은 일만 있다면 귀싸대기를 백 대를 맞아도 좋겠구만!'

위동정이 엉뚱한 생각을 하면서 침묵하고 있을 때였다. 밖에서 양필의 목소리가 들려왔다.

"건청궁 시위 목자후가 대령하였사옵니다!"

위동정은 북경에서 급보가 날아들었다는 사실을 직감적으로 느꼈다.

12장
통 큰 정치를 논한 오차우의 편지

목자후가 가져와 바친 서류 봉투에는 두 개의 상주문이 각각 들어 있었다. 그중 하나는 색액도와 웅사리가 보낸 상주문이었다. 거라이니가 북경을 떠난 다음 러시아 군대가 흑룡강 연안에서 철수했다는 소식을 자세하게 적고 있었다. 또 은 백만 냥을 국고에서 꺼내 우성룡에게 보내 황하와 회하 지방의 이재민을 돕게 하자는 건의도 적혀 있었다. 마지막에는 오차우의 행방이 아직 묘연하다는 내용이 포함돼 있었다.

별생각 없이 두 번째 상주문을 펼쳐든 강희는 깜짝 놀랐다. 바로 오차우가 보낸 친필 편지였던 것이다. 날짜로 볼 때 두 달 전에 쓴 편지였다. 강희는 무려 3년 동안이나 오차우로부터 가르침을 받았기 때문에 작고 단정한 그의 해서체 글씨에는 익숙했다.

그는 순간 내용과 무관하게 흥분을 금하지 못했다. 하기야 3년 동안이나 자신에게 가르침을 주었던 스승의 필체를 대했으니 그럴 수밖에 없었다. 그는 새삼 소중한 추억이 깃들어 있는 정감어린 필체에 잠시 옛 기억을 떠올리며 편지를 펼쳤다. 자신도 모를 만큼 작은 소리도 간간이 새어나오고 있었다.

……소인의 생각에는 아직 사방이 안정돼 있지 않습니다. 그런 이유로 밖보다는 안을 먼저 안정시키는 것이 바람직하다고 생각합니다. 백성들을 보듬어 안지 못하고서는 참된 정번靖藩을 논할 수 없습니다. 또 국고國庫가 두둑하지 않고서는 병사兵事를 논하지 못합니다. 동남쪽에서 파도가 일게되면 나라 전체가 흔들립니다. 그러면 서북쪽도 크게 뒤집히게 됩니다. 그때 가서는 사태를 수습하는 것이 더욱 어려워지게 됩니다. 하지만 무슨 일이든 의혹을 품었을 경우 철저하게 준비하고 뒷조사를 한 다음 행동하면 지는 경우는 드물다고 감히 생각합니다. 폐하께서는 현명하시고 지혜로우신 분이기 때문에 현명한 판단을 하시리라 믿어 의심치 않습니다. 그러니 어찌 소인의 머리를 스치는 아주 작은 생각일지라도 감히 폐하께 말씀드리지 않을 수 있겠습니까? 저는 강학을 다니면서 강남과 회하, 산동 일대를 살펴봤습니다. 그 결과 그동안 관망하기만 하던 선비들의 마음이 한결같이 우리 조정으로 움직이기 시작한 것을 확인할 수 있었습니다. 저는 최선을 다해 이들을 우리 편으로 끌어오도록 하겠습니다. 그래서 폐하의 대업에 작은 기여라도 할 수 있기를 바랍니다. 촛불도 지쳐서 기진맥진한 이밤에 오랫동안 못 뵌 폐하의 용안을 잊지 않기 위해 서신을 작성하면서 눈물이 흐릅니다…….

강희는 오차우의 편지 내용에 깊은 감명을 받았다. 그러나 그게 끝이 아니었다. 밑에 몇 줄이 더 적혀 있었다.

또 사교邪敎 중에 종삼랑이라는 조직이 있습니다. 이들은 무지몽매한 백성들을 꼬드겨 충동질하고 있습니다. 민심을 현혹시키고도 있습니다. 분명히 좋지 않은 결과를 가져올 것이라는 걱정을 하지 않을 수 없습니다. 요즘 들어서는 더욱 창궐하는 것 같습니다. 북경에서는 어떤지 모르겠군요! 폐하께서 직접 둘러보시고 현명한 판단을 내리시기 바랍니다. 이 세력을 소탕해버리지 않으시면 민심이 부평초처럼 떠돌 것이라는 생각이 듭니다.

　　　　　　　　　　　　　　　　－오차우가 머리 깊이 숙이면서 올립니다

강희는 편지를 다 읽고 난 다음 흘러내리는 눈물을 주체하지 못했다. 자신의 스승은 정말이지 '묘당廟堂의 높은 자리에 앉아서는 백성을 걱정하고, 멀리 강호에서는 군주를 걱정하는' 훌륭한 사람이라는 생각이 들었던 것이다. 그로서는 보이지 않는 스승에게 다시 한 번 머리를 숙여 감사를 표하지 않을 수 없었다. 그러나 곧 자신의 흐트러진 모습을 행여 들킬세라 황급히 눈물을 닦고 표정을 정리했다. 고개를 돌려 양필에게 심각한 어조로 물었다.

"종삼랑과 관련해서는 북경에 소문이 무성하다는군. 북경과 가까운 여기에서는 무슨 이상한 낌새가 없는가?"

"있사옵니다."

양필이 잠시 생각하다 대답했다.

"몇몇 이상한 자들이 묘한 내용의 노래를 만들어 부르고 다니옵니다. 소인이 이미 조치를 해놓은 상태이옵니다."

"자세하게 말해보게!"

강희가 큰 소리로 물었다.

"예, 폐하!"

양필은 이어 노래의 가사를 읊기 시작했다.

도사道士의 허리에는 두 개의 추가 달려 있고,

화火, 목木, 수水, 토土는 금金으로 향하는구나.

속이 꽉 찬 농아聾啞가 백호白虎를 타니,

북경은 피바다가 되는구나.

양필은 긴장의 끈을 놓지 않았다. 눈으로는 강희를 계속 훔쳐봤다. 강희는 가사를 듣고 나서 결코 가볍게 흘려버릴 수만은 없다는 생각을 했다. 곧 머리를 들어 양필에게 질문을 던졌다.

"자네가 보기에는 왜 이런 노래가 만들어졌다고 생각하나? 또 이 노랫말이 누구를 빗대어 하는 말인지 알겠는가?"

강희의 질문에 양필은 황급히 무릎을 꿇은 다음 머리를 조아리면서 대답했다.

"소인은 식견이 넓지 않아 잘 모르겠사옵니다. 하지만 대강 짐작이 가는 부분은 있사옵니다. 감히 말씀을 올리기가 조금 그렇긴 하옵니다만……."

"그러니 더 궁금해지는군. 무슨 말 못할 사연이라도 있다는 말인가? 괜찮으니까 말해보게."

강희의 재촉에 양필이 용기를 냈다.

"아무래도 오삼계와 관련이 있는 노래인 것 같사옵니다."

"뭘 보고 그렇게 말할 수 있는가?"

"우선 도사 허리의 두 개의 추라고 했사옵니다. 도사의 도는 '거꾸로'라는 의미가 있는 도倒와 발음이 같사옵니다. 이에 따라 도사의 사士를 거꾸로 뒤집으면 마를 건乾자의 약자인 건干자가 됩니다. 여기에 허리춤의 두 개의 추를 더하면 평平자가 됩니다. 또 화, 목, 수, 토는 금으로 향한다고 했사온데, 방향으로 볼 때 화는 남南, 목은 동東, 수는 북北, 토는 중앙, 금은 서酉를 가리키옵니다. 이 설에 비춰보면 서쪽에 힘이 센 권력자가 나타나 천하의 흥망을 관장한다는 얘기가 되옵니다. 또 농아의 아啞자는 아亞의 가운데가 비어 있사옵니다. 이걸 입 구口로 채워 넣으면 왕王자가 되지 않겠사옵니까? 교묘하게 평서왕이라는 세 글자를 숨기고 있다고 할 수 있사옵니다. 또 동쪽은 청룡靑龍, 북쪽은 현무玄武, 남쪽은 주작朱雀, 서쪽은 백호白虎라고 할 수 있사옵니다. 이로 보면 이 노래는 서쪽의 평서왕이 백호를 타고 북경을 향해 쳐들어간다는 의미를 담고 있사옵니다."

양필이 말을 마친 다음 머리를 크게 조아리면서 덧붙였다.

"이것은 어디까지나 소인의 추측일 따름이옵니다. 노래가 진짜 의미하는 바와는 다를 수도 있사옵니다."

"아니네. 자네 말이 맞네."

강희가 한참 침묵하다 자신이 적당하다고 생각하는 단어들을 선택해 입에 올렸다.

"이 노래는 오삼계를 가리키는 것이 맞네. 그러나 오삼계는 조정과의 관계가 원만해. 반란을 일으킬 이유가 없어! 분명히 조정과의 밀접한 관계를 질투하는 세력들이 뒤에서 요언妖言을 날조한 것이 틀림없어. 자네가 조치를 취해 놓았다고 하는데, 그래 어떤 것 같나? 어떻게 했다는 것인지는 잘 모르지만 말이네."

"폐하께 아뢰옵니다."

양필이 침착하게 대답했다.

"겉으로는 괜찮아진 것 같기는 하옵니다. 그러나 아직 속내는 잘 모르겠사옵니다. 근래 지방에서는 종삼랑 교파들이 아주 은밀하게 영역을 넓혀가고 있다는 소리를 들었사옵니다. 하지만 이들이 이 노래와 직접적인 연관이 있는지는 아직 밝혀내지 못했사옵니다."

"이 일에 대해서는 오늘은 여기까지만 얘기하기로 하지."

강희는 몹시 피곤한 모양이었다. 늘어지게 하품까지 했다.

"날도 저물었으니, 자네도 그만 들어가 쉬게. 우리는 내일 이른 아침에 북경으로 떠나야 해. 위동정과 목자후, 유격 상관량도 데리고 갈 것이네. 그러니 자네는 크게 시끌벅적하게 환송할 필요가 없네."

이튿날 이른 아침이었다. 강희는 자신의 명령대로 몇 사람만 데리고 배웅 나온 양필을 뒤로 한 채 북경으로 떠났다. 신분이 이미 드러나 미복 차림으로 다닐 수 없게 됐으므로 황제 복장을 하고 있었다. 위동정과 목자후는 말을 타고 양 옆에서 그를 경호했다. 또 뒤에서는 상관량이 조복朝服 차림으로 500명이 넘는 녹영병들을 거느린 채 하늘을 찌르는 기세로 얼어붙은 동토凍土 위를 걷고 있었다. 그들이 살을 에는 찬바람을 맞으면서 걷는 길은 다름 아닌 영정하를 끼고 생겨난, 황토로 덮인 관도官道였다.

강희는 말 위에 앉아 앞만 바라보고 나아갔다. 얼굴에는 평온한 기색이 감돌았다. 기분도 괜찮아 보였다. 사실 몇 개월 사이에 그의 주위에서 일어난 일들은 대단히 복잡다단했다. 그러나 결과적으로는 특별하게 잘못되지는 않았다. 강희는 그런 생각이 들자 자신도 모르게 힘이 솟았다. 더구나 어제 저녁 읽은 오차우 선생의 편지는 누군가 뒤에서 자신을 묵묵히 떠받쳐주고 있다는 자신감을 가지게 했다. 그래서 마음은 더욱 편해졌다. 그가 한참을 그렇게 생각을 하다 위동정에게 말했다.

"두 가지 일은 북경에 도착한 다음 짐이 잊어버리지 않게 귀띔해 줘. 하나는 명주가 도착하는 대로 호부戶部로 보내 국고에 은과 식량이 얼마나 남아 있는가를 조사하도록 하는 거야. 다른 하나는 상관량을 통주에 주둔하도록 하는 거야. 그의 녹영병을 거느리고 말이지. 또 양필의 승진 조서는 짐이 특별히 만들 거야. 내년쯤에 그 사람을 보정으로 보낼 예정이야. 북경으로 오는 길목을 지키게 하는 거지."

위동정은 강희가 강조하는 두 가지 일 중 첫 번째 일에 대해서는 너무나도 잘 알고 있었다. 강희는 태화전이 지진의 피해를 입고 무너졌을 당시 즉각 수리하라는 명령을 내렸다. 하지만 호부상서인 미한사米翰思는 돈이 없다면서 일을 못하겠다고 버텼다. 그랬으므로 국고를 열어 어느 정도 돈이 있는지 확인을 하는 것이 시급했다.

그러나 두 번째 일에 대해서는 위동정도 잘 몰랐고, 의문스러운 점이 있었다. 상관량은 직급도 낮을 뿐 아니라 뚜렷한 공도 세운 적이 없었다. 그런 사람에게 그 많은 병사들을 줘서 통주로 보낸다는 것이 어쩐지 좀 석연치가 않았던 것이다. 또 양필에 대해서는 분명히 고안현에 그대로 둔다는 약속을 백성들에게 하지 않았던가? 그런데 어떻게 하루아침에 이렇게 돌변할 수 있다는 말인가? 위동정은 순간적으로 여러 생각에 사로잡혔으나 대답을 하지 않을 수 없었다.

"소인, 명심하겠사옵니다."

"자네는 북경 관리들의 간사한 인성을 결코 배우지 말게. 부탁이네."

강희가 덧붙였다.

"죽어라 머리 조아리는 재주만 보이지 말라는 말일세. 또 말을 아껴 혼나지 않는 것이 제일이라는 생각도 절대 해서는 안 되네. 다들 그게 관리로서 오래 살아남는 비결이라고 생각하는 것 같으나 내가 그런 사람들을 먹여 살릴 이유가 뭐 있겠나! 통주라는 곳은 아주 복잡한 동네야. 상관량처럼 이름 없는 사람을 보내면 오히려 감지덕지하면서 진짜 성실하게 일할 거야. 별 볼 일 없는 자신을 중용해 줬는데, 노력하는 모습을 보여주지 않을 리 있겠는가!"

위동정은 그제야 크게 깨달았다.

"은혜를 베풀어서 충성심을 촉발한다는 얘기가 되는군요."

"양필에 대해서도 대동소이하다고 봐야지."

강희가 턱을 매만지면서 그윽한 눈빛으로 먼 산을 바라봤다. 그러더니 천천히 입을 열었다.

"양필의 일은 서두를 필요가 없어. 그래서 특별히 자네에게 짐이 잊어버리지 않도록 귀띔을 해달라고 한 것일세. 양필 같은 사람은 직급이 너무 높지도 낮지도 않은 부府의 책임자가 적격이야."

"폐하, 그러니까……."

"짐이 아주 잠깐 동안이기는 하나 양필이라는 친구를 집중적으로 관찰해봤어. 그 사람은 전형적인 외유내강의 성격을 가지고 있더군. 실력도 대단하고. 그의 성격은 오배와는 완전히 반대야. 장점이 많은 반면 단점은 별로 없어."

강희가 매서우면서도 흡족한 눈초리를 한 채 말했다. 한참 후에 다시 한마디 덧붙였다.

"너무 낮은 자리에 앉히면 사람이 너무 아깝지. 그렇다고 너무 높은 자리에 올려 놓으면……."

강희가 무슨 말을 하려다 말고 웃음으로 얼버무렸다. 더 얘기했다가는 자신의 속마음을 읽힐 것이라고 생각하는 것 같았다.

위동정은 그런 강희를 힐끔 쳐다봤다. 나이 어린 군주임에도 불구하고 그에 대한 존경과 충성, 고마움과 두려움의 감정을 동시에 느꼈다. 그는 충성심만으로 따지자면 황궁 내에서 자신을 따라올 사람은 아무도 없다고 자부했다. 또 앞으로도 그 마음이 절대로 변하지 않을 것이라고 다짐하면서 살아왔다. 그러나 가끔씩 강희의 맑고 깊이를 가늠하기 어려운 눈빛을 바라볼 때면 이따금씩 두려운 마음이 드는 것도 어쩔 수 없었다. 한없이 맑은 것이 너무 좋아 풍덩 뛰어들었으나 너무 깊은 탓에 허우적거리면서 생명의 위협마저 느끼는 그런 호수 같은 사람이 바로 강희였다.

위동정은 전에 자신의 집 문지기가 무려 5년 동안이나 변장을 한 채일꾼으로 잠입해 있었던 사실을 떠올렸다. 그러자 지금도 자신의 주변에 누군가가 숨어서 엿보고 있는지도 모른다는 생각이 들었다. 동시에 소름이 쫙 끼쳤다. 급기야 그는 더 이상 생각을 하는 것이 두려운 듯 황급히 다른 쪽으로 생각을 몰고 갔다. 다행히 딴 생각이 바로 떠올랐다. 우선 양필이 제방에서 직급으로 볼 때 자신보다 3품이나 더 높은 주보상을 끌고 물속으로 들어가던 모습이 떠올랐다. 더불어 수백 명의 인부들이 양필을 보호하기 위해 보여줬던 과격하고 당찬 행동들도 뇌리를 스치고 지나갔다. 그런 생각들은 위동정으로 하여금 자연스럽게 황제의 뜻을 진정으로 깨닫도록 만들고 있었다. 그는 정면으로 불어 닥치는 차가운 바람에 오싹해지는 몸을 쭉쭉 폈다. 길게 숨을 토해내고 싶은 생각도 들었다. 그러나 곧바로 아무런 생각도 하지 않은 것처럼 황급히 입을 닫았다.

"국사國士는 충성을 다해야 해. 총애를 받든 굴욕을 당했든 사적인 감정은 헌신짝처럼 버려야 한다는 말이네."

강희가 갑자기 위동정의 질문에 대답이라도 하는 것처럼 다소 뜬금없는 말을 했다. 이어 깊은 한숨을 내쉬면서 말을 이었다.

"하지만 군주도 마찬가지야. 늘 충신들의 삶에 관심을 가져줘야 해. 오 선생은 지금 어떻게 지낼까? 그가 밖에서 강학을 다니는 것도 솔직히 쉬운 일은 아니야. 그럼에도 성과는 좋은 것 같아. 올해 산동과 안휘 쪽에서 북경으로 과거시험에 응시하러 온 거인의 수가 과거에 비해많이 늘어났어. 이렇게 된 데에는 오 선생의 공로를 무시할 수 없을 거야. 지난번 오 선생이 명주에게 보낸 여러 편지들이 짐에게 다 전달되었네. 어제는 직접 편지를 보내오기까지 했더라고. 밖에 있으면서도 늘 생각해 준다는 것이 고맙기 그지없어! 그런데 지금은 어디에 있는지 궁금하네?"

"아, 예!"

위동정은 강희의 물음에 깜짝 놀랐다. 잠시 다른 생각에 잠겨 있다가 바로 분위기를 파악하고는 황급히 대답했다.

"폐하께서 찾아보라고 명주를 보내셨사오니, 며칠 안으로 오 선생이 북경에 모습을 드러낼 거라고 생각하옵니다."

사실 강희의 오차우에 대한 걱정은 괜한 것이 아니었다. 갈수록 큰 위험이 오차우를 향해 다가오고 있었던 것이다. 그러나 오차우는 이렇게 서서히 다가오는 위험의 신호를 전혀 느끼지 못하고 있었다. 다재다능하고 풍류를 즐길 줄 알면서도 세상일에는 낙제생인 황제의 스승다웠다고나 할까.

오차우는 명주가 정주鄭州의 오룡진에서 천자검으로 서선관인 풍응룡 형제를 처단한 다음 바로 그와 헤어졌다. 이후 두 명의 하인만을 데리고 황하를 따라 동쪽으로 발길을 옮겼다. 가는 도중에는 도처의 쓸쓸한 가을풍경을 목도하면서 세월의 무상함을 뼈저리게 느꼈다. 또 뜻한 바대로 이뤄지지 않은 사랑을 떠올리고는 한없이 슬프고, 가슴아린 추억에 몸부림쳤다.

그러나 조정에 머무르지 않고 자신의 소신대로 북경을 떠나는 것에 대해서는 전혀 낙심하거나 의기소침해하지 않았다. 그것은 강희의 뜻이라고 할 수도 있었으니까. 게다가 세상의 영화를 뒤로 한 채 속세를 등지는 자신의 행보는 이백李白과도 많이 달랐으니, 그가 그럴 필요까지는 없었다. 실제로 강희는 그날그날 기분이나 맞춰주는 노리개처럼 이백을 생각한 당나라 현종과는 많이 달랐다. 진심으로 그를 자신의 지기知己, 스승으로 대접해 주면서 인격적으로 존중해줬다. 그는 그 사실을 진정 온몸으로 느꼈다.

오차우는 그럼에도 불구하고 강희가 자신을 극구 만류하지 않은 것 역시 이유가 있다고 생각했다. 자신의 가치를 강희가 제대로 판단했다고 본 것이다. 또 그 역시 조정이 아닌 강호에서 활약할 사람으로 자신을 점찍은 강희의 생각을 너무나 잘 알았다. 강희는 그가 여기저기 돌아다니고 강학을 하면서 유능한 한족 인사들을 발굴하기를 원했다. 나아가 조정을 위해 그들을 끌어들여 주기를 원했다. 궁극적으로는 방향을 잡지 못해 머뭇거리는 그들을 어떻게 해서든 오삼계에게 빼앗기지 않도록 하기 위해 전력을 다 기울여 주기를 바라마지 않았다. 한마디로 그는 바로 이런 강희의 생각을 실천에 옮길 최적임자였던 것이다.

오차우는 강희가 그 정도 생각해주는 것으로 충분하다고 늘 생각했다. 강희가 다시 자신을 북경으로 불러주겠다는 뜻을 이후 몇 번씩이나 내비쳤을 때 전혀 반응을 보이지 않은 것은 바로 그 때문이었다. 시종일관 그는 관직에는 별로 흥미가 없었다. 무엇보다 예기치 못한 부침이 싫었다. 또 높은 자리로 올라가기 위해 다른 사람을 무자비하게 짓밟거나 다른 사람의 시체를 넘어서려고 혈안이 되는 무리들 역시 너무나도 꼴사나웠다. 어디 그뿐인가. 곳곳에서 벌어지는 암투와 시기, 질투와 음모……. 그는 이런 것에 아까운 정력을 소모하고 싶지 않았다. 게다가 소마라고와의 결혼 좌절이 가져온 아픔 역시 북경으로 돌아가고 싶은 마음이 들지 않게 만들었다.

그러나 모든 것을 떠나서 그가 황제의 스승인 것은 도저히 어쩔 도리가 없는 진실이었다. 자의든 타의든 세상을 향한 눈을 뜨게 해 준 천자의 스승인 만큼 끝까지 도와야 했다. 어떻게든 역사에 길이 남을 영명한 군주가 되도록 밀어줘야 하는 것이 그의 일이라고 생각했다.

그가 이런 생각을 더욱더 굳힌 것은 안경安慶에서 북경으로 과거시험을 보러 가던 이광지를 만난 이후부터였다. 그로부터 아버지의 건강이 좋을 뿐만 아니라 집안에 별다른 일도 없다는 얘기를 전해 듣고는 마음을 강희에게 온전히 기울일 수 있게 됐던 것이다.

사실 오차우와 이광지의 만남은 우연한 기회에 이뤄졌다.

산동에서 안휘로 온 이후 오차우는 우선 봉양부鳳陽府의 회서서원淮西書院에서 한 달 동안 강학을 했다. 그 다음에는 배를 타고 안경부로 향했다. 하지만 오차우는 안경에서는 더 이상 한림원 시강侍講의 신분으로 활동하기를 원하지 않았다. 잘 모르는 관청 사람들을 만나 마음에도 없는 소리나 하면서 조심스럽게 행동하는 것이 싫었던 것이다. 때문에 안경에 도착하고 나서는 관리들과 연락을 하지 않고 혼자 영풍각迎風閣이라는 객점에 머물렀다. 자유로운 몸이 됐다고 생각한 그는 자신이 어디에 머물든 조정의 눈이 항상 자신의 일거수일투족을 주시하고 있다는 사실은 알지 못했다.

13장
천하의 인재들

객점에 머문 지 사흘째 되는 날이었다. 날씨가 갑자기 추워졌으나 오차우는 이른 아침에 일어났다. 밖은 아직 채 밝지 않은 것 같았으나 창호지 때문에 하얗게 밝아 보였다.

그는 늦잠을 잔 줄 알고 서둘러 창문을 열어젖혔다. 한줄기 찬바람이 지붕에 한 치나 쌓인 눈가루를 휘감아 몰아쳤다. 그 바람에 얼굴과 목에 온통 눈벼락을 맞고 말았다. 그러나 워낙 눈을 좋아하는 그였던지라 그게 싫지 않았다. 오히려 어린아이처럼 좋아하면서 보자기에서 강희에게 선물로 받은 여우털 조끼를 꺼내 걸친 채 기분 좋게 아래로 내려올 수 있었다. 그가 주인에게 말했다.

"눈이 너무 아름답군요. 이 봄에는 이게 마지막 눈일 것 같죠? 설경이 잘 보이는 위층 서쪽 방으로 바꿔주세요. 돈은 더 내라면 내겠습니다!"

"이거 어쩌죠? 한발 늦으셨네요. 방금 손님들이 그리로 올라갔어요.

하지만 괜찮아요. 올라가셔서 실컷 구경하세요. 서각이 상당히 큰데 방금 올라간 선비들은 칠팔 명밖에는 안 되니까요. 각자 알아서 즐기면 되죠, 뭐."

주인의 대답에 오차우는 그러는 수밖에 없겠다고 생각했다. 과연 서각에는 여덟 명의 선비들이 세 개 조로 나뉜 채 앉아 있었다. 동남 방향으로는 두 명이 보였다. 그중 마흔 살 가량 돼 보이는 사람은 회색 솜 저고리를 입은 채 조용히 앉아 있었다. 또 조금 젊어 보이는 사람은 창가에 앉아 술잔을 든 채 무슨 생각에 골똘히 잠겨 있는 듯했다. 그들은 오차우가 들어오자 힐끔 쳐다보고는 바로 고개를 돌려 창밖의 설경에만 시선을 집중했다. 그밖에 다른 한 중년남자는 아예 창문을 열어젖힌 채 몸을 밖으로 반쯤 내밀고 있었다. 마치 하얀 소복 차림으로 단장한 듯한 설경을 넋을 잃고 구경하고 있었다.

오차우의 눈에 확 띄는 선비도 있었다. 일행과는 떨어져 저만치 혼자 앉아 있는 젊은이였다. 옷차림새가 예사롭지가 않았다. 남색 비단저고리에 조끼를 받쳐 입고 검은 비단으로 만든 둥근 모자를 눌러쓴 차림이었다. 그의 등 뒤에서는 곧 땅에 닿을 듯이 길게 땋아 내린 머리채가 흔들리고 있었다. 허리춤에 장검까지 찬 그는 술잔을 든 채 홀짝홀짝 마시고 있다가 오차우가 들어서자 자리에서 움찔거렸다. 그러다 다시 침착하게 말했다.

"저 분들은 시를 읊느라 여념이 없습니다. 이쪽에 같이 앉으시는 것이 어떠신지요?"

"나야 고맙죠."

오차우가 사의를 표하면서 물었다.

"이쪽은 조금 추울 것 같네요. 그런데 이름이 어떻게 되는지 물어봐도 될까요?"

"선생님께서는 여우털 조끼까지 입으시고도 추우시다면 저는 벌써 얼어 죽었겠네요!"

젊은이는 아무리 많아도 20세 전후가 될까 말까 했다. 상당히 쾌활한 성격처럼 보였다. 초면인 오차우를 마치 오래된 지기를 만난 듯 스스럼없이 대했다.

"저는 성이 이李입니다. 이름은 우량雨良이라고 합니다. 선생님은 어떻게 되시나요?"

오차우는 젊은이에게 호감을 느꼈다. 지체 없이 선뜻 대답한 것도 그 때문이었다.

"만나서 반갑네요. 나는 오차우라고 합니다."

오차우가 자신의 이름을 말하는 순간 창문을 열어젖힌 채 설경 감상에 빠져 있던 중년남자가 흠칫 놀라는 듯했다. 갑자기 몸을 돌리더니 오차우를 쳐다봤다. 그러다 다시 아무렇지도 않은 듯 돌아앉아 계속 술을 마셨다. 별일 아닌 척하려 했으나 그의 눈은 끊임없이 오차우를 곁눈질하고 있었다.

이우량도 오차우라는 이름이 귀에 익은 듯했다. 부지런히 기억을 떠올리는 것 같았다. 곧 자리에서 벌떡 일어서면서 다시 오차우를 아래위로 훑어보았다. 그가 이윽고 입을 열려고 할 때였다. 갑자기 오차우가 큰 소리로 술을 시켰다.

"소주紹酒(황주黃酒의 일종)를 작은 항아리로 하나 가득 가져오고 먹을 만한 안주도 네 접시 가져다주세요."

시를 구상중인 듯 한쪽 구석에 앉아 있던 몇 사람이 갑작스러운 큰 소리에 놀랐는지 오차우에게 곱지 않은 시선을 던졌다. 술과 안주를 적지 않게 시키는 것에 혐오감을 느낀 모양이었다. 그러나 곧 머리를 돌리고는 자신들의 일에 열중하기 시작했다.

"오 선생님은 주량이 대단하시군요. 그렇게 많이 마실 수 있습니까?"

이우량이 놀란 표정으로 물었다. 그러자 오차우가 웃음 띤 얼굴로 대답했다.

"세상 사람들은 기본적으로 다 친구 아니겠어요. 선생하고 인연이 닿아 이렇게 같은 자리에 앉아 술을 마시고 있지 않습니까. 그런데 누구는 얼굴이 빨갛게 되도록 마시고, 누구는 구경이나 하고 있으면 되겠어요? 나에게 술 한잔 따라 주실 생각은 없습니까?"

그러자 이우량이 자리에서 벌떡 일어나더니 술을 철철 넘치게 따라 오차우에게 건네줬다. 오차우는 그걸 기분 좋게 받아 한꺼번에 입에 털어 넣었다. 이어 술잔을 내려놓고는 기분 좋은 어조로 말했다.

"내가 가만히 보니 선생도 인생을 달관한 분인 것 같네요. 마음 푹 놓고 양껏 드세요. 취하면 나하고 같이 이곳 내 방에 가서 자도 좋고요!"

이우량은 파격적인 오차우의 제안에 약간 놀랐다.

"저도 여기 머무르고 있습니다. 그러니 제 걱정은 할 필요가 없습니다!"

창밖에는 눈꽃이 더욱 많이 휘날리기 시작했다. 그러더니 어느새 대지를 온통 눈안개로 뒤덮었다. 동남쪽으로 차분하게 흘러가는 강물은 그런 눈 속에서 더욱 요염하고 고귀해 보이는 매화에게 추파를 던지는 것 같았다. 오차우가 넋을 잃고 창밖의 절경에 취한 듯하자 이우량이 웃으면서 말했다.

"오 선생님, 경치가 정말 좋네요. 북받쳐 오르는 시흥이 있으면 읊어 보시죠."

이우량의 말에 오차우가 두 손을 펴 보였다.

"저쪽에 계신 분들이 우선 준비를 하는 것 같으니, 일단 들어나 봅시다!"

이우량이 고개를 돌렸다. 과연 어떤 선비가 턱수염을 만지작거리는가 싶더니 창밖을 향해 머리를 흔들면서 자작시를 읊고 있었다.

　　가벼운 분단장 학처럼 고고한 그 자태,
　　찾는 이 없는 황야에서 백발의 노인이 됐구나.
　　서원西園의 해묵은 복숭아나무와 오얏나무는
　　봄바람만 기다리는 모습을 하니 우습구나.

자작시를 다 읊을 무렵이었다. 맞은편에 앉아 있던 40세 가량의 중년 사내가 껄껄 웃으면서 입을 열었다.

"황태충黃太沖, 자네의 불같은 성격은 아직 여전하구만. 꽃도 필 때가 돼야 피지, 그렇게 닦달을 해대면 복숭아나무나 오얏나무가 쑥스러워 어디 꽃이나 제대로 피우겠는가?"

오차우의 눈은 '황태충'이라는 이름 석 자를 듣는 순간 그야말로 번쩍 빛났다. 그 이름도 유명한 이른바 절동삼황浙東三黃(절강浙江 소흥부紹興府 출신의 대문인. 황종희黃宗羲와 그의 동생들인 황종염黃宗炎과 황종회黃宗會를 말함)의 태두인 황종희를 만난 것이었다!

하지만 이우량은 별로 대수롭지 않다는 투로 오차우에게 술을 따라주면서 나직이 말했다.

"저 영감이 읊은 것이 무슨 시인가요? 설경에 취해서 읊었으면 '설'雪자가 있어야 할 것 아닙니까? 그런데 아무리 들어도 '설'자는 한 글자도 없잖아요?"

이우량의 말에 오차우가 웃으면서 입을 비죽 내밀었다. 그러더니 바로 창밖의 매화를 가리켰다.

"저기 저 홍매紅梅를 읊었잖아요! 조금 더 들어보자고요!"

오차우가 선망어린 눈초리로 쳐다보던 황종희는 시종 여유가 있었다. 중년남자의 다소 비아냥조의 말에도 크게 동요하지 않은 채 수염을 만지작거리면서 천천히 말했다.

"왕옥숙汪玉叔, 이번에는 당신 차례이네!"

오차우는 '왕옥숙'이라는 이름 석 자에 다시 한 번 놀랐다. 그가 바로 연대칠자燕臺七子(북경을 중심으로 활동했던 유명한 일곱 시인)로 문단에 이름을 드날린 왕옥숙이었으니까! 오차우는 뜻하지 않게 두 명의 문단 거장들을 한꺼번에 만난 행운이 찾아온 것이 너무 신기하기만 했다. 자연스럽게 지금까지 아무 말 없이 앉아 생각에 잠겨 있는 청년 한 사람과 중년 세 사람의 신분에 대해서도 궁금해졌다. 그때 마침 그의 그런 마음을 헤아리기라도 한 듯 청년이 입을 열었다.

"그래요, 황 선생님 말씀대로 저 광지도 왕 선생님이 읊으실 시를 들어보고 싶네요."

그러자 옆에 앉아 있던 다른 중년 남자도 보란 듯 끼어들었다.

"오늘 여러분들은 모두 황 선생님의 사십세 생신을 축하드린다는 취지에서 모였습니다. 그런 만큼 문인이라면 술 한잔에 그냥 헤롱헤롱거려서는 안 됩니다. 모두 다 편한 마음으로 시를 읊도록 하자고요. 나이가 많고 적고를 따지지 말고, 잘 나고 못 나고도 신경 쓰지 맙시다. 진짜 시를 못 읊는 사람은 술을 마시지 못하게 할 겁니다! 어이 윤장潤章, 술 항아리 잘 지키고 있으라고!"

오차우는 여전히 미소를 지우지 않은 채 이광지李光地 등의 대화에 귀를 기울였다. 그가 그런 것은 이광지를 잘 알기 때문이 아니었다. 시윤장施潤章에 대해 대략 들어서 아는 바가 있기 때문이었다. 하기야 그럴 수밖에 없었다. 시윤장은 바로 저 유명한 선성문파宣城文派의 일인자로 널리 알려져 있었으니까. 이는 시를 논할 때 남시북송南施北宋을 빼놓을 경우 껍데기를 논하는 것이나 다름없다는 말이 있다는 것을 감안하면 어느 정도 설명이 된다고 할 수 있었다. '남시'는 연대칠자의 일원인 바로 눈앞의 시윤장, '북송'은 역시 연대칠자에서 절대 빼놓을 수 없는 송완宋琬을 의미했다. 오차우가 창밖에 시선을 고정시키면서도 속으로는 이들과 한덩어리가 될 생각을 하고 있었던 것은 그래서 전혀 이상할 것이 없었다.

"술항아리 지키는 사람이 시키는 대로 해야지."

왕옥숙이 마른기침을 하면서 말했다.

"주령酒令은 군령軍令보다 더 막중하지. 무조건 명령에 복종하겠네. 그러나 오늘은 웬일인지 시흥詩興이 별로야. 그러니 그 점을 감안해 주면 고맙겠네."

말을 마친 왕옥숙이 바로 시를 읊기 시작했다.

두껍게 덮은 구름이 허공을 가르고,
동풍에 살살이 흩어져 영롱한 빛을 발하는구나.
흰 나비는 떼를 지어,
매화 사이를 즐겁게 날아다니는구나.
어젯밤에 창밖이 하도 밝아 만월인 줄 착각했으나,
아침에 창문을 열어젖히니 적삼 사이로 눈가루가 날아드는구나.

"특히 '동풍에 살살이 흩어진다'는 대목이 좋군!"

시윤장이 미소를 머금으면서 덧붙였다.

"시詩나 사詞는 담백해야 한다고. 왕옥숙 당신은 항상 이런 담백함을 유지하고 있어. 참 대단해!"

시윤장이 왕옥숙을 한참 칭찬한 다음 이광지에게 말머리를 돌렸다.

"이번에는 자네 차례야."

그러나 이광지는 빙그레 웃기만 할 뿐이었다. 자신은 감히 대가들 틈에 끼어들 수 없다는 표정이었다. 그가 한참 후에야 비로소 입을 열었다.

"두눌杜訥 선생님과 포정신蒲亭神 선생님도 유명하신 분들이지 않습니까. 한참 후배인 제가 어찌 건방지게 먼저 하겠습니까?"

오차우는 이광지의 말을 통해 산동 신성파新城派의 명사로 꼽히는 두눌과 포정신까지 알게 됐다.

"내가 없는 재주를 좀 부려봐야겠군."

오차우가 경탄을 하고 있는 사이에 두눌이 먼저 나섰다.

> 금 화로에 불을 지폈어도 방은 따뜻하지 않고,
> 굳게 닫힌 문 밖은 해가 지려 하는구나.
> 붉은 구름은 곤강昆崗의 옥을 쓸어 와서
> 매화나무를 물들이는구나.

두눌이 시를 다 읊고 난 다음 말했다.

"시가 아무래도 별로인 것 같아. 나는 장원狀元이 되는 걸 포기해야겠군."

두눌이 겸손하게 말하자 나머지 여섯 사람이 서로 번갈아 쳐다보면서 웃음을 터뜨렸다. 그때 오차우가 자리에서 일어났다. 그런 다음 이우량에게 말했다.

"선생, 우리도 합세하는 것이 어떻겠습니까. 저 분들의 시를 들어보니어쩐지 너무 무겁고 답답한 느낌이 들어요. 모처럼 찾아온 좋은 경치를 그냥 날려 보낼 수는 없잖소!"

오차우는 말을 마치자마자 술 세 대접을 따랐다. 이어 한 대접을 사람들이 있는 탁자 위에 올려놓으면서 말했다.

"저 오차우도 재주는 없지만 시합에 나서 볼까 합니다. 웃긴다고 생각할지 모르겠으나 해학시를 한 수 지어보겠습니다."

열 마리의 백조, 백 마리의 백조,
천 마리의 백조, 만 마리의 백조…….

좌중의 사람들은 오차우의 행동에 적이 놀란 듯 서로를 번갈아 쳐다보기만 했다. 하기야 난데없이 작품이라고 할 것도 없는 이상한 시를 그럴싸하게 읊으면서 술잔을 든 채 걸어 나오는 오차우의 행동은 정상적인 사람처럼 보이지가 않았다.

이광지 역시 크게 다르지 않았다. 오차우가 읊은 눈꽃에 대한 찬탄의 시가 너무 우스웠는지 머리를 돌린 채 억지로 웃음을 참고 있었다. 물론 그 와중에도 왕옥숙과 황종희는 오차우의 시에 뭔가 대단한 시적인 감성이 숨겨져 있다는 것을 어렴풋이나마 느꼈다. 이어 정중하게 오차우와 이우량에게 자리를 권했다. 오차우는 계속해서 시를 읊어 내려갔다.

억만 마리의 백조가 은하를 건너
구름 막막한 하늘을 낮게 날아가는구나!
왕모王母는 물빛이 흐리게 될 것을 염려해 모두 잡아들이라고 분노의 명령을 내렸으나,
끊어진 깃털은 하염없이 산으로 떨어지는구나.
왕희지는 붓을 던져 세상을 놀라게 하고,
역아易牙(춘추전국시대 제 환공에게 자신의 아들을 삶아 바친 간신)는 장작을 안고 아들을 삶는 잘못된 선택을 하는구나.

서로 불러 함께 반주를 마시니,

하얀 땅에 매화 가득할 때 푸른 노래를 부르는구나!

오차우가 시를 읊고 나자 여섯 사람은 서로 번갈아 바라볼 뿐이었다. 그러다 한참 후에 황종희가 물었다.

"오차우…… 음, 선생 말투를 들어보니 양주 사람 같은데요?"

"황 선생님!"

오차우가 웃음을 거두면서 말을 이었다.

"오치손이라는 분이 바로 저의 부친이십니다. 설마 그 분을 모르시지는 않겠죠?"

황종희가 그제야 깜짝 놀랐다.

"알고 보니 오 노상국老相國(어르신에 대한 극존칭)의 도련님이었군요!"

말을 마친 황종희가 이번에는 왕옥숙에게 시선을 돌렸다.

"옥숙, 치손 대인의 둘째 도련님이라고 하지 않나. 여기에서 만날 줄은 꿈에도 생각 못했는데!"

황종희는 기분이 좋은지 오차우에게 일일이 자리에 앉아있는 사람들을 소개해주는 친절을 베풀었다. 이광지를 소개할 때였다. 그는 다른 사람과는 달리 무릎을 꿇었다.

"세형世兄의 이름은 귀에 못이 박히게 들었습니다. 그래도 이렇게 만나 뵐 줄은 몰랐습니다."

오차우가 이광지를 황급히 일으켜 세웠다.

"이런 큰절을 내가 어찌 받겠소!"

그러자 두눌이 말했다.

"그럼요. 큰절을 올려야죠. 오 선생께서 잘 몰라 그러는데, 이 사람은 오 선생 부친께서 복건성에 다녀오실 때 받아들인 제자예요!"

오차우가 두눌의 말을 듣고서야 비로소 알겠다는 듯 고개를 끄덕였다.

"안경의 이 작은 영풍각에서 지체 높으신 분들을 만나 뵐 수 있게 돼 정말 영광으로 생각합니다."

좌중의 사람들이 오차우의 말에 적극적으로 호응하면서 웃고 떠들기 시작했다. 그럼에도 유독 동쪽 창가에 앉은 한 중년사내는 계속 혼자 앉아 있었다. 술잔의 술을 손가락에 찍어 뭔가를 쓰고 있었다. 오차우는 그 모습에 고개를 갸웃거렸다. 곧이어 여러 사람들 사이에서 빠져나와 중년 사내에게 읍을 하고서 권했다.

"조용히 시를 쓰시고 계신 것 같습니다만 저쪽에 가서 같이 어울리는 것이 어떻겠습니까?"

그러자 이우량도 거들었다.

"제가 보기에 어르신은 시를 쓰시는 분 같지는 않습니다. 오히려 칼자루를 휘두르는 데 일가견이 있는 것 같네요. 감히 존함을 여쭤 봐도 될까요?"

"선생은 정말 예리한 관찰력을 가졌군요."

중년사내가 웃으면서 덧붙였다.

"나는 황보보주라는 사람입니다. 칼싸움을 하는 것이 적성에 맞는 사람이죠. 방금 여러분들이 너무 재미있게 얘기를 나누기에 몇 글자 적어 봤을 뿐입니다."

말을 마친 황보보주가 오차우와 이우량에게 읍을 했다. 오차우는 그런 그의 모습에서 강호의 영웅 기질이 있음을 전혀 간파하지 못했다. 그러나 무예에도 일가견이 있는 이우량은 달랐다. 대번에 그가 평범하지 않은 사람이라는 것을 알아봤다.

"오 선생은 더 이상 자신을 낮춰 부르는 겸손함을 보여줄 필요가 없어요!"

오차우가 다시 제자리에 앉자 황종희가 말했다. 의자 등받이에 기댄 채 알 듯 말 듯한 미소를 머금은 채였다.

"들리는 소문에 의하면 오 선생은 황제의 스승이 됐다고 하더군요. 이번에는 백성들의 사정을 알아보기 위해 몰래 민정 시찰을 나온 것이 아닙니까?"

오차우는 일찍이 황종희에 대한 소문을 들은 바가 있었다. 그래서 성격이 괴팍하고 재주가 뛰어나다는 사실 정도는 알고 있었다. 또 겉으로는 겸손하지만 속으로는 줏대가 있을 뿐만 아니라 자존심이 무척 강하다는 사실 역시 모르지 않았다. 그가 뭇사람들의 존경을 받는다는 것은 더 말할 필요조차 없었다. 그가 조금 전 읊은 '복숭아나무와 오얏나무는 봄바람만 기다리는 모습을 하니 우습구나'라는 시구는 바로 그의 그런 성격을 반영한다고 해도 좋았다. 문인들이 무차별적으로 공명만 추구하고 자신의 존재에 대한 존엄성을 잃어가는 것에 대한 은근하고도 준엄한 비난의 화살이었던 것이다. 오차우로서는 깊은 인상을 받았기에 황종희의 물음에 우호적으로 대답했다.

"저는 지금 아무런 관직을 가지고 있지 않은 몸입니다. 설사 황제의 스승을 지냈다고 하더라도 진정한 관리는 아니었죠. 그러니 관리들의 생리에 대해서는 전혀 아는 바가 없습니다. 그러나 선생님께서 물으시니 대답은 확실하게 해야 할 것 같군요. 저는 황제의 스승을 지냈고, 지금은 강호를 유랑하면서 빌어먹기 일보직전이기는 합니다. 하지만 아무리 힘들고 어려워도 제 제자인 황제에게 해가 되는 일은 절대로 하지 않을 생각입니다."

"강희는 정말 사람 보는 안목이 뛰어나군요. 선생처럼 좋은 분을 스승으로 모셨으니 말입니다!"

황종희의 어조에서는 오차우에게 감탄하고 있다는 사실이 묻어났다. 그가 끊임없이 오차우를 훑어보자 왕옥숙이 황급히 나섰다.

"좋은 얘기입니다! 아무리 황제의 스승을 지냈다고 해도 지금은 우리와 다를 바 없는 방랑자의 신세가 됐으니 그까짓 조정의 일에 대해서는 얘기하지 맙시다. 오늘은 황태충의 마흔 살 생일이니까 시를 읊으면서 마음껏 즐겨봅시다!"

오차우가 주위를 둘러봤다. 마침 탁자 위에 준비돼 있는 문방사보가 눈에 들어왔다.

"생신을 축하하는 자리인데, 저는 마땅히 선물을 할 것도 없습니다. 그저 시나 한 수 적어드리죠. 황 선생님께서 오래오래 건강하시기를 기원하는 마음을 담아서 드리겠습니다!"

오차우는 곧 붓을 들고 생각을 가다듬었다. 이어 망설일 필요도 없다는 듯 줄줄 써내려가기 시작했다. 그가 쓴 시는 '서산西山의 영광사靈光寺에서 유람하다'라는 제목이었다.

산과 산,
영험하고 기이하구나.
산 옆에도 산이 있고,
산신山神도 다 있구나.
산 앞도 산이고 계절마다 유람이라,
그럼에도 산 속은 언제나 봄이어라.
산 밖의 야산 산색山色은 산을 비추고,
사람은 산이 좋아 산을 좇으니 산안山眼이 또 산을 비추네.
산속으로 돌아오는 사람은 즐거울 뿐이어서 밝기가 거울 같구나.
속세를 헤매면서도 탐욕에는 물들지 않아라.

평범한 시가 아니었다. 그야말로 시의 모든 기법에서 완전히 벗어난 파격적인 시였다. 당연히 좌중의 사람들이 읽기가 쉽지 않았다.

이우량과 황보보주는 눈만 껌벅거렸다. 도저히 읽을 수가 없었던 것이다. 둘이 어떻게 읽는지 물어보려고 할 때였다. 갑자기 이광지가 낮은 목소리로 시를 읊조렸다. 그가 암송을 다 마친 다음 말했다.

"좋은 시입니다. 정말 좋은 시입니다!"

왕옥숙 역시 미소를 머금은 채 입을 열었다.

"시 내용만 좋은 게 아니군요. 필체가 아주 좋아요. 치손 대인의 그것보다 나으면 나았지 결코 못하지 않습니다. 어떤 기운과 힘이 용솟음치는 것 같군요. 강건한 정신세계 역시 느껴지고요. 정말 대단한 멋이 흐르는 게 뭐라고 형언할 수가 없군요. 태충, 마흔 살 생일잔치에 뜻하지 않게 이런 귀한 선물을 받아서 좋겠군!"

왕옥숙의 말이 끝나자마자 황종희가 아직 먹물이 흥건하게 묻어 있는 글씨를 자세하게 관찰하기 시작했다. 눈에서는 광채가 뿜어져 나오고 있었다.

사실 그는 오차우가 관직이 싫어 황제의 스승 자리를 박차고 방랑하고 있다는 것 자체만 해도 마음에 들었던 차였다. 그런데 너무나도 멋진 글씨까지 선물하니 더욱 기쁘지 않을 수 없었다. 급기야 연신 감탄사를 터뜨렸다.

"좋군요, 좋아! 정말 고맙게 받겠습니다. 나는 딱히 드릴 물건이 없으니 술이나 한 잔 드리겠습니다. 오 선생님, 제 술 한 잔 받으세요!"

잠깐 사이에 오차우의 위치는 선생님으로까지 격상됐다. 그 역시 기분이 좋아졌다. 기꺼이 술잔을 받아 단숨에 비워버렸다. 이어 좌중에 제의를 했다.

"우리 잇따라 시를 지어서 황 선생님의 생일을 축하하는 게 어떻겠습니까?"

두눌을 비롯한 포정신, 시윤장은 모두들 쌍수를 들고 오차우의 제의에 찬성했다.

그 광경을 물끄러미 바라보고 있던 황보보주는 속으로 오차우에 대한 찬탄을 금치 못했다.

'강희의 안목은 정말 대단하군. 이렇게 재주꾼이자 풍류가 넘치는 사람을 스승으로 모셨으니. 그런데 오삼계한테는 왜 저런 사람이 없지?'

황보보주는 내친김에 솔직하게 자신의 감정을 이우량에게 토로하기도 했다.

"우리는 오늘 눈과 귀가 호강하는 것 같네요. 나와 우량 선생은 별로 하는 것 없이 그저 가만히 앉아서 대가들의 뛰어난 실력을 구경할 수 있으니!"

황보보주는 말을 마치고 슬쩍 이우량을 쳐다봤다. 그러나 이우량은 그의 말에는 대답도 하지 않고 오차우만 계속 바라보고 있었다.

좌중에서 오차우의 제안에 가장 적극적으로 나온 사람은 바로 황종희였다. 그가 천천히 입을 열었다. 당나라 때의 시인 대숙륜戴叔倫의 시한 구절이었다. 이어 왕옥숙, 시윤장, 포정신, 두눌 등이 각자 좋아하거나 알고 있는 당나라의 시들을 끝말 이어가기 식으로 읊었다. 나중에는 이광지까지 가세했다.

시 낭송 겨루기에 참가한 사람들의 실력은 저마다 대단했다. 그러나 좌중에 앉아 있는 아홉 사람의 생각은 하나같이 똑같았다. 이날의 최종 승자는 바로 오차우라고 생각했던 것이다.

결국 왕옥숙이 최종적으로 자리를 정리하는 총평을 내렸다.

"별로 대단한 것 같지 않아 보여도 나중에 보면 엄청나다는 얘기가 있습니다. 오차우 선생님이 진짜 그런 것 같네요. 정말 하늘이 내린 인재입니다. 졌다고 하지 않을 수 없네요! 왜 치손 선생님께서 그토록 둘째 아들에 대해 칭찬을 했는지 알 것 같습니다. 황제도 그래요. 정말 보는 눈이 있는 것 같네요. 오차우 선생님은 지금 비록 강호를 떠돌고 있으나 뛰어난 학식과 고견은 대단합니다. 술 한 잔 권하지 않을 수 없군요. 자, 제 술 한 잔 받으십시오!"

14장
정체불명의 선비

오차우는 기분이 좋았다. 황종희 등과 우정을 돈독히 쌓고 인간적으로 다가갈 수 있었으니 그럴 수밖에 없었다. 그러나 황종희 일행과 헤어지고부터는 강가에 선 채 저 멀리 점점이 떠 있는 나룻배를 바라보면서 왠지 모를 쓸쓸함에 사로잡혔다. 인생에서의 만남과 이별이 너무나도 무상하다는 생각이 든 것이다.

사실 인간은 정이 들만 하면 헤어진다. 그러다 길에서 뜻하지 않게 만나면 다행이다. 그렇지도 않으면 영영 추억 속에 묻히고 마는 부평초 같은 게 인생이다. 오차우는 그런 인생을 새삼 쓸쓸하게 느꼈다. 그가 엉뚱한 상심에 젖어 있을 때였다. 함께 황종희 일행을 전송하러 나왔던 이우량이 말했다.

"형님, 저는 친척을 찾기 위해 안경으로 왔는데, 아직 못 만났습니다. 그런데 형님은 어디로 가실 예정입니까?"

"나 말인가? 원래 계획은 고향 양주로 가서 아버님을 찾아뵙는 것이었지. 그러나 아버님이 건강도 좋으시고 외지로 나가셨다 아직 안 돌아오셨다고 하는군. 광지 아우의 말을 듣고 보니 굳이 급하게 집에 들를 필요가 없을 것 같아. 그래서 북쪽 지방에서 조금 더 머무를 생각이야."

오차우는 그새 이우량과 이광지를 동생처럼 생각하고 있었다. 그가 잠시 생각을 하더니 다시 말을 이었다.

"친척도 못 만났다면 나하고 같이 돌아다니는 것은 어떤가? 여기에서 연주부兗州府까지는 가까우니 함께 공자를 참배하러 가는 것이 어떨까? 자네가 북경에 가고 싶다면 내가 그곳 친구들에게 부탁해 일자리도 알아봐 줄게. 몇 년만 고생하면 자리를 잡을 거야."

"그렇게만 된다면 더할 나위 없이 좋죠."

이우량이 입을 가린 채 웃었다. 그러더니 멀리 보이는 큰 절을 가리키면서 말했다.

"저쪽에서 묘회廟會를 여는 모양입니다. 바람도 쐴 겸 구경이나 가 볼까요?"

오차우가 고개를 들어 멀리 하늘을 쳐다봤다. 그런 다음 머리를 끄덕였다.

"이미 사시巳時가 넘은 시간이야. 강가에 눈도 녹기 시작했고. 그래, 자네 말대로 묘회 구경이나 가는 것이 낫겠어. 간 김에 거기에서 점심을 먹고 돌아오면 되겠군."

의견일치를 본 두 사람은 이내 걸음을 옮겼다. 곧 저 멀리 인파가 넘실거리는 광경이 보였다.

"형님!"

이우량이 걸으면서 장난스럽게 돌멩이를 걷어찼다. 이어 나직이 물었다.

"형님처럼 황제의 스승도 지내고 재주도 남다른 분이 왜 북경에 눌러앉아 있지 않는 거예요. 왜 사서 고생을 하는 거죠?"

이우량의 어린아이 같은 질문에 오차우가 피식 웃으면서 대답했다.

"자네는 아직 허유許由가 왕의 자리를 준다고 하니까 귀를 씻은 얘기를 모르지? 도연명陶淵明이 세상을 등진 이유도 모를 거야. 옛날에는 그런 일들이 비일비재했다고."

그 말에 이우량이 뭔가 생각난 듯 장난기가 다분한 어조로 물었다.

"그렇다면 형님은 아직 부인이 없으세요?"

"그래, 없네."

오차우가 그윽한 눈빛으로 먼 곳을 바라보면서 덧붙였다.

"하지만 있었다고 봐도 괜찮아."

"그건 또 무슨 소리입니까?"

"그런 게 있다네."

오차우는 예기치 않은 이우량의 질문에 채 아물지 않은 가슴 한구석이 소금을 뿌린 것처럼 또다시 아려오기 시작했다. 그가 다시 살얼음이 낄 것 같은 차가운 얼굴로 말을 이었다.

"같이 머리를 맞대고 있으면서 동상이몽을 하느니, 산 너머 저 멀리 떨어져 있으면서 마음을 같이 하는 것이 더 낫지."

"아, 알겠네요!"

이우량이 갑자기 박수를 치면서 덧붙였다.

"무슨 말인지 알 것 같네요,"

오차우가 갑자기 발걸음을 뚝 멈췄다. 이어 젊은 이우량의 새카맣고 맑은 눈동자를 바라보았다.

"알기는 뭘 안다는 거야?"

"분명히 죽마고우 사이였을 거라고 생각해요! 그러나 부모님의 반대로 맺어지지 못했던 거죠? 아닌가요?"

오차우의 마음은 제멋대로 추측하는 이우량의 말에 가슴을 송곳으로 찌르는 것 이상으로 아프기 시작했다. 그의 눈에서는 어느새 눈물이 그렁그렁 고였다. 그가 그런 눈으로 이우량을 바라보면서 머리를 끄덕였다.

이우량은 눈물이 그득한 오차우의 눈을 똑바로 쳐다볼 용기가 없는 듯했다. 그저 머리를 숙인 채 발끝으로 땅을 후벼파면서 물었다.

"그 분은 미인이었나요?"

"못 생기지는 않았지. 그렇다고 절세의 미인도 아니었고!"

묘회는 큰 절에서 지내는 것이 아니었다. 그렇다고 성현이나 부처, 도인, 신선과 관련된 것은 더더구나 아니었다. 관우나 악비와 관계가 없다는 것은 더 말할 필요도 없었다. 그것은 바로 종삼랑대선과 관련된 것이었다.

오차우는 이 종삼랑에 대해 길에서 수도 없이 들었다. 물론 그 전에는 이런 종파가 있다는 사실을 박식하기 이를 데 없는 그조차 전혀 몰랐다. 또 지금도 자세한 속내는 알지 못했다. 그저 다른 종교와 달리 밤이 으슥한 시간에 모였다 동이 트면 헤어진다는 것 정도만 알 뿐이었다. 또 행동들이 약간 수상한 것도 그로서는 눈에 거슬렸다. 그가 얼마 전 강희에게 보낸 편지에서 이에 대해 잠깐 언급한 것도 바로 그 때문이었다.

그는 뒷짐을 진 채 절 앞에서 서성거리면서 유심히 살펴보다 비로소 이 절의 터가 원래는 산섬山陝회관 자리라는 사실을 알 수 있었다. 새로 바뀐 간판에는 시커먼 글자가 적혀 있었다.

복우일방福佑一方

글자의 양 옆에는 한눈에 확 들어오는 멋진 해서체의 영련楹聯(기둥이
나 벽에 써서 붙이는 글씨)이 적혀 있었다.

무슨 원수를 맺으려고 하는가?
또 무슨 악연을 지으려고 하는가?
어느 누구의 목숨을 해치려고 하는가?
오늘 권력을 가졌다고 죄를 너무 많이 짓지 말라.
온갖 탐욕은 다 취하고 공명도 얻으니 이성과 양심은 잃어버린 지 오래,
극악무도한 행실이 온몸을 적시는구나!

맨 끝에는 작자의 이름도 적혀 있었다.

중헌대부中憲大夫 연주부 진사 출신 정춘우鄭春友 공제恭題
강희 9년 정월 곡단穀旦

오차우는 쓸쓸한 웃음을 지으면서 머리를 저었다. 그는 곧장 안으로
들어가지 않고 이우량을 데리고 절 동쪽으로 돌아갔다. 그러나 이우량
은 오차우의 의중 따위는 전혀 관심이 없다는 표정이었다.

"여기는 정말 없는 게 없네요. 우리 고향인 섬서 남쪽의 묘회보다 훨
씬 볼거리가 많군요!"

오차우는 싱긋 웃기만 할 뿐 대답은 하지 않았다. 그러던 그가 갑자
기 한무리의 사람들을 가리켰다.

"저쪽 생약生藥 가게에서 수수께끼 알아맞히기를 하는 것 같네. 우리
한번 가보세. 뭐라도 얻어먹을 수 있을지 알아?"

그러자 이우량이 웃었다.

"그러다 못 알아맞히면 저 사람들의 약재를 사야 한다고요. 감초^甘草나 이화차^{二花茶} 뭐 이런 것들 말이에요. 이렇게 추운 날씨에 우리가 냉차나 한아름 안고 가게 되면 볼만하겠네요!"

오차우는 자신만만해했다.

"군소리 말고 나를 따라와. 지기는 왜 진다고 그래!"

두 사람은 인파를 헤집고 들어갔다. 둘의 눈에 곧 사자성어를 잔뜩 써넣은 간판이 들어왔다.

소군출새昭君出塞(한漢나라 원제元帝 때 미인의 대명사인 왕소군王昭君이 흉노의 왕에게 시집을 간 것을 일컬음), 시서장반詩書長伴, 삼성오신三省吾身, 우공이산愚公移山……

오차우는 사자성어들을 보다 한참을 생각했다. 그러다 곧바로 앞 네 개의 사자성어를 선택한 다음 마치 미리 외워두기라도 한 듯 두 개의 답을 줄줄이 말하기 시작했다.

"소군출새는 '황제가 가는 것을 막지 않았다'는 말이 되죠. 시서장반은 운향초^{芸香草}라는 풀이라고 할 수 있고요. 운향초를 책들 속에 오래 놓아두면 벌레들이 생기지 않으니까요. 책들과 오랫동안 함께 한다는 뜻인 시서장반과 바로 통하죠."

가게의 일꾼은 너무나도 쉽게 수수께끼를 알아맞히는 오차우에게 상품으로 내건 소합향주蘇合香酒라는 술을 순순히 건네줬다. 얼굴에 아쉽다는 표정이 그득했다. 그러자 오차우가 다시 나머지 두 개의 답까지 더 말했다.

"삼성오신은 여러해살이 덩굴풀인 방기防己를 말하죠. 하루에 나를 세 번이나 살피는 것은 자신을 막는다는 의미인 방기와 통하잖아요. 또 우공이산은 원대한 뜻을 말하죠. 우공이라는 노인이 자자손손 산을 파내 없애버리겠다는 결심을 한 것이 원대한 뜻이 아니고 뭐겠어요."

오차우의 실력은 정말 대단했다. 일꾼은 술 두 병을 다시 꺼내주면서 기가 막힌다는 표정을 지었다.

"손님들이 다 선생님만 같다면 우리 가게는 완전히 망해서 문을 닫아야겠네요."

오차우는 억지로 웃음을 머금는 일꾼의 얼굴에 떠오르는 비굴함과 가련함을 알아차리고는 이우량에게 얼굴을 돌리면서 말했다.

"우리 둘에게 술은 두 병이면 충분하지 않나? 나머지 두 병은 이 생약가게에 선물로 주는 것이 어떨까?"

두 사람이 승리의 기쁨을 만끽하면서 기분 좋게 너털웃음을 터뜨릴 때였다. 갑자기 사람들이 술렁거리는 소리가 들려왔다. 동시에 "어디 맞아 죽어봐라! 너는 맞아 죽어야 해!" 하는 악에 받친 어른의 목소리가 터져 나왔다. 그 사이로 웬 아이의 울음소리가 들려왔다. 오차우가 소리 나는 방향으로 시선을 돌렸다. 열서너 살 쯤 돼 보이는 웬 아이가 사람들 틈을 비집고 정신없이 뛰어오는 모습이 보였다. 머리를 심하게 풀어헤친 채였다.

아이는 누군가에게 쫓겨 경황이 없는 와중인데도 손에 든 호떡을 한 입씩 크게 베어먹고 있었다. 또 그 뒤로는 삐쩍 마른 것이 마치 꼬챙이를 연상시키는 껑다리 어른이 이를 악문 채 바짝 쫓아오고 있었다. 쉬지 않고 욕을 해대는 그의 손에는 부지깽이가 들려 있었다.

"하여간 눈만 뜨면 저 짓들을 하니 원!"

가게 일꾼이 놀란 표정으로 두 사람을 쳐다보는 오차우에게 말했다.

"아이가 불쌍해요. 저 아이의 아버지는 저 껑다리의 가게 주인인 정춘붕鄭春朋에게 빚이 있었죠. 그런데 빚을 갚지 못했어요. 당연히 빚을 갚으라는 독촉을 엄청나게 당했죠. 그러다 그만 시름시름 앓다가 자살해 버렸어요. 그러자 정춘봉 그 자식이 아이의 엄마를 광동 쪽으로 팔아넘겨 버렸어요. 요즘 들어서는 지부知府인 형의 힘을 믿고 더 날뛴다고요. 더구나 본인 역시 종삼랑의 핵심 간부인 향주香主라서 누가 함부로 건드리지도 못해요. 웬만한 사람은 아예 안중에도 없다고요. 저 아이는 그런 사실을 다 알면서도 멀리 떨어져 살지도 않아요. 며칠에 한 번씩은 찾아와서 저렇게 가게를 뒤집어놓고 간다는군요. 성격이 정말 고집스럽더라고요."

생약가게의 일꾼이 한숨을 내쉬면서 다시 말을 이었다.

"아버지를 죽인 원수를 갚겠다고 멀리 떠나지도 않고 저러고 있으니, 언젠가는 잘못 될지도 몰라요. 그래서 정말 걱정이에요."

오차우는 머리가 복잡해졌다. 무슨 대책이 없겠느냐는 표정으로 이우량에게 시선을 돌렸다. 그러나 이우량은 오차우보다 훨씬 더 동작이 빨랐다. 이미 사람들 틈을 비집고 들어가서는 꺽다리를 막아서고 있었다. 오차우도 황급히 술 두 병을 손에 든 채 가게에서 뛰쳐나갔다.

"아직 어린아이잖아요."

이우량이 어린아이를 등 뒤로 숨기며 꺽다리에게 말했다.

"어른도 아닌 아이를 그렇게 무지막지하게 때렸다가 잘못되기라도 하면 어떻게 하려고 그래요?"

이우량이 나서자 먼발치에서 지켜만 보던 사람들이 주변으로 꾸역꾸역 모여들기 시작했다. 볼 만한 구경거리가 생겼다고 생각하는 듯했다. 오차우는 그런 사람들 속을 비집고 들어가 아이를 잡아당겼다. 이어 자신의 앞으로 데리고 온 다음 꺽다리에게 쏘아붙였다.

"아이가 훔쳐 먹어봤자 얼마나 먹었겠어요? 아무리 사람 목숨이 파리 목숨 같은 세상이라고 해도 이건 너무하지 않은가요?"

흥분한 오차우가 목소리를 더 높이려고 할 때였다. 갑자기 아이가 미꾸라지처럼 빠져나갔다. 그런 다음 있는 힘껏 껑다리를 향해 달려가더니 물소처럼 그의 배를 떠밀었다. 방심하고 있던 껑다리는 벌렁 나가떨어져 큰 대자로 쓰러지고 말았다. 그러자 아이가 한입 가득 물고 있던 호떡을 껑다리에게 뱉으면서 마구 욕을 하기 시작했다.

"내가 네 할아버지야. 내가 그렇게 쉽게 네 손에 죽을 줄 알았어? 분명히 말해두는데, 나 파란 원숭이가 살아 있는 한 너희 가게는 조용할 날이 없을 거야!"

아이에게 선제공격을 당한 껑다리는 화가 머리끝까지 치솟았다. 자리에서 벌떡 일어나자마자 손에 들고 있던 묵직한 부지깽이를 아이에게 힘껏 내던졌다. 부지깽이는 그대로 날아가더니 파란 원숭이의 등을 정확히 맞혀버렸다. 미처 피할 사이도 없었다. 파란 원숭이는 바로 땅바닥에 엎어졌다. 입과 얼굴이 순식간에 피투성이가 됐다. 그러나 아이는 이내 땅바닥에서 일어나더니 울고불고 하면서 난리법석을 떨었다.

"이 씨를 말려 비틀어 죽일 인간아! 이 개자식아! 네 엄마가 정춘봉하고 놀아나서 너 같은 잡종이 생긴 거라고, 이 개돼지보다 못한 자식아! 때려 봐, 어디 한번 죽여보라고! 왜? 무서워? 흥, 나를 죽인다고? 나는 황넷째네 팔대조 할아버지야! 알아?"

파란 원숭이의 입담은 대단했다. 주변의 사람들이 배꼽을 잡고 웃을 정도였다.

"주둥아리 못 닥쳐!"

껑다리는 완전히 이성을 잃었다. 악을 바락바락 쓰면서 파란 원숭이를 덮치려고 했다. 순간 이우량이 그의 팔을 덥석 잡으면서 차갑게 내뱉었다.

"더 이상 때릴 수 없소!"

"왜 때리지 말라는 거요?"

파란 원숭이가 황넷째로 부른 껑다리가 기분 나쁜 어조로 이우량에게 대들었다. 그런 다음 다시 파란 원숭이에게 욕을 퍼부었다.

"조금만 기다려라, 이 새끼야! 네깟놈 하나 죽이는 것은 개 한 마리 때려죽이는 것보다도 쉽다고!"

황넷째는 마구 욕을 하면서 이우량이 손에 들고 있던 부지깽이를 빼내려고 했다. 그러나 아무리 죽을힘을 다해도 부지깽이는 꼼짝도 하지 않았다. 마치 이우량의 손에 뿌리라도 내린 것 같았다. 어느새 황넷째의 얼굴은 돼지 간처럼 시뻘겋게 달아올랐다.

"내가 그러지 않았소. 더 이상 못 때린다고! 내가 못 때린다면 못 때리는 거요!"

이우량이 히죽히죽 웃으면서 말을 이었다.

"저 아이가 개보다 못하다면 당신은 얼마나 고귀한 몸이오? 내가 보기에 당신은 더 별 볼 일 없는 것 같은데? 나잇살 처먹고 기껏 하는 일이 남의 집 하인 일 아니오."

이우량이 비아냥대는 얼굴로 말하면서 이를 악물었다. 그런 다음 쓰레기 던져버리듯 황넷째를 힘껏 패대기쳤다. 황넷째는 비실대면서 대여섯 발자국이나 물러가서야 겨우 멈췄다.

"허! 세상 오래 살고 볼 일이네. 안경부에서 이런 일이 일어날 수 있다니!"

바로 그때였다. 사람들 뒤에서 갑자기 고성이 들려왔다. 사람들이 놀라 길을 내주자 서른 살 남짓한 건장한 사내가 4명의 일꾼을 거느리고 성큼성큼 걸어왔다. 곧 그가 뱁새눈을 한 채 이우량을 쳐다보고 난 다음 황넷째에게 욕을 퍼붓기 시작했다.

"매일 더운밥 처먹고 이런 잡종개 한 마리를 이기지 못한다는 것이 말이 돼? 병신이 따로 없군! 이봐, 파란 원숭이 저 자식을 끌고 가! 끌고 가서 저녁에 정 향주에게 여쭤보고 처치하도록 하라고."

"웃기고 있네! 누구 마음대로? 안경부 전체를 당신네 집이라고 생각 하는 모양인데, 그런 거야?"

이우량이 비아냥거렸다. 그런 다음 사내를 한 대 후려치려고 했다. 그 러자 오차우가 황급히 나서면서 말렸다.

"긁어서 부스럼 만들 게 뭐 있나!"

오차우가 사태가 심각해지는 것을 방지하겠다는 듯 황넷째에게도 말 을 건넸다.

"이 아이가 훔쳐 먹은 호떡 값은 내가 내죠. 얼마입니까?"

"하루에 한 개씩 훔쳐 먹었죠!"

한껏 기가 죽어 있던 황넷째가 다시 으쓱 하는 자세를 취하더니 목 을 비틀어 보였다. 이우량을 째려보기도 했다. 이제는 믿는 구석이 있 다는 듯한 태도였다.

"하루에 한 개씩 삼년이니까……, 열 냥은 내야 하오!"

"개 같은 자식이 주제에 돈 좋은 건 알아가지고!"

파란 원숭이가 악을 쓰면서 두 발을 동동 굴렀다. 그러다 다시 뛰쳐나 가 황넷째를 어떻게 해보려고 안간힘을 썼다. 그러나 이우량이 꽉 잡고 있던 탓에 한 발짝도 나가지 못했다.

"그렇소? 좋소, 열 냥 주겠소."

오차우 역시 상대가 눈 앞에 보이는 것이 없는 불한당이라는 사실 을 모르지 않았다. 시간을 끌수록 불리해진다는 것은 더 말할 필요가 없었다. 그가 곧 허리춤에서 다섯 냥짜리 은전 두 개를 꺼내 땅바닥에 던졌다. 이어 한손으로는 파란 원숭이, 다른 한손으로는 이우량을 잡 은 채 말했다.

"자, 우리 이제 조용한 곳으로 가서 밥이나 먹자고."

이우량이 오차우의 말에도 불구하고 잠시 주춤했다. 아직도 분이 안 풀린 모양이었다. 하지만 오차우의 표정을 읽고는 생각을 바꿨다.

"그러죠. 저것들한테 화를 내봤자 뭐하겠어요? 갑시다!"

오차우와 이우량이 움직이자 황넷째 일행이 뒤에서 뭐라고 비아냥거렸다. 낄낄거리기도 했다. 자신들이 무서워 꼬리를 내리고 도망가는 것으로 착각하는 것이 분명했다. 오차우는 순간 너무나 화가 나서 얼굴이 굳어졌다. 꽉 움켜쥔 주먹을 부르르 떨고 있었다. 자존심이 강할 뿐 아니라 누구한테서든 비웃음을 사본 적이 없었으니 그럴 만도 했다. 그러나 이우량은 오차우와는 달랐다. 마치 아무런 일도 없었던 것처럼 입술을 다문 채 여유 있게 걸음을 옮겼다.

이튿날 아침이었다. 동녘 하늘이 희뿌옇게 밝아오고 있었다. 오차우는 건넌방에서 파란 원숭이가 아직 깊은 잠에 빠져 있는 모습을 확인하고는 주섬주섬 옷을 챙겨 입은 다음 이우량의 방으로 향했다. 그는 이우량이 머무는 방의 대나무 발을 걷으면서 말했다.

"어서 일어나! 떠나야지!"

그러나 방 안에서는 인기척이 없었다. 그가 이상한 생각이 들어 고개를 갸웃거리고 있을 때였다. 이우량이 밖에서 들어왔다.

"떠난다니요? 어디로요?"

"어제 연주부로 가기로 약속하지 않았나?"

"하루만 더 있다가 가죠."

이우량이 덧붙였다.

"어제 그놈들과 승강이를 벌이다 재수 없게 어디를 맞았는지 팔이 많이 아프네요. 오늘 의원에 한번 들러보려고요."

"그럴 필요 없을 것 같은데. 내가 웬만한 돌팔이 의원보다는 훨씬 낫다네. 내가 봐줘도 되겠지?"

"별것 아닌 것 같아요. 약이나 좀 달여 먹으면 될 것 같네요."

"좋아! 내가 가서 약을 지어 올 테니 기다리게. 얼마 안 걸릴 거야."

오차우의 말에 이우량이 한 손으로 다른 팔꿈치를 받친 채 아파서 못 견디겠다는 듯 숨을 들이마셨다.

"그러면 형님이 좀 수고해 주세요."

이우량은 오차우가 밖으로 나가자마자 파란 원숭이를 흔들어 깨웠다.

"이제 일어나야지!"

그제야 파란 원숭이가 눈을 비비면서 일어났다. 그러더니 실눈을 뜬 채 말했다.

"너무 일찍 일어나는 것 아니에요?"

이우량은 파란 원숭이의 모습이 재미있다는 표정이었다.

"자식! 벌써 어제 한바탕 얻어터진 것은 잊어버렸냐? 못 나기는! 어서 나를 따라와!"

파란 원숭이가 이우량의 말에 벌떡 일어났다. 이어 오차우가 새로 사준 옷을 입고 얼굴을 대충 닦고는 말했다.

"가요, 가서 그 자식을 혼내줘야죠!"

종삼랑의 묘회는 사흘 예정으로 열린다고 했다. 이날은 묘회의 마지막 날이었다. 밖은 이우량이 생각한 것보다 날씨가 훨씬 추웠다. 바람도 거셌다. 그래서일까, 산섬회관 앞에는 사람이 전날처럼 많지 않았다. 가게들은 대부분 철거 준비를 하고 있었다. 황넷째가 일하는 정춘봉의 가게 역시 마찬가지였다. 일꾼들이 그의 지휘 아래 열심히 가게의 물건을 수레에 싣고 있었다. 황넷째는 그런 와중에도 손님이 가게 안으로 들어오는 것을 발견하고 만면에 웃음을 머금은 채 황급히 뛰어나오며 소리를 질렀다.

"어서 오십……."

황넷째가 신나게 소리를 지르다 말고 마치 쇠방망이에 얻어맞은 듯 그 자리에 멈춰섰다. 두 명의 손님 중 한 명은 3년 동안 매일같이 나타나 자신을 괴롭힌 파란 원숭이, 다른 한 명은 어제 중뿔나게 나서서는 파란 원숭이 편을 들어준 젊은 도사였기 때문이었다. 황넷째는 한참을 어정쩡하게 서 있다 흰 수건을 어깨에 얹으면서 두 사람을 안으로 안내했다. 썩 내키지 않은 표정이었다.

"어서…… 이쪽으로 앉으세요! 뭘…… 드시려고 하시는지요?"

"이런 거지 같은 곳에 뭐가 좋은 게 있겠나!"

이우량이 다리를 꼬고 의자에 기댄 채 말했다. 그러더니 파란 원숭이를 바라보면서 다시 말을 이었다.

"대충 요기나 하게 더도 말고 술안주로 여덟 가지만 시키자. 봉황 찜, 거위발바닥 요리, 사슴고기 볶음, 흰목이버섯요리, 노루다리 볶음, 국화 토끼고기 무침, 닭혓바닥 탕, 용호투龍虎鬪 이렇게 여덟 가지 말이야. 이 정도면 그럭저럭 먹었다고 할 수 있겠지? 준비할 수 있죠?"

파란 원숭이는 이우량이 입에 올리는 음식들에 대해 들어보기는 했다. 그러나 단 한 가지도 먹어본 적은 없었다. 아니 구경한 적도 없다고 해야 옳았다. 파란 원숭이가 잠깐 뭔가를 생각하더니 대답했다.

"어르신께서 시키셨으니 틀림없이 좋은 음식들이겠죠. 그런데 하나만 더 추가하죠? '핏기 없는 살아 있는 사람의 큰 뇌'라는 요리를 시켜서 밥반찬 하자고요!"

이우량이 파란 원숭이의 말이 끝나기 무섭게 황넷째에게 눈길을 돌렸다. 요리 이름이 들어본 적이 없을 정도로 황당했기 때문이다.

"그게 무슨 요리요? 있나요?"

황넷째는 눈에서 불이 날 지경이었다. 무엇보다 이우량이 주문한 것들은 만드는 것 자체가 무지하게 어려운 요리였다. 게다가 파란 원숭이까지 가세해 상황을 더욱 어렵게 몰아가고 있었다. 사실 이우량이 주문한 요리들을 만들려면 일단 시내에 나가 재료를 구입하고 준비하는 것이 기본이었다. 그러기 위해서는 최소한 며칠을 기다리기도 해야 했다. 하지만 그에게 있는 재료라고는 닭 몇십 마리 외에는 없었다. 닭혓바닥 탕은 그런대로 가능하나 나머지는 거의 불가능했다! 황넷째는 둘이 단순히 밥만 먹으려고 온 것이 아님을 알 수 있었다. 당연히 온갖 트집을 다 잡을 것이라는 생각을 했다. 그러나 어쩔 수가 없었다. 분통이 터져도 참아야 했다. 그가 끓는 속을 겨우 달래면서 이우량의 질문에 대답했다.

"오늘은 묘회의 마지막 날입니다. 손님께서 주문하신 요리의 재료들은 모두 시내로 가져갔어요. 제대로 해드릴 수가 없네요. 방금 저쪽 분이 말씀하신 '핏기 없는 살아 있는 사람의 큰 뇌'라는 요리는 사실 별것 아니에요. 그냥 흐물흐물한 순두부를 체에 걸러 밀가루 넣고 반죽을 한 다음 동그랗게 만드는 거예요. 그 전에는 계란 흰자를 풀어 묻혀야 하죠. 요리 이름만 요란했지 어려운 건 아니에요."

"별것 아닌 게 나는 더 먹고 싶네요. 좋아요! 난감하게 만들지는 않겠어요. 다른 게 정 없으면 찐만두하고 통닭 두 마리나 주세요."

이우량의 말에 황넷째는 속으로 다행이라는 생각을 했다. 화를 억지로 참으면서 깍듯하게 대답했다. 그런 다음 즉시 달려가 만두와 닭을 가지고 다시 나타났다. 이우량이 갑자기 그를 불러 세운 것은 그가 음식을 내려놓고 돌아서려 할 때였다.

"당신 이리로 와 봐요! 이걸 먹으라고 준 거요? 눈이 있으면 이것 좀 보라고요. 만두가 마치 얼음덩어리 같잖아요! 이걸로 누구 머리를 쳐서 죽일 일이 있어요? 닭은 또 어떻고요? 이걸 먹으라고 준 거요?"

이우량이 소리를 지르면서 젓가락으로 접시를 힘껏 내리쳤다. 그러자 다른 한편에서 밥을 먹던 손님들이 무슨 영문인가 하고 하나같이 쳐다봤다.

황넷째가 고개를 갸웃거리면서 손으로 만두를 만져봤다. 그렇게 차가워서 못 먹을 정도는 아니었다. 통닭 역시 미약하게나마 김이 났다. 그는 두 사람이 일부러 자신에게 트집을 부린다는 사실을 직감했다. 그러나 그는 화를 내지도 못하고 그저 바보 같은 웃음만 지어야 했다. 다른 일꾼들이 전부 어디로 나갔다 돌아오지 않았을 뿐만 아니라 바로 어제 이우량의 팔힘이 만만치 않다는 사실을 확인했으니 쉽게 대들 수도 없었다.

"손님께서 차가워서 못 드시겠다면 제가 지금 막 삶은 물만두와 갓 쪄낸 오리찜을 다시 가져다 드리겠습니다. 다소 싸고 평범한 음식이기는 하나 김이 모락모락 날 정도로 따끈따끈한 만큼 먼저 시킨 두 가지 요리와 바꿔드릴 수 있습니다. 어떤가요?"

"알아서 해요! 우리는 갈 길이 바쁘니까 빨리 가져오기나 해요!"

이우량이 귀찮다는 듯 손사래를 쳤다.

그제야 황넷째는 후유! 하고 안도의 숨을 내쉬었다. 곧 종종걸음으로 달려가 요리를 챙겨왔다.

이우량은 그러나 빨리 가져오라고 닦달을 하던 조금 전과는 달리 음식이 나오자 전혀 서두르지 않았다. 그야말로 세월아, 네월아 하면서 천천히 먹기 시작했다. 심지어 파란 원숭이와 쓸데없는 얘기까지 하면서 시간을 죽였다. 뿐만이 아니었다. 전혀 음식과 궁합이 맞지 않는 조미료 같은 것도 가져오라고 서너 번씩이나 황넷째를 불렀다. 늦지도 않았는데 늦었다고 혼내는 것이나 물수건이 너무 차갑네 뜨겁네 하는 것은 아예 기본일 정도였다.

자신을 골탕 먹이려고 그런다는 사실을 빤히 아는 황넷째로서는 화가 나 미치기 일보 직전이었다. 얼마 후 시내로 나갔던 일꾼들이 돌아왔다. 황넷째는 몰래 방으로 들어가 그동안의 자초지종을 다 설명한 다음 보복을 위한 대책을 의논하기 시작했다.

그 사이 이우량은 음식을 거의 다 먹어치웠다. 조용히 일어서서는 한껏 기지개를 켜면서 파란 원숭이에게 물었다.

"배불리 먹었니?"

그러자 파란 원숭이는 탁자보를 끄집어 당겨 기름이 잔뜩 묻은 입을 쓱쓱 닦고는 트림을 하면서 대답했다.

"배만 불렀네요. 거지같이 호떡보다 별로 맛있지도 않네요!"

이우량이 손짓을 했다.

"이제 가자!"

"저…… 저기요!"

황넷째가 두 사람이 밖으로 나가려 하자 다급하게 부르면서 쫓아왔다. 이어 문을 막아서면서 말했다.

"돈 주셔야죠. 계산 안 했잖아요!"

"계산? 무슨 계산을 하라는 거요?"

이우량이 별꼴 다 보겠다는 듯 어리둥절한 표정을 지었다.

"우리가 뭘 먹었다고 그래요?"

"오리찜하고 물만두 먹었잖아요!"

"뭐요?"

이우량이 히죽 웃으면서 덧붙였다.

"그건 우리가 통닭 두 마리와 찐만두로 바꾼 거잖아요! 우리가 오히려 밑졌으니 돈을 받아야죠!"

"그러면 통닭하고 찐만두 값은 내야죠?"

"그건 우리가 먹지도 않았는데, 왜 돈을 내요?"

이우량이 별일 다 보겠다는 듯 의아한 표정으로 파란 원숭이에게 눈짓을 했다. 그러자 파란 원숭이가 얼굴을 익살맞게 찌푸려 보이면서 황넷째에게 욕설을 퍼부었다.

"쓰레기더미나 뒤지고 다닐 똥개 같으니라고! 네 할아버지인 내가 언제 통닭하고 찐만두를 먹었냐?"

황넷째는 억지를 부리고 있는 두 사람에게 뭐라고 마땅히 반박할 말을 찾지 않았다. 맞는 것도 같고, 아닌 것도 같았다. 하지만 냉소를 흘리면서 작심한 듯 욕을 퍼붓는 것은 잊지 않았다.

"굶어 뒈질 잡종새끼가 오늘 작정을 하고 왔구만!"

황넷째의 말이 채 끝나기도 전에 찰싹! 하는 귀청 찢어지는 소리가 울렸다. 황넷째가 제자리에서 족히 세 바퀴는 돌았다고 해도 과언이 아닐 정도로 뺨을 제대로 얻어맞은 것이다. 그의 얼굴은 금세 찐빵처럼 부어올랐다.

그가 얼굴을 감싸 쥔 채 겨우 정신을 차리고 그 자리에 멈춰 서는가 싶었을 때였다. 이번에는 다른 한쪽 얼굴로 주먹이 연거푸 날아들었다. 순간 피 묻은 이빨이 그의 입에서 떨어져 나왔다. 또 찢어진 입가에서는 피가 낭자하게 흘렀다.

급기야 황넷째는 이성을 잃고 말았다. 마치 푸줏간으로 끌려가는 돼지가 질러대는 것 같은 멱따는 소리를 마구 토해냈다.

"다들 어서 나와! 대문 잠그고, 이 두 도둑놈들을 잡으라고!"

황넷째의 말이 끝남과 동시에 가게의 주방에서 일하던 일꾼 20여 명이 순식간에 두 사람을 에워쌌다. 모두들 손에는 부삽을 비롯해 부지깽이, 쇠방망이 등을 들고 있었다. 가게 안에서 밥을 먹던 손님들은 겁에 질린 나머지 허둥지둥 도망치기에 급급했다. 대문 밖에도 어느새 구경꾼들이 잔뜩 몰려와 있었다.

"파란 원숭이, 너 먼저 나가 있어!"

이우량이 파란 원숭이를 들어 문 밖으로 내던졌다. 분위기에 압도된 파란 원숭이는 겁에 질린 나머지 정신없이 눈을 딱 감고 말았다. 그러나 그럴 필요까지 없었다. 그는 곧 넘어지지도 비틀거리지도 않은 채 제자리에 못 박힌 듯 멈춰선 자신을 발견할 수 있었다. 구경꾼들은 왜소한 체격에 하얀 얼굴을 한 선비가 그처럼 대단한 솜씨를 지녔다는 사실을 알고 감탄했다. 바로 "대단한 실력이군!" 하는 찬탄과 함께 아낌없는 박수갈채를 보냈다.

15장

납치당한 오차우, 강에 몸을 던지다

황넷째는 완전히 악에 받쳐 이성을 잃고 있었다. 마치 최후의 발악을 하듯 있는 힘껏 소리를 내질렀다. 미친 황소가 따로 없었다. 급기야 머리로 이우량을 들이받았다. 그러나 이우량은 가소롭다는 듯 미소를 지으면서 가슴 부근에 처박힌 황넷째의 머리채를 틀어쥔 채 나머지 한 손으로는 등허리를 움켜잡았다. 그런 다음 신발을 내던지듯 가볍게 밀어버렸다. 기세 사납게 덤비던 그는 고꾸라지듯 앞으로 허둥지둥 내달려가더니 그만 뜨물항아리에 머리를 처박고 말았다.

"자식, 까불고 있어!"

이우량이 손을 툭툭 털면서 말했다. 처량하기 그지없는 황넷째의 모습을 보고는 그만 참지 못하고 웃음까지 터뜨렸다.

"또 누가 덤빌 사람 있는가?"

이우량의 말에 옆에서 험상궂은 표정으로 지켜보던 웬 뚱뚱보가 몓

돼지 같은 눈을 부라리면서 고래고래 고함을 질렀다. 가게의 주인이 분명해 보였다. 20여 명의 사내들이 그의 말이 떨어지기 무섭게 벌떼처럼 이우량에게 달려들기 시작했다.

순간 이우량이 한 손으로 땅을 짚은 채 몸을 맷돌처럼 돌았다. 곧 앞에 있던 예닐곱 명의 사내들이 거센 그의 발길에 걷어차였다. 뒤에 있던 자들 역시 쓰러지는 사내들에게 치여 한데 엉켜 넘어지고 말았다. 그 사이 그가 난로 안에서 시뻘겋게 타오르던 나무막대기를 꺼냈다. 그런 다음 한데 엉켜 붙어 일어나려고 안간힘을 쓰던 사내들의 엉덩이와 허벅지를 닥치는 대로 지져버렸다.

순식간에 비명이 터져나왔다. 그와 함께 살이 타는 악취가 시퍼런 연기와 함께 사람들의 코를 찔렀다. 밖에서 구경하던 사람들 역시 잔뜩 겁에 질렸는지 슬슬 뒷걸음질치기 시작했다. 그러나 파란 원숭이는 그들과는 달리 말로 이루 다 표현하기 어려울 정도의 통쾌함에 박수를 치면서 좋아하고 있었다.

뚱뚱보 주인의 얼굴은 돼지 간처럼 벌겋게 달아올랐다. 스무 명이 넘는 사내들이 별것 아닌 선비 하나도 당하지 못하는 것을 보고 있으니 그럴 만도 했다. 그예 그가 쓰러진 채 죽는다고 비명을 질러대는 일꾼들을 손가락질하면서 고래고래 소리를 질렀다.

"아이고, 병신 같은 새끼들!"

이번에는 뚱뚱보가 직접 옆에 있던 부삽을 쳐들고 두 눈을 부릅뜬 채 이우량에게 덤벼들었다. 그 순간 이우량이 좁은 뜨물항아리에 머리를 처박은 채 몸이 꽉 끼어 빠져나오지 못하고 있던 황넷째를 쳐다봤다. 이어 두 다리를 애처롭게 버둥대는 그를 빼내 머리 위로 번쩍 치켜들었다. 주인의 부삽 세례를 막기 위한 방패로 쓰려는 듯했다. 이성을 잃은 주인은 앞뒤 재지도 않은 채 죽을힘을 다해 부삽으로 내리쳤다. 결과적으로 잽싸게 몸을 피한 이우량 대신 정신없이 몸을 축 늘어뜨리고 있던 황넷째가 머리에 치명상을 입고 말았다. 머리가 수박처럼 깨진 황넷째의 비명소리와 함께 뿜어져 나온 거센 핏줄기는 벽과 사람들의 몸에 사정없이 튀었다.

이우량은 그럼에도 황넷째를 무기 삼아 계속 휘두르면서 웃었다. 욕설을 퍼붓는 것도 잊지 않았다.

"어제는 누구보고 개돼지보다도 못하다고 하더니, 오늘은 네가 그 꼴이구나. 완전 개돼지처럼 돼지는구나!"

이우량은 입을 앙다문 채 이미 숨이 끊어진 황넷째를 뚱뚱보에게 던져버렸다. 완전히 눈이 뒤집힌 채 게걸음을 치던 뚱뚱보는 황넷째의 무게에 짓눌려 그만 탁자 위에 나자빠졌다. 이우량은 그래도 성이 차지 않은지 주방에서 펄펄 끓고 있는 기름을 들어다 여기저기 쏟아 부었다. 불을 지르겠다는 심산이었다. 주변의 사람들은 거세게 치솟아 오르는 불길에 놀라 도망을 치기 시작했다.

파란 원숭이 역시 놀라기는 마찬가지였다. 입을 벌린 채 다물 줄을 몰랐다. 싹싹하고 자상하기 이를 데 없는 이우량의 무예가 이처럼 뛰어난 줄은 미처 상상도 못했던 것이다. 사람 죽이는 수법이 너무나 잔인한 것은 더 말할 필요조차 없었다. 급기야 파란 원숭이가 후환이 두려운지 발을 동동 구르면서 소리를 질렀다.

"이 어른, 우리 어서 도망가요!"

이우량은 파란 원숭이와는 달리 얼굴에 숯검댕이를 묻힌 채 아무렇지도 않게 걸어 나왔다. 이어 뒤에서 허둥지둥 따라나오는 뚱뚱보를 발견하고는 쏘아붙였다.

"당신은 불이나 꺼야지! 왜 따라나오는 거야!"

이우량이 다시 홱 돌아서더니 두 다리를 사시나무 떨 듯 하는 뚱뚱보를 번쩍 들었다. 그 다음에는 누가 말릴 새도 없이 혀를 날름거리는 불길 속으로 던져버렸다. 그제야 그는 손을 옷섶에 닦으면서 파란 원숭이에게 말했다.

"이제 됐어, 가자고!"

두 사람은 아무렇지도 않은 듯 태연하게 사람들 사이를 비집고 나왔다. 이후에는 오후 내내 산에서 놀다 날이 어둑해져서야 영풍각으로 돌아가기로 했다. 그러나 숙소로 돌아가는 두 사람의 태도는 확연하게 달랐다. 이우량은 사람을 둘이나 자신의 손으로 죽였음에도 전과 다름없이 웃고 떠들었다. 그에 반해 파란 원숭이는 말없이 생각에 잠겨 있었다.

"너 왜 그래?"

이우량이 발길을 멈추었다.

"살인과 방화를 저지른 나도 괜찮은데, 너는 구경만 했는데도 무서워서 그래?"

"그런 게 아니에요."

"그러면 그놈들이 불쌍해서 그래?"

"그 새끼들이 불쌍할 게 뭐 있겠어요! 그쪽 놈들은 다 죽여버려도 안경 사람들은 좋아라 하고 박수를 칠 걸요!"

파란 원숭이가 잠시 생각을 하다 불쑥 말했다.

"이런 말은 해도 되는지 모르겠어요. 듣고 싶으세요?"

이우량이 파란 원숭이의 말에 잠시 정색을 하다 대답했다.

"쥐방울만한 것이 말하는 자세는 완전히 어른 같네. 뭔데? 어서 말해봐."

파란 원숭이가 기다렸다는 듯 자리에 풀썩 꿇어앉았다.

"사실은 이 어른께서 옷자락에 손을 닦을 때 저는 이미 알았어요. 이 어른이 남자가 아닌 여자 협객이라는 사실을 말이에요. 저를 제자로 받아들여 주실 수 있어요?"

이우량은 깜짝 놀랐다. 그제야 속에 치마를 입고 있었다는 사실 역시 떠올랐다. 이번에는 그의 침묵이 이어졌다. 그가 한참을 생각하는가 싶더니 피식! 하고 웃었다. 그러더니 이내 한숨을 내쉬었다.

"양의 무리에서 토끼가 튀어나온 셈이네. 자식 똑똑하기는 하군! 이미 다 알았으니, 우리 두 사람은 인연이 있나 봐. 그러나 절대로 오차우 선생님에게 말해서는 안 된다!"

이우량이 신신당부를 했다.

"어서 일어나!"

파란 원숭이는 이우량의 당부에도 쿵! 쿵! 쿵! 소리나게 머리를 세 번 땅바닥에 조아렸다. 그리고는 곧바로 울먹였다.

"제가 사부님처럼 재주가 있었더라면 우리 아버지는 자살을 하지 않았을 거예요. 또 엄마도 팔려가지 않았을 거고요……."

이우량은 파란 원숭이의 모습에 너무나 마음이 아팠다. 애처롭기도 했다. 그는 파란 원숭이의 어깨를 감싸안으면서 위로의 말을 건넸다.

"이것들의 윗대가리인 정씨라는 자가 아주 극악무도하다는 소문을 내가 일찍이 들었지. 그래서 진작 없애버리고 싶었다고. 그러나 그자는 지금 안경에 없어. 자기 형을 만나러 갔다고 하더군. 명이 꽤 긴 놈이기는 해. 그래도 오늘 웬만큼 해놨으니까 분풀이는 했다고 봐야지. 또 나중에라도 그 자식이 나한테 걸리면 너를 부를게. 그때 가서 네가 직접 죽여버리면 될 거야. 그건 그렇고 우리 이제 오차우 선생님을 따라가자."

그러나 두 사람이 한밤중에 담을 넘어 영풍각으로 돌아왔을 때 오차우는 이미 종적을 감춘 뒤였다. 안색이 변한 이우량이 즉각 주인을 불러 오차우의 행방을 물었다. 주인의 대답은 놀라웠다. 날이 어둑어둑해질 무렵 들이닥친 대여섯 명의 건장한 사내들에 의해 어디론가 잡혀갔다는 것이었다.

이우량은 입술을 질근질근 씹으면서 깊은 생각에 빠져들었다. 자신이 저지른 일이 오차우에게 불똥이 튀었다는 생각이 자꾸만 들었다. 오차우가 사다가 달여 놓은 약을 보는 순간 더욱 미안하고 불안한 마음에 얼굴이 새빨갛게 달아올랐다. 그는 황급히 방으로 들어서서 물건을 챙기면서 파란 원숭이에게 말했다.

"가자. 우선 정가 그놈의 집에 가보고, 안경부 아문으로 찾아가자. 그 새끼들 내가 가만 두지 않을 거야."

오차우는 잡혀가는 순간에도 어찌된 영문인지 갈피를 잡지 못했다. 그가 알기로 조정에서는 미리 각 지방에 자신을 잘 접대하라는 편지를 보내 놓았을 텐데 갑자기 한밤중에 납치를 당한 것이었다. 게다가 납치를 하는 범인들은 어떻게 자신의 이름을 알고 있다는 말인가? 자신을 잡으러 온 그들은 그가 뭐라고 말할 사이도 없이 포승으로 그의 몸을 꽁꽁 묶어버렸다. 그런 다음 입에는 호두를 한가득 쑤셔넣기까지 했다.

그는 순간적으로 사태의 심각성을 깨달았다. 그러나 반항하는 것은 불가능했다. 결국 그는 영풍각에서 눈 깜짝할 사이에 납치되고 말았다. 길에는 초롱불 하나 없이 캄캄했다. 울퉁불퉁하기도 했다. 그는 그 길을 떠밀려 가면서 진짜 황당하다는 생각을 수없이 되풀이했다. 부귀한 가문에서 태어난 이후 이런 일은 처음 겪으니 그럴 만도 했다.

시간은 이경二更(밤 9시~11시)쯤 된 듯했다. 오차우는 어떤 널따란 제방 위로 끌려왔다. 왼쪽에는 시커먼 강물이 줄기차게 흐르고 있었다. 또 오른쪽에는 여기저기에 연못들이 차가운 별빛을 받으면서 으스스하게 번득이고 있었다. 흑흑 흐느끼게 만드는 찬바람이 저 멀리 숲속의 을씨년스러운 부엉이 울음소리를 전해줄 만큼 사방은 쥐죽은 듯 고요했다.

오차우는 등골이 오싹해졌다.

"다 왔어, 여기야!"

앞의 공차公差(관청에서 보낸 벼슬아치나 사자使者)가 숨을 크게 내쉬면서 말했다. 그런 다음 오차우의 입 안에 들어 있던 호두를 꺼내줬다. 또 칼로는 포승줄을 잘라버리면서 덧붙였다.

"오 선생님, 이거 실례 많았습니다. 많이 놀라셨죠? 사실 이런 치졸한 방법은 사내대장부들이 할 짓이 아닙니다. 그러나 순순히 따라나설 것 같지 않아 그만 이렇게 됐네요. 저는 평서왕의 시위입니다. 오 선생님을 모셔오라는 대왕의 명령을 받고 움직였습니다. 선생님과 같은 역관에 머물기도 했죠. 그때 말로만 듣던 선생님의 재주에 탄복을 금하지 못했습니다. 절대로 선생님에게 무례하게 하지는 않을 터이니, 저를 따라가 주셨으면 합니다. 여기에서는 별 문제가 없습니다. 그러나 운남에서부터는 다를 겁니다. 지형이 워낙 복잡한 데다 시끄러운 일이 많이 발생하는 곳이니까요. 그러니 제 계획대로 움직여 주셔야 합니다. 오화산에 도착하자마자 제가 정식으로 사과를 드리겠습니다."

말을 마친 사내가 가볍게 절을 올렸다.

오차우는 어둠 속이기는 했으나 눈을 똑바로 뜬 채 상대를 살펴봤다. 아니나 다를까, 시위라고 자신의 정체를 밝힌 사내는 자신이 영풍각에서 시를 읊을 때 불러다 한자리에 앉힌 황보보주였다. 순간 그는 가슴이 철렁하면서 두 다리가 걷어차인 듯 순식간에 맥없이 후들거리는 것을 느꼈다. 허물어지듯 땅바닥에 주저앉으면서 하늘을 바라보며 억울한 심정을 호소했다.

"나는 공명에는 관심이 없는 사람으로 방랑에 나선 가난한 선비인 효렴孝廉일 뿐이오. 가슴속에는 큰 뜻도 없을 뿐 아니라 닭의 목을 비틀 힘도 없는 사람이에요. 평서왕께서 나를 어떻게 써먹으려고 이렇게까지

하는지 모르겠지만 생각을 잘못 한 것 같군요!"

황보보주는 오차우의 말에는 대답을 하지 않고 손가락을 입안에 넣은 채 휘파람을 불어 어디론가 신호를 보냈다. 그러자 맞은편 갈대숲 속에서 배 한 척이 쏜살같이 달려왔다.

"왔군, 왔어! 배 타고 저만치만 가면 걱정이 없겠지. 이운낭李雲娘만 따돌리면 되니까. 다른 사람들이야 누가 우리를 막겠어!"

배가 나타나자 오차우를 부축하고 있던 다른 사내가 흥분에 떨면서 말했다.

오차우는 이운낭이 누구인지조차 몰랐다. 게다가 당장 황보보주를 따돌리고 도망칠 방법도 없다고 생각했다. 그런 생각이 들자 그는 체념한 듯 머리를 숙일 수밖에 없었다.

이윽고 선체가 흔들리더니 배가 움직이기 시작했다. 오차우의 마음도 심하게 요동치기 시작했다. 왜 이런 일이 벌어졌을까, 앞으로 어떻게 될 것인가? 오차우는 캄캄한 선실에 누워 생각을 가다듬으려고 노력했다. 그러나 심사는 좋지 않았다. 강희의 얼굴이 떠오르는가 싶더니 소마라고와 위동정, 명주, 색액도 등도 머리를 스치고 차례로 어둠 속으로 지나갔다…….

선실 밖의 거센 물결 또한 오차우의 마음속만큼이나 요동치고 있었다. 오싹하니 소름도 끼쳤다. 오차우는 그래도 누워 있으려고 노력했다. 그러나 갑갑하고 속이 터지는 기분을 누르지 못했다. 급기야 벌떡 일어나 앉았다. 하지만 바로 누군가에 의해 팔목을 잡히고 말았다. 그는 씁쓸한 웃음을 지으면서 도로 누워버렸다. 어둠 속에서 누군가가 자신을 지키고 있다는 사실이 정말 소름끼쳤다. 마침 그때 아무것도 모르는 것 같은 뱃사공의 노랫소리가 들려오기 시작했다.

사랑하는 동생아, 풍류를 즐기지 않으면 어느 때 즐기리? 그러면 바람에
흔들리는 꽃이 아니라 땅에 떨어지는 꽃을 보리니……. 사랑하는 동생아,
나비는 꽃을 그리워하는 거야. 풀 아닌 꽃을 좋아하지. 이 오빠 역시 집이
아닌 네가 그리워…….

노랫소리가 멈췄다. 그러자 누군가 웃으면서 말했다.

"뭐야! 그것도 노래라고 부르는 거야? 우리 아자阿紫 아가씨가 만든 노
래에 비하면 형편없군."

뱃사공을 윽박지른 사람은 자신만만하게 노래를 부르기 시작했다.

산봉우리에 비스듬히 기댄 채 내려다 보는 강물 위에

떠도는 배 한 척이 외로워라.

부평초처럼 떠돌 양이면

머리 돌려 인간세상에서 친구를 찾지 말지니.

가을 무덤에 술 석 잔을 붓고 나니

이승과 저승이 가깝게만 느껴지는구나,

영혼을 부르는 글을 그대는 읽었는가?

나는 밤마다 그대를 찾아 헤매네!

오차우는 천생 선비였다. 어디론가 끌려가는 절체절명의 상황에서도
노랫말을 음미하자 잠시 자신의 처지를 잊고 말았다. 이 노래의 가사를
쓴 아자라는 아가씨는 과연 뭐하는 사람일까, 뭐를 하기에 이토록 가
사를 잘 썼을까, 그녀의 가슴속에는 도대체 무슨 원한이 있기에 이처럼
쓸쓸한 분위기가 넘칠까. 그의 생각은 밑도 끝도 없이 이어지고 있었다.

오차우가 이처럼 이런저런 생각을 하느라 여념이 없을 때였다. 황보보

주가 촛불을 든 채 선실로 들어왔다. 오차우는 그제야 자신의 바로 옆에 네 명의 사내가 둘러앉아 자신을 감시 중이라는 사실을 알 수 있었다. 더욱 놀라운 것은 선창 내에 묘령의 아가씨가 한 명 동행하고 있다는 사실이었다. 여자는 물기가 촉촉한 큰 눈망울을 깜빡거리면서 선실 창문을 통해 오차우를 주시하고 있었다.

황보보주가 놀라워하는 오차우를 힐끔 바라보면서 말했다.

"오 선생님, 놀라셨죠? 그래도 안색은 그나마 괜찮아 보이십니다."

"할 말이 있으면 하세요. 하고 싶은 대로도 하시고요."

오차우가 얼굴을 돌리면서 차갑게 내뱉었다.

"선생님!"

마침 그때 선창에 있던 아자가 오차우 쪽으로 다가왔다. 함초롬한 미소를 머금은 채였다. 그녀가 오차우에게 깍듯하게 인사를 했다.

"오삼계라는 사람이 아무리 나쁜 사람이라고 해도 한족이에요. 또 오화산도 비록 황제가 일하는 정전인 금란전金鑾殿은 없으나 그렇게 형편없는 곳도 아니에요. 선생님처럼 재주가 뛰어나신 분이 그런 판단도 안 되시나요?"

"댁은 누구입니까?"

오차우가 번뜩이는 시선으로 아자를 쳐다보면서 물었다.

아자가 오차우의 질문에 짧게 한숨을 내쉬었다. 그러더니 오차우의 맞은편에 앉으면서 대답을 했다.

"선생님과 마찬가지예요. 방랑자라고 할 수 있죠. 우리 둘은 처지가 조금 다르고 품은 생각이 다를 뿐이에요. 그런데 꼭 제가 누구인지 알아야 하겠어요? 뭐하시려고요?"

아자의 말에는 뼈가 있었다. 분위기가 갑자기 어색해졌다. 그러자 옆에 있던 황보보주가 대신 나섰다.

"이분은 우리 왕세자의 여부인如夫人(본처 같은 첩)인 자운紫雲이라는 분입니다."

오차우가 흥! 하는 냉소를 터뜨렸다. 아자가 오응웅의 측실부인이라는 말이 반발을 부른 것이었다.

"당신 같은 사람이 그런 노래 가사를 쓸 수 있다는 것이 신기하군요. 그런 노래 가사는 운명이 너무나 기구한 사람들이나 쓸 수 있는 거라고요. 그렇지 않으면 세상에서 제일 간사하고 죄질이 나쁜 악당의 마누라가 누구를 현혹시키기 위해 만들 수도 있는 거였군요. 내 눈에는 그렇게밖에 안 보이는군요!"

아자는 오차우의 혹평에 한동안 대꾸를 하지 않았다. 충분히 화가 날 법도 한데 표정이 전혀 그렇지 않았다. 게다가 날카로운 반박 역시 자제했다. 대신 그녀는 차가우리만치 맑은 눈동자로 황보보주를 한참 동안 노려보며 입술을 바르르 떨었다. 사실 이번뿐만이 아니었다. 황보보주는 아자가 자신을 이런 눈빛으로 주시하는 경우를 여러 번이나 봐왔다. 그럴 때마다 황급히 머리를 돌리면서 시선을 피했다. 아자가 황보보주를 한참이나 쳐다보다 말했다.

"오 선생님께서는 저를 주紂나라의 달기妲己나 한漢나라의 조비연趙飛燕, 당唐나라의 측천무후則天武后 같은 여자로 생각하는 모양이군요. 모두들 황제의 눈을 어지럽혔죠. 괜찮아요! 솔직히 저의 출신이 어떤지 아는 사람은 없을 거예요. 아무튼 오 선생님과는 전혀 상관이 없어요!"

"그렇죠. 내가 당신하고 무슨 관계가 있겠습니까?"

오차우가 경멸에 찬 시선으로 아자를 계속 째려보면서 덧붙였다.

"내가 부른 것이 아니잖아요. 당신이 창피한 줄도 모르고 말을 걸어와서 이렇게 되지 않았습니까! 예로부터 남녀는 가까이 하지 말아야한다고 했어요. 그러니 멀리 떨어져 앉으세요. 입도 다물어 줬으면 좋겠군요!"

순간 아자의 얼굴이 귀밑까지 붉어졌다. 그녀는 자신의 미모가 뛰어나다는 사실을 누구보다도 잘 알고 있었다. 침을 질질 흘리면서 자신의 붉은 치마 밑으로 기어들어오기를 원한 남자들이 얼마나 많았던가. 심지어 잘났다고 목에 힘주고 다니던 남자들일수록 더했다. 거의 모두가 그녀의 미인계에 걸려들었다고 해도 과언이 아니었다. 당연히 남자한테 무시당하거나 심한 말을 듣는 경우는 없었다. 그러나 오차우 앞에서는 뜻하지 않게 마치 전염병 환자 취급을 받았다고 해도 좋았다.

아자는 순간적으로 당황한 탓에 한참 동안 말없이 앉아 있다가 갑자기 크게 웃으면서 말했다.

"말로만 듣던 최고의 깨끗한 군자君子시군요. 그러나 오랑캐를 군주로 섬기고 그 밑에서 거지처럼 사는 것에 대해서는 어떻게 변명을 할 거예요? 그런데도 입은 살아가지고. 뭐요? 공자의 말씀을 들먹여요? 하기야 공자의 말을 인용해도 세금이야 내겠어요? 아마 공자가 저승에서 보고 있으면 펄펄 뛸 걸요!"

황보보주가 그예 참지를 못하고 두 사람을 말리고 나섰다.

"선생님의 아버님이신 오치손 대인께서도 명나라의 대신을 지내시지 않으셨습니까?"

"그래서요! 그게 뭐가 잘못 되기라도 했다는 말입니까! 아버님은 여전히 명나라의 대신으로 남아 있습니다. 지금 조정의 문턱에는 가보지도 않은 분이라고요!"

오차우가 내친김에 계속 쏘아붙였다.

"반면에 나는 명나라의 대신을 지내지 않았습니다. 때문에 지금의 군주를 위해 당연히 일을 할 수가 있어요."

그러자 아자가 입을 삐죽거리면서 비아냥거렸다.

"그러면 황제가 그렇게 아끼는 사람이 왜 조정의 어느 구석에도 못 박혀 있나요? 떠돌이 생활을 하다 시커먼 선실에서 이런 복을 누리고 있느냐고요?"

두 사람의 설전은 잠자코 있던 다른 사내들 중 한 명이 불쑥 나서면서 잠깐 중단됐다. 구레나룻을 한 그의 말은 분명 아자를 두둔하는 말이었다.

"오랑캐의 앞잡이로 일한다는 사실 하나만으로도 우리는 선생을 없애버릴 수 있어요! 괜한 고집 부리지 말고 두 손을 벌릴 때 알아서 우리 대왕의 품에 안기라고요. 명나라를 부흥시키는 일이 얼마나 멋집니까!"

오차우는 일단은 정신 사납게 마구 떠들어대는 사람들의 말을 조용히 들었다. 이어 허리를 곧게 펴고 앉으면서 말했다.

"명나라가 망한 지 이미 이십 년이나 지났습니다. 황제가 되는 길은 원래 무상해요. 덕이 있는 자만이 황제가 될 수 있죠. 천도天道 역시 무상해서 덕 있는 자만을 도와주게 돼 있습니다. 당연히 백성들에게는 군주가 두 명이 있을 수 없어요. 그런 만큼 지금은 오로지 강희황제만이 이 나라의 주인이에요. 신하된 입장에서도 두 명의 천자를 섬길 수 없으니, 우리는 서로 다른 길을 갈 수밖에 없군요! 이런 깊은 뜻을 여자와 소인들이 어찌 알겠습니까!"

"세상에는 '오랑캐 군주가 있는 것은 중국에 임금이 없는 것보다 못하다'라는 말이 있다는 것도 몰라요?"

아자가 갑자기 목소리를 높이며 반박했다. 화가 폭발해서인지 아니면 속이 상해서인지 목소리가 가늘게 떨렸다.

"그 말이 누구 말인지는 압니까?"

오차우가 아자를 쳐다보기도 싫은 듯 고개를 돌려버렸다. 대답도 피했다. 대신 앞에 앉아 있는 황보보주에게는 은근한 어조로 말했다.

"우리 두 사람은 며칠 동안이나마 같이 있었던 인연이 있죠. 내가 보기에 당신은 사물의 옳고 그름도 분별 못할 멍청한 사람은 절대 아닙니다. 그런데 왜 흙탕물에서 놀아요? '중국에 군주가 있다. 그 사람은 만주족이다!' 왜 이런 식으로 긍정적인 생각을 못하나요?"

오차우의 질문에 황보보주도 나름 진지하게 대답했다.

"오 선생님은 책도 많이 읽으시고 박식한 분입니다. 그렇다면 오랑캐가 중국의 군주가 될 수 있다는 말은 도대체 어느 책에 나와 있나요?"

황보보주는 엉뚱한 말장난으로 오차우와 시비를 벌일 생각은 전혀 없었다. 하지만 그는 아자를 북경으로 데려다줘야 하는 임무를 맡고 있었다. 오차우를 운남의 오삼계에게 데려다주는 일은 아랫사람들에게 맡겨야 했다. 그로서는 잠깐동안만이라도 오차우를 설득해보고 싶은 생각이 들었던 것이다.

"천박한 사람들 같으니라고!"

오차우가 자리에서 일어서면서 허탈한 웃음을 지었다. 죽어도 좋다는 생각인 듯했다. 하기야 이왕 죽을 바에야 상대를 실컷 놀려줘서 빨리 생을 마감하는 것도 나쁠 것은 없을 터였다.

"왜 그렇게 웃으시죠?"

"맹자 아시오? 맹자 말이오!"

오차우가 갑자기 맹자의 이름을 입에 올렸다. 목소리가 심하게 갈라져 있었다.

"맹자가 말했죠. '순舜은 동이東夷 사람, 문왕文王은 서이西夷 사람이다'라고요. 이처럼 동이 사람도 중국의 성군이 되지 않았습니까?"

오차우는 전혀 굽힐 기미를 보이지 않았다. 오히려 조목조목 반박을 했다. 좌중의 사람들은 그에게 재반박할 말을 찾지 못했다.

한참 후에 황보보주가 자조 섞인 웃음을 지으면서 입을 열었다.

"오 선생님, 말로 해서는 선생님을 당할 사람이 어디 있겠습니까! 오늘 이렇게 만난 것도 쉬운 일은 아니라고 생각합니다. 배 안에 두강주杜康酒가 조금 있으니 같이 마시고 취해보는 것은 어떨까 합니다."

"술 마시자는 부탁을 들어주는 것이야 어렵지 않죠!"

오차우는 그렇지 않아도 점점 허기를 느끼던 차였다. 목이 마르기도 했다. 웃으면서 흔쾌히 황보보주의 제안에 동의를 했다.

"좋은 술까지 준비해놓고 손님 대접을 하겠다는데 거절할 이유는 없겠죠!"

황보보주는 굽히느니 차라리 꺾이고 말겠다는 오차우의 성격을 잘 알 것 같았다. 계속 무리하게 설득하려고 하다가는 본전도 못 찾을 것 같다는 생각 역시 들었다. 곧 조촐한 술상이 마련됐다. 오차우는 상석, 구레나룻은 황보보주의 옆에 앉았다. 황보보주가 오차우에게 직접 술을 따라주었다.

"오늘 저녁은 본의 아니게 여러모로 실례가 많았습니다. 평서왕께서도 다른 악의가 있어서 선생님을 보자고 하는 것이 아닙니다. 조언도 좀 구할 겸해서 그런 겁니다. 또 선생님께서 승낙을 하신다면 모시고 싶어서 그랬던 것 같습니다. 이제 오랑캐 얘기는 그만 하도록 하죠. 나중에 두고 보면 알지 않겠습니까? 누가 마지막에 민심을 얻어 천하를 호령하게 될지 말입니다!"

"그 양반에게 일찌감치 포기하라고 하세요!"

오차우가 부지런히 안주를 먹으면서 말을 이어갔다.

"오삼계는 도대체 뭐하는 사람입니까? 나하고 마주 앉아 얘기를 나눌 자격이나 있다고 생각합니까? 가장 한심한 사람이 어떤 사람인지 아십니까? 바로 자기 분수를 아는 혜안이 없는 사람입니다. 자기 자신도 모르는 사람이 어떻게 다른 사람을 제대로 볼 수 있는 혜안을 가지겠어요. 그런데 지금의 군주는 충분히 성군이 되기에 손색이 없는 사람이에요. 나 오차우는 비록 가진 것은 별로 없으나 그를 위해서라면 마지막 피 한 방울도 흘릴 각오가 돼 있는 사람이에요. 그러니 더 이상 입 아프게 여러 말 하지 마세요."

"선생님, 그 말씀은 조금 지나치신 것 같네요."

황보보주가 술잔을 탁자 위에 내려놓으면서 무겁게 입을 열었다.

"공자는 나이 열다섯 살에 공부할 의지를 가졌어요. 그러나 지금의 황제는 이제 고작 열여섯 살밖에 되지 않았어요. 어떻게 '성군'이라는 두 글자가 어울리겠어요? 순치 십칠 년부터 지금까지 가뭄이 극성을 부리고 있어요. 또 천재天災도 끊이지 않고 있고요. 이게 바로 민심과 천심이 순조롭지 못하다는 징조가 아니고 뭐겠습니까?"

오차우가 여유만만하게 음식을 질겅질겅 씹으면서 반문했다.

"그게 뭐가 어때서요?"

"주삼태자가 종삼랑의 신도 백만 명을 동원해 반란을 일으키려 하고 있습니다. 또 중원 지역에서도 반란의 조짐이 여기저기 심심치 않게 일고 있는 것으로 알고 있어요. 그걸 보면 강희의 좋은 날도 며칠 남지 않았다고 해도 좋을 듯합니다."

"나도 궁금한 게 하나 있어요. 강희황제 본인과 조정은 여태껏 그만하면 잘해왔어요. 덕을 잃지 않았다고요. 그런데 무슨 근거로 민심이나 천심이 순조롭지 않다고 합니까?"

오차우는 강희를 위한 변명을 해나가면서도 아차 하는 애석한 생각을 가졌다. 조금 전에야 황보보주의 입에서 종삼랑과 주삼태자의 밀월 관계에 대한 이야기를 확실하게 들었기 때문이었다. 만약 진작에 알았더라면 지난번 강희에게 편지를 보낼 때 조금 더 확실하게 설명하고 분석을 할 수 있었을 테니까. 그러나 이미 흘러간 물이었다. 강희가 그에 대한 대비를 철저하게 하도록 도움을 주지 못한 아쉬움을 속으로 삭여야 했다.

황보보주는 선뜻 오차우의 질문에 대답을 하지 못했다. 조정, 다시 말해 강희가 무슨 덕을 잃었느냐고 하면 솔직히 대답이 궁색할 수밖에 없었다. 게다가 그는 강희에게 전혀 불만을 가진 적이 없었을 뿐만 아니라 덕을 잃는 것에 대해서도 생각조차 하지 않은 터였다. 침묵하는 것은 당연했다.

"오삼계는 정말 아둔하기 짝이 없어요!"

황보보주가 침묵하자 오차우가 다시 말을 이었다.

"자신이 명나라를 재건하니 마니 하는 그런 정치적 야심을 가졌다면 애초부터 청나라 군대를 산해관 안쪽으로 끌어들이지 말았어야죠. 그야말로 대청제국의 오늘을 만드는 데 발 벗고 나선 일등공신이잖아요! 갈대처럼 여기저기 흔들리면서 어느 떡이 더 큰가 기웃거렸잖아요. 그러면 이미 굳건하게 버티고 서 있는 청나라가 태평성대를 이루도록 도와줘야죠. 또 소신을 지켜 꾸준히 대청제국과 자신의 정치 생명을 위해 갈고닦아 나가면 얼마나 좋아요! 그런데 또다시 누구 뒤통수 칠 준비에 혈안이 돼 있잖아요. 그 사람은 정말 구제불능이에요. 솔직히 명나라가 그 사람한테 잘못한 게 뭐 있어요? 하지만 결국에는 영력황제도 자신에게 충실하게 꼬리를 흔들던 개에게 물려 죽음을 당했잖아요? 오삼계는 정말 불충, 불효하고 불인, 불의한 사람이에요. 천리天理를 어기고 인정도 중요하게 생각하지 않는 파렴치한이라고요. 그런데 이런 사람을 어떤 세력들은 무조건 감싸고돌고 아부를 하느라 바짓가랑이가 찢어지고 있어요. 정말로 통탄할 일이죠!"

"선생님……."

황보보주는 오차우의 열변에 한마디 반박도 하지 못했다. 오히려 그

때문에 마음이 더욱 심란해졌다. 그래서일까, 그는 오차우에게 말은 그만 하고 술이나 마시라고 부지런히 권했다. 그런 어색한 표정들과 행동은 그의 마음이 더없이 허전하고 공허하다는 사실을 말해주는 증거였다.

"드십시오, 어서요. 요리가 다 식겠습니다!"

"하나를 들으면 열을 알 수 있는 법입니다. 나는 처음부터 황보 선생이 남다르다고 느꼈어요. 책 한 권이라도 더 읽은 사람이 뭐가 달라도 다르구나 하고 감탄했었죠."

오차우가 배불리 먹었다는 듯 배를 쓸어내렸다. 그런 다음 술잔에 남은 술을 단숨에 털어넣고 큰 소리로 말했다.

"선생, 그거 압니까? 우리 말에 일념지차一念之差라는 말이 있어요. 아주 작은 생각 하나의 차이로 큰 일이 기울어진다는 얘기예요. 그 '일념'이 얼마나 긴 시간을 말하는지 아십니까?"

"얼마만큼의 시간을 뜻합니까?"

황보보주가 호기심어린 눈초리로 물었다. 오차우가 갑자기 엉뚱한 질문을 하는 것이 이해가 가지 않는 모양이었다.

"하루 낮과 하룻 밤의 사만삼천이백 생각을 말하는 겁니다!"

오차우가 대답을 하고는 즉시 다른 질문을 했다.

"선생, 혹시 《유오의》油汚衣라는 작품에 대해 들어본 적이 있습니까?"

"못 들어봤습니다."

황보보주가 갑작스런 오차우의 질문에 적잖이 당황했다.

"나는 어린 시절에 들은 적이 있습니다."

그러고는 비감한 어조로 조용히 시를 읊조렸다.

한 줌 파란 기름이 하얀 옷을 물들이니,

점점이 박혀 사람들의 의심을 사는구나.

더구나 모든 강물을 썻을 정도로 물들이니,

어찌 처음의 물들지 않음을 바라리오!

오차우는 시를 읊자마자 바로 다시 물었다.

"선생들은 나라를 부끄럽게 하지 않을 선비의 절개를 본 적이 있습니까?"

"그게 뭡니까?"

황보보주와 구레나룻이 오차우의 갑작스런 질문에 영문을 모르겠다는 듯 순간적으로 어정쩡한 태도를 취했다. 그러자 오차우가 그 틈을 타 순식간에 희미한 달빛이 드리워진 수면 위로 몸을 날렸다. 동시에 "풍덩!" 하는 소리가 뱃전을 때렸다.

그야말로 눈 깜짝할 사이에 벌어진 일이었다. 그 누구도 오차우가 이렇게 자살로 생을 마감할 줄은 예상하지 못했다. 황보보주와 구레나룻은 기절초풍하기 일보 직전까지 갔으나 곧바로 정신을 수습했다. 그런 다음 괴성을 지르면서 허둥지둥 뱃전으로 뛰쳐나갔다. 하지만 소용이 없었다. 수면 위에는 시커먼 파문만 옅어갈 뿐 사람 그림자는 보이지도 않았다. 그래도 구레나룻은 오차우를 구해보려고 물에 손을 넣어봤다. 그러다 기겁을 하면서 도로 빼냈다. 그야말로 생지옥을 연상케 할 정도로 오싹한 수온이었던 것이다.

그때 아자가 한바탕 소란을 떠는 소리에 놀라서 밖으로 나왔다. 이어 의혹에 찬 눈빛으로 수면을 바라보면서 떨리는 목소리로 황보보주에게 물었다.

"강물에…… 뛰어들어…… 죽었나요?"

황보보주는 아자의 질문에 대답하지 않았다. 그저 넋이 나간 사람처럼 멍하니 수면만 바라볼 뿐이었다. 그러다 애절한 눈빛을 거둬들이면서 가볍게 한숨을 토해냈다.

"아까운 사람인데!"

16장
떠도는 요언妖言들

　강희 9년은 아주 평온한 분위기 속에서 흘러갔다. '조용히 진압하라'
는 오차우의 책략이 성공한 덕이었다. 이로 인해 우선 봄이 되자 사방
에서 떠돌던 낭설들이 조용히 사라졌다. 종삼랑의 향회香會(묘회에 참석
하는 활동) 활동 역시 기세가 많이 약해졌다. 북경 일원의 모든 향당香
堂(묘회가 열리는 사당)도 문을 닫았다. 명주가 산동, 안휘를 돌아본 이후
의 결과 역시 크게 다르지 않았다. 노주盧州, 봉양鳳陽, 영주穎州, 제남濟
南, 동창東昌, 무정武定 등의 지역들이 그야말로 조용하기 이를 데 없었다.
반란군의 이상한 움직임은 전혀 보이지 않았다.

　명주는 오차우를 찾지 못하고 4월에 북경으로 돌아왔다. 하지만 강
희는 그에 대해 뭐라고 책망하지 않았다. 운귀 총독 변삼원이 보내온
밀주密奏에 따르면 오차우는 운남으로 납치된 것이 아니었다. 그 소식
에 강희는 일단 안도의 한숨을 내쉬었다. 며칠 전에는 우성룡이 희소식

을 전해오기도 했다. 흙탕물로 꽉 막혀있던 청강구淸江口의 황하가 불철주야 청소를 한 덕분에 제모습을 드러냈다는 소식이었다. 이에 따라 조운漕運도 원활하게 진행될 수 있게 됐다. 강희는 지금까지 하는 일마다 순조롭고 별로 골치 아픈 일이 없게 되자 바로 조서詔書를 내려 평서왕의 선관권選官權(관리 선발권)을 박탈했다. 또 북방의 관리들을 대상으로 한 부패와의 전쟁을 본격적으로 치르기 시작했다. 여기에 오랫동안 묵혀온 사건을 처리하거나 재정과 식량 정책에 대해 직접 관할하는 치밀함까지 보였다.

강희는 눈코 뜰 새 없이 바쁘게 돌아다니면서도 조금만 여유가 있으면 수시로 장성張誠, 진후요陳厚耀, 매문정梅文鼎 같은 유명 인사들을 불러들였다. 수학, 지리, 천문, 기상, 시사詩詞, 가부歌賦, 서화, 음률 등 자신의 정서함양과 국가통치에 필요한 학문을 빼놓지 않고 배우고자 했던 것이다. 아무리 힘들어도 최선을 다했을 뿐만 아니라 고된 일상을 담담하게 받아들였다.

그러나 입하立夏가 지나자 또다시 북경에 좋지 않은 소문이 번지기 시작했다. 회교도들이 반란을 일으켜 북경을 함락시킨 뒤 자신들의 이슬람 왕국을 건국하려 한다는 소문이 대표적이었다. 당연히 강희는 이 소문이 어느 정도만 사실이라고 해도 결코 만만치 않은 골칫거리가 될 것이라는 것을 너무나 잘 알고 있었다.

대학사가 된 명주는 이런 강희를 열심히 돕고 있었다. 각 성에 학차學差(인재 선발관)를 보내는 업무를 우선 보게 됐다. 이로 인해 그의 집 앞은 인사 청탁을 하려는 사람들로 문전성시를 이루었다. 수많은 고급 가마들이 문 앞에서부터 골목 어귀까지 즐비하게 늘어설 정도였다. 명주는 이렇게 되자 요직인 이부상서까지 눈독을 들였다. 그건 오배 사건이 마무리된 이후부터 그가 줄곧 노리던 자리이기도 했다. 사실 원래 그

자리는 색액도가 꽉 잡은 채 놓지 않는 바람에 그림의 떡이었다. 그런데 명주에게는 다행스럽게도 그해 봄에 하남성 순무가 봄 가뭄이 심하다면서 지원금을 요청해오는 일이 있었다. 강희는 현지의 실상을 알아보기 위해 색액도를 하남성으로 보내는 결정을 내렸다. 이로 인해 바로 학차를 파견하는 이부의 일들이 임시로 명주에게 넘어오게 됐던 것이다. 그는 학차를 선발하는 과정에서 이부의 위력을 두 눈으로 실감했다. 무려 은 3만 냥을 뇌물로 챙길 수 있었던 것이다. 그는 색액도가 왜 억지로 엉덩이를 붙인 채 북경을 떠나지 않으려고 안간힘을 썼는지 분명하게 알 수 있었다.

명주는 그 많고도 많은 향시鄕試 시험관들을 떠나보낸 다음 멍하니 정원을 바라보면서 생각에 잠겼다. 세월은 정말 빠르기 그지없었다. 무엇보다 눈 깜짝할 새에 담벼락 위의 담쟁이넝쿨들이 어느덧 진홍색에서 짙은 녹색으로 바뀐 것만 봐도 그랬다. 어디 그뿐인가. 나팔꽃의 연한 넝쿨은 담 모퉁이에서부터 힘찬 몸짓을 하면서 위로 올라가고 있었다. 또 담 밖에서 손짓하는 오얏(자두)에 화답하기 위해 열심히 위로 뻗는 나팔꽃은 대견하기까지 했다. 때는 명절인 단오 무렵이었다. 그는 황궁의 황비와 왕비들의 가까운 친척이나 위동정 등 황제 측근의 시위들에게 선물을 해야 한다는 사실을 모르지 않았다. 게다가 각자 성격이 다르고 취향이 다른 것을 고려하면 선물도 천편일률적으로 준비하면 안 될 터였다. 한마디로 꽤 신경을 써야 했다. 그러나 그는 며칠 동안 눈코 뜰 새 없이 바쁜 탓에 그에 대해서는 구체적으로 생각하지를 못했다.

명주는 한참 생각에 잠겨 있다 비로소 패찰을 차고 입궁할 시간이 됐다는 사실을 깨달았다. 황급히 자리에서 일어나서는 늘어지게 기지개를 켰다. 그가 가마를 준비하라고 명령하려던 찰나였다. 섬서 향시를 관장하는 좌필심左必審이 아직 건너편 의자에 앉아 자신을 주시하는 모습이 시야에 들어왔다. 그가 고개를 갸웃거리면서 입을 열었다.

"당신, 아직 무슨 일이 남은 거야? 필요한 얘기는 방금 내가 다 했지 않았나?"

"명 중당中堂!"

좌필심이 조심스럽게 몸을 움직여 자세를 고쳐 앉았다. 그건 귀가 약간 들리지 않는 그의 독특한 자세이기도 했다. 그가 명주의 말을 반쯤 알아듣고는 비굴한 웃음을 지었다.

"방금 명 대인께서 하신 말씀을 저는 명심하겠습니다. 다시 말하면 나라의 인재를 뽑는 만큼 반드시 능력 위주로 엄격하게 선발하라는 말씀이시죠. 명심하겠습니다. 또 '군주를 기만해서는 절대 안 되고, 자신의 양심에 거리끼는 일도 있어서는 안 된다'라는 말씀도 늘 마음에 새기겠습니다. 그런데 제가 걱정스러운 것이 하나 있습니다. 저는 학식이나 여러 면에서 부족한 사람입니다. 천리마를 알아보는 백락伯樂의 혜안도 없습니다. 그래서 혹시라도 아까운 인재를 놓칠까봐 크게 걱정이 됩니다. 잘못해서 밀어주신 대인의 은혜에 보답하지 못하면 어쩌나 하고 걱정이 됩니다."

명주는 좌필심의 구질구질한 말이 짜증스러웠다. 그러나 내색하지는 않은 채 꾹 눌러 참았다.

"꾀부리지 않고 열심히 하기만 하면 되는 거야. 나는 입궁해야 하니 별다른 일이 없으면 다음에 또 보자고!"

그러자 좌필심이 황급히 말했다.

"저는 명 대인께서 지난번 섬서를 순찰하실 때 뛰어난 인재들을 많이 발견하셨을 줄 믿습니다. 그분들의 이름을 알려주시면 제가 이번 기회에 그분들을 대거 선발하려고 합니다. 그렇게 해서 대인의 은혜를 조금이나마 갚고 싶습니다."

명주는 아무리 생각해봐도 좌필심이 별 도움이 안 되는 사람이라고 생각했다. 말을 들어보면 확실히 그런 생각이 들 수밖에 없었다. 때문에 무덤덤한 표정으로 자리를 뜨려고 했다. 그 순간 그동안 참고 있었던 방귀가 터지려고 했다. 그는 하는 수 없이 제자리에 그대로 다시 앉았다. 그런 다음 한쪽 엉덩이를 든 채 시원스럽게 배출을 시도했다. 속은 시원했으나 아무래도 행동이 우아하지 못한 것만은 분명했다. 어색한 웃음도 그래서 터져 나왔다.

"예?"

좌필심이 명주에게 귀를 갖다대면서 반문했다. 방귀 소리를 말소리로 잘못 알아들은 모양이었다.

"대인, 방금 뭐라고 말씀하셨습니까? 누구요?"

"조금 전에 나는 아무것도 말하지 않았네!"

명주가 대답했다.

"하기통下氣通(방귀를 뀐다는 표현)일세!"

"예! 하기통夏器通이라는 사람 말씀이죠? 예, 알겠습니다."

두 하기통은 발음이 같았다. 귀가 어두운 좌필심이 헷갈릴 수도 있었다. 순간 명주는 우습고 화가 나서 완전히 환장할 지경에까지 이르렀다. 자신도 갈 길이 바쁜데 정작 빨리 가야 할 사람은 가지 않고 있었으니……. 그는 기어이 목청을 높이고 말았다.

"당신한테 부탁할 일은 없을 것 같군. 방금은 하기통이었다고!"

명주가 말을 마치자마자 가마를 향해 횅하니 나가버렸다. 좌필심은 명주가 큰 소리를 내지르자 귀가 어두워 잘 듣지 못하던 조금 전과는 달리 바로 알아들을 수 있었다. 종이 한 장을 찢어 그 위에 아주 그럴싸하게 하기통 석자를 적었다. 그는 종이를 조심스럽게 접어 주머니에 넣고는 다시 한 번 확인하는 세심함까지 보였다. 이번에 섬서로 가게 되면 무슨 수를 써서라도 하기통이라는 사람을 선발하리라고 다짐한 것은 물론이었다.

황궁 안으로 들어선 명주는 융종문에서 색액도와 부딪쳤다. 그가 황급히 웃음을 지어 보였다.

"색 공, 어디를 그렇게 급히 가십니까?"

색액도가 손에 들고 있던 종잇장을 흔들어 보이면서 대답했다.

"안 그래도 지금 명 대인을 찾아 헤매던 중입니다. 다름 아니라 명 대인이 처리해야 할 일이 하나 있어요. 이건 전시殿試를 거친 진사들의 명단입니다. 이중 이갑에 합격한 이 두 사람은 반드시 한림원으로 데리고 와야 합니다. 잘 읽어보세요."

명주는 평소 색액도의 명령하는 어투를 싫어했다. 그러나 별로 내색은 하지 않았다. 이번에도 화가 치미는 것을 겨우 참으면서 일부러 히히하고 웃으면서 종이를 받아들었다. 그런 다음 여유 있는 표정으로 훑어보면서 물었다.

"어느 두 사람입니까?"

색액도가 손가락으로 가리켰다.

"여기 있잖아요! 바로 동그라미를 친 이 두 사람 말이에요. 한 명은 이광지, 다른 한 명은 진몽뢰입니다!"

명주는 원래는 대충 핑계를 내며 거절하려고 했다. 순간 그의 눈에 강희가 직접 주필朱筆로 표시한 동그라미가 들어왔다. 색액도가 표시한 게 아니었던 것이다. 그는 색액도가 왜 처음부터 그런 얘기를 하지 않았는지 의아스러웠다. 이 사람이 혹시 나를 물 먹이려고 이런 것이 아닐까? 하는 의심도 들었다. 그러나 그는 이번에도 역시 아무 내색을 하지 않은 채 일부러 껄껄 웃으면서 대답했다.

"알았어요. 그러죠, 뭐! 어필 동그라미가 아니라 색 공께서 표시한 동그라미일지라도 제가 어떻게 감히 토를 달겠어요. 밖에서 사람들이 '한 자리 해먹고 싶으면 색씨 가문의 셋째를 찾아가라'라는 소문이 괜히 돌겠어요?"

색액도가 명주의 은근한 비난에 약간 어정쩡한 표정을 지었다. 그러나 곧 다시 행여 질세라 반격을 가했다.

"그건 잘 모르겠고요. 이런 말은 확실히 있죠. '어려운 일이 있으면 노명老明(명주에 대한 존칭. 성姓 앞의 노老는 존칭을 의미함)을 찾아가라!'라는 말 말입니다. 이거야말로 제대로 된 말 아닐까요?"

색액도의 말에 두 사람은 서로 쳐다보면서 의미심장한 웃음을 지었다. 서로의 속을 거울처럼 들여다보고 있다는 자신감을 풍기는 듯했다.

그 순간 마침 영항永巷(궁중의 긴 복도) 쪽에서 공사정이 걸어 나오는 모습이 보였다. 두 사람은 웃으면서 얘기를 나누다 말고 마치 불에 덴 듯 화들짝 놀라면서 한쪽 편으로 물러서서 공손히 머리를 숙였다. 먼저 색액도가 공사정이 지나가기를 기다렸다가 무릎을 꿇으면서 말했다.

"넷째 공주마마, 듣자하니 곧 손 장군을 따라 계림桂林으로 가신다고 하던데, 먼 길에 건강 조심하십시오!"

"음!"

공사정이 차갑게 들릴 듯 말 듯 대답하고 두 사람을 무시한 채 지나갔다. 그러나 무슨 생각이 들었는지 저만치 가다 말고 돌아서서 손을 저었다.

"명주 대인, 이리 와 보세요!"

명주는 무슨 영문인지 몰라 얼떨떨한 표정으로 색액도를 힐끔 쳐다봤다. 그리고는 황급히 대답하면서 달려가 허리를 구부정하게 굽힌 채 공사정 앞에 섰다. 대단히 공손한 자세였다.

"나는 방금 소마라고를 만나고 오는 길이에요."

공사정이 거두절미한 채 차갑게 말했다.

"예!"

명주는 공사정의 태도에 마음이 무거워졌다. 그러나 황급히 웃음을 지으면서 대답했다.

"혜진 대사님 얼굴을 못 뵌 지 이미 일 년이 넘었네요. 그 분 건강은 어떠세요?"

공사정은 여전히 냉랭한 시선을 명주에게 고정시켰다. 그러다 한참 후에야 간신히 내뱉듯 말했다.

"그럭저럭 잘 있어요."

"다행이군요! 그때 그런 일이 있을 줄은 누구도 생각하지 못했잖아요. 지금은 다들…… 오로지 혜진대사만…… 아이고, 참!"

명주가 탄식을 연발했다.

공사정은 그러나 그의 그런 안타까워하는 태도에는 그다지 눈길을 주지 않았다. 그저 칼날 같은 시선으로 명주를 노려보면서 계속 말을 이어갔다.

"명 대인한테 그런 말을 듣고 싶지는 않아요. 과거의 일에 대해서는 나도 들어서 어느 정도는 아니까. 나는 최근 성지를 받고 길을 빙 둘러서 산동으로 갔었어요. 오 선생님을 찾으러 갔었죠. 북경으로 모셔오려고 말이에요. 명 대인은 오 선생님이 북경으로 다시 돌아오는 것에 대해 어떻게 생각해요?"

명주가 생각할 여지도 없다는 듯 즉각 대답했다.

"그 형님, 아니 선생님은 저를 구해준 은인이에요. 전에 제가 열봉점 문 밖에서 얼어 죽을 뻔했을 때 구해……."

"그만!"

공사정이 매정하게 명주의 말허리를 잘랐다. 대신 자신의 말은 아주 길게 늘였다.

"부처님 말씀 중에 '고해는 끝이 없다. 그러나 돌아서면 해탈이다'라는 말이 있어요. 대인이 겉과 속이 같고 언행이 일치하는 사람이기를 바랄 뿐이에요! 명심해야 할 것은 나와 소마라고가 어릴 때부터 친자매 이상 으로 가까운 사이라는 사실이에요. 나도 결코 호락호락한 사람이 아니 고요. 성격 더러운 것으로 치면 당할 사람이 없는 나를 건드리지 마세 요. 그러면 내가 가만히 있을 줄 알아요?"

공사정은 속사포처럼 말을 퍼부었다. 명주가 변명할 기회도 주지 않 았다. 말을 마치고는 고개를 홱 돌린 채 자신의 갈 길만 재촉했을 뿐이 었다.

명주는 이유도 모른 채 어정쩡하게 한바탕 훈계를 들어야 했다. 당연 히 왜 그러느냐고 묻고 싶었다. 뭔가를 확실히 알고 욕을 먹어도 먹어야 한다고 생각했던 것이다. 그러나 변명할 기회는 주어지지 않았다. 그는 순간 색액도가 방금 자신을 일부러 물 먹이려 했던 것이나 이처럼 신분 있는 사람들이 차츰 자신을 질시하고 경계하는 것이 결코 괜한 게 아니 라는 사실을 깨달았다. 그러자 소름이 확 돋았다.

이때 색액도 역시 공사정처럼 더 이상 볼일이 없다고 생각했는지 발 길을 옮기려고 했다. 그러다 명주가 계속 그 자리에 넋 나간 듯 멍하니 서 있자 멀리서 큰 소리로 말했다.

"명 대인! 안에서 방금 연락이 왔어요. 오늘은 우리더러 들어올 필요 가 없다고 하네요. 그냥 돌아갑시다!"

명주는 색액도의 말에 혼자만 들을 수 있을 정도의 작은 목소리로 대 답했다. 그런 다음 물끄러미 멀어져가는 색액도의 뒷모습을 바라봤다. 얼마 후 그는 땡볕에 너무 오랫동안 서 있었던 탓에 옷이 땀에 후줄근 하게 젖었다는 사실을 비로소 깨달을 수 있었다.

오문을 나와 자신의 거처로 돌아가려던 공사정은 나오는 길에 오래간만에 소모자를 만났다. 그는 노란 상자를 받쳐들고 겨드랑이에 푸른 쑥한 묶음을 낀 채 기분 좋아라 흥얼거리면서 나오고 있었다. 그러다 공사정을 발견하고는 황급히 걸음을 멈추었다.

"넷째 공주마마, 안녕하십니까!"

공사정이 웃으면서 대답했다.

"나를 이모로 부르기로 했잖아! 그런데 무슨 넷째 공주야! 폐하의 식사 준비는 하지 않고 어디를 쏘다니는 거야?"

"이모가 아닌 것은 아닙니다. 그러나 밖에서는 언제든지 깍듯하게 격식을 차려야 하잖아요."

소모자가 히히 하고 웃으면서 공사정에게 다가가 덧붙였다.

"폐하께서는 오늘 위 군문 댁에 가셨죠. 가는 길에 저에게 궁에 가서 웅황雄黃과 쑥을 가져오라고 하시더군요. 저 소모자도 이제는 예전처럼 말썽이나 부리고 놀 생각만 하는 그런 사람이 아니에요. 지금이 어느 때라고 제가 감히 쏘다니겠습니까?"

공사정이 웃으면서 머리를 끄덕였다. 너무 대견스러운 모양이었다. 두 사람은 서로 대화를 나누다 우액문右掖門 옆으로 향했다. 그곳을 지나면서 모자의 정자마저 뜯긴 채 참담한 표정으로 꿇어 앉아 있는 두 명의 관리를 발견했다. 공사정이 턱짓으로 가리키면서 소모자에게 물었다.

"이 사람들은 왜 이러고 있는 거야?"

소모자가 머리를 돌려 관리들을 바라봤다. 대답은 즉각 나왔다.

"뒤에 있는 사람은 곽수郭琇라는 사람입니다. 공금을 횡령한 것도 모자라 다른 사람한테 뇌물까지 받았다고 하네요. 그러나 저는 자세하게 몰라요. 또 앞에 있는 사람은 요체우姚締虞라는 어사御史죠. 오늘 상서방에서 곽수가 폐하께 혼나고 있었는데, 저 사람이 상주하러 왔다가 함께 혼났어요. 그런데 간이 부어터졌는지 폐하께 꼬치꼬치 말대답을 했다고 하네요. 폐하께서 한마디를 하시면 자기는 두 마디를 하고 그랬대요. 그래서 저렇게 땡볕에 꿇어앉아 있는 거예요."

요체우는 공사정이 모르는 사람이었다. 반면 곽수는 전에 자신이 소릉에 있을 때 현지의 현령이었기 때문에 어느 정도 아는 사람이었다. 그러나 그 역시 나중에 호북湖北성 염도鹽道(오늘날 사천성四川省 자공自貢의 옛 이름. 소금 산지로 유명하다)라는 곳으로 발령이 난 이후로는 본 적이 없었다. 그럼에도 그가 누구보다 청렴하고 정직하다는 사실은 잘 알고 있었다. 또 돈보다는 의리를 중하게 여기는 명실공히 의리의 사나이라고 알고 있었다. 어디다 내놓아도 결백하다고 변명을 해줄 수 있는 그런 곽수가 공금횡령에 뇌물수수죄를 지었다니! 공사정은 이해가 가지 않았다. 하지만 믿지 않을 수도 없었다. 공사정은 그런 생각을 하면서 앞으로 몇 발자국을 더 내디뎠다. 그러다 돌아서서 소모자에게 말했다.

"나도 오랫동안 감매 아가씨를 보지 못한 것 같네. 곧 아기를 낳을 때가 됐지. 우리 같이 가는 게 어떨까?"

소모자가 흔쾌히 대답하면서 가마를 불렀다. 이어 공사정을 태우고 자신은 말을 탄 채 뒤를 따랐다.

위동정의 집은 이전과는 비교가 되지 않았다. 완전히 다른 모습으로 변했다. 으리으리한 저택과 널찍한 정원은 어디나 할 것 없이 크고 잘 정돈돼 있었다. 그곳의 문지기들은 모두다 소모자를 알고 있었다. 그래서인지 그가 공사정과 함께 왔다고 하자 황급히 들어가 아뢰려고 했다. 그러나 그녀는 그들은 무시한 채 소모자를 데리고 곧바로 대문으로 들어섰다. 대문 안에서는 목자후와 낭심, 노새 등 몇 명의 시위들이 대기하고 있었다.

두 번째 문으로 들어서자 안에서 말소리가 들려왔다. 웅사리의 목소리였다.

"……이와 같은 요사스러운 소문으로 미뤄볼 때 회교도들의 반란과 주삼태자 그자의 행적은 거의 동일선상에 있다고 할 수 있습니다……"

공사정은 혹시 강희도 자리에 함께 있을지도 모른다는 생각을 하면서 거침없이 휘장을 걷으면서 안으로 들어갔다. 강희는 역시 안에 있었다. 양반다리를 하고 마루에 앉은 채 부채를 부치면서 골똘히 좌중의 대화에 귀를 기울이고 있었다. 그는 공사정이 들어서면서 인사를 하자 환하게 웃었다.

"냄새도 잘 맡는군요. 짐이 여기 있으니 틀림없이 맛있는 음식이 있을 거라고 생각하고 쫓아온 거죠?"

강희의 농담에 공사정이 정색을 했다.

"그런 식으로 사람을 떠보지 마십시오. 먹을 것을 찾아온 것이 아니라 감매 아가씨가 임신했다는 소식을 듣고 온 거라고요. 그동안 못 와봐서 남쪽으로 가기 전에 와 본 겁니다. 폐하도 보고 위 군문 부부에게도 축하한다는 말을 하고 싶었다고요."

공사정의 말에 위동정이 기분 좋게 웃으면서 목례를 했다. 그러자 강희가 웅사리에게 물었다.

"이광지는 그 노래가사를 어떻게 풀이했는가?"

"폐하께 아룁니다."

웅사리가 허리를 굽히면서 대답했다.

"이광지의 말을 정리해보겠사옵니다. '곡척목장'曲尺木匠이라는 말은 나무 위에 곡척(자를 의미함)이 걸려 있다는 뜻이옵니다. 합치면 주朱가 되옵니다. 또 '천양건상'天陽乾象이라는 말은 팔괘도八卦圖의 '☰'이라는 부호를 나타냅니다. 석 '삼'三자와 비슷해 그렇게 볼 수 있사옵니다. '견상점적하'犬上點滴下라는 말도 어렵지 않사옵니다. 개 '견'犬자 위에 있는 점이 아래로 내려온다는 뜻이옵니다. 클 '태'太자가 되는 것이죠. 그 다음 '외손'外孫을 풀이하면 '여지자'女之子, 즉 딸의 아들이옵니다. 그러면 좋을 호好자가 되옵니다. 그런데 이 노래가사에서는 '무녀외손'無女外孫이라고 했기 때문에 아들 '자'子자로 봐야 하옵니다. 이렇게 노래가사를 풀이한 것을 합쳐보면 내용은 딱 이렇사옵니다. 주삼태자좌용문朱三太子坐龍門, 다시 말해 주삼태자가 황제가 된다는 얘기이옵니다……."

공사정은 도대체 무슨 얘기가 오고가는지를 알 수가 없어 그저 위동정을 쳐다보기만 했다. 그러자 위동정이 종이 한 장을 건네줬다. 그 위에는 방금 풀이한 노래가사가 적혀 있었다.

曲尺木匠不離分 天陽乾象最逼眞
哮天犬上點滴下 無女外孫坐龍門

강희는 베개에 비스듬히 기댄 채 눈을 감았다. 또 한 손은 이마 위에 얹은 채 생각에 빠져 들었다. 그러다 한참 후에 물었다.

"그러면 짐이 지난번 고안현에서 들은 '사장구아반'四張口兒反이라는 말이 뭘 뜻하는지 풀어냈나?"

강희의 말에 웅사리가 황급히 아첨 가득한 웃음을 지으면서 대답했다.

"소인들이 무능한 탓에 아직 그 문제는 풀지 못했사옵니다."

그러자 옆에 있던 소모자가 끼어들었다.

"소인이 어릴 적에 형하고……."

소모자의 말이 채 끝나기도 전이었다. 갑자기 웅사리가 고함을 질렀다.

"여기가 어디라고 감히 끼어들어? 썩 물러가지 못해?"

도학의 종사宗師라고 해도 과언이 아닌 웅사리는 평소에도 일개 태감이 말을 많이 하거나 까부는 것을 그냥 눈 뜨고 보지 못했다. 그래서 즉각 황궁의 측근 내대신內大臣인 소모자를 따끔하게 혼내려는 생각을 했다. 그러자 강희가 웃으면서 말렸다.

"재미 삼아 들어볼 수도 있지 뭘 그러는가? 사람이 어찌 마냥 정색을 하고 격식에 맞춰서만 살 수 있나! 소모자가 그렇다고 정치에 관여를 하겠어?"

강희의 말에 소모자가 혀를 쑥 내밀었다.

"웅 대인께서 소리 지르시는 바람에 간이 떨어질 뻔했네요. 말도 안 되는 소리라고 생각하시면 그냥 허튼소리거니 하고 넘어가 주시기 바랍니다. 소인이 보기에 사장구아는 바로 회회回回, 다시 말해 회교도를 말합니다. 네 개의 입 '구'자가 있다는 얘기잖습니까. 그렇다면 그 말은 회교도가 반란을 일으킨다는 말이 되겠습니다. 지금 저잣거리에서 나도는 요언妖言들과 일맥상통하는 것이라고 볼 수 있죠?"

웅사리는 깜짝 놀랐다. 소모자의 예기치 않은 말에 도움을 받게 됐기 때문이다. 더구나 그 말은 자신이 며칠 동안이나 깊게 파고들었던 수수께끼와 같은 어려운 문제가 아니던가. 그는 간단하게 자신을 능가하는 순발력을 발휘한 소모자가 대견스럽게 느껴졌다. 그로서는 실소를 금치 못하면서도 위동정을 향해 칭찬의 말을 하지 않을 수 없었다.

"개똥이나 찢어진 북의 가죽도 약에 쓴다는 말이 있지 않습니까. 이런 경우를 두고 말하는 모양입니다!"

강희의 두 눈에서 갑자기 반짝반짝 별이 빛나는 듯했다. 그는 대견스러운 표정으로 소모자를 칭찬했다.

"잘했어! 그러나 회교도들의 일은 단오명절 이후에 구체적으로 상의하기로 하지. 오늘은 짐이 모처럼 일탈을 꾀하기 위해 놀러 나온 날이니 만큼 골치 아픈 얘기는 그만 하자고. 동정, 자네 부인의 음식솜씨가 대단하다고 소문이 자자하더군! 그래서 한번 맛 좀 보려고 했었지. 하지만 오늘은 몸이 만삭이라 안 되겠군……."

바로 그때였다. 명주가 밖에서 큰 소리로 외치면서 두 손에 쟁반을 받쳐들고 들어섰다. 당연히 좌중의 사람들은 갑작스런 명주의 등장에 깜짝 놀랐다. 하지만 그는 마치 객점의 종업원처럼 행동했다.

"폐하, 음식을 드시옵소서!"

"아무튼 틈새를 비집고 들어와서 기분을 돋우는 데는 묘한 재주가 있다니까!"

강희가 명주를 보며 말했다.

"나는 위 군문의 부인이 해주는 음식을 먹고 싶은데!"

그러자 명주가 황급히 대답했다.

"당연하죠! 이 음식들은 모두 우리 감매 형수님께서 손수 준비하신 겁니다. 단오라서 조그마한 선물을 하나 준비해 가지고 왔는데, 폐하께서 여기 계실 줄은 정말 몰랐사옵니다."

사감매가 마련한 음식은 종류가 많지는 않았다. 그러나 깨끗하고 푸짐했다. 보는 이로 하여금 군침을 돌게 하기에 충분했다. 강희는 침이 마르게 칭찬을 하면서 웅사리와 공사정, 명주에게 같이 앉으라고 권했다. 그러나 위동정은 이럴 때조차도 강희 뒤에 서 있지 않으면 안 됐다.

군주와 신하들은 같은 식탁에 자리 잡고 앉은 채 식사를 하기 시작했다. 그러면서 얘기꽃도 피우는 모습이 그렇게 자연스럽고 보기 좋을 수가 없었다. 한참 분위기가 무르익어 가는 중에 갑자기 밖에서 나지막하게 떨리는 목소리가 들려왔다.

"폐하께서 행차하셨사옵니까? 뵙고 싶어서 죽는 줄 알았사옵니다."

강희는 익숙한 목소리에 반사적으로 머리를 들었다. 백발이 성성한 손어멈의 모습이 시야에 들어왔다. 사감매는 그런 시어머니를 부축하고 있었다. 강희가 황급히 자리에서 일어났다. 이어 손어멈 곁으로 다가가면서 큰 소리로 말했다.

"유모, 짐이 유모를 만나러 왔습니다!"

손어멈은 강희가 가까이 오기도 전에 이미 방바닥에 엎드렸다. 동시에 머리를 조아리기 시작했다. 그리고는 황급히 일어나서 눈을 가늘게 뜬 채로 강희를 아래위로 훑어봤다. 한참 후 그녀가 입을 열었다.

"안색은 좋아 보이나 더 야위셨사옵니다, 폐하! 양심전 그 자식들은 잘 뫼시지도 않고 뭣들 하는 거야! 저는 태황태후마마께 인사를 드리기 위해 몇 번이나 찾아갔었사옵니다. 그러나 그때마다 폐하를 뵙지를 못했사옵니다. 먼발치에서 한 번만이라도 뵙고 싶었사온데, 그렇게 눈코 뜰 새 없이 바쁜 폐하께서 이 늙어빠진 노비를 직접 찾아주시니 정말……."

손어멈은 처음부터 울먹이더니 끝내 눈물을 흘리고 말았다.

강희는 다시 식탁으로 돌아가 명주가 앉았던 자리에 손어멈을 앉혔다. 그런 다음 상아로 만든 젓가락으로 음식을 가리키면서 큰 소리로 말했다. 손어멈이 귀가 어두워 잘 듣지 못할 것으로 생각한 모양이었다.

"유모도 드세요. 며느리가 만든 음식이잖아요!"

"노비는 이가 없어서 씹을 수가 없사옵니다! 하지만 폐하께서는 많이 드셔야 하옵니다. 노비는 그저 옆에서 보고 있는 것만으로도 얼마나 좋은지……."

그녀는 강희에게 젖을 물린 유모로, 반평생을 궁 안에서 살았다. 그러다 1년 전 궁을 떠났다. 그럼에도 가슴속 저 깊은 곳에서는 강희에 대한 인간적인 모성애를 버리지를 못했다. 때문에 강희가 보고 싶어 못 견딜 때가 한두 번이 아니었다. 그래서 그녀는 강희가 밥 먹는 모습을 흐뭇하게 지켜보았다. 마치 멀리 떠났다 간만에 집에 돌아온 자식이 밥 먹는 모습을 행복하게 지켜보는 어머니 같았다.

"……요즘 들어 몸이 하루가 다르게 나빠지고 있사옵니다. 이제 반은 흙 속에 묻힌 몸이옵니다. 그런데 집에 조용히 있으려니 폐하 생각에 도저히 마음 편하게 있을 수가 없더군요. 계절이 바뀔 때마다 잘 챙겨 드시는지 걱정도 되고요. 옷은 또 적당하게 껴입고 다니시는지 염려가 되고요. 한마디로 걱정이 태산이옵니다. 어느 누가 들어와도 노비보다는 폐하를 못 챙겨드릴 것 같은 부질없는 생각이 자꾸 드니, 원! 노비도 옆에 없고 하니 폐하께서는 스스로라도 잘 챙기셔야 하옵니다."

강희는 마치 엄마 품으로 돌아온 어린아이처럼 편안한 마음으로 손어멈의 말에 귀를 기울였다. 했던 말을 하고 또 해도 싫거나 짜증을 내는 기색을 보이지 않았다. 강희는 그러다 큼직한 꽃무늬의 길복吉服을 입고 진주목걸이를 한 손어멈 머리의 조관朝冠에 붉은 보석이 하나밖에 없는 것을 발견했다. 그가 웅사리에게 물었다.

"손어멈은 짐의 유모 아닌가. 일품고명一品誥命의 복장이 안 어울리지 않은가? 다른 봉호封號를 마련해보게."

"예, 폐하!"

웅사리가 잠시 생각하다 대답했다.

"소인 생각에는 손어멈을 봉성부인奉聖夫人으로 책봉하는 것이 좋을 것 같사옵니다. 폐하께서는 어떻게 생각하시는지요?"

"봉성부인?"

강희가 잠시 망설이다 만족스러운 듯 머리를 끄덕였다.

"그래, 봉성부인으로 책봉하자고! 나중에 자손들도 여기에 맞춰 직급을 정하면 되겠군. 위 군문의 부인에게는 일품부인을 제수하면 되겠고."

"성은이 망극하옵니다!"

사감매가 손어멈을 부축해 먼저 인사를 올리도록 했다. 이어 자신도 머리를 숙여 감사를 표했다. 위동정은 너무나도 감격해서 가슴이 뭉클해졌다. 강철 같은 사나이답지 않게 눈에 눈물이 그렁그렁 맺히는가 싶더니 급기야 돌아서서 몰래 눈물을 훔쳤다. 순간 공사정이 마침 기회라고 생각했는지 재빨리 끼어들었다.

"폐하! 노비가 조금 전 궁궐에서 나오다 곽수와 요체우가 밖에서 무릎을 꿇고 있는 모습을 보았사옵니다. 도대체 무슨 죄를 범했는지 궁금하옵니다."

"두 사람 모두 명주가 탄핵안을 올려 처리한 겁니다."

강희가 별것 아니라는 듯 대수롭지 않게 대답했다.

"요체우 그자는 지난번 색액도와 의정왕 걸서에 대한 탄핵안을 올렸더라고요. 그래서 조사를 해봤더니 허위임이 백일하에 드러났지 뭡니까. 한족의 어사가 떠도는 소문을 그대로 믿고 탄핵이니 뭐니 하고 떠들고 다니면 만주족 대신들이 불안해해요. 또 짐이 뭐라고 했다고 그 자리에서 빽빽 대들지 뭡니까. 그런 건방지고 멍청한 자식을 짐이 가만두겠어요?"

강희가 술을 한 모금 마시고 나서 다시 말을 이었다.

"곽수라는 자도 그래요. 화모은자를 한 사람당 오전씩이나 받았잖아요, 글쎄. 그런데 검은돈을 받은 사실이 들통나니까 한다는 소리가 부모님에게 효도를 하려고 그랬다고 하네요. 그게 말이 되는 소리냐고요! 백성들이 피땀 흘려 번 돈을 빼앗아 착복을 하다니! 누구는 부모에게 효도할 줄 몰라 가만히 있나요? 절대로 봐줄 수 없어요!"

강희는 말을 하면 할수록 화가 치미는지 술잔을 쾅! 하고 탁자 위에 내려놓았다.

명주는 공사정이 자신을 힐끗 노려본다는 사실을 모르지 않았다. 하지만 모른 척하고 황급히 강희에게 아뢰었다.

"두 사람이 잘못을 하기는 했사옵니다. 그래도 요체우 같은 경우에는 악의가 있어서 그런 것은 아니라고 생각하옵니다. 일부러 무례를 범한 것은 아니라는 말씀이죠. 또 곽수가 화모은자를 올린 것도 사실은 올해부터이옵니다. 그의 부모님이 많이 아픈 것이 사실이기도 하고요. 어쩔 수 없이 그런 짓을 한 것이 아닌가 생각하옵니다."

그러자 손어멈이 한마디 거들었다.

"나무아미타불! 아직 단양端陽(단오를 일컬음)밖에 되지 않았으나 오늘 같은 날은 햇볕이 보통이 아닙니다. 지독하게 내리쬡니다. 밖에 오래 앉아있으면 정말 큰일이 납니다. 폐하께서는 어릴 때부터 불쌍한 사람에 대한 동정심이 남달랐사옵니다. 그러니 너그러우신 아량으로 용서해 주시기 바라옵니다!"

강희가 손어멈을 바라보다 할 수 없다는 듯 입을 열었다.

"유모의 얼굴을 봐서 요체우는 삼 개월 동안의 녹봉을 지불 정지하고, 곽수는 직위 해제의 처분을 내리겠습니다. 자리의 유임 여부는 짐이 나중에 좀더 알아보고 결정을 하겠습니다. 소모자, 자네는 가서 짐의 뜻을 전하고 오라!"

17장

향산香山의 명사名士

　주배공은 그만 회시會試(향시鄕試와 전시殿試 사이에 치르는 시험)에서 낙
방하고 말았다. 졸지에 패기만만하던 그의 모습은 온데간데없이 사라
져 버렸다. 서리 맞은 호박잎처럼 축 늘어진 채 절망 속에서 나날을 보
냈다. 사실 그는 세 번째 시험까지는 느낌이 상당히 좋을 만큼 잘 봤
다. 글도 그만하면 만족스럽다고 할 수 있을 정도로 잘 써내려갔다. 합
격을 자신했다.

　그러나 지독하게도 운이 좋지 않았다. 막판에 너무 자신한 나머지 시
를 쓸 때 '현'玄자의 획을 하나 빠뜨리지 않은 것이다. 강희의 이름은 '현
엽'玄燁이다. 때문에 시험에서 '현'자를 써야 할 경우 마지막 한 획을 생
략해야 했다. 이른바 기휘忌諱(황제의 이름을 똑같이 쓰지 않는 것)였다. 그
러나 다른 사람도 아닌 주배공이 그만 실수를 하고 말았다. 팔고문八股
文을 아무리 잘 써내도 소용이 없게 된 것이다.

주배공은 낙방의 시름을 달래기 위해 거리로 나섰다. 시험에 떨어졌기 때문이었을까, 거리가 낯설고 너무나 멀게만 느껴졌다. 어디나 할 것 없이 뿌옇고 흐릿한 것이 마치 얼음장처럼 차갑기만 했다. 북경에 대해 완전히 정나미가 떨어지고 있었다. 그는 법화사의 스님과 향을 사르러 온 손님들도 자신의 그런 마음을 꿰뚫어본다는 느낌을 받았다. 왠지 불쌍하다는 시선으로 자신을 바라보는 것 같았다. 콧방귀를 뀌면서 자신을 비웃는 것만 같았다. 온 세상 사람들이 자신을 바보천치로 생각하는 것만 같은 느낌은 그를 더욱 힘들게 만들었다.

그러나 그는 고통이나 후회 같은 감정은 그다지 많지 않았다. 차라리 그런 값싼 감정이 있었다면 어디 가서 한바탕 울어버리면 충분히 가벼워질 수 있었다. 하지만 그게 아니었다. 주위의 사물들이 그에게 너무나도 가혹하리만치 냉혹하게 다가오고 있었던 것이다. 또 마음은 마치 얼음 속에 잠겨 있는 듯 뼛속까지 추위가 엄습해오고 있었다.

주배공은 절망과 혼돈 속에서 나날을 보내다 가을이 돼서야 겨우 정신을 차릴 수 있었다. 기력도 어느 정도 회복했다. 그러나 그의 몸은 회복되는가 싶더니 다시 나빠졌다. 급기야 큰 병을 얻고 말았다. 설상가상이었다. 다행히 절의 방장方丈스님이 의술에 대해 어느 정도 알고 있었던 덕분에 제때에 치료를 받을 수가 있었다. 이듬해 봄 그는 간신히 걸을 수 있게 됐다. 그러나 몸은 허약해질 대로 허약해져 마치 마른 나뭇가지를 방불케 했다.

그러나 잃는 것이 있다면 얻는 것도 있기 마련이다. 주배공에게도 이 말은 맞아 떨어졌다. 몇 개월 동안 온돌에서 이리저리 뒹굴면서 고민에 고민을 거듭하다 마침내 크게 깨달은 바가 있었던 것이다. 자고로 대성한 사람치고 순풍에 돛단 듯 손쉽게 성공한 사람이 없다는 사실을. 또 절망을 절호의 기회로 만들 줄 아는 사람만이 진정한 승자가 된다는 사실 역시 깨달았다. 실패와 좌절을 즐길 줄 아는 사람만이 끝에 가서 웃을 수 있다는 이치 역시 분명히 터득했다.

'나는 빈손으로 칼이 아닌 붓을 휘두르는 전쟁터에 뛰어들었어. 더 나은 탄탄대로를 걷기 위해 북경에 온 이상 이런 시련 정도는 이겨내야 해. 그렇지 못하면 공을 세워 세상을 구제하려고 하는 것은 한낱 헛소리에 불과한 것이 아닌가?'

주배공은 시험 실패를 통해 진짜 소중한 교훈을 얻었다. 하지만 당장 눈앞에 닥친 현실은 말이 아니었다. 무엇보다 그의 수중에는 돈이 한 푼도 없었다.

이날 아침 그는 절에서 울리는 종소리를 들었다. 오늘이 단오명절이라는 생각이 불현듯 떠올랐다. 그는 이렇게 있어서는 안 되겠다는 생각에 황급히 얼굴을 대충 문지르고 시내로 나가보기로 했다. 난면爛面 골목에 회관들이 몇 개 있어 돈 많은 부자들이 명절 때마다 모인다는 사실을 알고 있었기 때문이었다. 말하자면 그는 그곳에서 고향 사람들을 만날 수 있는 행운을 기대한 것이다.

그가 난면 골목에 도착했을 때는 어느덧 점심 무렵이었다. 골목에는 낮은 판잣집들이 줄줄이 늘어서 있었다. 길도 울퉁불퉁 초라하기 이를 데 없었다. 그러나 명절답게 대단히 떠들썩하고 시끌벅적했다. 이곳저곳에서 구미를 당기는 음식냄새가 진동하고 있었다. 닭구이를 비롯해 절인 쇠고기, 물만두, 녹두묵을 파는 상인들의 목소리가 시합이라도 하듯 크게 들려왔다. 또 좁은 길목에서는 잡상인들이 골동품 옥기, 바늘과 실, 비단, 흙으로 빚은 인형, 도자기, 유명인사들의 서화작품 등을 진열해 놓은 채 팔고 있었다. 그 옆은 더 번화했다. 쥐약과 파리약 등 그야말로 별의별 잡동사니를 다 파는 사람들과 글자풀이를 해주고 점괘를 보는 사람들도 더러 보였다. 그야말로 장소는 허름해도 없는 것 빼고는

다 있는 그런 곳이었다.

그러나 배에서 꼬르륵 소리가 날 정도로 속이 비어 있던 주배공에게 그런 풍성한 먹거리는 완전히 고문과도 같았다. 그는 군침을 꿀꺽 삼켰다. 그러나 겨우 유혹을 물리치고 부지런히 골목을 빠져나와 절 같기도 하고 가게 같기도 한 어느 건물 앞에 이르렀다. 그 건물에는 나란히 두 개의 간판이 걸려 있었다. 하나는 상악회관湘鄂會館, 다른 하나는 강절동인취江浙同人聚였다. 그는 생각할 것도 없다는 듯 무조건 안으로 들어갔다.

건물 안도 밖과 크게 다르지 않았다. 먹을 것만 팔고 다른 잡동사니들은 없다는 것만 밖과 다를 뿐이었다. 주배공은 주변을 둘러봤다. 좁은 통로를 사이에 두고 빽빽하게 늘어선 음식점들이 우선 눈에 들어왔다. 맷돌처럼 빙빙 돌아가는 일꾼들의 얼굴과 머리에서 땀이 비 오듯 흘러내리는 모습도 보였다. 그들은 접시를 여러 개씩 쌓은 채로 아슬아슬하게 들고 다니면서 큰 소리로 요리 이름을 주방에 알려주고 있었다. 출입문 쪽에는 순두부 통을 나르는 멜대가 세워져 있었다. 또 그 옆에는 김이 모락모락 피어오르면서 구수한 냄새를 풍기는 순두부 통이 놓여 있었다. 금방 순두부를 만들어낸 모양이었다.

음식점에는 아가씨의 얼굴도 보였다. 그러나 그녀는 요란스럽게 고함을 지르는 풍경과는 사뭇 다르게 쑥스러운 듯 고개를 숙이고 있었다. 온갖 수단과 방법을 가리지 않고 손님 끌기에 여념이 없는 여느 장사꾼과는 사뭇 다른 모습이었다.

순두부 가게에서 멀리 떨어진 곳에는 글자풀이로 점을 쳐주는 사람이 보였다. 일단의 사람들은 그 앞에서 구경을 하다 말고 주배공을 심심치 않게 쳐다봤다. 하지만 주배공은 대수롭지 않게 생각하면서 야들야들하고도 먹음직스럽게 생긴 순두부를 힐끔힐끔 쳐다봤다. 그때 얌전하게 앉아 있던 아가씨가 갑자기 자리에서 일어서면서 아는 체를 했다.

"은공恩公!"

주배공이 머리를 돌렸다. 아가씨는 바로 지난번 정양문에서 무지막지한 유일귀에게 괴롭힘을 당하던 바로 그 아가씨였다. 그가 반갑게 웃으면서 말했다.

"아, 아가씨로군요! 내가 무슨 은인이라고……. 여기에서 장사하고 있어요?"

"아버지가 몸져누우셨어요. 이제 조금 괜찮아지셨지만 아직 일어나 걸을 정도는 아니에요."

아가씨는 말을 마치자마자 얼굴을 살짝 붉히더니 순두부 통에서 순두부를 한 바가지 퍼내 큰 대접에 담았다. 그리고는 설탕을 조금 뿌려 대접할 것이 변변찮아 쑥스럽다는 표정으로 탁자 위에 올려놓았다. 또 살짝 주배공 앞으로 밀어놓으면서 나지막한 소리로 말했다.

"모처럼 만났는데…… 드릴 게 변변치 않네요. 이거라도 드세요. 그런데 이번 시험에 혹시……."

자신만만하게 생각했던 시험에서 낙방한 이후 골병이 들 정도로 심하게 아팠던 주배공이었다. 당연히 아가씨의 말은 그의 아물어가는 상처에 소금을 뿌린 격이 됐다. 마음도 뭐라고 형언하기 어려울 정도로 복잡했다. 어쩌다 이런 꼴이 되어서 보는 사람들로부터 바로 낙방거사라는 사실을 간파당하게 됐나, 내가 그 정도로 비참한 나날을 보냈나. 그는 순간 씁쓸한 기운이 목구멍으로 사정없이 솟구치는 느낌을 받았다. 급기야 어쩔 줄 몰라 하면서 대답했다.

"부끄럽기 그지없네요."

"뭐가 부끄러워요?"

아가씨가 정색을 하면서 덧붙였다.

"사람은 너 나 없이 오곡백과를 먹고 사는 평범한 존재예요. 신선이 아닌 이상 어떻게 실수와 좌절이 없겠어요. 여몽정呂蒙正(송나라 때의 재상)도 빌어먹으면서 연명한 과거가 있는 사람이에요. 이거 먼저 드세요. 제가 가서 소병燒餠(밀가루를 반죽해 구운 빵)을 사오겠습니다."

주배공은 배가 몹시 고팠던 터라 게 눈 감추듯 순두부와 소병 두 장을 허겁지겁 먹어치웠다. 그제야 온몸이 따뜻해지면서 살 것 같았다. 그는 아무 일도 없었다는 듯 조용하게 그릇을 씻고 있는 아가씨를 힐끔 훔쳐봤다. 이어 자리에서 일어나면서 물었다.

"아가씨, 이름이나 알고 지내자고요. 사는 곳은 어디예요? 나한테 알려줄 수 있어요?"

"그냥 아쇄阿瑣라고 불러주세요. 집은 이 골목의 북쪽에 있어요. 은공은요?"

"나는 주배공이라는 사람입니다. 보다시피 거의 빌어먹게 돼 정처 없이 떠돌아다니는 중이죠."

주배공은 더 이상 말을 잇지 못했다. 아쇄는 말없이 그런 그를 바라보더니 돈 상자를 열어 뒤집었다. 그런 다음 그날 매상의 전부인 듯한 몇십 개의 동전을 꺼내 하나씩 쌓아올리더니 그에게 조용히 밀어줬다. 그뿐만이 아니었다. 무슨 생각을 했는지 뭔가 얘기를 할 듯하다 손을 머리 뒤로 가져가 자신이 꽂고 있던 은비녀를 빼내 동전 위에 올려놓았다. 그녀가 쑥스러운 표정으로 말했다.

"은공의 심성으로 볼 때는 하늘이 반드시 도우실 거예요. 하지만 당장은 어려우시니 이거라도 약간의 도움이 됐으면 해요. 정말 내놓기 쑥스럽지만……, 아무튼 받아주세요. 힘내시고 다시 한 번 도전해서 다음번 과거시험에는 꼭 합격하길 바라요."

"아니, 아니, 아닙니다!"

주배공이 순간 몹시 당황한 듯 도리질을 했다.

"이러면 안 돼요!"

"뭐가 어때서요?"

아가씨가 약간 억울한 듯 말을 이었다.

"돈이 적어서 그러신다면 저는……."

주배공은 이렇게 신세를 지면서 불쌍한 아쇄를 괴롭히고 싶지 않았다. 그건 대장부가 할 일이 아니었다. 그런 생각이 들자 돈이 부족해 미안하다는 표정을 짓는 아쇄를 보면서 온몸의 피가 끓어올랐다. 하지만 받지 않을 수도 없었다.

결국 그는 앞으로 성큼 다가가 은비녀와 동전을 가슴 속에 넣으면서 감격에 겨워 가늘게 떨리는 목소리로 말했다.

"일단 받겠소! 그러나 내가 죽지 않는 한 이 은혜는 반드시 몇 배로 갚겠소!"

주배공은 말을 마치자마자 뒤도 돌아보지 않고 순두부가게를 나섰다.

"아가씨, 방금 그 청년을 잘 모르는 것 같은데, 어찌 은공이라고 부르셨나요?"

그때 웬 소년이 의아한 표정을 한 채 물었다. 처음부터 옆자리에 앉아서 순두부를 먹고 있던 소년이었다. 아쇄는 별생각 없이 소년에게 당시 정양문에서 자신이 유일귀에게 당했던 경위를 자세하게 설명했다.

"아, 그런 일이 있었군요! 알고 보니 저 청년은 강직하고 착한 청년이네요. 아가씨도 착하고 예쁜 심성을 가진 분이고요."

소년이 자리에서 일어섰다.

"이거 드릴 테니 받으세요!"

소년이 말과 함께 돈 같기도 하고 아닌 것 같기도 한 물건을 탁자 위에 올려놓았다. 아쇄는 그 물건을 자세하게 살펴봤다. 평생 한 번도 만

저본 적이 없는, 말로만 듣던 금金이었다!

소년은 다른 사람이 아닌 바로 강희였다. 단오절이라 도해를 대동한 채 밖으로 놀러 나왔다가 우연히 주배공과 아쇄의 얘기를 듣게 됐던 것이다. 처음에는 그도 별로 대수롭지 않게 생각했다. 그러나 아쇄로부터 자초지종을 듣게 되면서 바로 달라졌다. 막무가내로 솟구쳐 오르는 호기심을 주체할 수가 없었다. 그는 바로 뒷골목으로 사라지려는 주배공을 쫓아갔다.

그런데 어쩌다 머리를 돌려보니 아까부터 점쟁이 옆에 서서 구경을 하던 남자가 여전히 그곳에 있는 게 눈에 띄었다. 남자는 삼지구엽三枝九葉 문양의 꽃장식 정자를 쓰고 있는 걸로 미뤄볼 때 임용을 기다리는 진사 같아 보였다. 강희는 그에게 다가가 당돌하게 물었다.

"존함이 어떻게 되는지 여쭤 봐도 될까요?"

"무슨 일로 그러는데요?"

"아, 별일은 아니고요. 척 뵈니 어딘가 대단히 존귀하신 분 같아서 그냥 여쭤 보는 겁니다."

"별 싱거운 사람 다 보겠네. 시끄럽게 굴지 말고 저리 가요!"

남자는 신경질을 부리면서 뇌까렸다. 아닌 밤중에 홍두깨라고, 중뿔나게 구는 강희가 별 시답지 않은 모양이었다. 그때 도해가 재빨리 나섰다. 아무리 대범하려고 애써도 점점 변해가는 강희의 안색을 옆에서 지켜보다 안 되겠다고 생각한 모양이었다.

"이 분은 우리 용 도련님이세요. 느낌이 좋아서 그냥 친구로 사귀어 볼까 해서 여쭤본 겁니다."

"그래요? 나는 이명산李明山이라고 합니다!"

사내가 어깨를 펴고 목에 힘을 주었다. 천상천하 유아독존이라는 식으로 으쓱하는 사내의 기세는 가소롭기 이를 데 없었다.

"방금 나간 그 남자 분을 잘 압니까?"

강희는 순두부를 먹으면서 사내가 주배공을 연신 뚫어져라 쳐다보는 것을 지켜봤던 터였다. 분명 주배공을 알고 있을 것이라는 확신이 들었다.

"알다마다요."

이명산이 얼굴에 경멸의 표정을 잔뜩 지어내면서 입을 비죽거렸다.

"법화사의 내로라하는 명사라고 할 수 있죠. 삼분三墳(고대 삼황三皇 시대의 책), 오전五典(오제五帝 시대의 책), 팔색八索(팔괘八卦에 관한 책), 구구九丘(구주九州의 지리地理에 관한 책), 하도낙서河圖洛書(예언이나 수리數理에 대한 책), 기문둔갑奇門遁甲, 경사자집經史子集 등에 대해 모르는 것이 없어요. 게다가 입담 좋고 글 잘 쓰죠……. 그래봤자 단향나무로 요강을 만들어서 그렇지!"

"그게 무슨 말입니까?"

강희가 물었다.

"굳이 말하자면…… 재료가 아깝다는 뜻이죠."

이명산은 글을 지을 때마다 주배공에게 늘 기가 죽고는 했다. 그래서 그가 자신을 깔본다는 자격지심에 허우적대기도 했다. 때문에 더욱 으쓱하면서 그를 마음껏 비웃었다.

"소하蕭何, 장량張良의 뛰어난 무략武略과 소진蘇秦, 장의張儀의 막강하기 이를 데 없는 웅변의 재주도 운이 따라주지 않으면 엉뚱한 곳에서 써먹을 수밖에 없죠. 그 사람이 제 아무리 잘난 척하고 나를 깔아뭉개려 했으나 어림도 없어요. 내후년 다시 과거시험을 볼 때는 내가 그 사람의 방사房師(시험관)가 될 수도 있어요. 그렇게 되는 날에는 꼴 한 번 더 우습게 만들어줘야지!"

이명산은 자신이 말을 너무 멋있게 한다는 듯 입을 쩝쩝 다시면서 웃었다.

"댁이 그 사람의 방사가 된다는 보장은 없죠!"

강희가 마른웃음을 지었다.

"왜냐하면 댁의 선발 여부는 아직도 미지수라고 할 수 있으니까요."

"나는 반드시 될 겁니다. 두고 봐요. 명 상공相公이 직접 약속을 했다고요. 걱정할 게 뭐 있어요. 당신도 보니까 미역국을 수도 없이 먹은 것 같군요. 너무 잘 나가는 나한테 질투를 느껴서 그러는 겁니까?"

강희가 이명산의 말에 냉소를 흘렸다.

"나는 원래 인정사정 보지 않고 말하는 편입니다. 당신이 돈을 얼마나 찔러줬는지는 모르겠네요. 또 어느 문중으로부터 확실히 도장을 받았는지도 알지는 못합니다. 하지만 내가 안 된다면 안 되는 겁니다. 당신은 미간이 어둡고 눈동자가 흐리멍덩합니다. 별 볼 일 없는 인물이라는 것을 얼굴이 분명하게 말해주죠. 잘못하면 진사마저 잃어버릴 수가 있어요!"

강희가 말을 마치자마자 도해에게 말했다.

"우리 그 멍청한 수재秀才나 찾으러 가지."

강희가 주배공을 쫓아 나서려고 했던 것은 가난에 찌들려도 군자다운 기상을 잃지 않고 있는 것에 강렬한 호기심을 느낀 탓이었다. 그러나 이명산의 말을 듣고부터는 궁금증까지 더해졌다. 동시에 깊이를 모를 그의 진면목이 더욱 알고 싶어졌다.

주배공은 뒷골목으로 나오자마자 머리를 들어 해를 바라봤다. 오시午時는 지난 것 같았다. 그때 어느 곳에서인가 시끌벅적한 사람들 소리가 들려왔다. 그는 발걸음을 늦추고 귀를 기울였다. 누군가가 시詩를 읊고 사詞를 짓는 것이 분명했다. 그는 다시 까치발을 한 채 어느 방의 창문께로 다가가 안을 들여다봤다. 몇 명의 소금장수들과 북경 향산시사香

山詩社의 명사들이 점괘를 보고 있는 모습이 시야에 들어왔다. 옆에 놓인 책상 위에는 비단 한 필과 은 200냥이 사신謝神(신선에게 바치는 제물)의 용도로 마련돼 있었다.

주배공은 문을 열고 들어가려고 했다. 그러나 일꾼 차림을 한 남자에 의해 저지당하고 말았다.

"뭐하는 분입니까? 여기는 유병진劉丙辰이라는 어른이 특별히 통째로 빌린 방입니다. 유명한 유지들을 초청한 자리라고요!"

주배공은 남자의 말이 끝나기도 전에 두 손을 뻗어 문을 활짝 열어젖혔다. 그런 다음 안으로 성큼성큼 걸어가더니 좌중을 향해 읍을 하면서 물었다.

"어느 분이 유병진 선생님이시죠?"

시와 사를 읊고 지으면서 점괘까지 보느라 여념이 없던 좌중의 사람들은 깜짝 놀란 시선으로 느닷없이 들이닥친 사내를 쳐다봤다. 얼마 후 좌중의 가운데 앉아 있던 60세 가량의 노인이 자리에서 몸을 조금 일으키면서 물었다.

"내가 유병진입니다. 그러는 그쪽은 누구십니까? 무슨 일로 왔습니까?"

"저는 호북성의 가난한 선비 주배공입니다!"

주배공이 공수拱手를 하면서 환하게 웃는 얼굴로 덧붙였다.

"저는 점괘에 대해 조금 공부한 적이 있습니다. 빙 둘러앉아 신선을 부르고 제단을 설치하는 여러분들의 모습에 이끌려 들어왔습니다."

사실 좌중의 사람들은 주배공이 구걸하러 들어온 줄로만 알았다. 따라서 부채를 부치면서 본체만체했다. 그의 옷차림으로 보면 그럴 만도 했다. 그나마 소금장수들은 조금 아는 체를 했다. 행색은 초라했으나 일거수일투족에서 예사롭지 않은 기운을 발산하는 그의 진가를 알아본 것이다. 유병진 역시 주배공에게 자리를 권했다.

"이렇게 만난 것도 인연입니다. 여기 점괘를 보는데 필요한 모래와 막대기가 준비돼 있습니다. 모시는 신선이 제일 많은 사람이 은을 다 가지게 돼 있습니다. 우리는 지금 점신占神을 모시지 못해 이러고 있어요!"

"점신을 모셔오지 못하는 것은 부적이 영험하지 못해서라고 할 수 있습니다. 부적이 영험하지 못한 것은 성의가 부족하기 때문이라고 해야 합니다."

주배공이 말을 마치자마자 고개를 돌렸다. 막 강희와 도해가 따라 들어오는 모습을 보았다. 그가 둘을 힐끔 쳐다보다 말고 계속 말을 이었다.

"여러분께서는 지금부터 최대한 마음을 편안하게 가지십시오. 제가 여러 명의 신선을 모셔올 테니까요!"

주배공이 큰 걸음으로 신단神壇 앞으로 걸어갔다. 그러더니 허리를 깊게 숙여 절을 하고는 몸을 일으켰다. 곧 붓을 든 채 단정하게 '일一'자를 쓴 다음 말했다.

"공자께서 말하기를, 나의 도는 '일'로 통한다고 했습니다. 이 부적은 전문적으로 문인과 학사들을 청하는 것입니다. 그러므로 여러분은 오늘운 좋게도 보기 드문 좋은 시사詩詞들을 접할 수 있겠네요!"

주배공이 부적을 태웠다. 이어 접신接神을 하고는 목필木筆 같은 나무 막대기 앞에 섰다. 만지는 사람의 뜻에 의해 움직이면서 글자나 기호로 길흉을 점치는 기구였다. 아나나 다를까, 목필은 잠시 주춤하더니 사르륵사르륵 소리를 내면서 재빨리 글씨를 써내려가기 시작했다.

쓸쓸한 강물 위에 홀로 떠도는 나룻배 위 피리소리 구슬프고,
언덕 위의 갈대꽃은 가슴 시리게 희구나.
청운靑雲을 향해 팔을 벌려 안기느니,

고요를 찾아 백사白沙로 향하겠네.
풀들의 푸르름은 무정하게도 여전하고,
구름과 나무의 푸르름에 화답하네.
귀 먹은 뱃사공에게 피리소리는
한낱 철렁이는 뱃전의 물소리와 같아라.

"좋았어!"

좌중의 사람들은 약속이라도 한 듯 일제히 환호하면서 박수갈채를 보냈다. 그러자 목필은 또다시 신들린 듯 돌아가기 시작했다.

내가 바로 강대산康對山일세!

강대산은 명나라 홍치제弘治帝 때 실시된 과거시험의 장원壯元이었다. 글이 좋아 세상을 떠들썩하게 만들 정도였다는 사실을 좌중에서 모르는 사람은 거의 없었다. 그런데 주배공이라는 행색 초라한 선비가 겁도 없이 이처럼 큰 인물을 거론하다니!

소금장수들은 마음속에서부터 우러나오는 엄숙한 존경의 마음을 금할 길이 없었다. 급기야 그들은 일제히 그 자리에서 무릎을 꿇은 다음 기도했다.

"장원께서 문필이 화려하고 풍채가 늠름하다는 것을 충분히 알겠습니다. 하나를 보면 열을 안다는 말이 실감이 납니다."

그러나 주배공은 여전히 무표정한 채 날렵하게 몸을 움직이는 목필만 바라볼 뿐이었다.

오래된 작품은 대부분 잊어버렸다. 양주신악부揚州新樂府 세 수를 선물하니 받아보기 바란다.

　몇몇 소금장수들은 놀라움을 금치 못했다. 다섯 명에 이르는 향산 명사들이 반나절이나 끙끙대면서 신선을 불러온다고 했으나 고작 시 두 수밖에는 짓지 못하지 않았는가! 그런데도 이 불청객이 불러온 강대산은 통 크게 세 수씩이나 선물을 하다니!
　사람들이 너도 나도 머리를 끄덕이면서 사뭇 진지한 얼굴로 주배공을 쳐다보는 사이에도 목필은 아랑곳하지 않은 채 움직이기 시작했다.

　　신채神債를 빌리고 신배神拜를 바라보니 재신財神은 나에게 천금배千金拜를 허락하셨다. 무능한 관리가 되는 것에는 욕심이 없다. 대단한 부자도 원치 않는다. 노란주둥이 새 한 마리만 있으면 삶이 즐겁다. 새의 지저귐에 황금이 집안 가득 쌓인다. 새의 몸짓에 비단이 그득하구나! 붉은 촛불 흔들리는 봄날의 저녁은 짧기만 한데 수없이 많은 사람들 재산을 잃은 채 길거리에 내몰렸구나. 재신을 잃었다고 슬퍼하지 말라. 재신이 알아서 빚을 톡톡하게 받아낼 터이니!

　한참을 써내려가던 목필이 잠시 멈춰섰다. 그러자 여러 명사들이 정신없이 허둥대면서 종이와 붓을 찾았다. 먹도 갈려고 했다. 그 바람에 한바탕 소동이 빚어질 수밖에 없었다. 그러더니 그들은 마치 말 잘 듣는 서당의 어린아이들처럼 한 글자씩 받아 적기 시작했다.
　주배공은 머리를 들고 가볍게 한숨을 내쉬었다. 말은 없었다. 소금장수들은 그가 힘들어서 그러는 줄 알았는지 차를 따라주었다. 강희는 그런 주배공에게 심취한 듯 만족스러운 표정으로 바라보고 있었다. 그때 신탁神卓 위에 스님이 가부좌를 튼 채 앉아 있는 모습이 새겨진 기왓장이 그의 시야에 들어왔다. 그가 손가락으로 가리키면서 물었다.

"이것으로 글을 만들어 주시라고 신선에게 말씀드려 보세요!"

주배공이 웃으면서 머리를 끄덕였다. 목필은 다시 움직이기 시작했다.

나는 어릴 때부터 유학을 공부했다. 내전內典(부처의 설법)에 대해서는 익숙하지가 않다. 무구無垢대사께서 함께 왔으니, 그분에게 나를 대신해 붓을 잡아달라고 하겠다.

목필은 다시 잠시 멈칫했다. 그러더니 다시 써내려가기 시작했다.

강대산 거사는 헛짓을 한 것 같다! 나는 이런 요구에 익숙하지가 않다. 그러나 대필代筆을 하는 만큼 욕은 대산이 알아서 먹겠구나. 자비의 배를 잘못 몰아 바다에서 돌아오니 풍랑이 강경대講經臺(설법을 하는 장소)를 부숴버렸구나. 일년의 설법이 헛되게 돌아가니 연못이 술잔으로 전락한 것을 저주하노라. 보리菩提 이슬이 술잔에 떨어지니 선상禪床에 취해 쓰러졌어도 화는 가라앉지 않는구나. 술 취한 두 눈으로 여러 불수佛手들을 비웃노니, 한 입에 서강西江을 빨아들일 수가 있을까? 조사랑晁四娘이 오니 출가인은 피하는 수밖에 없구나.

목필이 또 한참 동안 침묵을 지켰다. 그런 다음 다시 천천히 움직이기 시작했다. 좌중의 사람들은 눈을 부릅뜬 채 계속 베끼느라 여념이 없었다.

동풍이 불고 산이 푸르니 꽃들도 무성하도다. 이슬 맺힌 오솔길을 곡괭이 메고 작은 바구니 한가득 복숭아 담아 걸으니 지기知己는 누구인가? 반생을 가난에 울어도 아는 사람 하나 없구나. 나는 성이 유柳씨이니, 왜 저 시냇물에 낚싯대를 드리우지 않겠는가? 자字가 동리東籬(도연명을 일컬음)인데, 왜 국화꽃에 바가지를 기울이지 않겠는가! 수많은 나날을 영웅호걸의 꿈에 젖어 사방을 휘젓고 다녔어도 얻은 것은 송옥宋玉(전국시대 초楚나라의 문인)의 걱정이요, 문원文園(한漢나라 때의 사마상여司馬相如를 말함)의 병이니 귀밑머리는 하얗게 새었구나!

좌중은 이미 주배공에게 압도돼 있었다. 그가 한 구절을 써내려 가면 바로 정신없이 따라 베꼈다. 어떤 사람은 마치 자신이 주인공이라도 된 듯 비감어린 표정으로 조용히 읽기도 했다. 또 어떤 사람은 찬탄을 금치 못했다. 주배공 역시 자신의 글에 감동했는지 눈물을 글썽였다. 강희는 그 모습을 놓치지 않았다. 바로 도해에게 의아하게 생각한다는 시선을 보냈다. 그러자 존경의 눈빛으로 주배공을 바라보던 도해가 나지막하게 아뢰었다.

"이 대목은 강대산이 쓴 것이 아니라 주 선생의 속마음을 털어놓은 것 같사옵니다."

주배공은 도해의 말이 끝나기도 전에 갑자기 목필을 던져버렸다. 그러면서 머리를 뒤로 꺾은 채 마음껏 웃기 시작했다. 좌중의 사람들은 너무나 갑작스런 그의 행동에 어안이 벙벙한 표정을 지었다. 곧이어 그가 카랑카랑한 목소리로 말했다.

"세상에는 음험하고 비방을 일삼는 소인배와 절망한 군자만 있을 뿐입니다. 신선은 무슨 얼어 죽을 신선입니까! 도대체 신선이 어디 있나요? 내가 앞에서 내보인 시들은 대충 끄적거린 것이지 결코 무슨 신선이네 하는 것들이 쓴 게 아니에요. 그렇게 박식하다는 사람들을 내가 비몽사몽간에 헤매게 했으니 정말 기가 막히군요!"

"귀신 들렸군!"

유병진이 대경실색하면서 황급히 소리를 질렀다.

"어서 종이를 태워 강대산을 돌려보내세요!"

유병진은 그런 다음 바로 무슨 큰일이라도 날 것처럼 죽어라 머리를 조아려댔다.

"강대산은 뼈도 찾아보기 힘든 사람입니다. 그런데 아직도 시를 쓴다고요?"

주배공이 담담하게 웃었다. 그러더니 안주머니에서 원고 한 묶음을 꺼냈다.

"이건 내가 대충 끄적거린 글입니다. 시라고 할 것도 없는 것들입니다. 여러분들께서 보시고 소중한 의견을 말씀해 주시기를 바랍니다!"

주배공의 말이 끝나자 좌중은 바로 벌집을 쑤신 듯 혼란스러워졌다. 우왕좌왕이 따로 없었다. 그러나 몇 명의 명사들은 그래도 정신을 차리고 다가와 원고를 받아들었다. 그리고는 한 장씩 넘기면서 비아냥대기 시작했다.

"이것도 시라고 썼나? 완전 유치하기 이를 데 없구만!"

"세 살짜리 아이가 똥칠을 해도 이것보다 낫겠는 걸!"

명사들은 대놓고 비아냥대거나 심한 말로 주배공의 비위를 긁었다. 소금장수들이 배꼽을 잡은 채 흐느적대면서 폭소를 터뜨렸다. 조금 전의 진지함과 경건함은 완전히 온데간데없었다. 강희는 그러거나 말거나 방 한구석에 다리를 꼬고 앉은 채 조용히 사태를 관망했다.

그러나 입을 감싸 쥔 채 한바탕 낄낄거리던 사람들이 이내 조용해졌다. 동시에 서로 번갈아 쳐다보면서 난감한 표정을 지었다. 처음부터 자신이 쓴 시로 여러 사람을 현혹시키는데 성공했다고 말한 주배공의 말을 믿지 않을 수가 없었던 것이다. 그랬다. 주배공이 내민 원고에는 처음에 써줬던 시와 양주신악부가 적혀 있었다.

　한참 동안 참기 어려운 침묵이 흘렀다. 그런 뒤에 주배공이 넋 나간 듯 멍하니 앉아 있는 명사들의 손에서 원고를 빼앗아 책상 위에 아무렇게나 던져버리면서 쏘아붙였다.

　"사실 이런 것들은 아무짝에도 쓸모없는 것들이죠. 잘났다고 자신의 지식을 자랑하고 다니는 지지리 못난 놈들이나 하는 짓이죠. 또 나도 이제껏 닦은 학문을 군주를 위해 써먹지도 못하고 이런 데 와서 이러고 다닐 줄은 몰랐습니다. 그러니 여러분들도 미안해 할 것은 없어요. 너나 없이 성현이 아닌데, 왜 실수가 없겠어요?"

　명사들은 주배공의 아량 넓은 말에 그야말로 쥐구멍이라도 있으면 들어갈 것처럼 전전긍긍했다. 이마에 흘러내린 땀을 닦느라 정신을 차리지 못했다. 그때 유병진이 웃으면서 자리에서 일어났다.

　"우리 호북성에 이런 인재가 났는데, 북경까지 와서 뜻하지 않게 고생을 하고 있군요! 인재를 몰라본 우리가 미안하군요. 주 선생, 앉으시죠. 여봐라, 차 한 잔 좋은 것으로 가져 와라!"

　유병진의 말이 끝나자 얼굴이 시뻘겋게 달아오른 채 체면이 말이 아니게 된 사람들이 주배공을 상석에 앉히느라 다시 법석을 떨었다. 그러는 동안 강희는 자리에서 일어나 주배공이 쓴 원고를 한 장씩 읽어나갔다. 원고의 맨 앞은 역시 시사詩詞였다. 강희가 뒷장으로 넘기자 꼬불꼬불한 지도 비슷한 그림이 나왔다. 또 뭐가 뭔지 통 감을 잡기 어려운 부호들도 눈에 들어왔다.

　그러나 도해는 뭔가를 알고 있는 듯 눈빛이 번쩍번쩍 빛났다. 곧 그가 흥분에 떨면서 강희에게 귀엣말을 했다.

　"폐하, 이 사람은 뛰어난 용병술을 가진 것이 분명하옵니다. 이것은 상악천섬湘鄂川陝(호남, 호북, 사천, 섬서성을 일컬음)의 지도입니다."

순간 강희는 가슴이 철렁했다. 그러나 곧 정신을 차리고 머리를 끄덕였다.

"무슨 말인지 잘 알겠네. 자네는 돌아가서 잘 처리하게."

강희가 일어서서 가려고 했다. 그때 원고 속에서 종이 같은 것이 하나 떨어졌다. 그가 허리를 굽혀 주워 도로 끼워 넣으려고 했다. 그러나 필체가 너무 익숙한 탓에 다시 한 번 눈길을 주다 그만 깜짝 놀라고 말았다. 그것은 바로 오차우의 친필이었다.

명주 아우에게!

그동안 무고한가? 나는 정주에서 아우와 헤어진 다음 계속 강학을 하면서 동쪽으로 갔네. 여기도 무사하니 안심하게. 이 주배공 선생은 나의 문우文友로 문무를 겸비한 보기 드문 인재라네. 아우는 폐하의 근신이니 잘 추천해주게. 폐하께서 지켜보신 후 결정하셨으면 하네.

너무 바쁜 탓에 오늘은 이만 아쉽게도 붓을 놓겠네.

―오차우가 여행길에서

강희는 자나 깨나 그리던 스승 오차우의 친필 편지를 우연히 읽게 되자 손이 가늘게 떨렸다. 또 주배공에 대해서도 꿋꿋한 자존심과 의지를 소유한 멋진 군자라는 평가를 내리게 되었다. 오차우의 친필 추천서를 가지고 있는데도 북경을 외롭게 떠돌고, 코 닿을 곳에 명주가 있는데도 찾아가지 않은 것을 보면 그의 성품을 알 수 있었다.

그는 바로 더 이상 미루지 않겠다는 결심을 했다. 주배공을 황제의 신분으로 직접 만나보고자 한 것이다. 그는 경황없이 원고를 책상 위에 놓고 밖으로 나오자마자 뒤따라온 도해에게 말했다.

"우리 저쪽 찻집에 가서 잠깐 앉았다 가지."

도해가 바로 여쭈었다.

"폐하께서는 주 아무개를 기다리시려는 것이옵니까? 그런 일이라면 소인에게 맡기는 것이 더……."

강희는 그러나 도해의 말이 채 끝나기도 전에 이미 저만치 걸어가고 있었다.

18장
경륜을 펼치는 주배공

주배공의 처지는 상전벽해桑田碧海라는 표현이 딱 어울릴 정도로 완전히 변해 버렸다. 빵 한 조각 살 돈이 없어 군침을 삼키면서 주린 배를 부여잡은 채 거리를 방황하던 거지 신세에서 하루아침에 신분이 상승한 것이다. 그는 그러나 뜻하지 않은 상악회관에서의 우연한 만남이 자신을 일약 타의 추종을 불허하는 명사로 만들 줄은 꿈에도 생각하지 못했다. 그럼에도 기쁘기보다는 화가 치밀었다. 자신이 가소롭기까지 했다. 물론 그렇다고 무슨 뾰족한 수가 있는 것도 아니었다. 공들여 쓴 경세經世의 글은 누구 하나 쳐다보지 않는 쓰레기가 됐는데, 대충 심심풀이로 쓴 몇 편의 시가 당장의 배고픔을 달래줬다는 사실에 그저 화가 날 뿐이었다. 또 멍청하고 고리타분한 시험관이 평생 소금의 수나 세면서 거칠게 살아온 소금장수들보다 사람 보는 안목이 없다는 사실도 너무나 기가 막혔다. 정말 알다가도 모를 것이 세상사였다!

그는 유병진이 가져가도록 허락해준 은 200냥과 신에게 바치는 재물로 준비해둔 물품들을 가지고 여러 사람들의 환송을 받으면서 밖으로 나왔다. 사람들은 저마다 손을 잡고 그와의 작별을 아쉬워했다. 여기저기에서 "또 들러주십시오" 하고 인사를 하기도 했다. 주배공은 으스대며 천천히 걸어 나왔다. 나오면서 혹시 아쇄가 있지 않을까 해서 잠깐 순두부가게에 들렀으나 그녀는 보이지 않았다.

주배공이 잠시 생각에 잠겨 있을 때였다. 동쪽 복도 아래에서 사람들이 떼를 지어 목을 빼든 채 뭔가를 구경하고 있는 소란스러운 광경이 그의 눈에 들어왔다. 그는 자연스럽게 그쪽으로 발길을 돌렸다. 곧 열서너 살쯤 되어 보이는 여자아이가 눈에 들어왔다. 아이는 비파를 껴안고 줄을 시험삼아 튕겨보고 있었다. 천진난만한 커다란 두 눈이 유난히 반짝이고 똘똘해 보이는 아이였다. 눈빛에서는 아직 어린 티가 다분하게 흘렀다. 그러나 주관은 꽤나 뚜렷한 아이 같았다. 한참 동안 줄을 조절하던 아이가 짙은 절강 사투리로 "군자 여러분!" 하고 운을 뗐다. 그러더니 곧 콩을 볶는 듯한 비파소리와 함께 노래를 부르기 시작했다.

가난한 농부의 딸로 태어나
항주杭州의 서호西湖 호반에서 자랐어요.
집은 너무 가난해
오묘五畝(1畝는 100제곱미터)의 땅으로 먹고 살아야 했죠.
육순의 할머니를 떠나 북경으로 온 것은
소홍小紅이 효녀가 아니라서가 아니고,
정이 메말라서도 아니에요.
어려서부터 책 읽기를 좋아한 저는
한나라 때의 제영緹縈(한나라 문제文帝 때 아버지를 대신해 처벌을 받겠다고 간

청했던 효녀)이 되고 싶었죠!

강희는 찻집에 앉아 있다가 사람들 틈 속에서 어른거리는 주배공의 모습을 발견했다. 곧바로 한걸음에 뛰어나와 그와 어깨를 나란히 한 채 소홍小紅의 노래를 들었다.

> 버드나무 푸르른 3월 3일, 영은사靈隱寺로 불공을 드리러 갔네.
> 그러나 포악하고 무자비한 악녀 오吳씨가
> 몽둥이와 채찍을 들고 미친 듯 쫓아오니,
> 34명은 궁지에 몰려 물에 빠졌어라.
> 아버지와 오빠도 그렇게 원한에 사무쳐 돌아가셨어요······.

소홍은 처절한 몸부림을 치면서 노래 가사를 읽다시피 했다. 진짜 본인의 사연인지 눈물을 비 오듯 흘렸다. 주변의 구경꾼들 역시 수군대다가 저마다 눈시울을 붉혔다. 강희는 소홍이 읊조린 가사의 내용에 대해 알고 있었다. 그것은 1년 전에 실제로 발생한 사건이었다. 당시 항주 장군은 이에 대해 상주를 올렸다. 그러나 항주 지부가 사건 처리에 능장을 부렸다. 그 바람에 사건의 주동자인 오매吳梅와 그녀의 남편 왕영령王永寧은 유유히 오화산으로 도망쳐 버렸다. 강희는 그 일을 떠올리자 얼굴에 금세 어두운 기운이 맴돌았다.

주배공 역시 소홍의 노래를 듣자 울분을 터뜨리면서 큰 소리로 물었다.

"그 오씨라는 여자가 도대체 누구야? 잡아달라고 조정에 고발을 하면 되잖아!"

"그게 안 되잖아요!"

소홍도 처절하게 외쳤다. 그러더니 더욱 울분에 젖어 노래를 부르기 시작했다.

삼촌께서 효대부臬臺府(지방 사법기관)와 삼법사三法司(청나라의 세 사법기관인

형부, 대리시大理寺, 도찰원都察院)로 발이 부르트게 다녔어도

대단한 오씨 대왕을 아버지로 둔 덕에 그 악녀는 용케도 빠져나갔네요.

그리고도 조정은 오히려 불쌍한 삼촌을 감옥에 잡아넣었네요!

원망이 사무쳐도 호소할 길이 없으니,

비파를 품고 북경에 올 수밖에 없었네요.

나는 관청에도 호소하지 못하고, 황제는 더욱 놀라게 할 수 없으니,

그저 군자 여러분들의 현명한 판단을 바랄 뿐이네요.

하늘에는 태양이 하나밖에 없는데,

왜 이 나라에는 조정이 두 개씩이나 돼야 하나요.

세금은 다달이 거둬가면서 백성들의 질고疾苦는 왜 돌아보지 않나요!

소홍이 피를 토하면서 토로하던 울분을 갑자기 멈췄다. 구경꾼들 역시 하나같이 멍하니 서 있었다. 강희는 온몸에 식은땀이 나는 것을 느꼈다. 등은 마치 수많은 바늘이 찌르는 듯 아프고 가려웠다. 그 고통은 한참 후에야 겨우 가라앉았다. 그가 돌아서면서 주배공의 어깨를 두드렸다.

"주 선생, 얘기를 좀 나누고 싶군요."

강희는 이어서 바로 머리를 돌려 도해에게 명령을 내렸다.

"소녀가 돈을 거두고 난 다음에는 찻집에 와서 몇 곡 더 부르고 가라고 해."

주배공은 비통한 감정에 젖은 채 소홍의 노래를 듣고 있다가 누군가

가 어깨를 툭 치는 바람에 놀라 고개를 돌렸다. 함께 점괘를 구경하던 소년이었다! 그가 바로 물었다.

"누구세요? 나한테 무슨 볼일이 있는 겁니까?"

주배공이 어정쩡한 표정을 지었다. 그러나 찻집으로 따라가는 것은 굳이 거부하지 않았다.

"나는 용씨입니다. 이름은 덕해德海이고요."

강희가 주배공을 맞은편 자리에 앉힌 다음 찻집 종업원에게 차 두 잔을 시켰다.

"아까 너무나도 멋진 시들을 지어내는 재주와 지혜를 보고 정말 탄복했어요. 그래서 실례를 무릅쓰고 이렇게 발목을 잡았네요. 용서하세요."

주배공이 자조적인 어조로 대답했다.

"재주는 무슨! 한낱 글 비렁뱅이죠, 뭐. 시라고도 할 수 없는 것들이에요. 태워버리는 게 오히려 더 나아요!"

강희가 의아한 표정으로 물었다.

"왜요?"

"시는 뜻을 말하고, 노래는 말을 읊조리는 것 아니겠어요?"

주배공이 씁쓸하게 웃으면서 덧붙였다.

"내가 시를 백여 편 써봤자 아까 그 소녀의 절절한 한마디 노랫말보다 못해요!"

주배공이 마음이 몹시 아픈 듯 머리를 감싸 쥐더니 다시 말을 이었다.

"지금 형세는 복잡다단해요. 진짜 영웅들이 정신을 차리고 일어나 업적을 세우고 공을 이뤄야 할 때입니다. 그 정도로 비상시기라고 해도 좋죠. 그런데도 별 볼 일 없는 나는 고작 한다는 짓이 하찮고 무식한 자들과 유치한 내기를 걸었으니! 그러면서 밥동냥이나 하고 다니고. 이러는 내가 어찌 용 형의 부러움을 살 수가 있겠습니까?"

강희는 자신의 말이 주배공에게 그토록 큰 자괴감을 불러오게 할 줄은 전혀 예상하지 못했다. 말을 꺼낸 자신이 오히려 더 미안했다. 그러나 뭐라고 딱히 위로할 말도 없어서 그냥 물었다.

　"그건 그렇고, 이번 회시에서는 왜 떨어졌어요?"

　"말하자면 부끄러워요. 황제의 이름을 잘못 써서 그렇게 됐어요. 기휘를 하지 않았습니다."

　주배공의 눈에 17, 18세쯤 돼 보이는 소년은 평범한 만주족 복장을 하고 있었다. 행동거지도 단정하고 멋스러워 보였다. 그러나 그는 이 소년이 왜 자신에게 관심을 가지고 엉뚱한 것을 묻는지 알 수가 없었다. 그저 확신할 수 있는 것은 소년이 절대 악의는 없다는 사실이었다. 그가 한숨을 쉬면서 말을 이었다.

　"운이 없으려니 나 참! 점 하나 더 찍어 대사를 그르칠 줄 누가 알았겠어요?"

　강희가 주배공으로부터 낙방한 이유를 전해 듣고는 빙그레 웃었다.

　"그 시험관도 너무 야박하네요. 그까짓 점 하나 몰래 지워버리면 될 텐데 말입니다?"

　"물론 그렇게 해주는 경우도 있을 겁니다. 돈 있고 배경 있는 사람들이었다면 나처럼 이런 아쉬움은 없었겠죠. 그러나 나는 설사 돈이 주체할 수 없이 많다고 해도 그렇게까지 하고 싶지는 않네요."

　강희가 다시 말을 받았다.

　"하기야 그렇기는 하네요. 그런데 대단히 소중한 편지를 가지고 계시던데, 왜 써먹지 않았어요?"

　"소중한 편지라뇨?"

　주배공이 고개를 갸웃거렸다.

　강희가 주배공을 똑바로 쳐다보면서 의미심장하게 말했다.

"편지를 받을 명주는 바로 지금 천자의 총애를 한 몸에 받는 근신近臣입니다. 그가 말 한마디만 하면 복종하지 않을 사람이 거의 없을 거예요. 추천서를 쓴 오차우도 천자의 스승으로 대단한 힘을 지닌 사람이죠. 아마 웬만한 제독이나 순무 대신들은 이런 추천서를 받지 못해 안달일 거예요! 그런데 이렇게 대단한 편지를 왜 써먹지 않았는지 궁금하네요."

주배공은 강희의 말을 듣고 오차우가 비로소 대단한 사람이라는 사실을 깨달았다. 동시에 이 소년이 어떻게 자신이 오차우로부터 받은 추천서와 관련한 내막을 이토록 속속들이 잘 알고 있는지에 대한 의문도 들었다. 깜짝 놀란 그는 속내를 일부러 내비치지 않은 채 담담하게 대답했다.

"사내대장부가 공명을 이룩하려면 깨끗하고 당당해야 합니다. 비굴하거나 아부로 일관하면 안 되잖아요. 나는 일개 범부로 영원히 남을지언정 그렇게 치졸한 방법으로 권력에 허리를 굽힐 생각은 없습니다. 또 그래야 하지 않을까요?"

강희가 머리를 끄덕였다.

"예. 우리 같은 선비들이 본받아야 할 분이네요. 그 오기와 절개는 정말 높이 사야 할 것 같습니다. 아까 점괘를 볼 때 옆에서 귀동냥을 한 것을 상기해 보면 주 선생은 문장 실력도 뛰어날 뿐 아니라 군사 방면에도 틀림없이 일가견이 있는 것 같은데요?"

"대단한 군사가인 것은 아닙니다만……, 어려서부터 병서兵書를 좋아했습니다. 달달 외우다시피 했죠. 때문에 다른 사람에 비하면 뭘 좀 안다고 자부하는 편입니다. 천상天象, 지리地理, 풍각風角, 기문奇門 등에 대해서도 뭐 좀 안다고 해도 괜찮은 편이죠."

"선생께서는 그야말로 용이라도 잡을 대단한 실력을 쌓으셨는데, 마땅히 써먹을 데가 없네요."

강희가 은근히 실력을 과시하는 주배공의 말에 약간의 야유가 섞인 어조로 덧붙였다.

"지금 같은 태평성대에 칼싸움 할 일도 없고 말입니다!"

"태평성대라고요?"

주배공이 껄껄 웃으면서 반문했다.

"왜 웃으세요?"

"지금 북으로는 러시아가 집적대면서 살인방화를 일삼고 있어요. 또 서쪽에서는 갈이단이 서장과 결탁해 왕 노릇을 하고 있습니다. 남으로는 삼번이 따로 놀고 있고요. 어디 그뿐입니까! 대만은 바다 영토를 교란하고 있습니다. 게다가 천자의 명령은 강남江南 쪽으로는 넘어가지도 못합니다. 그러니 태평하다는 소리가 나오면 안 되죠!"

주배공의 말에 강희가 생각에 잠겼다. 그러더니 이윽고 입을 열었다.

"선생의 말씀대로라면 천하통일은 영영 물 건너갔다는 말인가요?"

"그게 아니죠."

주배공이 반박했다.

"방금 그 아가씨의 노래가사에도 나왔듯이 백성들은 하늘에 태양이 두 개이기를 원하지 않습니다. 그렇듯 나라에 군주가 두 명이 되는 것도 바람직하지 않아요. 민심은 천심입니다. 백성들이 원하는 것을 군주는 반드시 따라줘야 할 의무가 있습니다. 그들은 중화中華와 오랑캐의 구분을 떠나 진정한 자신들의 대변인이 되어주는 황제를 간절하게 원하고 있어요. 더 이상 전쟁이라면 이가 갈릴 것입니다. 제후들의 할거 역시 불행의 씨앗이라고 생각하는 경향이 뚜렷합니다. 이로 미뤄볼 때 삼번의 왕들이 민심을 역행하면서 천심까지 거역하는 날에는 횡액을 당할 겁니다. 그건 마치 마른 장작을 한 짐 가득 지고 스스로 불 속으로 뛰어 들어가는 꼴이 될 겁니다."

강희가 주배공의 말에 조용히 머리를 끄덕였다. 주배공은 말을 잠깐 멈추고 찻잔을 잡으려고 했다. 그러자 강희는 그가 목이 말라 그러는 줄 알고 황급히 말했다.

"예, 차를 드시면서 말씀하세요."

강희는 입을 열면 열수록 진가가 드러나는 주배공에게 푹 빠졌다. 얼마 후 그가 다시 뭐라고 물으려고 할 때였다. 갑자기 도해가 황급히 달려 들어오더니 강희의 귓가에 입을 대고 귓속말을 했다.

"제기랄! 어쩐지 밖에 나가서 오래 있는다고 생각했어!"

강희는 주배공에게 완전히 빠져 있었다. 자신이 미복으로 시찰을 나온 황제라는 사실도 까맣게 잊을 정도였다. 도해의 말에 의하면 형부刑部에서 순천부順天府에 소홍을 잡아들이라는 명령을 내렸다는 것이었다. 화가 잔뜩 난 강희는 고래고래 소리를 지르면서 명령을 내렸다.

"그 작자에게 기어서 들어오라고 해!"

말을 마친 강희가 탁자를 짚고 일어섰다. 그러자 한쪽에만 힘을 받은 탁자가 기울면서 자기 찻잔이 와르르 바닥에 떨어져 박살이 나고 말았다.

순천부의 부윤府尹(부府의 우두머리)은 진짜 강희의 명령대로 네 발로 기어들어왔다. 찻집의 일꾼들은 두 손으로 땅바닥을 짚고 엉덩이를 한껏 치켜들고 기어들어오는 그의 모습에 모두 다 대경실색했다. 이런 와중에도 알게 모르게 찻집 구석구석에서 경호를 서고 있던 위동정 휘하의 시위들은 재빨리 일사불란하게 움직이기 시작했다. 강희가 이미 신분을 노출시켰으므로 그럴 수밖에 없었다. 무엇보다 구경꾼들을 쫓아내고 경계를 강화했다. 색액도와 명주 역시 찻집 입구에서 대기하고 있었다.

순천부 부윤은 곧 사품의 관리를 상징하는 청금석靑金石 정자를 내리

드리운 채 네 발로 기어와 탁자 앞에 머리를 처박았다. 주배공은 갑작스러운 상황 변화에 얼굴이 백지장처럼 창백해진 채 입을 반쯤 벌리고 한참 동안이나 다물지 못했다. 그러나 뭔가 심상찮은 일이 벌어졌다는 사실은 직감적으로 알아챌 수 있었다.

얼마 후 순천부윤이 떨리는 목소리로 아뢰었다.

"폐하, 소인 하후준夏侯俊 대령했사옵니다!"

주배공은 하후준이 그 말을 마치기도 전에 황급히 뒤로 물러서면서 허물어지듯 땅바닥에 무릎을 꿇었다. 그런 다음 넋 나간 사람처럼 중얼거렸다.

"폐하께서 친히 행차하신 줄도 모르고 허튼소리를 마구 지껄여댔사옵니다. 죽을죄를 지었사옵니다! 천벌을 받아도 마땅하옵니다!"

"다들 일어나라!"

강희는 자신이 너무 흥분했다는 사실을 그제야 깨달았다. 또 실수를 했다는 생각에 마음을 차분하게 가라앉히면서 덧붙였다.

"하후준, 누가 자네에게 사람을 잡아 오라고 했는가?"

"폐하께 아뢰옵니다."

하후준이 사시나무처럼 떨면서 대답했다.

"이는 형부와 이부의 이번사理藩司(변방의 사무를 관장하는 부처)에서 내린 명령이옵니다. 민녀民女 소홍은 고소장을 냈다가 기각당하고도 고향으로 돌아가지 않았사옵니다. 그러다 북경에서 허튼소리로 사람들을 혼란에 빠뜨렸사옵니다. 그 죄를 물어 고향으로 압송하라는…….'

"허튼소리로 혼란에 빠뜨려?"

강희가 냉소를 터트렸다.

"그대들은 진짜 백성을 혼란스럽게 하는 자들은 하나도 못 잡고 있어. 그러고도 고작 한다는 짓이 연약한 소녀에게 죄를 덮어 씌워 건수나 올리려고 하고 있어! 그렇게 하면서도 조정에서 주는 녹봉은 꼬박 꼬박 잘 챙겨먹겠지. 아무짝에도 쓸모없는 것들 같으니라고! 당장 소홍을 들게 하라!"

하후준은 마치 오줌을 지릴 것처럼 덜덜 떨면서 끽소리도 못했다. 그저 연신 대답을 하면서 소홍을 부르러 나갔다.

얼마 후 소홍이 들어왔다. 첫눈에도 영리해 보이는 소홍은 자리에 앉아 있는 사람이 분명 형부에서 나온 어르신들보다 훨씬 힘이 있을 것이라고 판단했다. 씩씩하게 강희 앞으로 나아가 머리를 깊숙이 숙였다.

"대인께서는 어떤 곡을 듣고 싶으신가요?"

소홍은 말을 마치자 탁자 위의 물기를 깨끗하게 닦아내고 땅바닥에 널브러진 자기 찻잔 조각을 주웠다. 그런 다음 탁자 다리를 고정시키면서 중얼거렸다.

"강희폐하의 강산처럼 흔들림 없이 잘 고정시켜야 할 텐데……."

강희가 소홍의 말에 감동의 물결에 휩싸였다. 바로 떨리는 목소리의 물음이 터져 나왔다.

"방금…… 뭐라고 했지?"

"탁자가 흔들리면 찻잔도 깨지고 물도 쏟아지고 할 테니까요. 때문에 마치 강희폐하의 강산처럼 흔들림이 없어야 한다고 생각해요."

소홍은 전혀 주저하지 않았다. 또랑또랑한 목소리로 자신의 생각을 거침없이 드러냈다. 귀여운 느낌을 주는 항주 지방의 말투도 듣기 좋았다.

강희는 자리에서 일어나 말없이 실내를 거닐었다. 소홍의 한마디가 그 어떤 감미로운 음악보다 훨씬 듣기 좋았던 것이다. 심지어 황궁 내무부의 창음각暢音閣의 연회에서 울려 퍼지는 음악보다 더 감미로웠다. 강희는 한동안 말없이 뒷짐을 지고 청석 바닥 위에서 왔다 갔다 했다. 그러다 걸음을 뚝 멈추고 물었다.

"너희 집은 농사를 짓느냐?"

"예."

소홍이 나지막한 목소리로 대답했다.

"모두 다섯 묘예요. 두 묘는 차밭이고, 나머지 세 묘는 논이에요."

"아까 보니 노래를 참 잘 부르던데, 노래가사가 사실인가?"

"처음부터 끝까지 한 치의 거짓도 없는 사실입니다."

소홍이 눈에 눈물을 살짝 비쳤다. 그러더니 커다란 두 눈을 깜빡이면서 대답했다.

"집안이 망한 마당에 두려울 게 뭐 있겠어요. 그러니 뭣 때문에 거짓말을 하겠습니까?"

"항주부에서는 왜 너의 작은아버지를 잡아간 거야?"

"사고 처리가 마무리되지 않는 한 풀어주지 않겠대요."

강희가 길게 한숨을 내쉬면서 물었다.

"북경에 와서 고발을 해도 삼법사에서 나 몰라라 했다던데? 그러면 왜 등문고登聞鼓를 치러 가지 않았는가?"

강희가 말한 등문고는 다른 게 아니었다. 장안가長安街 서쪽에 설치돼 있는 북이었다. 소홍처럼 억울한 사연이 있는 힘없는 백성들이 관련 부서에서 나 몰라라 발뺌을 할 경우 직접 북을 울림으로써 황제에게 알릴 수 있게 마련한 것이다. 소홍은 이런 강희의 말에 한참 동안 말없이 고개를 숙이고 있다 천천히 입을 열었다.

"감히 그럴 용기가 없었어요."

소홍의 약간 이상한 대답에 강희가 귀를 바짝 들이대면서 물었다.

"그건 또 왜?"

소홍이 눈물이 그렁그렁한 눈을 질끈 감았다. 순간 눈물이 굴러 떨어졌다. 그녀가 한참 후에야 대답했다.

"포기했어요. 원흉은 멀리 오화산에 있잖아요. 조정에서도 잡지 못할 거예요. 제가 황제폐하께 하소연을 해서 받아들여진다고 해도 멀리 삼천 리 길을 쫓아가야 할 거라고요. 그러면 그 사이에 제 할머니는 어떻게 되겠어요? 기다리다 돌아가실 거라고요."

강희는 마음이 아팠다. 가슴이 더 없이 무거워졌다. 어린 나이에 대단한 충효심을 가지고 있는 소녀의 억울함을 명색이 황제가 돼 가지고 당장에 풀어주지 못하는 상황에 자괴감이 들었던 것이다. 강희가 한참을 생각하다 다시 입을 열었다.

"그러면 빨리 가서 할머니를 챙겨드리지 않고 왜 여기에서 노래를 부르는 거야?"

"강남으로 돌아갈 돈이 없어서 그래요."

소홍이 이어 덧붙였다.

"누가 알아요? 이렇게 궁상을 떨고 있노라면 북경에 계신 폐하께서 혹시 길 가시다가 저의 하소연을 들어주시고 해결해주실지……."

"폐하께서는 이미 소홍의 노래를 들었어."

강희가 다정한 목소리로 말했다. 도해에게 즉각 지시를 내렸다.

"색액도를 들어오라고 하게."

색액도가 기다렸다는 듯이 들어왔다. 강희가 그에게 지시했다.

"이 아이가 항주로 돌아가려고 하네. 사람을 딸려 보내서 잘 데려다 주게. 특별히 절강의 효사臬司(지방 사법기관)에 전하게. 이 아이를 힘들게 하는 자들이 있으면 누구를 막론하고 죄를 물으라고 말일세."

"예, 폐하!"

색액도가 황급히 대답했다. 그러다 강희가 별다른 지시가 없자 소홍에게 말했다.

"가자!"

"잠깐만!"

강희가 색액도와 소홍이 나가려고 하자 잠시 기다리라는 손짓을 했다. 누군가 손님을 위해 준비해둔 옆자리의 문방사보가 눈에 띄었던 것이다. 강희는 종이를 펼쳐 재빨리 몇 자를 적어 늘 휴대하고 다니는 작은 옥새를 찍었다. 그런 다음 소홍에게 건네주었다.

"돌아가면 살아가는 것이 만만치 않을 거야. 이걸 항주 현령에게 가져다줘. 그러면 세금은 면제해줄 거야. 또 내가 도와주라고 지금 글로 지시를 했으니 앞으로 생활이 좋아질 거야."

"저는 글자를 몰라요. 그 노래가사도 다른 사람이 만들어준 거라고요."

종이를 받아든 소홍이 거꾸로 들고는 말했다.

"이까짓 종이 한 장이 무슨 효과가 있겠어요?"

"있어, 있고 말고!"

강희가 소홍의 천진스런 말에 크게 웃음을 터트렸다. 네 발로 기어 들어오는 수모를 겪은 순천부윤 역시 웃음을 억지로 참느라 무척이나 괴로운 표정이었다.

"대인은 정말 좋은 분이시네요. 성함을 가르쳐 주시면 제가 고향에 가서 장수를 기원하는 패牌를 세워드릴게요."

"네가 고향으로 돌아가면 바로 알게 될 거야."

강희가 소홍의 말투를 본떠 말하고는 덧붙였다.

"네 말이 맞아. 너의 억울함은 조정에서도 당장은 풀어줄 수 없을 거야. 하지만 반드시 풀어줄 날이 올 거야. 그러니 그날을 기대하고 힘을 내! 장수를 기원하는 패는 필요 없어. 대신 내가 강남으로 놀러 갈 때 좋은 차 한잔 끓여주면 돼. 그럴 수 있겠어?"

소홍이 힘차게 머리를 끄덕이고는 색액도를 따라나섰다. 그러자 강희가 머리를 돌려 하후준에게 쏘아붙였다.

"엉뚱한 말로 백성들을 혼란에 빠뜨린다는 자네의 말이 바로 이런 것인가? 깊이 반성하고 자네 입으로 직접 이부에 전하게. 반년치 녹봉을 지불 정지한다고!"

하후준은 사실 녹봉 지불 정지보다 더한 후폭풍을 각오하고 있었다. 그런데 고작 그 정도의 처분이라니! 그는 예상보다 훨씬 가벼운 죗값에 적이 놀라는 표정을 지은 채 연신 굽실거렸다.

"자네가 병사兵事에 대해 안다고 말했으니, 짐이 좀 물어봐야겠네."

강희가 도해를 옆에 앉히고는 진지한 태도로 주배공에게 물었다.

"자네는 그 자리에 서서 대답하게."

"예, 폐하."

주배공이 허리를 굽히면서 대답했다.

"소인은 병사에 대해 안다고 하지는 않았사옵니다. 병兵은 무서운 존재이옵니다. 또 위험하기 그지없사옵니다. 그러니 소인이 어찌 병사를 안다고 자신 있게 말할 수 있겠사옵니까? 실패한 장군의 전형으로 꼽히는 조괄趙括(춘추전국시대의 장군)과 마속馬謖('읍참마속'의 주인공인 삼국시대 촉蜀나라 장군)은 병서를 숙독해 병사에 대해 잘 알았사옵니다. 병사에 대해 논하면 그야말로 시간 가는 줄도 몰랐사옵니다. 이론에 뛰어나기로는 조사趙奢(조괄의 아버지)나 제갈량諸葛亮(마속을 중용한 인물)도 따르지 못할 정도였사옵니다. 그러나 전장에 나가서는 참패를 당해서 천고의 웃음거리가 되지 않았사옵니까? 사실 전쟁은 그 어떤 선례가 없사옵니다. 돌발적이고 예측불허이옵니다. 병사를 다룸에 있어서도 짜여진 틀이 없사옵니다. 그때그때 교묘하게 전술을 짠 후에야 비로소 용병用兵을 할 수가 있사옵니다."

"자네 말대로라면 《손자병법》마저도 별로 써먹을 곳이 없다는 뜻인가?"

강희가 고개를 갸웃거리면서 물었다.

"《손자병법》이 천고불변의 용병술을 가르치고 있는 것만은 사실이옵니다. 그러나 세상 사람들은 표면에 드러나는 뜻풀이만 아는 수준에 그치고 맙니다. 그 알갱이, 다시 말해 정수에 대해서는 완벽하게 알지 못한다는 것이옵니다. 이 책은 적이냐 우리 편이냐를 막론하고 다 읽은 책이옵니다. 똑같이 읽었음에도 승자가 있고 패자가 있사옵니다. 그러니 변화에 민첩하게 대응하고 발 빠르게 움직이는 자가 이기고, 남의 방식을 그대로 쫓아가는 사람은 지게 돼 있사옵니다. 소인이 알고 있는 것은 대략 이런 수준이옵니다."

주배공이 침착하게 대답했다.

"음!"

강희가 머리를 끄덕이면서 다시 물었다.

"그러면 이번에는 장군이 지켜야 할 자세에 대해 말해 보게."

"진정한 장군이 지켜야 할 자세로는……."

주배공이 갑자기 멈칫했다. 그러더니 숙연한 자세로 다시 말을 이었다.

"전쟁의 불길이 치솟지 않는 한 장군은 배고픔을 입에 담아서는 아니 되옵니다. 군정軍井(군대의 식수 해결을 위한 우물)이 마르지 않는 한 장군은 목마름도 얘기해서는 아니 되옵니다. 또 전쟁의 신호가 울리면 장군은 목숨을 초개와 같이 여기고 달려 나가야 하옵니다……. 이런 것들이 사람들이 늘 입에 달고 다니는 말이옵니다. 지극히 통상적인 도리이옵니다. 사실 장군은 천자를 대신해서 싸우는 사람이옵니다. 도덕을 바탕으로 무도한 자를 정벌한다는 기치를 내거는 순간부터는 수백만 냥에 달하는 국고를 털어 쓰게 마련이옵니다. 그가 지휘하는 삼군三軍의 병사들은 사생결단을 한 다음 생환의 가능성이 희박한 전장에 뛰어들게 되옵니다. 이런 비상 시기에는 반드시 통상적인 이론은 접어두고 비상대책을 강구해야 하옵니다. 이를테면 인의예지신仁義禮智信은 우리편에게는 절대적이나 적들에게는 어느 것 하나의 명분도 줘서는 아니 되옵니다. 적에 대해서는 폭력적으로 일관해야 하옵니다. 또 상대방에게 이익이 되는 것으로 유혹해야 하고, 속임수로 기만해야 하옵니다. 철저하고 잔인하게 하는 것이나 인정을 둬서는 안 된다는 것은 더 말할 필요가 없사옵니다."

강희가 진지하게 듣고 있다 불쑥 물었다.

"그렇다면 자네는 어떤 장군이 되고 싶은가?"

"소인은 선패善敗(패해도 잘 패한다는 의미)장군이 되고 싶사옵니다!"

"선패장군?"

강희가 예상하지 못한 답변이라는 듯 반문했다.

"예!"

주배공이 약간 격앙된 어조로 자신의 생각을 밝혔다.

"선패장군은 절대로 상패常敗(늘 패함)장군이 아니옵니다. 회음淮陰의 제후였던 한신, 촉나라의 제갈량은 모두 선패장군이라고 할 수 있사옵니다! 병법에는 '잘 이기는 사람은 부진不陣(진을 구축하지 않음)하고, 선진善陣(진을 잘 구축함)하는 사람은 싸우지 않는다. 또 잘 싸우는 사람은 패하지 않고, 잘 패하는 사람은 최후의 승리를 거머쥔다'라는 말이 있사옵니다. 작은 실패를 경험함으로써 자신의 미진한 부분을 보충하고 연병결진連兵結陣(병력을 연결하고 진지를 결합시킴)해 적을 철저하게 분석하고 재기를 노리는 것은 결코 나쁜 것이 아니옵니다. 백전백승하다가 오강烏江 전투에서 패한 항우項羽보다 훨씬 낫지 않겠사옵니까?"

강희는 자신도 모르게 크게 웃었다. 그런 다음 머리를 돌려 도해에게 물었다.

"평생 병사兵士를 거느린 바 있는 자네가 보기에 이 선비의 논병論兵은 어떤 것 같나?"

도해는 두 눈을 부릅뜨고 주배공을 계속 주시하고 있었다. 그야말로 탄복을 금할 길이 없다는 태도였다. 사실 그가 산해관을 넘어오기 이전에 읽은 병서라고는 고작해야《삼국연의》정도뿐이었다. 비교적 고급스런 군사 이론을 접하지 못한 것은 당연할 수밖에 없었다. 그러던 차에 주배공이 한바탕 풀어놓은 흥미진진한 분석은 오랫동안 그의 가슴속에 의문으로 남아 있던 문제들을 시원하게 풀어주었다. 그러다 보니 강희의 질문에 다소 뜸을 들인 다음 대답하게 되었다.

"주배공의 말은 어느 것 하나 절묘한 용병의 대책이 아닌 것이 없사옵니다."

주배공은 도해에게 극찬을 받자 상당히 고무된 듯했다. 두 눈이 흥분으로 반짝거렸다. 그가 더욱 용기를 냈다.

"소인은 남방의 군사 문제에 대해서도 말씀을 드리고 싶사옵니다."

강희는 주배공이 말한 남방의 군사 문제가 분명히 삼번을 가리키는 것이라는 사실을 모르지 않았다. 당연히 궁금할 수밖에 없었다. 슬슬 황궁으로 돌아갈 차비를 하다 말고 다시 자리에 앉았다.

"여기에서 정사를 의논하는 것이 궁에서 하는 것보다는 훨씬 자유스러울 테니 마음껏 한번 얘기해보게!"

"일단 남방에서 일이 터졌다 하면 이 나라는 어떻게 될 것 같사옵니까?"

주배공이 손을 맞잡았다. 생각의 끈을 놓지 않으려는 자세였다.

"소인 생각에는 악양岳陽, 형주荊州 또는 남경南京에서 결전을 벌여야 한다고 생각하옵니다!"

"자세하게 말해보게!"

강희가 의자를 앞으로 당기면서 물었다.

주배공은 마치 장벽이라도 꿰뚫을 것 같은 날카로운 시선으로 먼 곳을 바라보면서 아뢰었다.

"만약 반란군들이 제대로 군사력을 동원해 작전을 편다면 분명히 악양岳陽, 형양衡陽을 근거지로 삼아 형양荊襄을 점령할 것이옵니다. 그런 다음 동쪽으로 내려가 수로水路로 운하를 따라 북상하고, 육로로는 완락宛洛에서 중원 쪽으로 치고 들어갈 것이옵니다. 아마도 직예에서 결집하지 않을까 싶사옵니다. 그러나 지금 봐서는 이들의 뜻대로 되기는 어려울 것이옵니다. 반란군들 가운데는 내로라하는 싸움꾼들이 많아 서로 자신의 주장대로 하려고 목청을 높일 것이 뻔하니까요. 한마디로 의기투합이 안 돼 뱃사공 여러 명이 배를 엉뚱한 방향으로 몰고 갈 수 있다는 것이옵니다. 그래서 만약 계획이 수포로 돌아간다면 이들은 강을 여러 등분해 분치分治(나눠 통치함)를 할 수밖에 없을 것이옵니다."

"그렇다면 짐이 어떻게 대처하면 되겠는가?"

강희는 깊이를 가늠하기 어려운 눈빛으로 남루한 행색의 주배공을 주의 깊게 쳐다보았다. 그러자 주배공이 웃으면서 대답했다.

"정말 그렇게 된다면 폐하께서는 호남湖南을 결전지로 삼으시옵소서. 동시에 장강長江을 따라가면서 팔기병을 쫙 풀어 북방의 정세를 안정시키시옵소서. 또 강서江西와 절강을 동선東線으로, 섬서와 감숙, 사천을 서선西線으로 삼아 모든 수완과 역량을 동원해 적군의 연락망을 끊어버리면 자기들이 아무리 날고 기는 수가 있어도 독안에 든 쥐가 되지 않겠사옵니까?"

주배공이 잠시 숨을 돌렸다. 너무 거침없는 것이 지칠 법도 했으나 곧 다시 말을 이었다.

"물론 무작정 때리기만 할 것이 아니라 무섭게 두 눈을 부릅뜨다가도 살살 다독거리기도 해야 하옵니다. 또 인정사정없이 무찌르다가도 약간 느슨하게 풀어주는 여유를 부릴 줄도 알아야 하옵니다. 싸운다는 것은 번갯불에 콩 볶아먹듯 그렇게 마음만 급해 가지고 서로 칼끝을 겨눈 채 으르렁거리는 것만으로 끝나는 것이 아니옵니다!"

강희는 들으면 들을수록 흥미진진했다. 긴장과 흥분도 교차하고 있었다. 그는 이런 명강의를 들을 수 있게 된 이번 행차가 너무나도 즐거웠다. 주배공의 말이 끝나자 그가 잠시 생각을 한 다음 말했다.

"자네는 잠시 나가 있게. 대신 밖에 있는 명주와 색액도라는 대신들더러 들어오라고 하게."

주배공은 휘장을 걷고 나왔다. 과연 명주와 색액도인 듯한 두 사람이 밖에 대기하고 있었다. 그의 눈에 비친 명주는 기분이 좋지 않은 듯했다. 주배공이 오차우의 추천서까지 가지고 있으면서도 자신을 찾지 않은 것에 화가 난 것 같았다. 그러나 명주는 주배공이 강희의 명령을 전하자 안으로 들어가면서 히죽 웃어 보였다.

"주 선생, 축하드립니다! 성은을 받아 앞으로 크게 될 것입니다!"

색액도 역시 주배공을 힐끔 쳐다봤다. 우호적인 눈길이었다. 사실 그는 권력에 비굴하게 빌붙지 않고 부귀공명에 별로 욕심을 내지 않는 것 같은 주배공의 인간 됨됨이가 상당히 마음에 들었다. 물론 실속은 없는 사람이 아닐까 하는 생각을 하지 않은 것은 아니었다. 그러나 주배공으로서는 북경 하늘 아래에서 둘째가라면 서러울 황제의 총신寵臣들의 복잡한 속내를 알 리가 없었다. 대답도 못하고 그저 멀뚱히 서 있기만 했다.

얼마 후 명주가 밖으로 나와 성지聖旨를 전했다.

"주배공에게 이갑二甲 진사 출신의 자격을 준다. 더불어 병부兵部의 주사主事 직급을 하사한다. 또 도해의 보군통령아문에서 참찬군사參贊軍

事로 일하도록 한다!"

명주는 그런 다음 목자후를 불러 지시를 내렸다.

"이부에 전해 이명산의 진사 자격을 박탈하라!"

좌중의 사람들은 마지막 성지를 듣자 고개를 갸웃거렸다. 명주뿐만 아니라 도해 역시 잘 이해가 가지 않았던 것이다. 그는 심지어 왜 그런 성지가 나왔는지 궁금하기까지 했다. 급기야는 용기를 내어 강희에게 여쭈었다.

"폐하, 이명산이 분명 말은 잘못했사옵니다. 그러나 폐하를 알아 뵙지 못한 탓에 그랬던 것 같사옵니다. 한 번만……."

"그 일이라면 더는 말할 필요 없어."

강희가 단호하게 덧붙였다.

"짐이 그렇게 옹졸하고 치사한 군주인 것 같나? 이명산이 그 자리에 그렇게 오랫동안 서서 꼼짝하지 않은 이유를 자네들은 모르지? 그 사람은 점괘 선생이 떨어뜨린 동전을 몰래 밟고 있었단 말이야!"

〈5권에 계속〉